LUCIFER CODE

CHARLES BROKAW

LUCIFER CODE

Roman traduit de l'anglais (États-Unis)
par Marie Boudewyn

calmann-lévy

Titre original anglais :
THE LUCIFER CODE
(Première publication : Forge, New York, 2010)
© Trident Media Corporation, 2010

Pour la traduction française :
© Calmann-Lévy, 2012

COUVERTURE
Maquette : Constance Clavel
Photographies : W. A. Allard et T. Soriano / Getty Images (momies),
Donald Nausbaum / Getty Images (manuscrit)

ISBN 978-2-7021-4276-9

À mon épouse, amoureusement,
Grâce à toi, tout devient possible

1

Aéroport international Atatürk
District de Yeşilköy, Istanbul, Turquie
15 mars 2010

— Professeur Lourds ! Professeur Lourds !

Le Dr Thomas Lourds reconnut son nom parmi l'infinie variété de langues parlées autour de lui. Il ne s'attendait pourtant pas à ce que quelqu'un vienne le chercher au terminal bondé de l'aéroport international d'Istanbul. Surtout, il ne reconnut pas la voix qui le hélait — féminine et encore jeune, a priori. Du fait de ses années d'enseignement à Harvard, et de sa réputation méritée d'homme à femmes, il ne se trompait que rarement dans ses estimations de l'âge de ses interlocutrices. Intrigué, il s'écarta du flux des passagers qui se dirigeaient vers les tapis à bagages et la sortie, au niveau inférieur.

Une jolie rousse lui adressa un petit signe en fendant la cohue qui les séparait. Une mère tenant ses deux jeunes enfants par la main la foudroya du regard. Son irritation ne fut cependant pas partagée par tous : un jeune homme en maillot de foot, que la rousse venait de bousculer, la détailla d'un air appréciatif.

Cela pouvait se comprendre : grande et mince, elle évoluait avec autant de grâce qu'une athlète ou une danseuse. Lourds aussi se surprit à la lorgner. Elle portait des jeans moulants et un haut très court dévoilant un décolleté affriolant et un ventre plat bronzé au nombril percé d'un diamant. Ses boucles flamboyantes cascadaient sur ses épaules parsemées de taches de son. Lourds eut beau se creuser la tête, il ne se rappela pas l'avoir déjà vue.

— Vous êtes bien le professeur Thomas Lourds ? lui lança la jeune femme, désormais campée devant lui, le dévorant de ses yeux noisette. Soyez gentil : dites-moi oui ou je vais me sentir très bête.

Lourds esquissa un sourire modeste, comme il savait si bien le faire quand les circonstances l'exigeaient, or elles l'exigeaient à en juger par les coups d'œil méprisants que lui valait son âge — plutôt mûr, au point qu'il eût pu passer pour le père de la jeune femme.

— Je suis bien Thomas Lourds, en effet.

Il changea d'épaule son sac à dos en cuir craquelé et lui tendit la main.

— Si nous nous sommes déjà rencontrés, je vous demande pardon : je ne me rappelle pas votre nom.

— Oh non, nous ne nous connaissons pas.

La poigne de la rousse étonna Lourds par sa vigueur. Sa peau douce formait des cals sur la partie charnue de ses paumes : sans doute passait-elle pas mal de temps à suer sur des appareils de musculation.

— Vous m'en voyez soulagé. Je m'en serais voulu d'avoir oublié une aussi belle femme ; tellement que je me serais fait hara-kiri !

La rousse lui sourit.

Calme-toi, se fustigea Lourds. *Sinon, elle va prendre ses jambes à son cou.*

L'apparition inopinée de la jeune femme fit quand même l'effet d'un rayon de soleil au professeur, tout juste débarqué d'un avion de la British Airways en provenance de Londres. Il ne trouvait rien à redire au confort de la première classe ; seulement, la septuagénaire à côté de lui l'avait accablé pendant plusieurs heures d'anecdotes sur sa vie et sa digestion au point de l'inciter à chercher refuge dans le vin. Il ressentait encore les effets secondaires du zinfandel et comptait bien égarer la carte de visite remise par sa voisine au moment de l'atterrissage.

À moins qu'il ne la brûle. On n'est jamais trop prudent.

— Vous devez me trouver ridicule, poursuivit la rousse, de vous interpeller dans un aéroport, mais je ne voulais pas manquer l'occasion de vous dire un mot.

Lourds relâcha la main qu'elle lui tendait en souriant.

— Et par quel autre moyen attirer mon attention ?

— C'est sûr ! N'empêche que j'aurais pu tenter une approche plus subtile. Au lieu de me comporter comme une groupie !

— Seriez-vous fan de linguistique ?

Lourds avait en effet publié quelques essais et articles sur le sujet.

— Oh non, le détrompa-t-elle en sortant de son sac un livre, dont Lourds reconnut tout de suite la couverture rouge et or aguicheuse.

Y figurait, alangui sur un lit à baldaquin, un éphèbe en petite tenue, qu'on eût dit tout droit sorti d'une pub Calvin Klein et qui, à en croire l'entourage féminin de Lourds, correspondait en tout point à ce dont une femme est en droit de rêver.

Une couverture pareille avait bien entendu dopé les ventes, et Lourds ne se faisait pas prier pour encaisser ses droits d'auteur. Sans parler des retombées sur sa vie amoureuse. Depuis la sortie de ce livre, les femmes ne demandaient qu'à lui parler des plaisirs de la chair — un sujet qu'il ne manquait jamais d'explorer intimement dès que l'occasion s'en présentait. Or, il n'en avait pas manqué, d'occasions, au fil de sa carrière. Y compris avant la parution du volume que tenait en main la rousse.

— Ah! releva Lourds en souriant de toutes ses dents. Une lectrice…

— Eh oui, acquiesça-t-elle en lui tendant son exemplaire. Dès que je vous ai reconnu, je me suis dit : il faut que je lui demande un autographe. Je ne pouvais pas ne pas vous laisser filer!

— Je serai ravi de vous dédicacer mon livre.

Lourds chercha un stylo dans sa poche.

— Tenez!

La rousse lui tendit un Bic.

— Je suppose qu'il vous a plu?

— Oh oui! J'ai encore mieux aimé la version audio : j'en suis déjà à ma deuxième cassette. La première, je me la suis si souvent passée en boucle que j'en ai usé la bande. J'adore votre voix. Je l'écoute dans ma chambre, la lumière éteinte.

Elle s'interrompit, plissa le nez et se mordit la lèvre.

— Oh! J'espère que je n'ai rien dit de gênant ni de malvenu?

Lourds balaya ses scrupules d'un revers de la main.

— L'éditrice a insisté pour que je lise moi-même le texte, à l'issue d'une conférence que j'ai donnée sur ma traduction.

Jeune et jolie, cette éditrice avait personnellement veillé à ce que Lourds ait droit à un traitement royal.

— J'ai lu que tout ce qui est écrit là-dedans est vrai. Vous me le confirmez?

Lourds ne comptait plus le nombre de fois où on lui posait la question. Le parchemin du IVe siècle où figurait le récit intitulé, par un éditeur bien inspiré, *Sex and the City antique* avait assuré la célébrité du professeur Thomas Lourds, devenu à Harvard un paria que le reste du monde s'arrachait. Une grimace échappait au doyen de l'éminente faculté dès qu'il se rappelait le thème du best-seller de Lourds. Le document transcrit par ses soins relatait les prouesses amoureuses, nombreuses et variées, de l'auteur, dont les détails affriolants n'avaient bien entendu pas été passés sous silence par Lourds. Le professeur ne savait de l'auteur que ce qu'en indiquait le parchemin. Vu les hauts faits dont il se targuait (et qu'il se prétendait en plus de cela doté d'un généreux attribut), Lourds considérait un tel homme, en admettant qu'il eût bel et bien existé, comme une merveille de la nature, mu par une énergie proprement surhumaine.

— Vous pensez que c'est vrai ? répondit Lourds du tac au tac.

— Je l'espère, en tout cas !

— Personnellement, je n'en jurerais pas. Je me suis contenté d'établir la traduction.

— Et de la lire.

— Certes… mais ma voix a été retravaillée en studio et on y a ajouté de la musique de fond.

— De Kenny G, non ?

— De ce qui y ressemble à s'y méprendre.

— Même sans musique de fond, j'aurais trouvé votre voix envoûtante, affirma la rousse, qui lui décocha un sourire ensorceleur.

— Merci.

— Non mais vous m'entendez ! reprit la jeune femme d'un air mortifié. Je parie que vous avez sans arrêt droit à ce genre de boniments.

— À vrai dire, non. Seulement lors des séances de dédicace. D'habitude, personne ne me reconnaît.

— Votre photo figure pourtant sur la jaquette.

Elle reprit son ouvrage à Lourds pour lui brandir sous le nez son portrait en couleur, sur la quatrième de couverture.

Une prise de vue plutôt flatteuse, Lourds en était parfaitement conscient, devant un chantier de fouilles à Cadix, en Espagne, où l'Atlantide avait été perdue, retrouvée puis de nouveau perdue. Il avait rédigé là-dessus un essai, qui s'était lui aussi très bien écoulé. N'empêche que *Sex and the City antique* caracolait en tête des listes de ventes.

Sur le cliché, Lourds arborait un pantalon de toile écrue, des chaussures de randonnée, une chemise kaki ouverte sur un tee-shirt blanc et son chapeau de baroudeur fétiche ; d'ailleurs enfoncé sur son crâne en ce moment même. Sur le cliché, toujours, ses lunettes de soleil pendaient au col de son tee-shirt, et il s'appuyait nonchalamment sur une pelle, devant l'entrée d'une grotte. Ses cheveux noirs auxquels un coup de ciseau n'aurait pas fait de mal retombaient sur son visage. Un bouc, bien taillé lui, ornait son menton. Il n'avait pas beaucoup changé depuis, à part de tenue, bien sûr. Il paraissait au bas mot dix ans de moins qu'en réalité, et gardait cela présent à l'esprit quand il s'intéressait à une femme nettement plus jeune.

— Croyez-le ou pas, déplora Lourds, mais la plupart des gens ne retiennent pas le nom des auteurs qu'ils lisent. Quant à leur physique… Il n'y a guère que les acteurs ou les chanteurs que le grand public reconnaisse dans la rue.

— Vous êtes le premier écrivain à qui je réclame un autographe !

— Et je m'en félicite. Cela dit, vous ne me voyez pas au mieux de ma forme.

Lourds ouvrit le livre à la page de garde.

— À qui ai-je l'honneur ?

— À Kristine. Avec un *k*. Kristine Webber.

— À Kristine, lut Lourds à mesure qu'il écrivait. Un autographe en échange d'un charmant sourire, en espérant que vous ne vous estimerez pas flouée.

Il souffla sur la page de garde afin de sécher l'encre et lui rendit livre et stylo.

— Certainement pas ! S'il y aura bien une chose à retenir de mon voyage à Istanbul, ce sera ça.

Kristine serra le livre contre elle un instant avant de le ranger dans son sac.

— J'espère, pour le coup, que vous exagérez.

— Malheureusement, non.

Lourds secoua la tête, incrédule.

— Istanbul est une ville fabuleuse. Saviez-vous que c'est la seule au monde à s'étendre sur deux continents ?

— Ah bon ?

— Mais oui ! Je ne conçois pas qu'on puisse y trouver le temps long.

Il jeta un coup d'œil à sa montre.

— Vous avez des bagages à récupérer ?

— Oh ! J'oubliais ! s'exclama Kristine, prise de panique. Où faut-il que j'aille ?

— Ce n'est pas la première fois que j'atterris ici. Je devrais pouvoir vous aider à trouver le tapis à bagages. Sur quel vol étiez-vous ?

— Le même que vous.

— Parfait ! Ça nous laissera le temps de faire plus ample connaissance.

Lourds désigna d'un mouvement de tête le panneau rédigé en trois langues, qu'il lisait toutes couramment, indiquant les tapis à bagages, et ouvrit la marche.

— Qu'est-ce qui vous amène à Istanbul ? demanda Lourds sur l'escalier roulant qui les conduisait au niveau inférieur.

Le parfum et la proximité physique de Kristine lui tournaient la tête. À moins que ce ne fût le vin sifflé dans les airs.

— Mon père doit y assister à des réunions de travail. Il a investi dans une fusion d'entreprises et tenait à ce que je l'accompagne.

— Ça paraît prometteur.

— En général, il passe plus de temps au téléphone avec ses partenaires d'affaires qu'en ma compagnie. Du coup, je me commande à manger dans ma chambre d'hôtel en regardant des films.

— Navré de l'entendre.

Au bas de l'escalier, Lourds repéra leur tapis à bagages. Une nuée de passagers y faisait déjà le pied de grue, bien qu'aucune lumière ne clignotât encore. Pas de valise en vue pour l'instant.

— Vous devriez explorer la ville, lui conseilla Lourds.

— Ça ne me dit rien de m'y balader seule.

— Vous ne connaissez personne à Istanbul ?

— Non. Comme je vous l'ai dit, s'il y a une chose que je retiendrai de mon séjour, ce sera notre rencontre à l'aéroport. Je parie que je vais rester coincée à l'hôtel à contempler par la fenêtre une ville où je n'ai jamais mis les pieds.

Lourds n'hésita qu'un instant avant de se jeter à l'eau. Il avait jadis été l'ami intime du Dr Olympia Adnan, qu'il devait retrouver en Turquie, mais cela remontait à un bon paquet d'années. Aux dernières nouvelles, au moment de son coup de fil en janvier, elle fricotait avec un archéologue belge. Elle ne lui tiendrait donc pas compagnie pendant ses longues soirées. Peut-être venait-il de trouver comment meubler ses loisirs ?

— Je pourrais vous faire visiter Istanbul, si ça vous tente. C'est la quatrième plus grande ville du monde. Les premières traces de son

14

peuplement remontent à 6 500 av. J.-C., soit à près de neuf mille ans. L'écho de son ancien nom, Byzance, retentit encore dans bien des langues. Elle figure sur la liste du patrimoine mondial de l'Unesco. Ce serait dommage de rater ça.

— Vous proposez souvent vos services en tant que guide, professeur Lourds ?

— Non.

Souvent ? Tout dépend de ce qu'on entend par là…

— Je serais entre de bonnes mains ?

— Oh, oui, assura Lourds en souriant, déjà impatient d'y être. Il y a beaucoup à voir à Istanbul et je me ferai un plaisir de vous escorter.

— Pourquoi pas ?

— Parfait ! Indiquez-moi vos valises et je vous les apporte.

— Je n'en ai qu'une. J'ai fait livrer le reste de mes affaires à l'hôtel. Pas question que je me retrouve à nu en cas de perte de bagages.

Cette délicieuse métaphore éveilla tout un tas d'associations dans l'esprit de Lourds, qui dut se faire violence pour se concentrer sur leurs sacs.

— Vous êtes ici en vacances ? s'enquit Kristine.

Lourds trottinait à côté du jeune homme qui poussait leur chariot à bagages en direction des taxis. Le professeur portait lui-même son sac à dos, dont il ne se séparait jamais : il contenait en effet son ordinateur, et le fruit de son travail.

Le porteur avait eu du mal à soulever sa valise bourrée à craquer de livres. Dans les pays où il n'était pas sûr de trouver assez de prises de courant, Lourds s'armait d'un assortiment de bons vieux bouquins.

— Non, en déplacement professionnel.

Un soupir échappa à Kristine.

— Et votre promesse de me montrer la ville, alors !

— Ne me mettez pas d'entrée de jeu dans le même sac que votre père drogué de boulot. J'organise mes loisirs avec autant de sérieux que mes heures de travail.

— Contente de l'entendre ! De quoi allez-vous vous occuper ?

— Une…, commença Lourds en se demandant quel qualificatif méritait Olympia Adnan. Une collègue m'a invité à prononcer une conférence à l'université d'Istanbul.

— À propos de *Sex and the City* antique ?

15

— Non. D'un sujet plus sérieux : quelques livres rares conservés à la bibliothèque centrale.

— Il y aura une interro, à la fin ?

— J'espère bien que non ! Je ne tiens pas à me mettre à dos les étudiants. Si tout va bien, je nouerai avec eux une discussion informelle qui leur ouvrira des pistes de réflexion. Quelques-unes, du moins.

— À tous les coups, ils voudront parler de votre œuvre.

— Mes œuvres, la corrigea pompeusement Lourds. Mais vous avez sans doute raison.

À peu près partout où il allait, la conversation portait sur *Sex and the City antique.*

— Les livres que vous allez étudier, à la bibliothèque… ils sont connus ? Ils ont de la valeur ?

— Je crois bien. Je serai en tout cas le premier universitaire américain à m'y intéresser de près. D'où mon enthousiasme.

Il s'arrêta au bord du trottoir pour jeter un coup d'œil au-delà de la marée de véhicules qui se répandait aux abords du terminal. Leurs gaz d'échappement lui picotaient les yeux et la gorge.

— Vous passerez à la télé ? J'ai vu vos émissions en Égypte et en Espagne. La course à l'Atlantide.

Des souvenirs revinrent en foule à Lourds. Bien qu'au cours de sa carrière, il eût pris part à de fabuleuses découvertes, rien de ce qu'il avait vécu jusque-là — ni depuis, d'ailleurs — ne rivalisait avec la quête de l'Atlantide perdue. Une quête qui l'avait fasciné, terrifié, en manquant de peu précipiter sa fin. À présent… eh bien, il en éprouvait une sorte de nostalgie.

Depuis quelques mois et même s'il ne l'eût pas volontiers admis, il aspirait à une aventure tout aussi palpitante, à même de briser sa routine. Se retrouver sur le fil du rasoir lui avait valu bien des montées d'adrénaline.

Kristine indiqua les taxis.

— Si on en prenait un ? À quel hôtel logez-vous ?

— À l'Eserin Crown.

— Pas possible ! Moi aussi !

— Au moins, ça nous simplifiera la vie.

— Oh, oui ! Je pourrai prendre le petit déjeuner avec vous avant votre conférence ?

— Bien sûr.

— Et un cocktail à l'hôtel, ça vous dirait, une fois qu'on aura trouvé un taxi ?

— Mais oui, sauf que quelqu'un était censé m'y conduire.

— Quelqu'un qui devait venir vous chercher à l'aéroport ?

— Oui.

Lourds sortit de sa poche de chemise un bristol où figuraient les détails de son itinéraire, établi par son assistante dont il peinait à déchiffrer la minuscule écriture, pourtant régulière et bien formée.

— Professeur Lourds ! le héla un homme. Par ici !

En levant les yeux, Lourds aperçut, stationnée en tête de la file des taxis, une Mercedes bleu marine et, à côté, un chauffeur en livrée brandissant un écriteau où s'étalait son nom et son titre.

Lourds lui adressa un signe. Le chauffeur ouvrit le coffre et y rangea sa pancarte.

— Par ici, indiqua Lourds au porteur avant de se tourner vers Kristine. Je ne sais pas ce que vous en pensez mais moi, j'ai bon espoir qu'on nous servira des cocktails à l'intérieur.

Kristine observa la Mercedes. Elle ne souriait plus. Ses traits se crispèrent.

— Hum. Ce n'était pas prévu.

— Excusez-moi. Je me suis peut-être un peu trop avancé en supposant que vous monteriez avec moi. Je ne voulais pas vous froisser.

— Je n'en doute pas, professeur Lourds. Et c'est bien dommage. Vous me faites l'effet d'un chic type.

Finie, la coquetterie. Comme si un masque venait de tomber. La jeune femme affichait à présent un air déterminé.

Dérouté par son changement d'attitude et n'en devinant pas la cause, Lourds s'écarta. Il n'eut pas le temps de faire un pas de côté avant que la rousse lui saisisse la main.

— On va prendre ma voiture, lui annonça-t-elle.

Lourds tenta de se dégager. En vain. Elle avait plus de force qu'il n'y paraissait. Décidément, quelque chose clochait. Pris de peur, de sa main libre, il tenta de lui encercler le poignet. Il ne connaissait toujours rien aux arts martiaux, en dépit des ennuis dans lesquels il s'était fourré à la recherche de l'Atlantide. Pas le temps de les étudier ! D'autant qu'il ne pensait pas en avoir encore besoin. Il se trompait. Cela dit, il était plus grand, et plus costaud que la jeune femme. Et plus vif dans ses mouvements, du moins il l'espérait.

Avant qu'il eût refermé la main sur son bras, elle lui tordit le poignet. Une douleur atroce se propagea jusqu'à son cerveau. L'instant d'après, il se tenait à genoux sur le trottoir.

Mince alors! Dans son désarroi, une chose au moins lui parut hors de doute : cette fille n'était pas la banale admiratrice qu'elle prétendait être.

— Vous m'entendez, professeur Lourds? lui chuchota Kristine.

Il fallut à Lourds un certain temps avant de retrouver l'usage de la parole et d'acquiescer.

— Très bien. Quand je vous dirai : debout, vous me suivrez. Et sans m'opposer de résistance, sinon, je vous casse le bras. Compris?

Lourds ne se le fit pas dire deux fois. La douleur était trop cuisante pour qu'il se rebiffe.

— Compris.

— Alors allons-y.

2

Un petit cri échappa au professeur lorsque Kristine lui commanda de se relever en tirant sur son poignet. Son bras formait à présent avec sa main un angle aussi biscornu que le cou d'un lapin à l'abattoir. Quelques badauds, voyant ce qui se passait, reculèrent. Kristine, en admettant que ce fût bien son nom, poussa Lourds devant elle. Des taches noires voletaient devant les yeux du professeur, qui se crut sur le point de perdre connaissance.

La mécanique bien huilée de son cerveau s'enclencha aussitôt. Peu importe ce qui lui arrivait, à lui ou à son entourage, il cherchait systématiquement la solution de l'énigme. En arrivant à Istanbul, il ne s'attendait pas du tout à une agression ni à un enlèvement. Pour l'instant, il refusait d'envisager l'hypothèse de l'assassinat. Quoi qu'il en soit, une énigme se posait à lui ; une énigme peut-être fatale. Ne lui restait plus qu'à l'éclaircir.

— Vous êtes certaine qu'il n'y a pas erreur sur la personne ?

En guise de réponse, Kristine imprima à son bras une torsion, qui aviva encore sa douleur.

Les jambes de Lourds flageolèrent en manquant de peu se dérober sous lui. De la sueur lui ruisselait sur le visage. Il dut cligner des paupières pour ne pas laisser couler ses larmes.

— Bouclez-la ! Dépêchons-nous ! Pas de vagues. Et n'essayez pas de discuter.

Une armoire à glace vêtue du maillot d'une équipe de football américain s'avança vers Lourds ; une femme à la carrure imposante et deux gamins à l'avenant dans son sillage.

— Hé ! Ça va ? lança l'armoire à glace. Dites, mam'zelle, si votre papa se sent patraque, je peux l'aider : je suis aide-soignant.

Papa ? releva Lourds, mortifié.

— Il y en a beaucoup qui ont les tripes à l'envers, la première fois, à l'étranger, en rajouta l'armoire à glace. Le picrate d'ici ne passe pas toujours très bien.

Maudit zinfandel ! Lourds devait avoir une haleine sacrément chargée pour que l'autre en ait perçu l'odeur. En tant qu'aide-soignant, il se posait quand même là, s'il n'était pas fichu de distinguer quelqu'un de pompette d'un homme miné par la douleur.

— Merci mais ça ira, répondit suavement Kristine en poussant Lourds du coude. Mon père se remettra.

— Si vous voulez mon avis, il n'a pas l'air dans son assiette, objecta l'aide-soignant en s'approchant de Lourds.

L'attention dont ils faisaient l'objet éveilla une lueur d'espoir chez le professeur. Quelqu'un finirait bien par alerter les forces de l'ordre. Les endroits touristiques, en Turquie, grouillaient de policiers qui n'étaient pas là pour rigoler. Il suffirait que quelques-uns se présentent pour que tout s'arrange. Pourvu que Kristine ne lui casse pas le bras dans l'intervalle !

Sans ciller, elle referma son autre main sur le poignet de Lourds. Celui-ci sentit contre sa paume un objet en métal qu'il n'identifia pas. La rousse l'obligea à tendre le bras en direction de l'armoire à glace. Un cliquetis retentit, suivi par un curieux bourdonnement.

Deux câbles venaient de jaillir de la main de Lourds pour se fixer sur l'aide-soignant. *Un peu*, songea le professeur, *comme quand Spider-Man tisse sa toile.*

La victime de Kristine loucha sur les fils attachés à son torse et son ventre.

— Hé ! Qu'est-ce que vous m'avez fait ?

Lourds eût voulu l'assurer qu'il n'y était pour rien, mais il se doutait bien que Kristine se vengerait, si jamais il s'avisait d'ouvrir la bouche. L'aide-soignant toucha les câbles. Des tressaillements le parcoururent alors qu'il secouait la tête en tous sens.

— M'man ! lança l'un des petits. Papa danse le jerk !

— Alors qu'il n'a même pas bu, aujourd'hui, renchérit l'autre.

— Harold ! s'écria sa femme. Qu'est-ce qui te prend ? Laisse ces gens tranquilles. Harold ! Tu m'écoutes ?

Les convulsions du dénommé Harold cessèrent subitement. Il s'effondra comme une marionnette dont on eût coupé les ficelles : face contre terre, les bras en croix sur la chaussée. Un taxi pila net à quelques centimètres à peine de sa tempe.

— Harold! glapit sa femme.

— Papa! lui firent écho les gamins.

D'autres passants donnèrent à leur tour de la voix et le tohu-bohu se généralisa au point que Lourds se retrouva bientôt cerné par une marée de badauds affolés. Si Kristine ne lui avait pas tenu aussi fermement la main, il eût certainement pu s'échapper.

— Oh, mon Dieu! glapit l'imposante épouse d'Harold en tirant sur les câbles fixés à son torse. Il a tué mon mari. Ce type a tué mon mari! répéta-t-elle en pointant sur Lourds un index accusateur.

— Non, protesta celui-ci comme par réflexe. C'est...

La douleur lui coupa le souffle et il manqua de peu s'effondrer. Kristine, sans lui lâcher la main, l'attrapa par le col. Il se débattit. Sans succès. La jeune femme connaissait son affaire.

— Avancez, professeur Lourds, lui ordonna-t-elle. Ça m'amuserait de voir la police vous coffrer, je ne dirai pas le contraire, mais j'ai d'autres projets, en ce qui vous concerne.

Un millier de questions surgirent à l'esprit de Lourds, qui n'en posa toutefois aucune et se contenta de filer droit jusqu'à la rue suivante.

— Vous me voyez? demanda Kristine.

Lourds hésita, se rappelant qu'elle lui avait enjoint de ne rien dire, et lança, par-dessus son épaule, un coup d'œil à sa ravisseuse.

— Vous me voyez? répéta Kristine.

— Non, lui répondit Lourds. Pas très bien, en tout cas. À cause de l'angle...

— La ferme! Ce n'est pas à vous que je parlais.

Lourds se retourna sur le gros Harold. Soulagé, il le vit remuer, l'air complètement déboussolé, et devina sans peine ce qu'il ressentait.

Derrière Harold toujours à terre, trois hommes se frayèrent un chemin parmi la foule. Ils firent signe à Kristine et glissèrent une main sous leur veste; un geste qui, de l'avis du professeur, n'augurait rien de bon.

Une bordée de jurons échappa à la jeune femme. Malgré lui, Lourds apprécia la richesse de son vocabulaire.

— De la compagnie! commenta-t-elle.

Au même moment, les trois types dégainèrent. La barrière humaine qui les séparait de Lourds et de sa ravisseuse se dispersa comme par enchantement. Badauds et chauffeurs de taxi hurlèrent de terreur en se mettant à couvert entre les véhicules.

Kristine obligea Lourds à traverser la rue au pas de course. Une voiture les évita de justesse avant de se fracasser contre un taxi en station-

21

nement. Les bottines de Lourds broyèrent du verre cassé. Il s'en était répandu sur toute la chaussée. Lourds espéra que personne n'avait été blessé, surtout pas lui.

— Non ! rétorqua Kristine, à cran, alors que Lourds n'avait rien dit. Je ne sais pas qui c'est. Apparemment, la surprise a fait long feu. Où est la voiture ?

Elle força Lourds à s'arrêter en l'étranglant à moitié avec sa propre chemise. À sa droite, un 4×4 gris métallisé apparut à un coin de rue en fonçant droit sur eux dans un crissement de pneus. Les piétons se dispersèrent, à l'exception d'un type trop lent qui, percuté, roula sur le côté avant de se relever en se massant le bras.

Lourds jura en trois langues différentes avant de se rappeler qu'il n'était pas censé broncher. Résigné à ce que la rousse lui casse le bras pour de bon, il se préparait à endurer une abominable douleur quand le 4×4 freina devant Kristine. La portière s'ouvrit côté passager, et un grand baraqué saisit Lourds par sa chemise.

— Montez, lui ordonna Kristine en le poussant.

Le gros costaud jeta Lourds à l'intérieur comme si le professeur ne pesait pas plus qu'une plume. Celui-ci se cogna les genoux mais ce ne fut rien à côté de la douleur dans son poignet. Il en perdit l'équilibre et se rétama sur le plancher.

En se dévissant le cou pour détailler son ravisseur, Lourds vit un projectile pulvériser l'oreille gauche de ce dernier dans une giclée écarlate. Du sang éclaboussa la vitre, à présent percée d'un trou de la taille d'une pièce de monnaie.

— On nous tire dessus ! comprit Lourds.

D'autres balles se mirent à pleuvoir sur la carrosserie du 4×4 en traversant les vitres. Le costaud sortit un pistolet automatique de sous sa veste de costume. D'une main, il plaqua la tête de Lourds contre le tapis de sol et, de l'autre, brandit son arme.

— Un petit malin, celui-là ! commenta le costaud en tirant, malgré le sang qui lui dégoulinait sur les joues et dans le cou.

— Il est prof, expliqua Kristine. Sans doute que c'est plus fort que lui.

Elle s'engouffra dans le 4×4 en piétinant les fesses de Lourds, donna un coup de crosse sur la nuque du chauffeur et lui cria :

— Démarre !

Le véhicule s'ébranla. Les pneus hurlèrent. Lourds se cogna le nez contre le plancher au premier obstacle qui fit bondir le véhicule, en espérant qu'il ne s'agissait pas encore d'un piéton. Une nouvelle salve de projectiles défonça la vitre arrière. Des éclats de verre Securit s'éparpillèrent sur Lourds qui, pour la première fois depuis de longs mois, se trouva idiot d'avoir rêvé d'aventures aussi palpitantes que sa quête de l'Atlantide.

Les instants où il avait frôlé la mort lui revinrent en mémoire. *Mais qu'est-ce qui me passait par la tête, franchement ?*

Le voilà de nouveau mêlé à un enlèvement et une fusillade dans un concert de cris et de hurlements.

Qu'est-ce qui clochait, à la fin ? Ça n'était pas censé se passer comme ça.

Mince alors, il était venu là dans l'intention de se donner du bon temps !

CIA
Langley, Virginie, États-Unis d'Amérique
15 mars 2010

L'agent spécial James Dawson suivait d'un œil sombre les événements à l'aéroport international Atatürk sur un écran haute définition occupant un pan de mur entier. En travers de la chaussée maculée de coulures de sang gisaient des blessés dont la simple présence en ce lieu mettait en péril la carrière que Dawson planifiait habilement depuis dix-sept ans.

Ça ne devait pas se passer comme ça, fulmina-t-il en son for intérieur. *Ça devait marcher comme sur des roulettes. Les doigts dans le nez. Ni vu ni connu, je t'embrouille.*

Un homme à sa solde s'était substitué au chauffeur de la Mercedes venue à la rencontre de Lourds. La police n'avait aucune chance de remonter la piste jusqu'à la CIA ; peu importe qu'elle les attrape morts ou vifs. Un homme de paille s'était chargé de leur recrutement pour que Dawson puisse apporter un démenti crédible à son implication, au cas où l'affaire lui retomberait dessus. Sauf qu'il tablait sur la plus grande discrétion et ne comptait pas devoir démentir quoi que ce soit.

Dans son dos, une horde de techniciens guettaient ses instructions face à leur ordinateur.

— Zoomez sur la femme à côté de Lourds.

La rousse se matérialisa sur une portion de l'écran mural où se poursuivait la retransmission en direct des événements en Turquie. Prévenue à la dernière minute, l'équipe de Dawson avait tout juste eu le temps de pirater le système de vidéosurveillance de l'aéroport. Enlever le professeur Thomas Lourds aux États-Unis eût été plus simple. Pourquoi celui dont il recevait ses ordres voulait-il s'emparer du professeur ? À l'étranger, qui plus est ? Dawson n'en avait pas la moindre idée. Il ne comptait cependant pas poser de questions. Son avancement reposait en effet sur une obéissance aveugle de sa part.

La femme à l'écran lui parut soucieuse mais pas particulièrement étonnée.

S'attendait-elle à du grabuge ? Ou s'estimait-elle capable de se tirer d'affaire en toutes circonstances ? Il la regarda se frayer un chemin à travers la foule avant de pousser Lourds à bord du 4×4.

— Elle est connue de nos services, non ? supposa Dawson.

— Nous essayons de l'identifier, assura une technicienne. Ça nous aiderait de savoir par où commencer les recherches.

À l'écran, des coups de feu partirent d'un pistolet automatique à l'intérieur du 4×4. Deux des trois poursuivants s'aplatirent face contre terre, de même qu'une poignée d'innocents passants.

Dawson jura dans sa barbe. Ceux qui s'étaient emparés de Lourds semblaient aussi résolus que lui à le capturer.

— Regardez bien, s'impatienta Dawson. Elle a dû lui mettre le grappin dessus sur le chemin d'Istanbul.

Sinon, elle l'aurait enlevé plus tôt. Si seulement il savait pourquoi tout le monde se l'arrachait, ce professeur !

— À Boston, elle n'aurait pas été la seule à vouloir s'emparer de lui. Repassez-moi le moment où elle prend le dessus : quand elle attrape Lourds par la main en l'obligeant à la suivre.

L'écran se scinda en vue de la retransmission de l'épisode du poignet tordu.

— Agrandissez-moi l'image !

Dawson identifia tout de suite la prise.

— Elle s'y connaît en arts martiaux. Or elle ne se méfie pas de la police. Donc, elle n'est pas recherchée en Turquie. Elle se débrouille bien en combat rapproché. Elle garde son sang-froid, même quand ça chauffe. Allez ! Les femmes aussi douées qu'elle ne courent pas les rues. C'est une professionnelle, à coup sûr.

À l'écran, les deux poursuivants tombés à terre ne se relevaient toujours pas. Du sang imbibait leurs chemises et leurs pantalons.

Imbéciles! Ils ne portaient même pas de gilet pare-balles. Évidemment : comment auraient-ils deviné ce qui les attendait? Ils devaient tout bêtement s'emparer du professeur; pas se retrouver pris dans une fusillade. Dawson reporta son attention sur le 4×4 qui filait au coin de la rue.

— Déchiffrez-moi la plaque.

Le pare-chocs apparut dans une nouvelle portion d'écran. Les techniciens grossirent l'image jusqu'à ce que l'immatriculation devienne lisible.

— À qui appartient-il? demanda Dawson.

— C'est ce que nous cherchons à savoir.

Furieux, Dawson se mit à tourner comme un lion en cage. Il s'assura que son téléphone portable se trouvait bien à l'intérieur de sa veste, contre son cœur, en résistant à l'envie de vérifier que son chef ne l'avait pas appelé. Son mobile vibrait sans sonner, de sorte que lui seul savait quand quelqu'un le contactait. Il s'en serait aperçu, s'il avait reçu un coup de fil. Voilà huit ans qu'il n'avait pas perdu de vue son portable un seul instant, conscient que son avancement en dépendait.

— Le 4×4 appartient à une société stanbouliote de coursiers, annonça un technicien. *Les messageries du Détroit.* Installée près du pont de Galata, dans le quartier d'Eminönü.

Dawson n'eût pas été fichu de montrer du doigt le pont de Galata sur un plan d'Istanbul, mais peu importait, tant que son équipe identifiait les propriétaires du 4×4.

Il réfléchit aux possibilités qui s'offraient à lui. Pas question de céder à la panique! Son mentor ne l'avait pas pris sous son aile pour qu'il perde ses moyens dans les moments de tension.

— Communiquez l'adresse aux Rouges; à l'autre équipe, quoi. Si le véhicule n'a pas été volé, ils récupéreront peut-être Lourds chez les coursiers. De toute façon, il y aura bien quelqu'un là-bas en mesure de les renseigner. Dites-leur de me trouver Lourds ou, au pire, quelqu'un qui sache où il est.

— Entendu!

De rage, Dawson balaya du regard la rousse, les morts et le 4×4 à l'écran. D'accord : il s'était fait doubler, mais il n'avait pas dit son dernier mot.

Son téléphone vibra. Il le sortit aussitôt de sa poche et répondit :

— J'écoute.

— Jimmy ? commença une voix de velours aux inflexions distinguées. Je regardais les actualités dans mon bureau en relisant mes notes en vue d'une conférence sur le Moyen-Orient quand CNN a parlé d'une fusillade à l'aéroport international Atatürk, à laquelle aurait été mêlé le professeur Thomas Lourds.

— En effet. Nous gardons l'œil sur ce qui se passe là-bas.

— Pour autant que je sache, le professeur Lourds n'a pas suivi de formation militaire et n'est pas lié à l'armée, turque ou autre.

— Non, mais il a été scout. Et au plus haut niveau !

— Je suppose que ça lui servira, le jour où il devra retrouver son chemin en forêt, allumer un feu de camp ou aider quelqu'un à traverser la rue.

— Certains scouts apprennent à manier des armes à feu.

— À mon avis, ce ne sont pas quelques restes de scoutisme qui lui auront permis de fausser compagnie à ses ravisseurs.

— Euh non, admit Dawson, dont le teint vira au cramoisi.

— Je vous connais : vous n'avez certainement pas donné l'ordre de l'enlever l'arme au poing. Si j'en crois CNN, il y a eu des blessés, et peut-être même des morts à l'aéroport, déclara l'interlocuteur de Dawson d'une voix égale, bien qu'il lui tînt là des propos accablants. En résumé : nous voilà avec un incident diplomatique sur les bras. Ne me dites pas que vous l'avez fait exprès ?

— Non, bien sûr que non. Mes hommes ont riposté à l'irruption inopinée d'un groupe qui s'est emparé de Lourds avant eux. Ils ont tenté de sauver la situation en ouvrant le feu. Personne n'établira de lien entre eux et la CIA et encore moins avec votre bureau.

— Ravi de l'entendre, Jimmy. Il semblerait tout de même que le professeur Lourds vous ait échappé.

Les yeux de Dawson se posèrent sur l'arrière du 4×4 en fuite.

— Pas encore. Nous venons d'identifier les ravisseurs et de nous lancer à leurs trousses.

— Parfait ! J'apprécie votre esprit d'initiative. Jusqu'ici, j'ai pu compter sur vous pour obtenir des résultats.

Dawson bomba le torse, un peu fier.

— Comme je vous l'ai dit, Jimmy : il s'agit là d'une mission de la plus haute importance. Je tiens à m'entretenir avec le professeur Lourds dans un avenir proche.

— Comptez-y.

— Je vous laisse vous en occuper. Vous me rappellerez quand tout sera éclairci.

— D'accord, monsieur le vice-président.

Un bip indiqua à Dawson la fin de la communication. Il rangea son portable dans sa poche.

— Monsieur! l'interpella un technicien.

Sans même se retourner, Dawson lança :

— Il y a intérêt à ce que ce soit une bonne nouvelle.

— Nous venons d'identifier la femme.

Dawson examina la rousse à l'écran.

— Eh bien?

— Il semblerait qu'elle appartienne à l'IRA.

Voilà qui n'avait pas de sens! Que venait fabriquer l'IRA là-dedans?

— Nous disposons d'un hélicoptère dans les environs, non?

— Exact.

— Donnez l'ordre au pilote de retrouver le véhicule.

Dawson eut toutes les peines du monde à conserver son calme. L'opération tournait au vinaigre. Heureusement, d'ici quelques minutes, tout rentrerait en principe dans l'ordre.

Feneryolu Cd
Quartier de Yeşilköy, Istanbul, Turquie
15 mars 2010

Des pneus crissèrent. Un gémissement échappa à l'embrayage malmené du 4×4. L'estomac de Lourds se souleva lorsque le véhicule bondit. Un certain temps s'écoula avant que les roues rentrent en contact avec le sol. Le front du professeur heurta d'abord le plancher, puis les fixations en métal du siège avant. Un goût de sang lui emplit la bouche; celui qui coulait de sa lèvre. Aux alentours, cela klaxonnait à qui mieux mieux.

L'homme à l'avant jura en farsi. Le chauffeur implora l'aide de Dieu dans la même langue. Quant au grand baraqué à l'oreille arrachée par une balle, il se contenta de pouffer discrètement.

Ne voyant pas Kristine, Lourds se demanda ce qu'elle fabriquait. Il dressa la tête en essuyant le sang qui lui barbouillait le menton et, comme de juste, s'en mit plein les doigts.

Quelqu'un — Kristine, il l'aurait juré — lui asséna un coup de pied dans le crâne.

— Attention! cria l'homme à l'avant.

— Ça va, j'ai vu, rétorqua le conducteur.

Le 4×4 manqua de peu piler net avant de poursuivre cahin-caha sa route dans un grincement métallique.

La vitesse à laquelle le baraqué rechargeait son pistolet automatique dénotait une longue pratique du tir. Soit il subissait l'emprise d'une quelconque drogue, soit il avait résolu d'en finir, estima Lourds.

— Bande de branleurs! s'exclama Kristine, écœurée.

Lourds décela une pointe d'accent irlandais dans sa voix. Encore un détail qu'elle lui avait caché en se faisant passer pour une admiratrice. Il se tortilla jusqu'à la voir apparaître dans son champ de vision.

Elle se pencha par-dessus la banquette arrière, le temps de ramasser un pistolet, dont elle ôta le cran de sûreté d'une main experte.

Le baraqué cessa de glousser.

— Vous savez où vous allez, au moins? demanda Kristine.

— Évidemment. Nous contrôlons la situation.

— Ah bon? releva Kristine d'un ton sarcastique.

Forcé d'admettre que ce n'était plus une gamine, Lourds s'interrogea sur son âge. Il lui donnait dix-neuf ans, mais comment aurait-elle pu acquérir en si peu de temps les talents dont elle venait de livrer un impressionnant échantillon? Il s'était trompé du tout au tout sur son compte. Quand même, elle ne devait pas dépasser les vingt-cinq ans. Son accent, qu'elle tentait de masquer, semblait irlandais; ce qui n'avait pas empêché Lourds de la prendre au premier abord pour une américaine. Sans doute vivait-elle aux États-Unis depuis pas mal de temps. À moins qu'elle n'eût de remarquables talents d'actrice en plus de s'y connaître en arts martiaux. Pour couronner le tout, c'était une tireuse hors pair : l'arme dans son poing ne tremblait pas.

À qui Lourds avait-il affaire? Comment lui échapper?

— Ça faisait partie de votre connerie de plan, que ces types se pointent et dégainent? reprit la rousse.

Pas de réponse. Le conducteur garda le silence : il n'aurait pas trop de toute sa présence d'esprit pour se faufiler dans la circulation pied au plancher. Le 4×4 n'arrêtait pas de piler net avant de repartir de plus belle. Pourtant, il n'entrait que rarement en collision avec d'autres véhicules, se contentant de les frôler au passage.

— Non! lui confirma le baraqué.

— Alors qu'est-ce qu'ils fichaient là ?

— Va savoir ! Sans doute que le professeur est très demandé.

Le costaud secoua la tête. Des gouttelettes de sang se répandirent autour de son oreille sectionnée.

— De toute façon, tu as joué ton rôle, opina-t-il.

— Je ne m'estimerai pas quitte tant que je n'aurai pas touché mon dû, objecta Kristine.

Lourds profita de leurs chicaneries pour évaluer ses chances de s'enfuir. À la place de Harrison Ford dans un film d'action, il se dresserait d'un bond, balancerait son coude dans la face du baraqué, ouvrirait la portière et sauterait avant de se relever, à peine égratigné. Las ! Lourds n'avait rien d'un Harrison Ford. En sautant d'un véhicule lancé à une telle vitesse, il se casserait forcément quelque chose — la pipe, par exemple. En tout cas, le contact du bitume l'écorcherait vif. Sans compter que l'un des véhicules entre lesquels ils slalomaient lui roulerait probablement dessus. D'un autre côté, à en juger par le carnage à l'aéroport, il ne ferait pas de vieux os s'il ne tentait rien, et vite.

Personne ne lui prêtant attention, le moment lui parut venu de tenter sa chance.

Depuis tout petit, il jouait au football et participait à des matches à l'université dès que l'occasion se présentait ; d'où son excellente condition physique. Vif et souple en dépit de ses chevilles entravées, il se roula en boule avant de se relever et donna contre le toit du véhicule un coup de tête assez percutant pour s'assommer.

Ce n'était pas tout à fait ce qu'il envisageait mais enfin, ça valait mieux que rien.

— Qu'est-ce que tu fiches, la grosse tête ? s'énerva le costaud en se retournant sur Lourds.

Stimulé par une montée d'adrénaline, Lourds, sans réfléchir, lui balança son coude en pleine figure dans l'intention de le sonner. Il ne réussit toutefois qu'à lui arracher un autre lambeau d'oreille.

Rugissant de douleur, le baraqué porta une main à sa tempe et frappa Lourds à la tête avec son automatique. Le professeur vit trente-six chandelles. Manque de pot : un coup partit de l'arme. Secoué par la détonation, Lourds recula. Le 4×4 oscilla dangereusement. Lourds jeta un coup d'œil au conducteur : il lui manquait à présent une partie du crâne et son sang éclaboussait le pare-brise en miettes. L'instant d'après, son cadavre s'affaissa sur le volant. Le klaxon se mit à beugler tandis que le véhicule dérapait en échappant à tout contrôle.

3

Lourds fit mine d'attraper le volant. C'était sans compter l'homme assis à l'avant, qui l'en empêcha. Pour sa peine, Lourds lui envoya son coude endolori en pleine tête ; ce qui lui assura le champ libre. Un peu sonné lui-même, le professeur tenta de prendre le contrôle du véhicule mais ne réussit qu'à se salir : ses mains glissaient sur le volant dégoulinant du sang du conducteur. Il vit avec horreur un café se rapprocher du pare-chocs à toute allure.

Les clients attablés en terrasse se dispersèrent, alertés par le Klaxon, sur lequel appuyait la tête du mort.

Une bande de tissu vint comprimer la gorge de Lourds au point de lui couper le souffle. Il se crut un instant victime d'une tentative d'étranglement.

— Laissez tomber, professeur, lui hurla Kristine à l'oreille. Ce satané 4×4 est fichu. Impossible d'éviter la collision…

Renonçant à se débattre contre la ceinture de sécurité qui lui entaillait la chair, Lourds se laissa choir en arrière ; ce qui lui valut d'atterrir dans le giron de la jeune femme. En d'autres circonstances, il en eût été transporté d'aise. Un instant, il sentit contre son dos les courbes féminines de la rousse occupée à fixer une ceinture de sécurité en travers de son torse.

Tu t'apprêtes à mourir et c'est la dernière chose qui te vient à l'esprit ?

Lourds lui-même en resta consterné mais il n'eut pas le loisir de s'appesantir là-dessus : la ceinture empêcha de justesse le haut de son corps de jaillir par le pare-brise tandis que sa ravisseuse se pressait contre lui en enfouissant son visage entre ses omoplates. Le 4×4 venait de débouler au beau milieu des tables et des chaises précipitamment abandonnées.

Lourds sentit quelque chose de dur au creux de ses cuisses. Il se demanda malgré lui ce que c'était : eh bien, le pistolet de la rousse. Sans qu'il ait le temps de s'en emparer, le 4×4 fonça dans la façade du café. L'aile droite se ratatina tandis que des morceaux coupants de pare-brise maculé de sang s'éparpillaient dans l'habitacle. Le choc de la collision secoua Lourds de la tête aux pieds. Tel un boxeur groggy, le 4×4 poursuivit en vacillant sa trajectoire, qui l'amena dans une rue passante où une camionnette de maraîchers lui emboutit l'aile gauche. Une douleur atroce envahit Lourds.

Cela dit, tant qu'il souffrait, il vivait encore.

La carrosserie en accordéon du 4×4 bascula soudain, comme si la roue avant venait de se détacher. Le véhicule se mit à pencher au point de s'incliner bientôt sur le côté comme un brave chien au pied de son maître.

Lourds s'attendait à donner de la tête contre le plafond mais non : maintenu contre la banquette arrière par la ceinture qui lui sciait l'épaule, ses jambes pendouillaient à présent dans le vide de l'habitacle. Une moitié de la tête du baraqué racla la chaussée en aidant à son insu le 4×4 à freiner. Un cri de douleur lui échappa mais il ne tarda pas à se taire. Lourds se démena de son mieux pour éviter tout contact avec le cadavre défiguré tant il craignait de partager à son tour son horrible sort.

Le véhicule s'immobilisa enfin.

Lourds eut d'abord du mal à le croire : les hurlements du moteur, de la tôle et des passagers lui vrillaient encore les tympans.

Vivants ! Nous sommes vivants !

Là-dessus, il jeta un coup d'œil au mort à la face arrachée par le bitume et à l'autre, auquel il manquait une partie du crâne.

Certains d'entre nous, en tout cas, sont vivants, rectifia-t-il.

— Debout ! lui ordonna la rousse.

Lourds ne bougea pas.

— Il y a un pistolet qui vous appartient braqué sur mon bas-ventre.

La jeune femme eut l'obligeance de l'écarter.

— Et maintenant : debout !

Lourds essaya bien de lui obéir. En vain. Empêtré comme il l'était dans sa ceinture de sécurité…

— Je n'y arrive pas. La ceinture…

La lame d'un couteau étincela contre la paume de la jeune femme avant de s'enfoncer comme dans du beurre dans la ceinture, qu'elle trancha aussi sec.

Ah! Elle a pensé à se munir d'un couteau. Bien aiguisé, en plus…

Voilà qui lui fit encore plus froid dans le dos.

La rupture de la ceinture l'ayant pris au dépourvu, il atterrit sur la dépouille sanglante du baraqué. Sans lui laisser le temps de réagir, Kristine lui tomba dessus et se releva en lui donnant par inadvertance un coup de pied à la tête. Elle rempocha son couteau, coinça son pistolet dans sa ceinture et s'intéressa enfin à la portière défoncée au-dessus de sa tête.

Une puanteur âcre mais familière chatouilla les narines de Lourds.

— Ça ne sent pas l'essence?

— Si.

Une flaque de liquide se répandait sous le cadavre du baraqué. Lourds y trempa un doigt, qu'il renifla. Il s'agissait bel et bien d'essence, dont la forte odeur nauséabonde masquait jusqu'à celle du sang et de la mort.

— La collision a dû provoquer une fuite dans le réservoir, supposa la rousse. Aidez-moi plutôt, avec la portière.

— Non! À la moindre étincelle, nous partirons en flammes. Or il risque d'en jaillir une de la portière si nous y touchons.

— Vous pensez vraiment que nous avons intérêt à rester coincés là, professeur? Vous ne craignez pas qu'il nous arrive pire encore qu'un incendie?

Lourds ne le confia pas à sa ravisseuse armée jusqu'aux dents mais l'idée d'attendre des secours ne lui déplaisait pas.

— Aidez-moi, insista la rousse. J'aimerais mieux ne pas subir un interrogatoire de la police, en admettant qu'elle vienne à notre secours. Les prisons turques manquent un peu trop de confort. Et les types de l'aéroport pourraient bien nous rattraper les premiers.

— À condition qu'ils en soient encore capables…

Elle marquait quand même un point: le plan de Lourds lui parut tout à coup moins prometteur.

— Ils nous ont tiré dessus en pleine rue au mépris des passants. Vous croyez vraiment qu'ils n'étaient que trois à nos trousses?

— Hum… Je me fie à votre expérience.

Lourds s'accroupit sur le cadavre, qui n'offrait malheureusement pas un appui très solide.

Quelques curieux s'attroupèrent à une distance prudente du 4×4. Lourds les aperçut au travers du pare-brise réduit en miettes. Certains leur demandèrent s'ils voulaient de l'aide. D'autres se montrèrent du doigt les cadavres et les coulées de sang dans l'habitacle. Une vision de cauchemar. En tout cas, pas un n'osa s'approcher.

La rousse dégaina son pistolet, qu'elle brandit par la vitre défoncée. Quelques badauds s'éloignèrent ; pas assez à son goût. Elle tira en l'air, à deux reprises. L'une des douilles tomba dans le col de Lourds et lui brûla le dos. Heureusement, il s'en débarrassa en secouant sa chemise alors qu'il priait pour que les vapeurs d'essence ne s'enflamment pas en le précipitant *ad patres*.

Ce ne fut pas le cas.

Se produisit alors un exode massif des curieux.

— Pourquoi avez-vous tiré ? Ils voulaient seulement nous aider.

— Parce que l'un de ces bons Samaritains pourrait très bien être muni d'un pistolet ou d'un couteau. Tout le monde vous court après, professeur Lourds. Je ne sais pas ce que vous voulaient les types à l'aéroport mais je peux vous assurer qu'on m'a payée cher pour vous enlever.

— Vous deviez m'appâter ?

— On m'a dit que vous aviez un faible pour les jeunes et jolies femmes. Si j'en juge par votre manière de vous jeter sur moi, ce n'est pas faux.

Lourds n'en crut pas ses oreilles.

— Moi ? Je me suis jeté sur vous ? Oh mais non, jeune demoiselle !

— Tiens ! Voilà que vous soulignez notre différence d'âge ! Vous n'aviez pourtant pas l'air de vous en soucier outre mesure, jusqu'ici ?

Consterné par l'ineptie de leur altercation, Lourds n'en chercha pas moins une repartie bien sentie, jusqu'à ce que d'autres soucis plus pressants réclament son attention.

— Vous pataugez dans l'essence, professeur.

— C'est vrai ! Vous auriez pu nous tuer en faisant feu.

— Fermez-la, tous les deux, les interrompit le type assis à l'avant ; ayant repris ses esprits, il braquait sur eux un gros calibre. Sinon, je vous descends.

La rousse lui lança un regard glacial. Un instant, Lourds eut le pressentiment qu'elle allait lui régler son compte.

— Tu as de la chance que ton patron me doive encore de l'argent, conclut-elle.

L'homme hésita avant d'abaisser son arme en essuyant le sang qui coulait d'une plaie à son visage.

— Il faut qu'on sorte de là.

— Entièrement d'accord !

La rousse reporta son attention sur la portière. Cela empestait à présent franchement l'essence. N'ayant pas très envie de brûler vif, Lourds lui donna un coup de main. La portière céda dans un grincement métallique. Heureusement pour eux, pas une flamme ne s'éleva.

La jeune femme s'extirpa de la voiture, Lourds sur ses talons. Du haut du 4×4 couché sur une aile, ils jaugèrent les curieux massés aux alentours. Avec sa chemise en lambeaux, le professeur aux membres endoloris avait l'allure d'un figurant dans un film de zombies. Son chapeau, lui, tenait toujours en place, même si Lourds se demandait à quoi celui-ci ressemblait.

Des badauds pointaient sur eux leur appareil photo, leur Caméscope ou leur portable.

— Venez !

Le grand baraqué, un téléphone mobile plaqué contre l'oreille, se dressait à présent devant le 4×4, dont il était sorti par le pare-brise défoncé. Du sang trempait ses habits en ruisselant sur ses mains et ses joues.

— Où ça ? lui demanda la rousse.

— Là, lui indiqua l'autre en montrant du doigt une ruelle à deux pas d'eux. Il y a une voiture qui nous attend.

Lourds songea qu'au lieu de regarder autour de lui d'un air éberlué, il eût été plus inspiré de prendre ses jambes à son cou. Il résolut de sauter par terre afin de disparaître parmi la foule avant que ses ravisseurs ne lui mettent la main au collet. D'un autre côté, ça ne les empêcherait pas de lui loger une balle dans le dos. À moins qu'ils ne le veuillent vivant ?

La rousse coupa court à ses tergiversations en lui agrippant la cheville. Au lieu d'atterrir gracieusement puis de fuir à toutes jambes, Lourds se vautra, la tête la première. Le souffle coupé, il s'efforça de se relever. Seuls quelques mètres le séparaient de la foule des curieux. Il suffirait que...

Par la grâce d'un saut de gymnaste digne des Jeux olympiques, la rousse se campa devant lui et lui saisit le poignet, qu'elle lui tordit en lui causant une abominable douleur.

— Suffit! protesta-t-elle du ton qu'on réserve à un chien sur le point de mordiller les meubles.

À contrecœur, Lourds la suivit comme un gentil toutou bien élevé.

La jeune femme et le costaud brandirent à nouveau leurs armes. La foule s'écarta pour leur livrer passage. Lourds eut du mal à suivre leur rythme. Pas facile de courir avec le poignet tordu et des contusions un peu partout. Indifférente, la rousse avançait aussi souplement qu'une danseuse. Pas Lourds, en revanche. Une vive douleur irradiait de la moelle de ses os. Le sang battait à ses tempes. Ils remontèrent la ruelle en vitesse. Des commerçants claquèrent leurs portes sur leur passage.

Un hélicoptère se mit à vrombir non loin. La rousse se jeta sur Lourds, qui s'aplatit contre un mur, alors que les pales de l'appareil tournoyaient à présent dans son champ de vision.

— Cache-toi! hurla la rousse à son comparse en se pressant contre Lourds, toujours collé à son mur; un mouvement qui ne déplut pas au professeur.

Malgré lui, une partie de son anatomie réagit au contact rapproché de la jeune femme. Il espéra qu'elle ne le remarquerait pas.

Peine perdue : un juron lui échappa.

— Qu'est-ce qui vous prend? Vous avez abusé du Viagra?

— Oh non. J'aime les femmes, c'est tout. Je regrette seulement de ne pas avoir une libido plus sélective. En général, j'évite les partenaires susceptibles d'abréger mes jours.

— Si je ne vous avais pas enlevé, vous seriez déjà mort.

— Alors que là, j'ai droit à un ultime sursis.

Les traits de la rousse se durcirent.

— Ce n'est pas mon problème. On m'a payée pour vous enlever. Mon boulot s'arrête là.

Au même instant, un homme armé à bord de l'hélicoptère ouvrit le feu. Des balles de gros calibre déchiquetèrent le baraqué qui se répandit sur le trottoir.

La rousse pesta, lâcha Lourds et le poussa en lui criant :

— Filez!

Ce que fit Lourds, en levant les bras comme si un tel geste le protégerait, tout en sachant pertinemment que non. Les projectiles criblèrent de trous les bâtiments qui bordaient la rue. Lourds n'avait pas fait dix pas quand une berline fonça droit sur lui.

Des secours ? Ou une nouvelle flopée de tueurs ?

Il n'en savait fichtre rien.

CIA
Langley, Virginie, États-Unis d'Amérique
15 mars 2010

Ce qu'enregistrait la caméra sur le nez de l'hélico arracha un frisson d'appréhension à Dawson. Comme elle ne captait que ce qui se passait devant l'appareil, il ne savait pas sur quoi tiraient les hommes à bord. Des salves de mitrailleuses retentissaient en tout cas avec un grand professionnalisme.

— Il n'y a pas d'autre caméra ? s'impatienta Dawson.

— J'essaye de la connecter, lui expliqua un technicien.

Les images en provenance de l'hélico oscillaient au point de donner la nausée à Dawson, qui inspira lentement afin de réprimer ses haut-le-cœur.

Tandis que sur la moitié gauche de l'écran, des toits continuaient à tanguer, à droite, des voitures de la police turque déboulaient parmi des curieux renâclant à leur céder le passage au milieu de la rue.

— Qu'est-ce que vous me montrez là ? s'étonna Dawson.

— La chaîne d'informations World News Network : ils tournaient en direct à deux pas de là ; un reportage sur Brad et Angelina…

— Lequel de leurs reporters couvre l'affaire ?

— Une certaine Davina Wilson.

Un rectangle se découpa sur l'écran : y apparut une charmante Afro-Américaine d'une vingtaine d'années.

— Renseignez-vous sur elle, ordonna Dawson.

À Istanbul, des policiers qui semblaient connaître leur métier se rassemblèrent autour de la carcasse du 4×4. Deux ou trois badauds s'époumonèrent en leur montrant du doigt l'hélico comme s'ils risquaient de ne pas le remarquer. Quelques membres des forces de l'ordre s'engouffrèrent au pas de course dans la ruelle que survolait l'appareil.

Dawson jura dans sa barbe. Si le tireur à bord de l'hélico n'avait pas achevé Lourds, la police turque pourrait bien s'en charger, elle. À tout le moins, elle l'arrêterait.

Ce qui ne plairait pas au vice-président.

— Passez-moi le pilote, lança Dawson.

— Entendu.

Par habitude, il tira sur ses manchettes et redressa le col de sa veste. Il se distinguait par le raffinement de sa tenue ; une sorte d'armure qu'il endossait au contact des hommes politiques. Sans compter qu'elle en bouchait un coin aux subalternes. Peu importe que le pilote le vît ou non : Dawson tenait à paraître sous son meilleur jour au moment de s'adresser à lui.

Le pilote apparut dans un énième rectangle à l'écran : un type aux yeux rapprochés, qui frisait la quarantaine, dont les cheveux courts artificiellement blondis tranchaient sur la peau noire. Une balafre, souvenir d'un coup de couteau, lui zébrait la joue gauche.

— Comment s'appelle-t-il ? se renseigna Dawson.

— Metternich. Johan Metternich. Un mercenaire sud-africain basé pour l'instant à Istanbul, au service d'un compagnie pharmaceutique qui exporte sous le manteau des diamants de son pays natal.

— On a déjà fait appel à lui ?

— Oui. À trois reprises. Les Britanniques et les Chinois aussi. Un homme fiable, qui ne pose pas de questions, ni de problèmes. Et qui ne compte pas d'échec à son actif. Du moins, jusqu'à présent.

Et surtout, qui a survécu à ses précédentes missions. Ce que Dawson estima encore plus parlant que le reste.

— Mettez-moi en liaison avec lui.

Le vrombissement de l'hélico et le déferlement des projectiles éjectés par la mitrailleuse martelèrent les tympans de Dawson.

— Vous mettez en danger la vie de notre proie, asséna-t-il au pilote sans se départir de son calme.

— Qui vous êtes, vous ? voulut savoir le Sud-Africain.

— Celui qui signe les chèques que vous recevez. S'il arrive le moindre pépin à notre cible, vous pourrez dire adieu à la somme promise et je mettrai votre tête à prix. Compris ?

Metternich lâcha une bordée de jurons.

— On ne va pas l'amocher. De toute façon, il court toujours.

L'hélicoptère pivota en pointant son nez – et la caméra qui y était attachée – sur l'extrémité de la rue. Lourds et la femme fuyaient en direction d'une berline, qui pila net devant eux.

Dawson couvrit son micro d'une main, le temps de demander aux techniciens :

— Qui conduit la voiture ?

— On se renseigne.

Un rectangle de plus s'incrusta sur l'écran : la plaque minéralogique de la berline y apparut en gros plan.

— Elle est immatriculée à Istanbul.

— Trouvez-moi à qui elle appartient.

Dawson laissa éclater sa contrariété avant de revenir à ses moutons.

— Qui c'est, dans la voiture ? lui fit écho Metternich.

— Peu importe. Ils nous mettent des bâtons dans les roues. Or il me faut notre proie !

— Message reçu ! conclut Metternich avant d'ajouter d'une voix retentissante : Emparez-vous de la voiture !

À l'écran, Lourds se figea. Plusieurs hommes jaillirent de l'arrière de la berline.

Une nouvelle rafale de mitrailleuse déchira l'air alors que l'hélico pivotait. Les projectiles criblèrent le mur derrière la voiture. Deux des hommes qui venaient d'en sortir dégainèrent un automatique dans l'intention de riposter.

— J'ai réussi à nous connecter à la seconde caméra.

— Montrez-moi ce qu'elle filme, alors ! lança Dawson en se concentrant sur l'écran.

La seconde caméra enregistrait depuis le fond de l'habitacle les mouvements des deux hommes qui mitraillaient les ravisseurs de Lourds et aussi ceux de Metternich, installé à la place du pilote.

Dawson poussa un soupir en se convainquant que tout irait comme sur des roulettes, même s'il n'avait pas eu aussi chaud depuis belle lurette. Il ignorait qui était Lourds ou pourquoi le vice-président tenait tant à s'emparer de lui mais il avait intérêt à en valoir la peine.

Les types jaillis de la berline criblèrent de balles la cabine de l'hélico. Metternich jura en s'efforçant de rétablir la situation. L'appareil tangua au-dessus des toits.

— Placez-vous sur les patins, ordonna Metternich. On va les canarder en rase-mottes.

Les tireurs s'exécutèrent alors que Metternich, toujours aux commandes, retournait à la berline.

— Je le veux sain et sauf ! grommela Dawson.

— On va vous l'attraper, l'assura Metternich. Lâchez-nous cinq minutes et laissez-nous faire notre boulot.

Cette fois, Dawson se promit de récompenser Metternich par une balle dans le crâne plutôt que par un chèque. Son insolence et son implication dans le projet du vice-président le rendaient rien moins qu'indispensable ; ce dont Dawson se félicita d'ailleurs.

L'hélico se rapprochait de la berline quand deux voitures de police arrivèrent. L'estomac de Dawson se noua.

Un tireur à bord de l'hélico s'emporta en indiquant l'arrière de la berline. L'un des types qui venaient d'en sortir exhuma du coffre un lance-roquettes qu'il hissa sur son épaule en visant Metternich, alors même que celui-ci faisait demi-tour.

Peu après, des flammes se mirent à lécher l'hélico. Le noir envahit l'écran.

4

Sonné, Lourds vit l'hélico partir en fumée. Les débris en flammes de l'appareil s'éparpillèrent aux alentours ; sur les toits des maisons et aussi au beau milieu de la chaussée. Les détonations qui se répercutaient encore d'un mur à l'autre l'avaient sérieusement ébranlé.

Toujours debout, vu qu'il n'avait pas eu la présence d'esprit de se plaquer contre le sol, Lourds se palpa d'un geste inquiet. Pour autant qu'il pût en juger, il était entier, même s'il ne s'estimait pas le mieux placé pour l'affirmer.

Du côté de la berline, l'homme au lance-roquettes rechargea son arme sans s'émouvoir. Des sirènes hurlaient dans le dos de Lourds. En se retournant, il aperçut deux voitures de police derrière les restes de l'hélico, qui les empêchaient d'ailleurs d'approcher.

Lourds leva les mains en l'air en criant :

— Ne tirez pas !

Deux policiers ouvrirent les portières, derrière lesquelles ils se planquèrent en dégainant.

Lourds répéta son message en deux autres langues. Il en était à sa troisième traduction quand la rousse lui tomba dessus. Elle le tira en arrière par les genoux, de sorte qu'il se rétama de tout son long à l'instant même où les policiers ouvraient le feu. Les balles sifflèrent à quelques centimètres à peine au-dessus de sa tête.

Sa ravisseuse lui grimpa sur le dos en s'aplatissant face contre terre.

— Vous allez vous faire dégommer. Vous avez juré d'en finir ou quoi ? s'exaspéra-t-elle en le gratifiant d'une claque sur la nuque.

Un nouveau coup partit du lance-roquettes en direction des policiers, qui eurent à peine le temps de déguerpir avant que leur véhicule exécute un saut périlleux et prenne feu, les roues en l'air comme une tortue à l'envers.

La berline pila net devant le professeur dans un crissement de pneus. La rousse se releva en un clin d'œil, l'attrapa sous un bras et l'un des tireurs, sous l'autre.

— C'est lui, le professeur ? voulut-il s'assurer.

— Oui, lui confirma la rousse.

À deux, ils poussèrent Lourds sur la banquette arrière. Celui-ci tira aussitôt sur la poignée de la portière dans l'intention de fuir mais un autre homme l'ouvrit et s'assit à côté de lui en lui envoyant son coude en pleine tête. Le chapeau de Lourds tomba sur la chaussée alors que lui-même gisait sur le siège, dans les vapes. Le nouveau venu ramassa le couvre-chef de Lourds, qu'il lui enfonça sur le crâne avant de claquer la portière.

La rousse prit place de l'autre côté du professeur et les deux tireurs à l'avant, près du conducteur.

— Fonce ! Fonce ! rugit l'un d'eux en passant sa rage sur le tableau de bord.

L'homme au volant appuya sur le champignon et dérapa au tournant avant de reprendre le contrôle de leur trajectoire.

Lourds jeta un coup d'œil par la vitre arrière en espérant y voir une voiture de police. Il ne savait pas quelle explication il pourrait bien fournir au guêpier dans lequel il s'était fourré mais mieux valait en chercher une que de prier pour s'en sortir vivant.

Une douleur aiguë l'élança dans la cuisse. Le type à côté de lui venait d'y enfoncer une seringue. Il voulut l'enlever. Trop tard : l'autre pressait déjà le piston. Lourds souffrit le martyre avant que sa jambe s'engourdisse.

— Qu'est-ce que c'est ? s'enquit la rousse.

— Un truc qui devrait le calmer. Vu qu'il s'obstine à nous créer des ennuis…

Lourds allait protester qu'il n'y était pour rien quand une profonde lassitude le gagna : plus moyen d'aligner deux idées cohérentes.

Des ténèbres envahirent sa conscience.

Dawson ramassa sa mallette et sortit de sa Dodge. Il en confia les clés à une jeune voiturière, qui le salua en lui tenant la portière.

— Ne la garez pas trop loin, lui demanda-t-il en lui remettant un billet de vingt dollars. Je ne suis pas sûr de rester longtemps.

— À votre service !

En dépit de l'heure tardive, le vice-président souhaitait ce soir-là dîner en tête à tête avec Dawson chez *Zola*, l'un de ses restaurants favoris, parmi les plus chics du district, où les clients pouvaient disposer de salons privés. Les employés de la CIA ne s'y donnaient que rarement rendez-vous. L'insistance du vice-président à retrouver son espion attitré dans l'immeuble qui abritait par ailleurs le musée international de l'Espionnage avait paru cocasse à Dawson.

Le bâtiment ne datait pas d'hier : il comptait au nombre des vieilles gloires de la capitale. Depuis sa remise à neuf, il resplendissait toutefois.

Dawson venait à peine d'entrer quand le maître d'hôtel se porta au-devant de lui.

— Vous avez réservé, monsieur ?

— Je suis attendu.

L'un des hommes chargés de la sécurité du vice-président s'avança. Dawson ne se rappelait pas son nom. Ils se ressemblaient tous : jeunes, la mine butée, impassibles. Son oreillette lui donnait l'air de débarquer d'une autre planète. La présence discrète du gadget électronique eût sans doute échappé à beaucoup mais pas à Dawson, loin de là.

— Il va me suivre, confirma-t-il au maître d'hôtel, qui s'inclina en souriant. Bonsoir, agent Dawson.

— Bonsoir, répondit Dawson en rajustant ses manchettes. Je ne suis pas en retard ?

— Non. Le dîner sera servi au même salon que l'autre jour ; vous vous rappelez le chemin ?

Dawson lui indiqua que oui. L'estomac noué par l'appréhension, il traversa la salle rouge et noir dont l'épaisse moquette étouffait le bruit de ses pas.

Deux hommes armés en costume noir, eux aussi équipés d'une oreillette, montaient la garde à l'entrée du salon privé. Le plus âgé salua Dawson.

— Bonsoir, agent Reeves, lui répondit Dawson, qui n'avait aucun mérite à se rappeler son nom dans la mesure où le vice-président n'allait nulle part sans lui.

Il remit sa mallette à l'autre sans que celui-ci ait à le lui demander. Reeves se chargea de la fouille et ne s'en excusa même pas. Le vice-président ne plaisantait pas avec sa sécurité. La mallette ne contenait que l'ordinateur portable de Dawson et un téléphone satellite.

Le plus jeune des agents la rendit à Dawson.

— Voilà, monsieur. Tout semble en ordre.

Reeves frappa à la porte du salon.

— Oui ? lança le vice-président.

— L'agent Dawson est arrivé, monsieur.

— Parfait ! Faites-le entrer.

Elliott Webster, ancien sénateur du New Hampshire et homme à poigne de son parti, pour l'heure vice-président des États-Unis d'Amérique, se tenait assis à une table déjà dressée en vue du dîner. Un léger embonpoint étoffait son imposante silhouette, qui n'atteignait pas moins d'un mètre quatre-vingt-cinq. Bien qu'il parût vingt ans de moins avec sa mâchoire volontaire et ses cheveux d'un blond cendré, il frisait la cinquantaine. Son regard bleu outremer inspirait confiance. La plupart des hommes s'en remettaient à lui d'instinct, alors que la plupart des femmes ne demandaient qu'à l'accabler d'affection. Quel que fût le cadre dans lequel Dawson le rencontrait, il semblait occuper tout l'espace à lui seul : difficile d'imaginer plus charismatique.

Originaire d'une petite ville du New Hampshire, il avait fondé, à seize ans à peine, une entreprise de logiciels. La création de deux groupes de discussion en ligne, alors qu'il étudiait l'économie, à Harvard, le rendit ensuite millionnaire. À la même époque, les années 70, le contrecoup de la crise du pétrole sur ses finances éveilla son intérêt pour la politique.

Par la suite, il reconnut d'ailleurs devant une célèbre journaliste qu'il n'eût sans doute pas milité s'il n'avait pas d'abord été capitaine d'industrie :

— Il me paraît inconcevable de se lancer dans les affaires à notre époque sans tenir compte du climat politique, aux États-Unis et à l'étranger.

Depuis, on ne comptait plus les chefs d'entreprise qui marchaient sur ses brisées.

Peu désireux de confier la défense de ses intérêts à des groupes de pression, Webster fit lui-même campagne en vue de la promulgation de plusieurs lois. Il naviguait en eau trouble avec une habileté croissante quand un mouvement de soutien populaire l'avait incité à se porter candidat aux élections sénatoriales du New Hampshire. Il refusa cependant.

Peu après, la recherche sur les cellules souches, dans laquelle il avait beaucoup investi, se heurta à la législation en vigueur mais il ne tarda pas à surmonter ce premier obstacle à son inexorable ascension.

Avec son épouse Vanessa Hart Webster, une ancienne Miss Amérique dont la plastique et la voix d'or avaient conquis la nation entière, il formait un couple idéal. Séduisante et cultivée, et surtout très photogénique, Vanessa raffolait des enfants et des animaux. Quand le moment vint pour une autre Miss Amérique de lui succéder, elle accepta un emploi au service de Webster, qu'elle épousa peu après pour ne plus le quitter d'une semelle — hormis à l'occasion d'un séjour express au Moyen-Orient, le temps de remonter le moral des troupes. L'une des entreprises de son mari offrit d'ailleurs plusieurs millions de dollars de jeux vidéo aux jeunes soldats ; ce qui lui garantit une publicité considérable pour pas un sou. Vanessa résolut alors de récolter des fonds afin de venir en aide aux enfants et aux militaires blessés pendant la guerre. Son mari mit lui aussi la main à la poche dans l'intérêt des soldats et de leurs proches. La presse s'étendit dès lors sur « la guerre de Vanessa ». Après cinq ans de mariage et d'engagements humanitaires, alors qu'elle animait sur une chaîne nationale une émission en quête d'organisations caritatives dignes de bénéficier des largesses de son époux, les médecins lui diagnostiquèrent un cancer du pancréas. Tout en luttant contre la maladie, Vanessa se fit le champion de la recherche sur les cellules souches dans l'optique de guérir le cancer. La nation entière, son mari y compris, suivit pendant plus d'un an sa lente agonie.

Ce fut le peuple américain au grand complet qui prit le deuil lorsque, à trente et un ans à peine, Elliott Webster perdit sa ravissante épouse au cœur d'or. À l'issue d'une année loin du tourbillon médiatique, Webster se porta candidat aux élections sénatoriales dans le New Hampshire.

— Depuis ma plus tendre enfance, expliqua-t-il d'un ton qui n'admettait pas la réplique, je m'intéresse aux avancées de la science. Je ne me suis lancé dans les affaires que pour obtenir les fonds nécessaires à l'étude des possibilités qu'offrent les nouvelles technologies. J'ai beaucoup appris au contact de Vanessa. Jamais je ne me remettrai de sa disparition, survenue au moment où notre pays tournait le dos aux découvertes scientifiques qui auraient pu lui sauver la vie, à elle et à des millions d'autres. Une fois sénateur, je m'efforcerai d'aplanir les obstacles qu'un Congrès mal informé a dressés devant les progrès de la science. Je rendrai l'avenir au peuple.

Le slogan « Rendons l'avenir au peuple » emporta l'adhésion du New Hampshire et, rapidement, de l'ensemble de la nation. Le même cri de ralliement connut un regain de popularité douze ans plus tard, lorsque le président sortant Michael Waggoner choisit de se représenter avec Webster : le tandem remporta l'élection haut la main.

Les contacts noués par Webster à l'époque où il soutenait l'engagement de son épouse au Moyen-Orient faisaient de lui un interlocuteur incontournable dans le processus de paix au Moyen-Orient.

Et dans bien d'autres domaines encore.

— Bonsoir, Jimmy ! lança le vice-président. Quel plaisir de vous voir !

— Plaisir partagé, affirma Dawson en échangeant une brève poignée de main avec Webster.

Comme toujours à proximité du vice-président, Dawson se sentit mu par une énergie nouvelle. Du fait de sa simple présence, Webster incitait à l'optimisme même ceux qui le fréquentaient assidûment. Pour un peu, Dawson en eût oublié l'embrouille d'Istanbul.

— Asseyez-vous ! continua Webster, sa serviette à la main, en désignant la chaise rembourrée à sa droite.

L'ambiance intime du petit salon au décor raffiné invitait à la détente. Aux dîners, le vice-président plaçait immanquablement Dawson à sa droite ; ce qui le confortait dans l'idée que Webster le considérait comme son bras droit et, comme de juste, le flattait. Webster témoignait d'un souci remarquable du détail.

— J'ai pris la liberté de commander, annonça-t-il. J'espère que vous ne m'en voudrez pas ? Nous n'avons pas de temps à perdre, surtout à une heure aussi avancée.

— Je suis sûr de me régaler.

Webster leur servit du vin et tendit un verre à Dawson.

— Bon! Je propose de nous débarrasser de la patate chaude avant de nous attaquer à nos assiettes.

— D'accord, acquiesça Dawson, qui se raidit.

— Ça m'ennuie beaucoup que le professeur Thomas Lourds nous ait échappé à Istanbul.

— Je comprends.

— Et je ne suis sans doute pas le seul à le penser?

— Ça! Je ne voudrais pas que vous croyiez que je vais prendre l'habitude de vous faire faux bond.

Webster gratifia Dawson d'une tape sur l'épaule assortie d'un sourire.

— J'ai dressé la liste des hommes à qui je sais pouvoir me fier. Vous y figurez en bonne place.

— Merci.

Webster prit du pain dans la corbeille au centre de la table, qu'il tendit à Dawson.

— Non, merci.

— Allons! Prenez des forces : nous ne devrons pas ménager nos efforts, si nous voulons nous tirer de ce mauvais pas.

Dawson céda : il plaça un petit pain sur l'assiette à sa droite. Le vice-président beurra le sien avant de pousser le beurre du côté de Dawson.

— Faites-vous plaisir; nous nous rattraperons la prochaine fois que nous jouerons ensemble au squash, promit-il en souriant.

À son tour, Dawson entama le beurre.

— Combien de temps s'est écoulé depuis que nous avons perdu la trace de Lourds?

Dawson jeta un coup d'œil à l'assistant électronique de poche qu'il avait pris soin de poser à côté de lui. Un chiffre dans le coin gauche lui indiquait la réponse :

— Cinq heures quarante-deux.

Webster mordit à belles dents dans son petit pain, qu'il mâchouilla d'un air pensif.

— Hum... un sacré bout de temps.

— Mes hommes s'en occupent. Nous mobilisons toutes les sources de renseignement possibles. Y compris Elint et Humint.

Le vice-président approuva d'un hochement de tête.

— Je sais que vous disposez d'hommes de confiance, là-bas.

— « Nous », vous voulez dire.

— Nous, oui, bien sûr, rectifia Webster en sirotant une gorgée de vin. À vrai dire, c'est de ma faute. Je vous ai communiqué mes renseignements sur Lourds trop tard pour que vous vous occupiez des préparatifs nécessaires. Autrement dit : j'ai tout saboté !

Voici une autre raison pour laquelle tant de personnes appréciaient Elliott Webster : quand il commettait une erreur, il le reconnaissait et s'efforçait d'y remédier.

— Je suppose que les hommes morts à l'aéroport travaillaient pour nous ?

— Oui.

— Et les autres ? Ceux qui ont perdu la vie dans l'hélico ?

— Vous permettez ? s'enquit Dawson en désignant sa mallette.

Le vice-président lui donna son approbation avant de faire main basse sur un petit pain supplémentaire.

Dawson posa sur la table son ordinateur, qu'il alluma. Il y entra son mot de passe avant de poser son index droit et son annulaire gauche sur deux lecteurs d'empreintes digitales. Le mot de passe changeait toutes les heures et il fallait présenter une nouvelle combinaison de doigts deux fois par jour. Au début, Dawson avait d'ailleurs eu du mal à s'y habituer.

Sitôt l'ordinateur connecté au réseau WiFi du restaurant, les mots « CIA Top Secret » s'affichèrent en rouge et jaune, histoire de faire paniquer et fuir le pirate lambda qui se serait retrouvé sans le vouloir face à l'écran. Dawson pressa une succession de touches qui lui donnèrent accès à une partie secrète du disque dur, indépendante du système d'exploitation.

— En fait, nous n'avons rien trouvé pour l'instant sur les trois ravisseurs tués au cours de la fusillade, commença Dawson.

— Hum… dommage !

— La femme, en revanche, c'est une autre histoire.

Une photo d'elle s'afficha à l'écran.

— Plutôt jolie.

— Je ne vous le fais pas dire.

— C'est elle qui a mis le grappin sur Lourds à l'aéroport.

— Oui. Lourds a un faible pour le sexe… faible, justement.

— Pour les très jeunes femmes surtout…

— Nos adversaires aussi en ont eu vent.

— Comment s'appelle-t-elle ?

Les doigts de Dawson virevoltèrent sur le clavier. D'autres images envahirent l'écran. Certaines figuraient la jeune femme en grande conversation dans la rue. D'autres la montraient dans un bar.

— Cleena MacKenna.

— Une Irlandaise ?

— Oui. Son père, Ryan MacKenna, un membre de l'IRA-Continuité, s'est longtemps battu contre l'armée britannique et la police royale de l'Ulster. Certains rapports affirment qu'il a causé la mort de sept personnes. D'autres avancent le chiffre de treize.

Dawson fit apparaître sur son ordinateur les victimes de MacKenna.

— Un type dangereux, commenta Webster. Encore que ça n'ait rien d'exceptionnel, par les temps qui courent. Il est mêlé à notre affaire ?

— Non. Il est mort il y a six ans, le détrompa Dawson, qui en montra pour preuve des coupures de presse. Un trafic d'armes qui a mal tourné, apparemment. Un gang des rues chinois, les Revenants-qui-ont-les-crocs, lui a réglé son compte ; à lui et à son intermédiaire.

— Pourquoi me parler de ce MacKenna s'il n'a rien à voir avec ce qui nous occupe ?

— Parce que j'ai dans l'idée que nous pourrions nous aussi exploiter les penchants du professeur Lourds.

— Mais encore ?

Dawson revint aux photos de Cleena MacKenna.

— À sa mort, Ryan MacKenna a laissé deux filles. Quelques années plus tôt, leur mère a été assassinée au domicile de la famille par des policiers soi-disant désireux de se venger du décès d'un de leurs collègues. Personne ne sait si c'est réellement MacKenna qui a descendu le gardien de la paix, ni si les meurtriers de sa femme travaillaient bien pour la police. Quoi qu'il en soit, MacKenna s'est installé à Boston avec ses filles.

— C'est là qu'habite Lourds.

— Oui. À l'époque, Cleena avait douze ans et sa sœur cadette, Brigid, six. Cleena a fréquenté l'université avant de prêter main-forte à son père, dans leur petite entreprise familiale.

— Le trafic d'armes ?

— Exactement. Le FBI a constitué un dossier sur les MacKenna. Le père se débrouillait bien : on n'a rien pu prouver contre lui.

— Jusqu'au règlement de comptes avec les Chinois.

— Exactement. Pas facile de nettoyer derrière soi quand on est mort. Cleena avait dix-neuf ans à l'époque. D'après son dossier, elle a passé sept mois à traquer le gang, dont elle a liquidé pas moins de seize membres avant de décider les autres à s'installer ailleurs. Sans laisser de quoi l'incriminer, bien sûr.

— Impressionnant. Si je comprends bien, son père l'avait préparée à prendre la relève.

— Une fois supprimés les assassins de son père, Cleena MacKenna a renoncé à ses études pour se consacrer au trafic d'armes à plein-temps. Depuis, elle loue ses services en tant que tueuse à gages.

— Elle ne manque pas d'ambition.

— Oh non ! Et elle connaît son affaire. Le FBI et la police de Boston sont à ses trousses depuis six ans. Même Interpol la recherche. Personne n'a cependant été capable de lui mettre la main au collet.

— Ce qui en dit long sur sa discrétion. Je suis persuadé qu'elle ne s'est pas seulement mis à dos les forces de l'ordre, avança Webster, qui se resservit du vin avant de reprendre un petit pain. Vous ne croyez pas, Jimmy ?

— Celui qui a commandité l'enlèvement de Lourds, quel qu'il soit, a engagé Cleena MacKenna pour le pister, de Boston à Istanbul. Elle voyage sous un faux passeport mais nous ne devrions pas avoir trop de mal à la retrouver.

— Pour l'engager à notre tour ?

— Ou du moins, lui soutirer des informations sur l'identité de son client.

— J'aimerais en savoir un peu plus sur cet homme et la raison pour laquelle il s'intéresse à Lourds au même moment que nous.

Dawson ne jugea pas utile de rappeler que lui-même ignorait pourquoi le vice-président tenait tant à s'emparer du professeur.

— Entendu.

— Je ne voudrais pas passer pour un rabat-joie, Jimmy, reprit Webster en savourant une gorgée de vin, mais Cleena MacKenna n'aura pas forcément envie de jouer les balances au risque de nuire à sa réputation et, de fil en aiguille, à ses affaires.

Dawson n'hésita qu'un instant. La plupart des hommes politiques ne voulaient pas se salir les mains. La remarque ne s'appliquait pas à Elliott Webster, même s'il aimait autant rester discret sur ses entourloupes.

— En admettant qu'il lui reste un minimum de sens moral, il suffira de l'informer que nous connaissons l'adresse de sa sœur, lâcha Dawson.

— Vous réussirez à la contacter ?

— Oui. Il faudra bien qu'elle quitte la Turquie, à un moment ou un autre. Sa fausse identité à Istanbul a fait long feu. Les forces de l'ordre et certains malfaiteurs la recherchent déjà. Tôt ou tard, elle s'adressera à quelqu'un de notre connaissance. À ce moment-là, nous la rattraperons.

— Votre plan me plaît bien, Jimmy. Je n'y vois qu'un seul inconvénient.

— Lequel ?

— Il se pourrait que son employeur ne lui laisse pas la vie sauve. Il a l'air plutôt méfiant.

— C'est vrai, reconnut Dawson, qui y avait déjà pensé.

— Quand nous en aurons terminé avec elle, il faudra supprimer les traces de notre participation à l'enlèvement de Lourds.

— Bien sûr.

Voilà ce que Dawson appréciait le plus, chez le vice-président : il ne manquait jamais de tomber d'accord avec lui sur la manière de procéder dans l'ombre.

— J'y veillerai personnellement, conclut-il en pressant quelques touches.

La jeune femme disparut de l'écran.

5

Catacombes
District de Yeşilköy, Istanbul, Turquie
16 mars 2010

Lourds reprit peu à peu ses esprits.

L'explosion de l'hélicoptère, dont les débris en flammes pleuvaient sur tout le quartier, lui revint en mémoire. Ça plus la seringue plantée dans sa cuisse. La douleur qui en irradiait redoubla du même coup.

Il se résolut à entrouvrir les paupières et crut dans un premier temps qu'il n'en avait pas la force : il n'y voyait goutte. Puis il comprit qu'il ne distinguait rien à cause de l'obscurité ambiante. Aucune lumière ne filtrait jusqu'à lui. Comme si un linceul l'enveloppait tout entier.

Lorsqu'il voulut se mettre debout, il s'aperçut qu'il était ligoté à une chaise par une corde qui lui entaillait la chair. Au même instant, sa vessie menaça de déclarer forfait dans son combat pour la rétention.

Il toussota en tendant l'oreille à l'écho, qui lui revint assourdi, comme si Lourds se trouvait à l'intérieur d'une grotte ou d'une cave. Une vague appréhension le saisit. Il se racla la gorge en écoutant mieux. À n'en pas douter, il moisissait dans un espace clos. Il eut toutes les peines du monde à ne pas céder à la panique. Il n'avait pas peur du noir : il y était accoutumé depuis ses recherches dans les temples en ruines du Pérou. Il n'était pas non plus claustrophobe : il avait exploré des quantités de grottes sur des chantiers de fouilles, et aussi du temps où il fricotait avec une spéléologue amateur n'ayant pas froid aux yeux. D'un autre côté, la perspective de ce que ses ravisseurs risquaient de lui infliger ne le rassurait pas. Le tissu raidi de sa chemise indiquait qu'il avait perdu connaissance, au moins le temps de permettre à son sang de sécher et de former des croûtes sur ses mains et son visage.

Il songea un instant à rester là, dans l'espoir que ses geôliers l'oublieraient. Seulement ses reins criaient miséricorde, or il eût aimé mourir dignement. C'est-à-dire avec un pantalon sec.

À condition, bien sûr, que personne ne se pointe armé d'un couteau ou d'un pistolet. Lourds ne se berçait pas d'illusions sur sa bravoure. Pas courageux pour deux sous, il n'entrait pas dans ses habitudes de payer d'audace.

Il s'éclaircit de nouveau la gorge et lança :

— Hé, ho ! Il y a quelqu'un ?

Cleena MacKenna s'adossa contre une paroi des catacombes où l'avait entraînée sa dernière mission en date. Cela ne l'étonnait pas que le sous-sol d'Istanbul fût aussi percé qu'un fromage, comme celui de la plupart des villes portuaires du bassin méditerranéen, d'ailleurs. Il fallait jadis aux constructeurs un endroit où entreposer de l'eau et des gravats, sans parler de la contrebande qui entrait elle aussi pour beaucoup dans le creusement de tunnels sous les ports. À Boston, adolescente, elle en avait exploré quelques-uns avec des camarades férus de ce qu'ils qualifiaient d'archéologie urbaine, et qui croyaient dur comme fer mettre au jour le passé secret de la ville. En réalité, ce n'était qu'une bande de mioches fourrant leur nez là où ils ne le devaient pas.

Quand il découvrit où elle traînait, le père de Cleena commença par se fâcher mais, une fois qu'elle lui eut montré certains coins où planquer les armes dont ils faisaient commerce sous le manteau, il revint à de meilleurs sentiments. Il n'aimait toutefois pas la savoir dans ces lieux de ténèbres où tant de dangers la guettaient. Cleena, elle, raffolait des expéditions souterraines, au cours desquelles il lui semblait évoluer dans un autre monde.

Non loin d'elle se tenaient une douzaine d'hommes assis sur des caisses et des barils amenés là par leurs prédécesseurs. Les lampes torches qui perçaient les ténèbres ne suffisaient pas à dissiper l'impression de Cleena qu'elle assistait à l'un de ces films d'horreur idiots dont raffolait sa sœur.

Une discussion véhémente absorbait ses compagnons. Du moins, à en juger par leur intonation : ils ne parlaient pas anglais, pour la plus grande frustration de Cleena, curieuse de savoir de quoi il retournait. Quelques-uns lui lançaient parfois des coups d'œil appuyés. Elle n'avait que trop conscience d'être la seule femme de l'assemblée.

La présence contre sa ceinture du pistolet ramassé lors de la fusillade la rassurait. Elle prenait d'ailleurs soin de ne pas trop en éloigner sa main droite. Les autres l'avaient remarqué, en bons assassins de métier qu'ils étaient.

— Hé ! les interrompit Cleena.

Ils se retournèrent vers elle, sans un mot.

— Je ne voudrais pas plomber l'ambiance mais j'aimerais bien récupérer ma paye et filer d'ici. Au cas où vous l'auriez oublié, on me recherche en ville en ce moment même ; les mailles du filet se resserrent. J'ai intérêt à déguerpir au plus vite.

Les hommes continuèrent à la dévisager en silence. De quoi lui donner la chair de poule !

— Alors ? insista Cleena.

L'un des types se leva et s'approcha d'elle. La main de la jeune femme agrippa aussitôt la crosse de son arme.

— Veuillez accepter mes excuses, mademoiselle MacKenna.

Celui qui venait de parler avoisinait la trentaine. Le teint mat, les cheveux noirs, la silhouette élancée, plutôt bel homme dans l'ensemble, il eût sans peine accumulé les conquêtes, s'il s'en était donné la peine. La flamme qui brûlait au fond de ses prunelles indiquait toutefois à Cleena que de telles peccadilles ne l'intéressaient pas.

— Je me nomme Qayin. Compte tenu des circonstances, je vais vous demander de patienter. Nos plans ont été contrariés.

— Les miens aussi, souligna Cleena d'une voix tendue. Vous devriez vous estimer heureux que je ne réclame pas de compensation financière.

— Je suis certain que nous trouverons bientôt un arrangement, l'assura Qayin. Après tout, vous n'avez reculé devant rien pour remplir votre part du contrat.

À ces mots, un mauvais pressentiment vint à Cleena. Dans son secteur d'activité, personne n'offrait spontanément de prime.

— Si vous voulez bien m'excuser... Nous n'en aurons plus pour longtemps.

Cleena opina du chef, décidée à s'échapper à la première occasion. Tant pis pour l'argent ! À l'évidence, elle ne verrait pas la couleur de celui qui lui avait été promis. Soit ses commanditaires la filouteraient, soit ils lui logeraient une balle entre les yeux. La seconde éventualité lui semblait de plus en plus probable.

Elle se demanda, en surprenant le regard glacial de Qayin, s'il lisait dans ses pensées. Quoi qu'il en soit, il rejoignit les autres. Leur discussion concernait un cahier qu'ils se passaient de main en main. De fabrication artisanale. En papier chiffon. À la reliure en cuir. Cleena s'y connaissait depuis qu'elle trempait dans la fabrication de fausse monnaie.

Brigid allait bientôt entrer en deuxième année à Harvard, or les économies de Cleena avaient fondu l'hiver précédent : les affaires tournaient au ralenti et le crime payait de moins en moins. La crise touchait jusqu'aux malfaiteurs. N'empêche que Cleena entendait envers et contre tout offrir à sa sœur la chance de mener une brillante carrière en toute légalité. Cleena avait accueilli comme une bénédiction du ciel la mission d'enlever ce professeur de linguistique : une récompense à six chiffres l'attendait en principe. Voilà belle lurette qu'on ne lui proposait plus de contrat aussi juteux.

Il va te filer sous le nez ! songea-t-elle en maudissant son sort.

Qayin ouvrit le cahier. L'un de ses camarades en approcha une lampe. Cleena, pourtant à bonne distance d'eux, y distingua des symboles dont la signification lui échappa. Elle aurait parié les frais de scolarité de sa sœur que l'éminent linguiste qu'elle devait ravir était censé les déchiffrer.

Qayin poussa un soupir exaspéré. En passant sa main dans son abondante chevelure, il souleva sa veste sans le vouloir. Son geste dévoila à son insu un pistolet contre sa hanche. Il se tourna vers l'un de ses complices et lui dit quelques mots en indiquant la porte.

Celui-ci s'éclipsa un instant. À son retour, il s'adressa à Qayin sur un ton fébrile.

Qayin referma le cahier et se tourna vers Cleena.

— Il semblerait que le professeur soit réveillé. Voulez-vous vous joindre à nous ?

Cleena s'interrogea sur la réaction de Qayin au cas où elle répondrait « non ».

— Volontiers, l'assura-t-elle, le sourire aux lèvres.

Un peu d'action ne serait pas de refus : en se rendant à une autre partie des catacombes, elle trouverait peut-être un moyen de s'échapper.

54

Lourds tira sur ses liens dans l'intention de les détendre. Sans succès. Les pieds de sa chaise en bois raclèrent le sol en pierre.

Il vida ses poumons, leva les mains tant qu'il put et tenta de se glisser sous les cordes. Il se rappelait une manœuvre du même style dans l'un des romans d'aventures qu'il dévorait dès que ses chères études lui en laissaient le loisir.

Il leur venait toujours des idées lumineuses, aux héros de ces bouquins.

Lourds n'obtint pas les résultats que ses auteurs fétiches lui laissaient escompter. Il ne réussit qu'à s'emberlificoter encore plus, au point qu'il craignit un moment de s'être lui-même coincé dans une position où il ne tarderait pas à manquer d'air. À force de lutter pour se dégager, Lourds bascula en arrière et atterrit les quatre fers en l'air, toujours attaché à sa chaise. Son crâne heurta le sol dans un grand bruit sourd.

Le voilà dans une position plus inconfortable encore que précédemment : le sang affluait à sa tête en cognant à ses tempes. Et, du fait de la gravité, il ne risquait plus de mouiller uniquement un pantalon. Le soupir qui lui échappa venait vraiment du fond du cœur.

Tu ne vaux pas tripette, comme héros de roman d'aventures !

Il se demanda s'il pouvait de nouveau appeler au secours sans se couvrir de ridicule. Ou, pire encore, précipiter sa mort.

Je ne rencontre pas ce type de dilemmes, dans les amphis.

Des pas retentirent au loin. Quelqu'un approchait mais l'acoustique de la salle ne permit pas à Lourds de déterminer de quelle direction cette personne arrivait. Il se dévissa le cou dans l'espoir de mieux voir. En vain : une impénétrable obscurité le cernait de toutes parts.

Quelques minutes plus tard, une vive lumière perça les ténèbres.

Lourds plissa les yeux, momentanément aveuglé. Quand il les rouvrit, au moins dix personnes se trouvaient face à lui, mais il n'en reconnut qu'une : la rousse, qui lui lança un regard incrédule.

— Il est tombé tout seul à la renverse ?

— C'est à cause de la chaise, mal placée, se justifia Lourds.

— Vous faites comment, le matin, pour ne pas vous rompre le cou en sortant du lit ?

Lourds tenta de se raccrocher à sa dignité — un exercice ardu, couché sur le dos, ligoté et la vessie sur le point d'éclater.

— Je suis tout à fait capable de sortir de mon lit. Seulement, je ne suis pas Houdini.

La jeune femme croisa les bras en le toisant d'un air de profond mépris.

— Ah non ! Comme prestidigitateur, vous vous posez là.

— Hum. Merci de l'avoir remarqué, rétorqua Lourds d'un ton sec en observant les hommes qui l'entouraient. Ce sont vos amis ?

— Mes employeurs.

Lourds voulut hausser les épaules. Pas évident, ficelé comme il l'était.

— Ça revient au même.

— Vous êtes pénible, dans votre genre.

— C'est ce qu'on me dit souvent. N'empêche ! Comprenez-moi : vous m'avez enlevé, l'arme au poing, et j'ai failli laisser la vie dans une fusillade suivie d'une explosion, récapitula Lourds en dissimulant sa peur. Alors ?

— Voyons un peu si vous méritez votre réputation, annonça l'un des hommes.

Lourds lui lança un coup d'œil appuyé. Il eût juré ne jamais l'avoir croisé jusque-là.

— Vous savez qui je suis ?

Le type le transperça de son regard glacial.

— Oui. Ça ne vous rend pas pour autant indispensable.

Dans ce cas, vous vous êtes donné beaucoup de mal pour rien. Voilà ce que rétorquerait le héros d'un roman ou d'un film. Quoique pas les quatre fers en l'air, attaché à une chaise. Mieux valait que Lourds la boucle.

L'homme se tourna vers ses compagnons en indiquant le professeur.

— Redressez-le !

Deux d'entre eux lui obéirent. Son rétablissement mit à mal la vessie de Lourds.

— Si je puis me permettre… je suis coincé ici depuis un bon bout de temps, alors s'il y avait des toilettes dans les parages…

Le chef du groupe glissa un mot à l'un des hommes. Lourds s'étonna de ne pas reconnaître le dialecte qu'il employait. Il connaissait pourtant assez de langues pour se débrouiller au moins un minimum dans la plupart.

L'homme s'inclina et disparut. À son retour, il déposa un seau rouillé aux pieds de Lourds, qui en resta comme deux ronds de flan.

— Vous rigolez ?

— Libre à vous de vous en servir ou pas, lui rétorqua le chef.

— Je vais devoir me lever.

Le chef acquiesça. L'un de ses complices détacha les liens du professeur, si facilement que celui-ci se sentit bien bête. Le sang se remit à irriguer ses membres en y occasionnant des picotements.

— J'aimerais autant que vous vous tourniez, plaida Lourds en s'adressant à la rousse.

— Et pudique, avec ça ! releva-t-elle en esquissant une moue dubitative. Alors que, tout à l'heure, contre moi, dans la rue…

Lourds se demanda si elle cherchait à l'impressionner ; lui ou les autres, d'ailleurs. Peu importe. Ouvrant sa braguette, il fit ce qu'il avait à faire et en poussa un soupir de soulagement. Par manque de chance, il ne mit pas tout à fait dans le mille. Du moins, c'est ce qu'il s'efforça de laisser croire à ses geôliers aux bottines éclaboussées, qui reculèrent d'un bond en grommelant.

— Désolé ! commenta Lourds, qui ne l'était pourtant pas le moins du monde, en tirant sur sa fermeture Éclair.

Le chef lui tendit un cahier.

— Lisez-moi ça, professeur Lourds.

L'éminent linguiste découvrit une suite de symboles tracés non pas à l'encre, mais vraisemblablement en creux, à la mine de plomb. On eût dit le genre de marques qui apparaissent quand on frotte au crayon un bout de papier plaqué contre une pierre gravée.

— Professeur Lourds ! s'impatienta le chef. Vous me déchiffrez ça, oui ou non ?

Concentré sur sa tâche, Lourds entendit à peine la question. Les symboles lui parurent trompeusement familiers : impossible de les identifier. Une fébrilité enthousiaste le gagna en faisant taire ses craintes et sa douleur. Il avait consacré tant de temps à l'étude des langues qu'il lisait sans trop de peine les plus courantes. Ses professeurs et ses collègues lui attribuaient un don inné pour le décryptage de codes.

Lourds ne partageait pas leur point de vue. Les langues le passionnaient ; leur mystère, leur singularité. Surtout, il adorait lire. Une bonne partie du savoir de l'humanité s'était perdu au fil des siècles en raison de la disparition de certaines langues à l'issue d'un processus d'acculturation.

— Professeur Lourds ! insista le chef en pressant le canon de son arme contre la tempe de Lourds. Vous me lisez ce qui est marqué là, ou pas ?

Lourds leva les yeux sur lui. Au besoin, il lui arrivait de déguiser la vérité, mais à condition de connaître assez bien son interlocuteur pour livrer un mensonge plausible. Ce qui n'était pas le cas.

— Je n'en suis pas capable, admit-il franchement.

Un grognement de frustration échappa au chef de la bande.

En dépit du danger qu'il courait, vu que sa sincérité n'avait pas précisément ravi son geôlier, Lourds craignit avant tout que l'occasion d'examiner de plus près le cahier lui file sous le nez. De toute façon, il finirait bien par mourir un jour ou l'autre. Alors que les énigmes posant un défi à ses connaissances en langues ne couraient pas les rues. Plus rares encore étaient les mystères méritant qu'il s'échine à les percer. La quête de l'Atlantide lui avait prouvé qu'il en existait encore.

Voilà qu'il venait de découvrir un nouveau problème sur lequel exercer ses facultés.

— Je n'y arrive pas, admit-il en plantant son regard droit dans celui du chef. Du moins, pas encore.

Le chef écumait tellement que son pistolet trembla contre le front du professeur.

— Pas encore ? répéta-t-il.

— Eh non. Cela dit, j'y parviendrai à coup sûr, pour peu que vous m'en laissiez le temps. C'est mon boulot, or je ne connais personne qui le fasse mieux que moi.

Un malaise croissant envahit Cleena à mesure que Lourds affrontait le chef de la bande. Le professeur, un peu ballot dans son genre, n'était pas fichu de veiller à sa propre sécurité : à bord du 4×4 comme en pleine rue, il lui avait paru dépassé par les événements. Une métamorphose venait toutefois de s'opérer en lui alors qu'il se penchait sur la page indiquée par Qayin.

Il craignait encore pour sa vie, Cleena n'en doutait pas. D'un autre côté, et bien qu'elle ne l'eût pas cru capable de tant d'enthousiasme, une étincelle illuminait à présent son regard. Une fois ses renseignements pris sur le professeur, au moment d'établir sa stratégie pour l'aborder à l'aéroport, Cleena l'avait catalogué parmi les pédants au portefeuille bien garni. Tout à fait le genre d'homme qui la laissait de glace. À présent qu'elle le voyait dans son élément, elle comprenait que de jeunes femmes le trouvent attirant et cherchent à le séduire. Comment rester insensible à un homme aussi passionné ?

La fascination du professeur pour le cahier venait de reléguer au second rang de ses préoccupations le danger qu'il courait. Cleena le prit en pitié. Dès qu'il aurait fini de déchiffrer ou de traduire le texte indiqué par Qayin et ses acolytes, ceux-ci le liquideraient. Quels que soient les secrets qu'ils cherchaient à percer, ils en resteraient les seuls détenteurs.

Cleena dut admettre qu'elle ne se trouvait pas dans une posture beaucoup plus enviable que le professeur. Qayin et consorts l'avaient contactée en déposant un message dans une cachette qu'elle vérifiait régulièrement. Maintenant qu'elle avait rempli sa part du contrat, ils pouvaient très bien se passer d'elle. Cleena se demanda d'ailleurs pourquoi ils ne l'avaient pas encore tuée. Peut-être parce que, contrairement au professeur, elle était armée d'un pistolet, dont elle n'hésiterait pas à se servir.

Ne t'énerve pas, puce ! entendit-elle son père lui seriner. *Si tu veux t'en sortir, garde ton sang-froid. Ta meilleure arme est logée entre tes oreilles.*

— Si le premier linguiste venu était capable de lire ce texte, affirma Lourds d'un ton parfaitement maîtrisé, vous sauriez déjà ce qu'il veut dire. Non ?

Le silence se répandit dans les ténèbres. Trois complices de Qayin s'avancèrent d'un pas menaçant. Les deux premiers attrapèrent Lourds par les bras ; le dernier, par le cou.

— Attention ! N'abîmez pas le cahier ! s'écria Lourds en le protégeant de son mieux tandis que ses geôliers l'obligeaient à se lever.

L'un des types dégaina un couteau dont il brandit la lame aiguisée à deux doigts de la gorge de Lourds, en guettant du coin de l'œil la réaction de Qayin.

Lourds ne tenta même pas de lutter.

Discrètement, Cleena referma la main sur la crosse de son arme en soupesant ses chances de se sortir d'affaire. Elle ne risquait pas de manquer sa cible en tirant d'aussi près. En revanche, la situation tournerait au vinaigre dès le premier coup de feu.

Qayin calma ses acolytes et se tourna vers Lourds.

— Vous sentez-vous capable de traduire ce document ?

Lourds n'hésita pas :

— Mais oui ! affirma-t-il en témoignant de plus de confiance en lui que Cleena ne l'eût cru possible, vu les circonstances. Si vous m'en laissez le temps, je traduirai n'importe quoi.

— Combien de temps ? releva Cleena.

— Je ne sais pas. Linguistes et archéologues ont sué des années sur la pierre de Rosette avant d'en venir à bout.

Qayin consulta sa Rolex.

— Je vous laisse vingt minutes pour me convaincre, professeur.

Cleena s'attendait à des protestations de la part de Lourds. Qayin n'espérait quand même pas qu'il déchiffrerait les énigmatiques caractères en si peu de temps. En somme, il n'avait réussi qu'à repousser sa mort de quelques minutes.

Et, du même coup, il t'a permis de gagner du temps, alors fais tourner tes méninges et ponds-nous une brillante idée.

Il lui restait vingt minutes.

Et pendant ce temps-là, les aiguilles de la montre de Qayin ne cessaient de tourner.

6

Catacombes
District de Yeşilköy, Istanbul, Turquie
16 mars 2010

Lourds s'appropria la lampe d'un de ses geôliers, sans laisser à celui-ci le temps de réagir. Il ne s'aperçut que l'autre était armé qu'en sentant le canon de son pistolet contre sa joue.

— À quoi vous jouez ? s'exclama Lourds, stupéfait. Il me faut de la lumière pour travailler.

Le chef intima l'ordre à son complice de laisser Lourds tranquille. Le sbire ne rengaina toutefois pas son pistolet de bonne grâce. Grommelant ce que Lourds interpréta comme une malédiction, il s'éloigna.

— Mes excuses, professeur ! soupira le chef. Mieux vaudrait éviter les gestes brusques. Sachez que nous vivons sur le fil du rasoir. Beaucoup n'hésiteraient pas à nous tirer dessus en nous apercevant dans leur champ de vision.

Pour autant que je puisse en juger, ça ne vous poserait pas de cas de conscience de leur rendre la pareille, songea Lourds, qui garda cependant ses réflexions pour lui.

— Maintenant que nous sommes parvenus à nous entendre, permettez-moi de me présenter. Je me nomme Qayin, l'informa le chef, qui inclina la tête, sans quitter Lourds du regard. Vous faut-il autre chose que de la lumière ?

Les rouages du cerveau de Lourds tournèrent à toute vitesse.

— Une table de travail ?

— Ah non, je regrette.

Depuis qu'il s'était soulagé, Lourds mourait de faim.

— J'imagine que je n'aurai pas droit à une pizza, même en rêve ?

— Certainement pas.

— Pourriez-vous me rendre mon sac à dos ?

Qayin adressa un signe à l'un de ses sbires, qui lui amena les affaires de Lourds. Celui-ci tendit la main pour les récupérer mais l'autre ne voulait pas s'approcher.

— Je n'y ai pas planqué d'arme, précisa Lourds.

L'homme fouilla le sac avant de le remettre à son propriétaire.

Lourds s'accroupit. La bande de Qayin au grand complet braqua sur lui armes et lampes. Des crans de sûreté basculèrent. Avec précaution, il posa par terre un calepin, un crayon, deux barres énergétiques plus une bouteille d'eau, en s'arrangeant pour que les autres ne perdent pas un de ses gestes.

— Je ne peux pas travailler sans prendre de notes, et puis j'ai faim.

Pistolets et torches s'écartèrent peu à peu de lui.

Lourds se releva, hissa son sac sur une épaule et, ses affaires dans les bras, alla s'asseoir à l'autre bout de la salle, le dos au mur.

— Le texte qui figure sur ce cahier n'y a pas été écrit mais transposé comme par décalque, releva Lourds qui constata, en passant la paume sur la page, qu'un fixatif y avait été appliqué.

— Ça, un gamin aurait pu me le dire.

Lourds préféra ne pas relever le sarcasme.

— D'où vient ce cahier ? Où avez-vous copié ce texte ?

— Peu importe.

— Permettez-moi de vous contredire. Savoir où ces signes ont été gravés m'aiderait à en identifier la langue. Ou du moins à la rattacher à une famille connue.

Qayin hésita. Il lui répugnait à l'évidence d'en dire plus.

— Il vient… d'ici.

Lourds entama d'un vigoureux coup de dents sa barre énergétique.

— D'Istanbul ?

Qayin acquiesça.

— Ou de Constantinople ?

Une grimace d'impatience contracta les traits de Qayin.

— D'ici ! Inutile que je vous en dise plus.

— Ah, pardon ! Istanbul s'est longtemps appelée Constantinople. Une ville aux origines européennes. Fondée par des colons grecs de Mégare, à moins de remonter au néolithique où la région était déjà peuplée. Les Romains s'en sont ensuite emparé. Puis les Ottomans, sous le règne de Mehmed II. La ville n'a pas cessée d'être déchirée entre l'Orient et l'Occident, la Chrétienté et l'Islam ; une lutte qui a laissé des traces sur de nombreuses constructions, expliqua Lourds en tapotant de son index le cahier. Je suis prêt à parier que le texte vient d'un monument d'Istanbul. Admettons qu'il ait été rédigé dans une langue nouvelle, il faut que je sache si elle a germé dans l'esprit d'un Européen, d'un Oriental ou d'un Africain.

— Vous pensez avoir affaire à une langue artificielle ? s'enquit la jeune femme.

Son intervention n'eut pas l'heur de plaire à Qayin.

— En tout cas, je n'arrive pas à l'identifier, admit Lourds, alors que je connais toutes les langues de la région. Au fil de l'histoire, des idiomes ont été créés de toutes pièces pour permettre à certains de garder leurs secrets.

— Celui qui vous a conduit à la découverte de l'Atlantide était artificiel, à votre avis ? reprit la jeune femme.

— Je l'ai supposé, au départ. Alors qu'en réalité, non.

— Vous pourriez très bien vous tromper, alors.

— Hé ! Pourquoi mettre ma parole en doute ? Ce n'est pas vous la spécialiste. On ne parle pas de kidnapping, là ! soupira Lourds.

— Si je comprends bien, dès qu'un texte dépasse votre entendement, vous prétendez qu'il n'a pas été rédigé dans une vraie langue.

— Sauf que même une langue artificielle peut être « vraie ». Les fans de *Star Trek* ont insisté pour que le klingon soit doté d'une syntaxe et d'un vocabulaire tout ce qu'il y a de plus réels. Tolkien a lui-même inventé les idiomes qu'employaient les personnages de ses romans, humains ou non. Les hommes créent en permanence des tas de langues. C'est d'ailleurs ce qui les distingue en tant qu'espèce. Nous communiquons par le biais du langage parlé. Pensez aux téléphones portables : il y a quelques années encore, ils n'existaient pas.

— De votre temps ? Ça, non !

Lourds ne releva pas l'impertinence et poursuivit :

— Il a fallu leur trouver un nom, à ces téléphones portables. Comme celui de « sans fil » qualifiait déjà un autre type d'appareil, on les a appelés « cellulaires », puis « mobiles » ; et le mot « mobile » en tant que tel en est venu à désigner le téléphone, au point qu'en l'entendant aujourd'hui, on ne pense plus d'abord à ses autres acceptions. Du moins, en Grande-Bretagne, où l'on parle moins volontiers de « portables ».

— Ça ne m'avait pas échappé. Je ne suis pas idiote.

— Je n'en ai jamais douté. À votre accent, je dirais que vous avez passé beaucoup de temps en Irlande. Je parierais même que vous avez grandi là-bas.

En la voyant blêmir, Lourds comprit qu'il venait de mettre dans le mille.

— Dire que ça ne vous échappe pas ne signifie pas que vous y avez réfléchi. Le langage est un vecteur d'idées, de connaissances ; un moyen de suggérer ce qu'on ne peut qu'imaginer. Les mots ne sont pas éternels : une langue se développe à la manière d'un organisme vivant. Certains termes tombent en désuétude et disparaissent. D'autres acquièrent une nouvelle signification. Songez au mot « mail ». Avant l'invention du courrier électronique, on le prononçait autrement et il désignait une promenade. Aujourd'hui, plus personne ne l'entend dans ce sens.

— Professeur, l'interrompit sans ménagement Qayin. Le temps presse : ce n'est pas le moment de vous lancer dans une conférence.

— Je tenais à ce que vous compreniez : la signification d'un texte dépend en grande partie de la date de sa rédaction.

— L'heure tourne…

Lourds planta son regard droit dans celui de son interlocuteur.

— Bon ! Dites-moi où vous avez déniché ce texte et de quand il date.

Qayin, qui commençait à s'échauffer, ne baissa pas les yeux. La peur que le professeur maîtrisait à peu près jusque-là le submergea de nouveau en lui nouant le ventre.

Tu vas te faire liquider. La bouche pâteuse, Lourds réprima un haut-le-cœur.

Au bout d'un moment, Qayin lâcha :

— Bon ! Il remonte au début du IIe siècle de l'ère chrétienne.

L'énormité de la révélation terrassa Lourds. Près de deux mille ans s'étaient donc écoulés depuis sa rédaction ! Il se concentra sur les caractères.

— Un dialecte grec, à tous les coups, raisonna-t-il à voix haute, avant de boire une gorgée d'eau à sa bouteille. J'ai bien étudié le grec

64

mycénien, le grec ancien et la koinè. Là, il pourrait tout à fait s'agir d'un genre de protogrec.

— C'est du grec, oui ou non ? s'impatienta Qayin.

Lourds lui répondit par un haussement d'épaules.

— Possible. Certains caractères ressemblent à des lettres grecques qui ne seraient pas tracées correctement.

— Pourquoi du grec ? releva Cleena.

— Parce que le grec faisait partie des langues les plus répandues dans la région, à l'époque : celle des conquérants, celle d'Alexandre le Grand qui, en son temps, gouvernait la quasi-totalité du monde connu. Les représentants qu'il nommait çà et là apprenaient à lire et écrire le grec. En plus de bâtir des monuments un peu partout. Du coup, le grec s'est répandu en Europe et dans certaines parties de l'Asie. Le latin aussi était utilisé, mais il s'écrit avec des caractères romains. Il y a donc de fortes chances que nous ayons affaire à un dialecte grec.

Qayin et ses acolytes écoutèrent sans broncher l'explication du professeur.

— Le texte était gravé depuis longtemps quand il a été reproduit sur ce cahier ?

— Je n'en sais rien, admit Qayin. On m'a dit que non, qu'il avait été copié peu après.

— Peu après quoi ?

Qayin secoua la tête.

— Ce que je sais ne vous aidera pas.

— Je suis mieux placé que vous pour en juger.

— Vous n'en apprendrez pas plus. Dites-moi plutôt de quelle sorte de grec il s'agit.

— Ce n'est pas aussi simple ! Si nous avions affaire à une langue connue, vous l'auriez déjà traduite. Supposons, reprit Lourds après un temps de réflexion, que le texte date du IIe siècle. Son auteur a dû s'inspirer de la koinè, en usage du milieu du IVe siècle av. J.-C. jusqu'au milieu du IVe siècle de l'ère chrétienne.

— Un avatar de la koinè, donc ? lança Qayin.

— Ou du grec mycénien, ou du grec ancien.

— Ils diffèrent beaucoup, les uns des autres ?

— Oh oui. Les activités commerciales des Grecs les ont amenés à s'établir partout dans le monde, tel qu'il était connu à leur époque. Le succès de leurs entreprises a poussé d'autres peuples à les imiter. Le grec mycénien est la forme de grec la plus ancienne qui soit parvenue jusqu'à nous. À Cnossos et Pylos ont été mises au jour des tablettes d'argile dont il a fallu attendre jusqu'en 1952 la traduction. Il s'agissait d'inventaires, de listes ; l'œuvre d'un comptable. Rien de palpitant. Le grec mycénien ne comportait pas moins de sept cas, dont le datif, le locatif et l'instrumental. Les deux derniers sont tombés en désuétude à la naissance du grec classique. Quant au datif, il a disparu du grec moderne.

Un frisson d'exaltation parcourut Lourds alors que son esprit se confrontait aux symboles. Il se crut soudain près d'en percer le sens, au moins en partie. Même s'il ne se sentait pas capable de les traduire, il devinait du moins les principes de leur agencement.

— À Constantinople, on parlait encore le grec ancien alors que la majeure partie de l'Europe avait cessé de l'employer au Moyen Âge. Après la chute de la ville aux mains de Mehmed II, le grec ancien connut un regain de vigueur en raison du nombre de locuteurs qui quittèrent alors Constantinople, dont les habitants maîtrisaient aussi bien le grec ancien que la koinè.

— Pas plus l'un que l'autre ? s'enquit Cleena.

— Bonne question !

Lourds savoura là un instant de satisfaction. Même sous la menace d'une arme, il se complaisait dans son rôle de pédagogue. *Il y a quelque chose qui cloche, chez toi, Thomas.*

— Les Romains utilisaient de préférence le grec ancien, qu'ils estimaient plus pur. En réalité, la koinè n'est autre qu'un mélange de dialectes grecs, parmi lesquels l'attique, la langue parlée en Athènes. Comme je vous l'ai dit, le grec s'est d'abord répandu par l'intermédiaire des troupes d'Alexandre le Grand, de l'Inde jusqu'en Égypte. Les premiers chrétiens ont adopté la koinè, peut-être par souci de se démarquer des Romains et de leurs dieux, empruntés au panthéon grec. C'est la langue dans laquelle prêchaient les apôtres, également connue en tant que dialecte alexandrin, grec postclassique ou encore grec du Nouveau Testament.

— Les apôtres ? releva Qayin.

Lourds hocha la tête d'un air absent en se triturant les méninges de plus belle.

— Vous en connaissez un rayon, on dirait, et pourtant vous n'êtes pas fichu de déchiffrer ce texte ?! s'étonna Cleena.

— Il y a un abîme entre connaître l'histoire et la morphologie d'une langue, et la lire couramment. Au risque de me répéter : le langage évolue, ne serait-ce que d'une génération à l'autre. En plus, je soupçonne l'auteur d'avoir voulu déguiser sa pensée ; ce qui me complique encore la tâche. Rappelez-vous les traductions du Nouveau Testament, à l'origine de schismes entre tant d'Églises et de confessions, et vous saisirez de quoi je parle. Au vu des dissensions religieuses entre l'Angleterre et l'Irlande, insista Lourds en la dévisageant, je n'aurais pas cru nécessaire de vous le préciser.

— La religion est un sujet sensible.

— Hum. Prenons un autre exemple, alors. Ne vous arrive-t-il jamais de gribouiller un petit mot que vous ne parvenez plus à relire quand vous le retrouvez par hasard, quelques jours plus tard ?

— Non.

Lourds soupira en se frottant les joues d'un geste las.

— Eh bien moi, si.

Et plus souvent qu'à mon tour.

— Maintenant, reprit-il, imaginez qu'un siècle s'écoule. Ou mieux encore : un millénaire. Croyez-vous que vos lointains descendants comprendront vos notes, même s'ils reconnaissent les lettres que vous avez tracées ?

— Professeur ! s'interposa Qayin. Je peux au moins vous confirmer que vous êtes sur la bonne voie. À ce qu'on m'a dit, ce texte se rapporte aux apôtres.

La fébrilité de Lourds redoubla. Il posa par terre sa bouteille d'eau. Résolu à percer à tout prix les secrets du cahier, il se pencha sur les caractères en songeant qu'il jouait là sa dernière carte.

— Donnez-moi au moins un élément qui me convaincra de vous laisser la vie sauve, lâcha Qayin d'un air de ne pas rigoler.

— C'est une menace ou un ordre ?

— J'en ai assez de vos réponses qui n'en sont pas.

— Il me semble, obtempéra Lourds en pointant son index sur le milieu de la page, reconnaître le mot *diamarturomai*, qui signifie « témoigner solennellement » en koinè. Paul, dans sa seconde épître à Timothée, enjoignait à son correspondant de se méfier des enseignements fallacieux. Selon lui, Timothée devait s'attacher à la vérité divine en dénonçant les mensonges de Satan.

— Une leçon de caté, si je comprends bien ? commenta la rousse.

— La religion a dès l'origine joué un rôle crucial dans le développement des langues. Alors que les commerçants se souciaient avant tout d'additionner des chiffres, le langage employé par les croyants s'est raffiné au point d'exprimer des idéaux abstraits ou d'édicter des règles de conduite. En fait, la seconde épître à Timothée dénonçait des querelles à propos de l'interprétation de la Bible.

— Il y est donc question de la vérité divine ? récapitula Qayin, suspendu aux lèvres du professeur.

— Ce n'est pas ce que j'ai dit.

— Alors, qu'est-ce que vous avez dit ?

Soucieux d'adoucir le regard menaçant de l'homme qui le retenait prisonnier, Lourds expliqua :

— En admettant que ce texte soit l'œuvre d'un apôtre – hypothèse que rien ne dément jusqu'ici –, il pourrait bien traiter de la « vérité ». À moins qu'il ne serve de sceau, ajouta-t-il après un temps de réflexion.

— Quel genre de sceau ? s'enquit la rousse en se faufilant entre les sbires de Qayin pour jeter à son tour un coup d'œil au cahier.

— Le rôle d'un sceau consiste en principe à authentifier une lettre : on y laisse couler une goutte de cire où l'on presse un cachet d'un modèle unique. Dans le même ordre d'idées, certains architectes en placent sur leurs constructions.

— Vous pensez aux pierres angulaires ? releva Qayin.

Oubliant pour un peu que le chef de la bande tenait sa vie entre ses mains, Lourds hocha vigoureusement la tête :

— Exactement ! Les premières à être posées.

— Vous pensez que le texte vient d'une pierre de ce genre ?

Lourds hésita.

— Si je devais émettre une hypothèse, et c'est le cas, vu le peu de temps qui m'est imparti, je dirais que oui, qu'il a été copié sur une pierre angulaire.

Les lèvres de Qayin se tordirent en un sourire qui ne plut pas à Lourds : décidément, son ravisseur ne lui inspirait aucune sympathie.

— Vous semblez en savoir long sur ce texte.

— Pas du tout ! Ou si peu : autant dire quasiment rien. Je me contente de vous communiquer mes suppositions, le couteau sous la gorge. À mon avis, le texte figurait sur un monument trop imposant pour être déplacé. Ou alors, ajouta-t-il après un temps de silence, sur un monument disparu.

— Où se trouve-t-il ? Le texte le dit ?

— Je ne sais pas. S'il s'agit d'une mise en garde ou d'une série d'instructions, il n'a sans doute pas été gravé par hasard là où on l'a copié. Inutile, dans ce cas, de préciser où.

Qayin fronça les sourcils.

— Alors, ce cahier ne sert à rien.

Lourds s'étrangla en prenant conscience de ce qu'il venait de suggérer.

— Ne croyez pas ça, non. Il a encore beaucoup à nous apprendre.

— Quoi, par exemple ?

— Eh bien, si je disposais d'autres textes dans la même langue, je finirais sans doute par le déchiffrer. À condition qu'on m'en laisse le temps.

Un silence aussi oppressant que les ténèbres s'appesantit sur les catacombes.

— Il en existe d'autres, avouez ? reprit Lourds. J'en jurerais sur ma propre tête.

— Pour ce qu'elle vaut, votre tête… N'empêche que vous avez raison, confirma Qayin. Nous les recherchons d'ailleurs en ce moment même. Vous n'allez pas mourir de sitôt, professeur.

La victoire de Lourds ne le réjouit pas outre mesure. Vivre dans la sujétion ne lui semblait pas un sort enviable. D'un autre côté, ça valait quand même mieux que de rester sur le carreau.

— Debout ! s'exclama Qayin en s'adressant à ses complices. Il est temps de lever le camp.

Lourds ne se redressa qu'à grand-peine, en raison de ses courbatures aux jambes et dans le dos. Il hissa son sac sur une épaule et ramassa le cahier.

Un complice de Qayin se plaça derrière Cleena. Du coin de l'œil, Lourds aperçut une lame étincelante au creux de sa paume. Il voulut en avertir la jeune femme. Trop tard.

Un pressentiment dut venir à la rousse : rapide comme l'éclair, elle dégaina son arme et logea une balle à bout portant dans la tête de son agresseur. Alors que les autres, sous le choc, le regardaient s'affaisser, elle bondit derrière Lourds qu'elle attrapa par son col de chemise en se pressant contre lui.

Sur le sol de pierre gisait à présent un cadavre aux membres épars.

La taille de la rousse lui permettait tout juste de voir par-dessus l'épaule de Lourds. Elle continua de tirer de plus belle. Qayin et ses sbires se secouèrent de leur torpeur en lâchant leurs lampes pour se mettre à couvert dans les ténèbres. Quatre d'entre eux rendirent l'âme. La rousse ne manquait jamais sa cible. Au bout de quelques secondes, le nombre de leurs adversaires avait déjà diminué de moitié.

Persuadé qu'il allait lui aussi récolter une balle, Lourds voulut s'aplatir contre le sol. Cleena ne lui en laissa pas le loisir : son bras comprima sa pomme d'Adam comme dans un étau. Le professeur s'étrangla, en manque d'air, mais il resta debout.

— Soyez sage. Ils n'essayeront plus de vous tuer, maintenant qu'ils vous croient capable de déchiffrer leurs vieux papiers et Dieu sait quoi d'autre encore.

— Je n'en suis pas si sûr, protesta Lourds, qui plissa les yeux dans la pénombre en s'attendant à ce qu'un projectile lui lacère la chair.

— Eh bien moi, si. Vous avez votre domaine de compétence, professeur, et moi le mien. Ces types ont payé une coquette somme, pas si coquette que ça, d'ailleurs, pour vous amener ici. Maintenant qu'ils vous savent en mesure de leur rendre les services qu'ils espéraient, ils veilleront à ne pas vous dégommer.

Qayin aboya un ordre. Une salve de coups de feu déchira le silence. Cleena riposta aussitôt et mit dans le mille. Un type s'effondra dans la flaque de lumière que projetaient les lampes tombées à terre.

Lourds essaya de se dégager, mais pas moyen.

— Ils ne vous ont même pas égratigné, professeur, lui chuchota la jeune femme. Vous avez de la valeur à leurs yeux. Ils ne vous ont pas raté par hasard. En plus, ils ont cessé de tirer.

Malgré la peur qui le tenaillait, Lourds dut admettre qu'elle ne se trompait pas. Éclairé par les lampes, il offrait en effet une cible facile.

— J'imagine que les crapules dans votre genre ne savent pas ce que c'est qu'une parole d'honneur, lança-t-elle enfin à l'intention de Qayin. Ne vous fatiguez pas à me répondre.

— Vous ne sortirez pas d'ici vivante, mademoiselle MacKenna, la menaça Qayin.

Sans hésiter, la jeune femme tira dans la direction de sa voix. Des balles rebondirent contre une paroi, en frôlant l'oreille du professeur d'un peu trop près à son goût.

— Si vous n'y prenez pas garde, nous allons tous les deux y rester.

Elle ignora sa remarque.

— Toujours là, Qayin ?

L'intéressé ne répondit pas. Et en cela, songea Lourds, il fit bien.

— Vous voulez sortir d'ici ? lui souffla-t-elle à l'oreille.

— Oh oui ! murmura Lourds, mais ne vous bercez pas d'illusions : il leur suffira d'attendre que vous arriviez à court de munitions pour vous tomber dessus à bras raccourcis.

— Je reconnais, professeur, que vos connaissances en langues ont épaté tout le monde. Mais quand il s'agit de ma spécialité, c'est moi qui donne les leçons. Prenez des notes : il y aura une interro, à la fin.

— Qu'est-ce que…

Elle enfonça le canon brûlant de son arme sous le menton de Lourds et déclara :

— Si vous ne nous laissez pas filer, je lui défonce la tête.

7

Discothèque Emerald, Trenton Street
Boston, Massachusetts, États-Unis d'Amérique
16 mars 2010

Dawson se sentait démuni sans voiture mais il valait mieux s'en passer à Boston, vu les difficultés à circuler et à stationner. Sitôt descendu de son avion affrété par la CIA, il héla un taxi. Son dîner en compagnie du vice-président lui semblait remonter à la veille et non à quelques heures à peine.

Il consulta sa Rolex : minuit moins six.

— *Yo, man !* lui lança le rasta à dreadlocks au volant du taxi à l'intérieur duquel flottait une odeur d'herbe. Ça dépote grave, ici, la nuit. Tu vas t'éclater : tu verras.

Dawson l'ignora superbement. L'autoradio diffusait du Bob Marley à plein volume ; une musique qui, en un sens, s'accordait assez bien à l'ambiance des sombres recoins de la ville où clignotaient des enseignes en néon.

La présence d'un calibre .40 contre sa hanche réconfortait Dawson.

— Ça balance là-dedans ! commenta le chauffeur en s'arrêtant à l'adresse de la discothèque que lui avait donnée son client.

Il brandit son poing en l'air en souriant de toutes ses dents.

— Ravi de l'entendre, commenta Dawson, qui descendit de voiture et lui tendit quelques billets d'une liasse.

— Ce soir, c'est chasse à la nénette ? Paraît que ce n'est pas ce qui manque dans les parages.

— Hum, marmonna Dawson qui, vêtu ce soir-là de jeans, d'un polo et d'une veste en cuir, avait la présomption de croire qu'on ne lui donnerait pas la trentaine à la lumière tamisée d'un bar.

L'Emerald se trouvait coincé entre un pressing chinois et une boutique de gadgets électroniques. Aucune lumière ne brillait dans les appartements aux étages supérieurs. Des néons indiquaient le nom de l'établissement entre les rideaux et les fenêtres qu'ils masquaient. Devant l'entrée où personne ne se bousculait se campait un videur ; un noir au crâne rasé, au cou chargé de chaînes en or, vêtu d'une chemise fantaisie sous son blouson.

Dawson releva son col face aux assauts d'un vent du nord glacial et entra sous le regard indifférent du malabar.

À l'intérieur, bourré à craquer d'étudiants, il y avait une sacrée ambiance et un vacarme de tous les diables. Des écrans derrière le bar diffusaient des chaînes sportives — entraînements d'équipes de base-ball et compétitions de basket sur la côte ouest.

Derrière le comptoir, Brigid MacKenna servait les clients avec une remarquable économie de gestes. Du haut de son mètre cinquante-cinq, elle ne devait pas peser plus de quarante-cinq kilos, toute mouillée. Elle n'avait pas la carrure athlétique de sa sœur. Avec ses longs cheveux bruns attachés en queue-de-cheval, elle ne paraissait même pas dix-neuf ans.

Un groupe d'adolescents attardés — des sportifs, à en juger par leurs blousons — flirtaient avec elle, accoudés au bar. Visiblement flattée, elle ne lambinait pas pour autant.

Dawson avisa un tabouret libre à un bout du comptoir. Il s'y jucha en approchant de lui une coupelle de cacahuètes. Un tas de gousses ne tarda pas à s'élever à côté.

— Bonsoir ! le salua Brigid en nage, quelques minutes plus tard, en lui décochant un sourire électrisant.

— B'soir, lui répondit Dawson en prenant l'accent bostonien. Vous ne chômez pas ce soir !

D'un geste du pouce derrière son épaule, Brigid lui désigna un petit homme trapu d'une quarantaine d'années aux biceps aussi gonflés que ceux de Popeye.

— C'est au patron qu'il faut dire ça !

— Un bourreau d'esclaves.

— Vous l'avez dit ! Qu'est-ce que je vous sers ?

— Une blonde.

— Vous voulez un verre ?

Dawson balaya sa proposition du revers de la main.

Brigid sortit une cannette de sous le comptoir, la décapsula et la posa sur une serviette en papier devant Dawson, qui glissa vers elle un billet de vingt dollars.

— Gardez la monnaie.

Une porte derrière le comptoir donnait accès aux cuisines et à la remise. Vu la cohue, ce soir-là, Dawson s'attendait à voir Brigid y disparaître tôt ou tard.

Il ne se trompait pas.

Dès qu'elle se fut éclipsée, il lui emboîta le pas dans un étroit couloir qui donnait, à droite, sur une cuisine, à gauche sur une réserve et, au fond, sur les toilettes et la sortie de secours.

Brigid alluma la lumière du débarras où elle prit des serviettes en papier plus deux sachets de cacahuètes. Lorsqu'elle voulut s'en aller, elle s'aperçut à sa grande déconvenue que Dawson lui barrait le passage.

Elle lui décocha d'abord un sourire. Comme n'importe quelle gamine de son âge à sa place. Pressentant rapidement que ça ne la mènerait nulle part, elle fit assaut d'autorité.

— Vous n'avez rien à fiche ici.

Pas un muscle du visage de Dawson ne remua.

— Tu sais où est passée ta sœur ?

La question éveilla la méfiance de Brigid, qui s'efforça toutefois de ne pas le montrer.

— Je n'ai pas de sœur mais deux frères.

— Oh, non, la contredit Dawson. Et ta sœur s'appelle Cleena MacKenna.

— Sortez ! lui intima-t-elle en s'avançant comme dans l'intention de le bousculer.

Dawson tint bon. Elle se figea. Sa résolution partit en fumée !

— Je sais où se trouve ta sœur, lui annonça Dawson d'un ton égal. Ce que je ne sais pas, c'est comment la joindre.

— Si vous ne fichez pas le camp, je hurle.

Dawson la gifla tellement fort qu'elle manqua de peu tomber à la renverse et laissa échapper cacahuètes et serviettes.

— Tais-toi et écoute-moi. Si tu hurles, tu ne reverras plus ta sœur. Compte là-dessus.

Il souleva un pan de sa veste pour lui montrer son pistolet.

Brigid se prit la tête entre les mains. Des larmes roulaient sur ses joues. Elle tremblait de peur.

— Tu connais un moyen de contacter ta sœur? Hoche la tête. Si tu essayes de me rouler dans la farine, je t'envoie illico à l'hosto.

Elle ferma les paupières, terrifiée, en opinant du chef.

— Bien!

Dawson sortit de sa poche un bristol où figurait un simple numéro de téléphone, inscrit là par une main étrangère.

— Tu vas lui passer un coup de fil.

En frissonnant de plus belle, Brigid essuya le filet de sang qui coulait de la commissure de ses lèvres et acquiesça.

Dawson lui sourit, histoire de lui montrer qu'il ne lui en gardait pas rancune.

— Si elle ne répond pas, laisse-lui un message. Je veux qu'elle me rappelle à ce numéro, expliqua-t-il en posant le bristol sur une caisse de bières. Dis-lui que si je n'ai pas de nouvelles d'elle d'ici deux heures, elle ne te reverra plus.

Brigid sanglotait à présent sans bruit.

— Hé! l'interpella quelqu'un. Qu'est-ce que tu fiches? On manque de ca'huètes en salle : les clients du bar font un foin pas possible.

L'homme aux biceps à la Popeye apparut dans l'encadrement de la porte.

— Qu'est-ce qui se passe, ici?

Dawson le saisit à la gorge et l'expédia sur le carreau en lui assénant trois coups de crosse bien sentis. L'autre n'eut même pas le temps de protester avant de tomber dans les pommes.

Épuisé par tant d'action, Dawson essuya le sang qui lui éclaboussait le front et revint vers Brigid, qui recouvra subitement l'usage de la parole.

— À l'aide! Au secours!

Dawson lui adressa un sourire mauvais, ôta le cran de sûreté de son arme et la braqua sur la tempe de la jeune fille.

— Tu as dit un mot de trop, là.

Les jeunots qui la draguaient depuis le début de la soirée accoururent. Dawson les accueillit, l'arme au poing.

— Retournez au bar, leur ordonna-t-il d'un ton glaçant. Sinon, je vous flingue.

Les aspirants héros reculèrent en maugréant face au canon.

— Dis à ta sœur, résuma Dawson en sortant de la remise, de me contacter dès qu'elle recevra ton message. Compris ?

— Compris !

Dawson enjamba le sosie de Popeye à terre en tenant à une distance respectueuse les clients trop curieux. Il emprunta la sortie de secours en déclenchant ainsi une alarme dont le vacarme dut s'entendre dans toute la rue.

Il accéléra l'allure en prenant toutefois soin de ne pas courir. Il ne voulait pas inciter les gamins qui se prenaient pour des durs à cuire à lui donner la chasse ; ce qu'ils auraient fait comme par réflexe en le voyant prendre ses jambes à son cou. Son pas vif mais mesuré indiquait qu'il ne craignait rien. Il ne rengaina quand même pas son arme. La chance lui sourit : lorsqu'il parvint au bout de la rue, un taxi passait là comme par hasard. Il faut dire qu'à une telle heure, un chauffeur prêt à conduire des oiseaux de nuit d'un bar à l'autre gagnait de quoi arrondir ses fins de mois. Il changea de taxi à trois reprises sur le chemin de l'aéroport afin de s'assurer que la police ne retrouverait pas sa trace.

À bord de l'avion qui l'attendait, Dawson se carra dans un confortable fauteuil et se versa une rasade d'un fameux bourbon. Une fois son pouls revenu à la normale, il savoura la terreur qu'il venait d'inspirer à Brigid et qui flattait sa part d'ombre. En attendant le décollage, il lampa son petit verre et appela le vice-président.

— Ça y est ! Affaire réglée.

— Parfait, Jimmy. Tout s'est bien passé ?

— À merveille. De quoi me donner la nostalgie des missions de terrain.

Webster partit d'un petit rire.

— Tant mieux ! Je comprends. En cas de problème, il n'y a rien de tel que de mettre les mains dans le cambouis pour s'assurer que tout sera réglé en temps et en heure. Vous êtes sûr que Mlle MacKenna vous contactera ?

— Oh, oui, affirma Dawson en se rappelant les traits de Brigid déformés par la peur. Dès qu'elle recevra le message de sa sœur.

— Bon ! En ce qui concerne le professeur Lourds… Il va falloir le dénoncer en tant qu'ennemi de la nation.

— Pardon ? s'étrangla Dawson.

— Mais oui, Jimmy. Je ne vous ai pas encore tout dit mais sachez qu'il nous faudra une équipe à Istanbul pour s'emparer du professeur, dès qu'il reparaîtra. Nous avançons en terrain miné. Vous n'avez pas idée de ce qui dépend de l'issue de notre mission. Nous allons devoir redoubler d'adresse. Enfin ! vous et moi en sommes tout à fait capables.

Catacombes
District de Yeşilköy, Istanbul, Turquie
17 mars 2010

— Vous comptez me tuer ? Vu qu'ils n'ont pas l'air décidés à me liquider eux-mêmes ? C'est ça, votre plan ?

Cleena crut déceler de l'exaspération dans l'intonation de Lourds. À moins qu'il n'eût tout bonnement basculé dans l'hystérie. L'une et l'autre hypothèse paraissait également plausible.

— Mettez-la en veilleuse, soupira-t-elle en l'agrippant d'une main ferme. Je m'échine à vous garder la vie sauve, au cas où vous n'auriez pas remarqué !

— Pardon ? releva Lourds, éberlué. Ils n'ont ouvert le feu que parce que vous m'avez mis la main au collet. Alors que je venais à peine de sauver ma peau.

— De retarder votre exécution, vous voulez dire.

— Ça revient au même.

— Écoutez, persifla Cleena entre ses dents, ils allaient nous tuer, quoi qu'il arrive. Or, pour votre gouverne, sachez que je sortirais plus facilement d'ici sans vous.

— Ah bon ? Et si vous ne m'aviez pas pris en otage, qui vous servirait de bouclier humain ?

Qayin et ses sbires les pourchassaient : ils ne tarderaient pas à les rejoindre sans laisser à Cleena le loisir de recharger son arme.

— Voilà ce que je propose, murmura Cleena. Vous me suivez ou je vous tire dessus. Ne paniquez pas : je me contenterai de vous érafler gentiment. Qayin et sa fine équipe ne vous laisseront pas tomber, maintenant qu'ils vous savent capable de déchiffrer leurs vieux papiers. Ils vous sauveront la mise. Ou, en tout cas, ils essayeront. J'en profiterai pour risquer le tout pour le tout. Vous, en revanche, vous resterez entre leurs griffes. Alors, professeur, ajouta-t-elle en l'attrapant par son col de chemise. Vous me suivez ou je vous laisse en plan ?

— Je n'ai pas d'autre choix ?

En guise de réponse, elle le secoua comme un prunier.

— D'accord, s'inclina Lourds. Allons-y pendant que mes jambes me soutiennent encore.

Cleena entreprit de gagner la sortie à reculons mais elle ne parvint qu'à se cogner contre un mur.

— Un problème ? demanda Lourds.

— Cette saleté de porte a disparu ! maugréa Cleena en se glissant le long de la paroi.

— Vous ne savez plus où nous sommes ?

— Mais si ! J'ai un peu de mal à me repérer, c'est tout.

Lourds poussa un soupir excédé.

— Me voilà entre de bonnes mains !

— Je n'écarte pas la possibilité de vous tirer dessus. Elle me paraît même de plus en plus tentante.

Le professeur sortit de sa poche un briquet dont la flamme jaune et bleu frémit dans les ténèbres, en les repoussant un instant.

— Vous la retrouvez, la porte ? lança Lourds en essayant de repérer Qayin et sa troupe, tapis dans l'ombre comme des cafards.

Cleena jeta un coup d'œil par-dessus son épaule. Le briquet n'éclairait qu'un pan de mur noir.

— Oui !

— Professeur Lourds ! s'écria un Qayin invisible dans le noir. À votre place, je me méfierais de cette femme.

— Sachez que je n'ai aucune confiance en elle. Tout bien pesé, il convient cependant de relativiser la notion de confiance, compte tenu des circonstances. En ce qui me concerne, je ne miserais pas non plus sur vous...

Cleena découvrit enfin un passage qu'elle emprunta en s'assurant par un rapide coup d'œil que personne ne la guettait au tournant. Il donnait sur une salle tout aussi vaste et vide que la précédente.

— Où sommes-nous ? chuchota Lourds.

— On ne m'a pas remis de plan à l'entrée et il ne me restait plus de miettes de pain à semer sur mon chemin.

— Vous ne savez donc pas plus que tout à l'heure quelle direction prendre. Les catacombes s'étendent sur des kilomètres et des kilomètres, non ?

Sous la plupart des villes prospères fondées dans l'Antiquité couraient des galeries indispensables à leur développement. Les habitants y entreposaient jadis de l'eau, de la nourriture et y enterraient leurs morts. À l'idée qu'un gisement de cadavres pût se dissimuler au détour d'une galerie à deux pas d'elle, Cleena frémit d'horreur.

— Quel casse-pieds! Sachez que ce n'est pas en soulignant un problème qu'on le résout.

— Certes. Encore que le formuler en termes clairs aide à se concentrer dessus.

— Vous avez toujours réponse à tout?

— C'est pour ça qu'on me paye.

— Professeur! le héla Qayin.

— Il approche, commenta Lourds à mi-voix.

— Je m'en suis rendu compte. Je suis perdue; pas sourde. Ils vont nous guetter à la sortie, supposa Cleena qui en eût fait autant à leur place.

— Professeur, vous m'entendez? reprit Qayin.

— Oui.

— N'entrez pas dans son jeu! s'interposa Cleena.

— Je cherche simplement à gagner du temps.

— Rendez-nous le cahier et nous vous laisserons partir. Sain et sauf.

— Il ment, estima Lourds dans sa barbe. Vous ne pensez pas?

— Si, acquiesça Cleena qui reculait en prenant garde aux mouvements du professeur et à ce qui se tramait dans son dos.

— Nous ferons appel à un autre traducteur, le menaça Qayin.

— Bah tiens! grommela Lourds. Comme si ça courait les rues! Je parie qu'ils n'en ont pas trouvé de plus compétent que moi.

— Vous n'auriez pas un peu les chevilles qui enflent? Admettez qu'il vous donnait du fil à retordre, leur fameux texte.

— Je n'en ai examiné qu'un fragment. En vingt minutes top chrono. Dans des conditions difficiles. Sans outils de recherche à consulter.

— Et modeste, avec ça…

— Je me débrouille très bien, dans mon domaine.

— C'est ce que dira votre épitaphe.

— Je croyais que nous cherchions à sortir d'ici vivants.

— Donc, vous m'écoutez bel et bien.

Lourds la maudit entre ses dents.

— Marché conclu, professeur? lança Qayin.

Au désespoir, Cleena se raccrocha à la première idée qui lui passa par la tête. Son regard se posa sur le briquet de Lourds, qui devait commencer à lui chauffer les doigts.

— Mettez le feu au cahier.

Lourds se braqua :

— Quoi!?

— Approchez la flamme du papier. S'ils y tiennent tant que ça, ils essayeront de le sauver plutôt que de se lancer à nos trousses.

Lourds serra contre lui le cahier, d'un geste protecteur.

— Pas question!

— Il ne vous appartient pourtant pas.

— À eux non plus.

— Rien ne vous prouve qu'il ne s'agit pas d'un faux, s'irrita Cleena.

— Ça m'étonnerait que quelqu'un ait pris la peine d'inventer une langue inspirée du grec ancien en guise de poisson d'avril.

— Le cahier vaut-il plus que notre vie?

— Hum... à la réflexion, je me le demande.

— Professeur! reprit Qayin, je n'hésiterai pas à me tourner vers l'un de vos collègues et je ne balancerai pas non plus à vous tuer, vous et la rousse. Je suis prêt à courir le risque de chercher un autre traducteur; pas celui de perdre un aussi précieux document.

— Mettez le feu au cahier! ordonna Cleena.

— Pas question. Il en va de ma responsabilité de scientifique.

— Pour qu'on imprime votre nom dans une revue spécialisée que personne ne lit?

— Là n'est pas la question.

Un juron échappa à Cleena.

— Ne soyez pas bête à ce point!

Lourds, sentant sa main roussir, glapit de douleur et laissa tomber son briquet, qui s'éteignit dans sa chute. Les ténèbres se refermèrent autour d'eux.

— Oups!

Lourds se baissa à la recherche de son Zippo. Atterrée, Cleena tira sur son col de chemise.

— Venez! s'impatienta-t-elle en le bousculant d'un coup de hanche.

Lourds manqua de peu perdre l'équilibre et s'étrangla, tant la rousse lui comprimait la gorge. Elle le traînait en effet par le col vers la porte qu'elle avait repérée, à l'autre extrémité de la salle.

— Je ne vois rien! se plaignit Lourds en ralentissant le pas.

— Eux non plus. Avancez, bon sang!

— Nous allons nous heurter à un mur.

Leurs poursuivants ouvrirent soudain le feu. Des projectiles ricochèrent contre la pierre dans une gerbe d'étincelles.

— Je reconnais que votre hâte à fuir se justifie, admit Lourds en prenant ses jambes à son cou : c'était à présent lui qui entraînait Cleena à sa suite.

Leurs adversaires ramassèrent leurs lampes. Un faisceau de lumière blafarde éclaira un mur à deux pas d'eux, juste à temps pour leur éviter de foncer dedans. Ils se réfugièrent en trombe dans la salle voisine.

L'écho des coups de feu les renseigna sur la taille de l'endroit, immense. Des piliers de pierre se dressaient dans la pénombre en formant comme un labyrinthe. Cleena tira sur la chemise de Lourds pour qu'il ralentisse.

— À gauche!

Lourds lui obéit : il contourna un pilier contre lequel Cleena le poussa en l'obligeant à piler net. Elle se rangea derrière lui, le temps de recharger son pistolet où elle fourra son avant-dernière cartouche. Leurs chances de s'en sortir s'amenuisaient à vue d'œil.

— On ne devrait pas plutôt s'enfuir? s'inquiéta Lourds.

Cleena risqua un œil derrière le pilier en empoignant son arme à deux mains.

— Excellente idée. Par où?

— Vous n'étiez jamais venue ici?

— Non.

— Au moins, vous n'avez pas perdu connaissance en chemin, vous.

— Non, mais je me souciais surtout de cerner mes nouveaux copains, au cas où ils tenteraient de me doubler. Comme ils l'ont fait.

— La psychologie n'est pas votre fort, on dirait…, persifla le professeur.

Cleena n'entendit pas la suite de son discours : l'un des acolytes de Qayin venait de surgir, muni d'une lampe qui faisait de lui une cible de choix. Cleena pointa son arme sur le cœur du malheureux et pressa la détente trois fois de suite.

Deux balles au moins l'atteignirent. Il tomba sur les fesses. Sa lampe roula par terre, en continuant par chance d'éclairer le passage; ce qui permettrait à Cleena de repérer ses complices, quand ils se pointeraient à leur tour. Eux aussi se rendirent compte que la lumière avantageait Cleena : une salve de coups de feu l'éteignit. Sans laisser à leurs adversaires le temps de souffler, Cleena vida son chargeur dans leur direction. En représailles, une pluie de projectiles s'abattit sur le pilier qui la cachait. Des éclats de pierre lui meurtrirent le visage.

— Nous voilà maintenant à deux contre quatre, releva Lourds à mi-voix. Bravo !

— Deux ? Et vous comptiez en liquider combien, sans indiscrétion ?

— D'accord, soupira le professeur. Un contre quatre.

— Chut ! Tendez plutôt l'oreille ! Sinon, ils vont nous tomber dessus sans prévenir.

— Pourquoi ? Ils ne se repèrent certainement pas mieux que nous, dans le noir.

— À moins que vous ne persistiez à dégoiser. Bouclez-la !

Cleena se tourna pour mieux se rendre compte de ce qui se passait à l'autre bout de la salle en s'efforçant de ne pas se figurer Brigid seule au monde et sans défense.

Lourds tressaillit à côté d'elle.

Bien qu'il n'eût pas fait assez de bruit pour renseigner Qayin et sa bande sur leur position, elle lui ordonna, furibarde, de se tenir tranquille.

Avant qu'elle ait le loisir d'ajouter quoi que ce soit, une main calleuse se plaqua sur sa bouche. Elle se tortilla dans l'intention de braquer son pistolet sur son agresseur mais celui-ci la devança en lui saisissant les poignets. Sans réfléchir, elle tira sur l'ombre qui se mouvait dans les ténèbres auprès d'elle.

La détonation s'accompagna d'un bref éclat lumineux ; l'occasion pour elle d'entrevoir l'homme qui la maintenait prisonnière de sa poigne. Un burnous noir dissimulait sa silhouette. Sa face blême disparaissait à moitié sous un capuchon pointu.

8

Catacombes
District de Yeşilköy, Istanbul, Turquie
17 mars 2010

— N'ayez crainte, professeur Lourds!

Vu la série de tuiles qui lui tombaient dessus depuis son atterrissage à Istanbul, il eut du mal à croire que quelqu'un pût avoir le culot de lui dire une chose pareille. L'écho du coup de feu tiré par Cleena n'en finissait pas de retentir dans l'immensité des catacombes. Quant à savoir ce que l'encapuchonné venait faire dans l'histoire, le professeur se le demandait.

Un certain nombre de textes transcrits par Lourds au fil de sa carrière évoquaient des monstres légendaires hantant des lieux en somme pas très éloignés des catacombes d'Istanbul. D'ailleurs, il se remémorait parfaitement le détail des atrocités commises lors de la chute de Constantinople aux mains des envahisseurs ottomans.

Lourds se préparait à lutter pour sa survie quand son mystérieux interlocuteur répéta ce qu'il venait de lui dire en grec ancien. Ou, plutôt, dans un dialecte qui s'y apparentait étrangement. Le professeur en resta comme deux ronds de flan.

— Je vous demande pardon? s'étonna-t-il dans le même idiome.

— Mes amis et moi venons à votre secours. Nous vous cherchons depuis votre disparition, ce matin. Je m'excuse d'avoir mis tant de temps à vous retrouver.

— Qui êtes-vous?

— Tout ce que je peux vous dire, pour l'instant, c'est que nous ne vous voulons aucun mal. Nous sommes venus vous tirer d'ici. Ça vous ennuierait de demander à votre amie de rengainer son arme ?

Lourds prit soudain conscience que Cleena tentait encore de dégommer au moins un de leurs adversaires. Il se tourna vers elle mais l'obscurité l'empêchait de la voir.

— Arrêtez de tirer ! Ils viennent à la rescousse.

Elle relâcha la détente de son pistolet et se plaqua contre lui, les muscles bandés comme un arc.

— Qu'est-ce qui vous le fait croire ?

— C'est ce que l'un d'eux m'a dit.

— Je me demande par quel miracle vous avez survécu jusqu'à un âge aussi avancé ! s'exclama-t-elle d'un ton moqueur.

— Il dit certainement vrai, se défendit Lourds. Il s'est adressé à moi en grec ancien.

— En effet : ça met en confiance.

— Il prétend que ses amis et lui vont nous tirer de là. Ça ne vous intéresse pas ?

— Je me débrouille très bien sans eux.

— Qayin attend des renforts, leur signala le mystérieux inconnu.

— C'est vous qui le dites.

— Nous les avons pistés.

— Où sont-ils, ces renforts ? Vous bluffez !

Lourds ne partageait pas le scepticisme de la jeune femme. Avant qu'il ait l'occasion de la rallier à son point de vue, il entendit des pas au loin dans les catacombes. Il s'apprêtait à demander s'il était le seul à les remarquer quand une détonation retentit.

Lourds s'aplatit aussitôt contre le sol. Cleena à sa suite. Ils se faisaient à présent face dans l'obscurité. Les coups de feu qui martelaient le pilier au-dessus de leurs têtes éclairaient par intermittence leurs traits.

— Alors ? lança sèchement Lourds.

Cleena ne répondit rien.

— Professeur ? insista l'homme au burnous.

— Nous aimerions bien vous suivre, mais les autres nous bloquent les issues.

— Pas toutes ! Suivez-moi.

Les pas s'approchaient de plus en plus vite. Cleena s'agenouilla pour vider son chargeur. Lourds n'attendit pas de juger si elle avait fait du bon travail ou pas : il n'ignorait pas de quoi elle était capable. Les cris d'agonie dans son dos lui indiquèrent qu'elle avait encore une fois fait mouche.

Lourds s'accroupit pour suivre en sautillant l'homme au burnous. Un de leurs assaillants braqua sur eux sa torche, dont le faisceau éclaira Lourds alors qu'il distinguait un étroit passage dans la paroi, non loin de lui.

Il y suivit l'encapuchonné et parvint à un tunnel. Deux autres porteurs de burnous les rejoignirent en même temps que Cleena, sur leurs talons. L'un d'eux repoussa dans leur dos un pan de mur qui les isola de leurs poursuivants. Un autre produisit une torche dont la lumière aveugla Lourds en inondant l'étroite galerie où il dénombra en tout cinq hommes. Il étudia leurs traits mais n'en reconnut pas un seul.

— Nous sommes en sécurité, ici, affirma l'un d'eux, au menton orné d'un bouc taillé avec soin, dont le regard se perdait dans l'ombre de son capuchon.

Lourds ne lui donnait même pas la trentaine. Cleena rechargea son arme.

— Qayin et compagnie ne risquent pas de nous rattraper ?

— Non, nous leur avons bloqué le passage.

Assurée de sa capacité à faire feu au moindre pépin, Cleena reporta son attention sur leurs sauveurs.

— Qui êtes-vous ?

— Vos amis, comme je vous l'ai dit, répéta patiemment l'homme au bouc.

Lourds remarqua que Cleena ne braquait plus son pistolet sur les nouveaux venus, bien qu'elle demeurât prête à leur tirer dessus en un clin d'œil. Rester sur ses gardes était devenu pour elle une seconde nature.

— Mes amis, je les connais, rétorqua-t-elle.

— Mettons alors que nous sommes les amis du professeur.

— Ah bon ? Vous savez qui ils sont ? interrogea-t-elle Lourds sans quitter des yeux les cinq autres.

— Pas encore. Mais je ne demande pas mieux que de nouer de nouvelles amitiés. Surtout avec des gens qui ne me kidnappent pas dès que j'ai le dos tourné. Je crains qu'il ne m'en coûte beaucoup de revenir sur une première impression aussi détestable que celle que vous m'avez laissée.

Elle le foudroya du regard.

— Laissons les salamalecs pour plus tard. Ce tunnel doit bien mener quelque part. Qayin et ses potes risquent de nous rattraper par un autre chemin.

— Les catacombes ne leur ont pas révélé tous leurs secrets. Nous les connaissons mieux qu'eux.

— Formidable ! lâcha-t-elle d'un ton plein de morgue. Je m'incline ! N'empêche que j'aimerais mieux ne pas moisir ici.

— Bien sûr.

L'homme au bouc adressa un signe de tête au porteur de la torche, qui s'engouffra dans les ténèbres du tunnel. Lourds leur emboîta le pas.

D'après les estimations du professeur, ils longeaient le tunnel depuis plusieurs minutes déjà quand le sol lui parut présenter une légère déclivité. Il n'en aurait cependant pas juré. Il n'y voyait pas assez clair et ne prêtait attention qu'à d'éventuels bruits de pas dans leur dos.

— C'est le cahier de Qayin que vous avez là, remarqua l'homme au bouc.

— J'ai cru comprendre qu'il ne lui appartenait pas en propre. D'autant qu'il n'était pas capable de le lire.

— C'est bon ! Chipotons pas ! répondit l'autre — tout à fait le genre d'expression qu'affectionnaient ses étudiants. Évidemment qu'il n'est pas à lui.

— À qui, alors ? s'enquit Lourds, incapable de refréner sa curiosité.

— Je ne suis pas autorisé à vous le dire pour l'instant.

— En voilà bien des mystères…, commenta Cleena.

— Celui qui planait sur l'identité de vos commanditaires ne vous a pas perturbée outre mesure, la rembarra l'homme au bouc.

Elle ne répliqua rien. Parce qu'elle n'en menait pas large ou parce qu'elle écumait ; Lourds n'aurait su le dire.

— Qu'est-ce qu'il a de particulier, ce cahier ? s'enquit Lourds.

— Vous l'avez déchiffré ?

— Non, mais je crois bien que j'y serais parvenu avec un peu de temps.

Cleena lâcha un juron entre ses dents. Lourds dut admettre qu'il venait de se mettre dans une fâcheuse posture.

— Gare à vos têtes ! les prévint l'homme au bouc en indiquant le plafond du tunnel, plus bas à cet endroit-là.

Lourds se courba. Il se retrouva bientôt face à un mur et, à l'instar de ses nouveaux amis, poursuivit à gauche.

— Qu'avez-vous découvert dans ce cahier ? reprit l'homme au bouc.

— Pas grand-chose.

— Mais vous estimez pouvoir le déchiffrer ?

Lourds hésita. *Si je lui dis oui, il va me retenir prisonnier ? Et si je lui réponds non, il va me tuer ?* Aucune des deux éventualités ne lui plaisait. Le voilà devant un mystère, une authentique énigme du genre de celles qu'il rêvait d'élucider. Pas question d'y renoncer !

— Oui.

— Bien !

L'homme au bouc s'arrêta derrière le porteur de la torche, qui la lui remit, le temps d'actionner un mécanisme dissimulé dans la paroi.

— Vous savez de quoi traite ce cahier ? s'enquit Lourds.

— Un savoir s'est perdu, lui expliqua l'homme au bouc d'un ton sincèrement navré. D'une grande valeur et de beaucoup d'importance. Il faut le retrouver. Beaucoup de choses en dépendent.

— Quoi au juste ?

L'homme au bouc secoua la tête d'un air de regret.

— Je ne suis pas en mesure de vous renseigner. Navré ! Je sais que vous venez de passer une rude journée mais mes révélations pourraient influencer votre traduction. Il est impératif de vous laisser vous former votre propre opinion. Nombreux sont ceux qui, au fil des ans, ont tenté de déchiffrer ce cahier. Si vous échouez, ce sera uniquement de votre faute.

Une ouverture venait d'apparaître dans le plafond du tunnel : des barreaux en métal y formaient une échelle à l'assaut d'un boyau que l'homme au bouc éclaira de sa torche.

— La voie est libre !

Lourds agrippa l'échelon en métal rouillé au-dessus de sa tête, enfila les bretelles de son sac à dos où se trouvait à présent le fameux cahier et *hop !* La rouille lui meurtrit les paumes en s'écaillant à mesure qu'il grimpait. Un rapide coup d'œil en haut lui indiqua que le passage couvrait une distance appréciable. Il dut aussitôt baisser la tête à cause des particules de rouille qui pleuvaient sur lui. Ses muscles courbaturés l'élançaient. Il aspirait à un peu de repos. Et à un bon repas.

En attendant, l'énigme du cahier lui triturait les méninges aussi sûrement que les barreaux en métal lui lacéraient la chair.

Lourds comptait avouer qu'il ne se sentait pas la force de faire un pas de plus quand l'homme en tête de cortège s'arrêta. Un raclement métallique leur écorcha les tympans et les rayons du soleil pénétrèrent à l'intérieur du boyau.

Déjà jour ? Lourds n'en crut pas ses yeux. D'un autre côté, il ignorait combien de temps le contenu de la seringue l'avait endormi.

Celui qui ouvrait la marche passa la tête par l'ouverture, le temps d'inspecter les alentours, puis se hissa hors du tunnel. L'homme au bouc — celui qui avait fait les frais de la conversation — l'imita, bientôt suivi par Lourds, la rousse et les trois autres. Les voilà dans une ruelle ressemblant à s'y méprendre à celle où s'était écrasé l'hélicoptère.

Le pistolet de Cleena n'avait pas quitté son poing, même pendant l'ascension. Dieu seul sait d'ailleurs comment elle s'y était prise. Les cinq hommes la regardaient en se demandant quelle contenance adopter.

— Et maintenant ? lança-t-elle.

— Nous raccompagnons le professeur Lourds à son hôtel, annonça l'homme au bouc.

— Et moi ?

— Vous êtes libre.

Elle leur lança un coup d'œil méfiant en serrant de plus belle son arme.

— Ah bon ?

— Mais oui !

— Supposons que je décide d'emmener le professeur avec moi, suggéra-t-elle, un sourire mauvais aux lèvres.

— N'y songez pas !

— Il me semble que c'est celui qui détient une arme qui impose sa loi.

Envahi par un malaise subit, Lourds s'écarta d'elle.

— Sachez, reprit calmement l'homme au bouc, que vous n'êtes pas la seule personne armée ici. Nous vous avons permis de nous suivre parce qu'il nous répugnait de vous donner la mort ou de laisser Qayin et ses complices s'en charger. Les nôtres se sont battus, au péril de leur vie, pendant des siècles, pour les secrets contenus dans ce cahier.

Lourds n'aurait su dire si ses nouveaux amis détenaient ou non des armes. Pas facile d'en juger sous leurs burnous ! Il se sentit soudain comme un os à moelle bien juteux que se disputent deux molosses. Une chose le frappa dans les propos de l'homme au bouc : le temps incroyablement long depuis lequel, à l'entendre, le mystérieux cahier planqué au fond de son sac attisait les passions. Il rajusta les bretelles de ce dernier.

Sans raison apparente, il se rappela les hommes armés à l'aéroport.

— Vous n'avez pas essayé d'entrer en contact avec moi à l'aéroport, hier matin ?

— Non.

Donc, ils sont trois équipes à me courir après.

— Professeur ? reprit Cleena en l'arrachant à ses supputations. Vous restez avec eux ou pas ? La décision vous appartient.

— Ils m'ont promis de me conduire à mon hôtel.

— Et vous les croyez ?

Lourds haussa les épaules.

— Ils ne m'ont pas kidnappé, eux.

Un sourire désinvolte flotta sur les lèvres de Cleena.

— Pas encore… Bon vent, professeur ! Ce ne fut pas inintéressant de vous rencontrer mais — ne le prenez pas mal — j'espère bien ne plus vous revoir.

— Je vous en prie ! Laissez-moi vous dire que je partage le même sentiment.

L'arme au poing, Cleena s'éloigna d'une centaine de pas à reculons avant de faire volte-face puis de disparaître au tournant.

— En route, professeur Lourds ?

— C'est parti ! Oh, attendez une seconde.

Lourds fourragea dans son sac, dont il sortit le calepin et le crayon qui lui avaient servi un peu plus tôt. Il avait déjà réfléchi aux pistes susceptibles de déboucher sur la traduction du cahier. Son enthousiasme ne fit que croître à mesure qu'il prenait des notes.

Le trajet jusqu'à l'hôtel se déroula le plus normalement du monde ; ce qui étonna d'ailleurs Lourds. Ses « amis » se débarrassèrent de leurs burnous dans une poubelle avant de héler un taxi. Seul l'homme au bouc y monta avec Lourds. Sans son déguisement, il avait vraiment l'air passe-partout. Un pantalon de toile, son tee-shirt et ses mocassins lui donnaient l'allure d'un étudiant. Il n'eût pas déparé sur le campus de Harvard.

Istanbul s'éveillait peu à peu. Des piétons se répandaient dans les rues en s'adonnant au lèche-vitrines tandis que d'autres s'attablaient aux terrasses des cafés. Lourds aimait beaucoup Istanbul, une ville au long passé trépidant.

Les premières traces de peuplement de la partie anatolienne dataient du milieu du VIIe millénaire av. J.-C. Des vestiges de l'âge du cuivre, de 5 500 à 3 500 ans avant notre ère, gisaient sous le monticule de Fikirtepe. Une activité fébrile animait déjà le quartier portuaire de Kadiköy, l'antique Chalcédoine, du temps des Phéniciens. Le Bosphore est le détroit le plus étroit du monde, dont la traversée mène d'un continent à un autre. Il doit son nom à Io, aimée de Zeus que le dieu, à en croire un mythe grec de l'Antiquité, transforma en vache pour la soustraire à la jalousie de sa femme. D'ordinaire, un environnement aussi chargé d'histoire mettait du baume au cœur de Lourds. En dépit de quelques ajouts modernes, il n'était pas difficile d'imaginer la vieille ville au temps de sa splendeur. Le professeur pouvait encore en humer les senteurs ; bien qu'à cette époque aucun relent de gasoil n'empuantît l'air marin.

Malgré tout, Lourds ne parvenait pas à se détendre : il s'attendait à une nouvelle attaque.

— Vous ne m'avez pas donné votre nom.

L'homme au bouc lui sourit.

— Impossible ! Vous me pardonnerez cette entorse à la politesse : j'ai reçu des instructions très strictes.

— À propos de moi, ou du cahier ?

— Ça revient au même.

— N'y a-t-il rien que vous puissiez me dire, au vu des menaces qui pèsent sur moi depuis mon arrivée ici ?

— Non, si ce n'est que la situation atteint un point critique et que le danger nous guette partout.

— Pas très clair, tout ça !

— Vos études ont dû vous amener à vous documenter sur l'histoire de bien des pays. Pourriez-vous me citer une seule prophétie clairement formulée ?

— Il s'agit donc d'une prophétie ?

— Non. Ne vous méprenez pas.

L'homme se caressa le menton d'un air contrit.

— Franchement, professeur, j'aimerais pouvoir vous en dire plus.

— À part vous, Qayin et sa bande, qui est au courant de l'existence du cahier?

— Un certain nombre de personnes savent d'où il vient et dans quel contexte il convient de replacer le secret qu'il renferme. Il y a longtemps qu'il est entre les mains de Qayin et ses complices.

— C'est-à-dire?

— Trois cent trente-sept ans.

— Le cahier n'a pas quitté Istanbul depuis tout ce temps?

— Ni même avant.

— Pourquoi?

— C'est défendu.

— Je ne saisis pas. N'importe qui pourrait s'en aller en l'emportant avec lui.

— Ah bon? releva l'homme au bouc d'un ton ironique. C'est ce que vous croyez.

— Vous me lancez un défi?

— Relevez d'abord celui de déchiffrer le texte!

— Je pourrais m'y atteler à Harvard. À vrai dire, ça me simplifierait la tâche. À moins, ajouta-t-il après un temps de silence, que vous ne me l'interdisiez?

— Mais oui! Et je ne serais pas le seul. Qayin aussi. D'autres encore veulent s'emparer du cahier. Si vous restez ici, nous vous protégerons dans une certaine mesure.

— Comme hier?

— Nous n'avons eu vent du péril qui vous menaçait qu'au dernier moment.

— Vous ne vous doutiez pas que Qayin allait m'enlever?

— Non. Nous n'avons découvert son rôle dans l'affaire qu'en reconnaissant ses sbires.

— Qayin me croyait capable de déchiffrer le cahier mais pas vous?

— En effet! Navré.

La fierté de Lourds en prit un coup.

— N'y voyez pas un manque de foi en vos talents. Des générations entières se sont penchées sur ce cahier. Le temps passant, nous en avons conclu qu'il ne fallait pas tant espérer un traducteur compétent qu'une époque propice.

Ses blessures d'amour-propre ainsi pansées, Lourds hocha la tête.

— Selon vous, c'est maintenant ou jamais ?

— Attendons de voir. Nous comptons en tout cas vous laisser votre chance. Quand nous avons su que vous étiez sur le point de traduire certains passages, nous nous sommes dit que le moment était peut-être venu.

L'homme au bouc se tourna vers la vitre, trop absorbé par ses réflexions pour prêter attention à ce qu'il voyait.

— Qayin me tenait en plus haute estime que vous.

— Peut-être, admit l'homme au bouc en toisant Lourds. À moins que, étant au désespoir, il n'eût été prêt à tout.

— Rassurez-moi : je ne dois pas le prendre contre moi ?

— Non. Pardon mais je n'ai pas l'habitude de mâcher mes mots.

Le taxi ralentit avant de s'arrêter devant l'hôtel Eserin Crown. Un portier en livrée, doté d'assez de professionnalisme pour ne pas laisser traîner son regard réprobateur sur la tenue à la propreté douteuse du professeur, lui ouvrit la portière.

— Bonjour, monsieur. Bienvenue à l'Eserin Crown.

— Bonjour à vous !

— Avez-vous des bagages ?

Si ses mésaventures n'avaient pas émoussé son sens de l'humour, Lourds eût éclaté de rire.

— Ma foi, non.

Ce qui posait d'ailleurs problème. Lourds se pencha vers l'homme au bouc, toujours à l'arrière du taxi.

— Je vous reverrai ?

— Cela reste à voir. Bonne chance, professeur, conclut-il en lui tendant la main. Je vous souhaite bien du succès. Quoi qu'il arrive, nous garderons contact.

Lourds se demanda s'il devait le prendre comme une menace. Ce fut en tout cas ainsi qu'il l'interpréta. Ne trouvant rien à ajouter, il referma la portière du taxi et recula. Le chauffeur se mêla de nouveau au flux de la circulation. L'homme au bouc lui lança un dernier regard par la vitre arrière en le saluant d'un geste amical.

Lourds lui rendit son au revoir en se sentant bien bête.

— Je suppose que l'hôtel est équipé d'un système de sécurité performant ? demanda-t-il au portier.

— Bien entendu.

— Un veilleur surveille l'entrée en permanence ?

— Mais oui, monsieur ! l'assura le portier, qui lui réserva un drôle de regard.

— Parfait !

Lourds le suivit dans un hall somptueux. Clients et employés de l'établissement le dévisagèrent comme s'il avait coutume de dormir sous les ponts. Sans doute était-ce l'impression qu'il donnait dans ses habits déchirés, dont l'odeur et l'aspect laissaient à désirer.

Lourds rejoignit la réception du pas le plus digne possible. Une ravissante demoiselle en tailleur le salua. Lourds déclina son identité. Les traits de la jeune employée s'éclairèrent aussitôt, certes au prix d'un gros effort. Sans doute la puanteur que dégageait le professeur ne parvenait-elle pas jusqu'à son nez.

— Ah oui ! s'exclama la réceptionniste. Nous vous attendions hier, professeur Lourds.

— Vous n'avez pas suivi les informations ?

— Pardon ? releva la jeune femme, interloquée.

— Un contretemps m'a retardé.

— Ah ? Je n'y ai pas prêté attention.

Elle tapota le clavier de son ordinateur et lui réclama son numéro de carte de crédit.

— Vous faut-il une ou deux clés ?

— Une suffira, merci.

Lourds prit celle qu'elle lui tendait avant de se diriger vers l'ascenseur.

— Professeur Lourds ? J'oubliais…, l'apostropha la réceptionniste.

— Oui ?

— Vos bagages vous attendent dans votre chambre.

— Ah bon ? Qui les a apportés ?

La jeune femme consulta son ordinateur et haussa les épaules.

— Ce n'est pas précisé. Tout ce que je sais, c'est qu'ils ont été déposés ici, hier après-midi.

Lourds la remercia et prit le chemin de sa chambre. *S'il te restait ne serait-ce qu'une once de bon sens, tu monterais dans le premier taxi venu et tu retournerais à Boston au plus vite.*

Lourds savait toutefois qu'il ne s'y résoudrait pas. Le mystère qui entourait le cahier l'intriguait trop pour qu'il y renonce.

Lourds hésita face à la porte de sa chambre. Paralysé par l'appréhension, le ventre noué, il frémit en réprimant un haut-le-cœur. Il ne se sentait absolument pas prêt à surmonter une telle pléthore de dangers.

Ses trépidantes aventures lors de sa quête de l'Atlantide perdue ne lui avaient malheureusement pas donné la résistance physique et mentale nécessaires pour supporter coups de feu et passages à tabac à répétition. Il préférait de loin en lire le récit dans les polars qu'il affectionnait tant. Au fond, ce n'était qu'un homme comme les autres.

Ses mains tremblaient tant qu'il lui fallut s'y reprendre à deux fois avant d'introduire la clé magnétique dans le lecteur. Un déclic accompagné du passage au vert d'une diode luminescente lui signala le déverrouillage de la porte. Lourds la poussa prudemment, en tendant l'oreille au moindre bruit. Il aperçut ses valises au pied de son lit extralarge. La simple vue du matelas qui lui tendait pour ainsi dire les bras l'incita à entrer pour de bon. Il ôta son sac à dos, qu'il posa sur le bureau.

Au-dessus pendait un miroir. Lorsque Lourds alluma la lumière dans l'intention d'évaluer les dommages subis par sa personne, il aperçut le reflet d'un homme confortablement installé dans un fauteuil, près du lit.

Lourds fit volte-face, pressé de déguerpir au plus vite, sans toutefois oublier de ramasser son sac à dos. La porte se rouvrit face à lui. Un grand costaud se campait sur le seuil. Il entra, en obligeant Lourds à reculer.

— Professeur Lourds, je suppose ? lança l'homme dans le fauteuil en souriant d'un air contrit. Je réclame votre indulgence : je me sens dans la peau de Stanley rencontrant le Dr Livingstone.

La chambre de Lourds se situait au quatrième étage. Même s'il réussissait à passer au travers du double vitrage de la porte-fenêtre, il ne survivrait pas à la chute.

— Je comprends l'allusion.

— Je m'en doutais, reprit l'homme en souriant. Encore que je n'aie pas souvent l'occasion de m'entretenir avec des gens instruits, dans ma branche.

— Et c'est quoi, votre branche, en dehors de forcer les portes des chambres d'hôtel ?

— Oh, je ne suis pas entré par effraction. Je dispose d'un mandat en bonne et due forme, précisa l'homme en sortant un papier de la poche intérieure de sa veste.

Son geste permit à Lourds d'entrevoir un pistolet sagement logé dans un étui contre son flanc.

— Je suppose que vous lisez couramment le turc ?

— Quelle question !

Lourds examina en vitesse la feuille que l'autre lui tendait.

— Je vous garantis, professeur, que j'ai agi en toute légalité.

— Vous êtes de la police ? lui demanda Lourds en le détaillant par-dessus le papier.

— Inspecteur Dilek Ersoz, à votre service ! se présenta-t-il, le sourire aux lèvres. J'aime beaucoup ce que vous faites, professeur. En particulier votre livre sur l'Atlantide. Quant à mon épouse, elle ne tarit pas de louanges à propos de *Sex and the City antique*.

— Mon éditeur prétend qu'on n'a jamais trop d'admirateurs. Je suppose que vous n'êtes pas venu me demander un autographe, poursuivit Lourds en lui rendant son mandat. Le dernier que j'ai signé m'a valu quelques soucis.

— Oh, ce ne serait pas de refus. Du moins, le moment venu.

— Que voulez-vous, inspecteur Ersoz ?

— Quelques miettes de votre temps, professeur, répondit le Turc en ménageant un minuscule intervalle entre son pouce et son index.

— J'imagine que je n'ai pas le choix.

— Bien sûr que si, l'assura Ersoz en souriant toujours. Soit vous me suivez de votre plein gré, soit je vous arrête et vous sortez d'ici menotté.

— Hum. Je suppose que je peux faire une croix sur ma douche ?

— Je regrette de ne pas vous laisser plus de temps mais mon supérieur m'a expressément demandé de vous conduire auprès de lui dès votre arrivée à l'hôtel.

— Le contraire m'eût étonné ! soupira Lourds.

— Plusieurs personnes ont trouvé la mort dans des circonstances troubles, hier matin. Quelqu'un devra forcément porter le chapeau.

Ersoz se leva en tirant sur ses manchettes d'un geste qui dénotait la maniaquerie.

— Allons-y !

Lourds lui laissa le dernier mot : une fois de plus, il enfonça son chapeau sur son crâne, ramassa son sac à dos et suivit l'inspecteur dans le couloir.

9

Centre commercial Olivium
District de Zeytinburnu, Istanbul, Turquie
17 mars 2010

Rien de tel qu'un bain de foule pour disparaître.
Voilà ce que le père de Cleena lui avait appris alors qu'à douze ans, elle commençait à organiser le transport des armes qu'il vendait dans la rue ; à l'époque où le bouche-à-oreille amenait à Ryan MacKenna des clients des quartiers chauds de Boston. En ce temps-là, il vendait des pistolets à l'unité et Cleena se chargeait souvent des livraisons.

Très vite, elle apprit à se planquer en cavale, au point de devenir experte en la matière. Ni la police ni les gangs des rues ne parvenaient à l'attraper. Elle se repérait grâce à une carte mentale des chemins de traverse et des toits qui lui assuraient une relative sécurité ou la conduisaient à l'abri. Elle se faufilait dans d'étroits passages avec autant d'agilité qu'un rat et passait d'une toiture à l'autre aussi négligemment qu'un pigeon.

Dès qu'elle eut faussé compagnie à Lourds et ses nouveaux amis, elle se rendit dans le district de Zeytinburnu. Elle connaissait Istanbul pour s'y livrer régulièrement au trafic d'armes. La misère régnait dans le quartier. La journée, des gamins vifs comme l'éclair volaient leur portefeuille aux touristes assez téméraires ou naïfs pour s'y risquer en quête de plaisirs défendus. La nuit, prostituées et vendeurs à la sauvette se livraient à leur commerce dans l'ombre. À Zeytinburnu avait éclos l'industrie du cuir turque, dans une partie de la côte baptisée Kazlıçeşme, du nom d'une célèbre fontaine en pierre figurant une oie. Bien sûr, la fontaine avait entre-temps disparu, de même que les tanneurs, au profit d'un ramassis de Grecs, de Bulgares, de Juifs, de Turcs et d'Arméniens cherchant à joindre les deux bouts. En dépit des différences culturelles qui les séparaient, Cleena savait qu'elle parlait au fond la même langue que les durs à cuire arpentant les rues du quartier du matin au soir. Elle connaissait aussi les difficultés des classes moyennes qui refusaient de s'écarter du droit chemin de la légalité. Toutes les villes dignes de ce nom ont leur côté sombre.

Cleena venait de se procurer des vêtements chez un fripier : des jeans qui lui allaient à peu près, un pull gris clair pratiquement neuf, des bottines et une veste matelassée. Des lunettes de soleil lui masquaient le haut du visage. Un bonnet noir cachait sa chevelure flamboyante.

Un 9 millimètres de fabrication tchèque se dissimulait sous sa ceinture, ce qui lui permettrait, au besoin, de dégainer en un clin d'œil. On ne sait jamais. Elle venait de passer en coup de vent chez un armurier de sa connaissance qui lui avait fourni, en plus d'un nouveau pistolet, l'assurance qu'il valait mieux attendre avant de revendre l'arme qu'elle lui avait laissé en échange.

Fais ce que tu dois et tire-toi ! se dit Cleena qui arpentait les allées du centre commercial Olivium en fendant la cohue. Les quatre niveaux regroupaient plus d'une centaine de boutiques, dont beaucoup d'enseignes américaines ou britanniques, et aussi quelques salles de ciné, un assortiment de fast-foods et un supermarché.

Cleena finit par aviser un cybercafé où elle acheta une carte lui donnant droit à quelques minutes de connexion à Internet.

Elle s'installa devant un ordinateur dans un coin et consulta le serveur téléphonique qu'utilisait sa sœur. Brigid passait son temps à bombarder ses amis de textos. Cleena avait appris à en envoyer mais ne s'y résolvait qu'exceptionnellement. Elle aimait mieux ne pas laisser de traces.

Elle consulta la messagerie du portable acheté à l'aéroport, dont elle s'était débarrassée en même temps que de ses habits, avant de s'en procurer un autre dans une boutique du centre commercial.

Brigid ne cherchait à la joindre qu'exceptionnellement. À sa grande stupeur, Cleena ne découvrit toutefois pas moins de quatorze messages de sa sœur, tous identiques.

RAPPELLE-MOI.

Elle entendait d'ici l'intonation paniquée de Brigid. Cleena mit aussitôt fin à sa session et jeta sa carte périmée dans la poubelle avant de sortir.

De retour au premier niveau, Cleena se posta près des escaliers roulants qui lui permettraient de prendre la poudre d'escampette, au besoin. Elle passa en revue la foule, à l'affût du moindre comportement hors norme qui lui mît la puce à l'oreille. Elle n'avait pas boutonné sa veste de manière à dégainer plus facilement en cas de nécessité. Un peu trop de monde à son goût s'intéressait au professeur Lourds et au cahier en sa possession.

Le cœur battant la chamade, elle sortit le portable qu'elle venait d'acquérir et composa le numéro de celui qu'elle avait remis à Brigid avant son départ de Boston.

Une sonnerie retentit, puis une autre, et une autre encore.

Réponds! manqua de peu hurler Cleena. D'horribles images du sort qui menaçait sa sœur s'imposèrent à son esprit. Le souvenir du cadavre déchiqueté, sanguinolent, de son père la hantait encore dans son sommeil.

Les clients des boutiques flânaient autour d'elle avec une désinvolture qui la rendit folle. Elle eût voulu aller de l'avant, se remuer; agir, enfin! plutôt que de poireauter là en vain alors qu'une énième sonnerie lui criaillait dans l'oreille.

— Allô? finit par répondre Brigid.

Il ne lui fut pas nécessaire d'en dire plus pour que Cleena mesure son anxiété. Dans les rares moments où elle se départait de son insouciance, Brigid accablait son entourage de traits d'ironie mordants. Une vraie tête à claques. Comme toutes les petites dernières.

— Salut! lança Cleena d'une voix nouée.

— Tu n'as rien?

Cleena inspecta de plus belle les alentours. À présent qu'elle venait d'établir la communication avec sa sœur, il se pouvait tout à fait que quelqu'un la localise par satellite.

— Non, ça va. Et l'oiseau? demanda Cleena, soucieuse de s'assurer, à l'aide du code dont elle et sa sœur étaient convenues, que nul ne risquait de surprendre leur conversation.

— Laisse tomber l'oiseau! s'énerva Brigid. Ça fait des heures que je cherche à te joindre!

— Je n'ai pas pu consulter ma messagerie plus tôt. Et l'oiseau…

— Ce n'est pas le moment…

— De quoi? De redoubler de prudence? Au contraire! Si tu paniques, c'est qu'il y a une raison.

Brigid prononça un très vilain mot, ce qui ne lui arrivait pourtant qu'exceptionnellement. Cleena résolut de garder la tête froide. Les principes de sécurité qu'elle imposait à sa sœur avaient leur raison d'être. Sans eux, ni Cleena ni son père n'eussent survécu aussi longtemps.

— Cabocharde! lâcha Brigid. C'est bon? Tu es contente?

Petites, elles avaient eu une tourterelle baptisée de ce nom, celui d'un personnage de leur bande dessinée favorite. Un jour, Brigid avait recueilli un chat errant. Le lendemain, à leur retour de l'école, elles trouvèrent la cage de Cabocharde à terre, vide ou presque : de l'oiseau ne restaient plus que la tête et les pattes. Brigid avait versé toutes les larmes de son corps et en avait tiré la leçon que Cabocharde eût été plus en sécurité seule. La présence d'un inconnu à leur domicile ou même d'un rôdeur alentour mettait en péril aussi bien l'une que l'autre sœur.

— Qu'est-ce qui s'est passé?

— Quelqu'un s'est pointé au bar où je bossais, hier soir. Il m'a menacée. Et il m'a frappée!

Cleena tenta de contenir la fureur qui montait en elle. *En cédant à la colère, tu te mets toi-même en danger, puce,* lui répétait à n'en plus finir son père. *Garde ta rage pour quand tu en auras besoin. Avant de la laisser éclater, assure-toi qu'elle a refroidi. À ce moment-là, ce ne sera plus toi qui en feras les frais.*

— Tu n'as rien? s'enquit Cleena.

— Si : la trouille! Je ne sais pas qui c'était, ce type. Il s'est pointé au bar et a attendu que je me retrouve seule pour m'en coller une.

— Il t'a giflée? C'est tout?

— Oui.

— Rien de cassé?

— Non. Sauf le nez de Liam quand il a voulu l'empêcher de lever la main sur moi.

Cleena chercha dans sa mémoire qui était le Liam en question. Brigid parlait sans arrêt de ses collègues et amis. Pas facile de se rappeler leurs noms!

— Mon patron, précisa Brigid.

— Ah, oui. Je le remets. Rappelle-toi : pas de noms.

— Mon agresseur connaissait le tien.

— Ce n'est pas forcément le cas de tout le monde. Souffle un bon coup et ressaisis-toi.

Brigid poussa un soupir excédé.

— Tu sais qui c'est, ce type ? demanda Cleena.

— Non.

— Tu l'avais déjà vu ?

— Non. Enfin, je ne crois pas.

— Décide-toi !

— Comment veux-tu que je le sache ? Des tas de gens fréquentent le bar où je bosse.

— Il avait l'air d'un habitué ?

Brigid réfléchit un instant.

— Non. Trop propre sur lui. Trop BCBG coincé. Du moins, jusqu'à ce qu'il s'en prenne à moi.

— Qu'est-ce qu'il voulait ?

— Te joindre.

— Pourquoi ?

— Il ne me l'a pas précisé.

Garder son calme coûta un effort surhumain à Cleena.

— Qu'est-ce qu'il t'a dit ?

— Que tu devais l'appeler. Il m'a laissé un numéro.

— Donne-le-moi.

Cleena se hâta de le noter sur le ticket de caisse du fripier.

— Ne remets pas les pieds à l'appartement, surtout.

— N'aie crainte : je ne m'y risquerai pas ! S'il sait que je suis ta sœur et où je travaille, il connaît aussi notre adresse.

— Bien vu. Continue à raisonner comme ça et tout ira bien. Tu es en lieu sûr ?

— Oui. Chez…

— Ne me le dis pas ! Tu ferais mieux de ne pas retourner au travail de sitôt. Tu constitues une cible facile, là-bas.

— Ah non. Je ne peux pas m'absenter quand ça me chante. Et puis j'aime mon boulot.

— Je sais.

— Ce que je sais, moi, c'est qu'en ce moment, les fonds sont bas. Tu ne pars à l'étranger que quand l'argent manque. Il va bientôt falloir régler mes frais de scolarité.

— Ne t'inquiète pas. Je trouverai de quoi.

Tant pis si elle devait dégommer des trafiquants de drogue dans les quartiers chauds de Boston, elle inscrirait sa sœur à la fac coûte que coûte.

— Je te le promets, ajouta Cleena. D'ici là, veille à ce qu'il ne t'arrive rien.

— Et toi?

Toujours en inspectant les alentours, Cleena songea au pistolet tchèque sous sa ceinture.

— Ne te bile pas pour moi, puce.

— Tu me rappelles papa, quand tu m'appelles comme ça.

— Excuse-moi.

— Ça ne me gêne pas, s'adoucit Brigid. Seulement, quand tu reprends ses expressions, c'est que tu penses à lui, or tu ne penses à lui que quand des ennuis se profilent à l'horizon.

— Un type qui vient à ton boulot t'en coller une, moi j'appelle ça de gros ennuis, lâcha Cleena en tentant de maîtriser sa hargne.

— Ce n'est pas tout, reprit Brigid d'une petite voix.

— Quoi encore?

— Mon agresseur… il a menacé de me tuer si tu ne l'appelais pas.

Cleena compta jusqu'à dix. Le temps que sa peur et sa rage s'atténuent un minimum.

— Tu m'entends? s'inquiéta Brigid.

— Oui, oui. Ne te bile pas : je vais le contacter.

— D'accord. Quand même, je me fais du souci pour toi.

— Tout ira bien, affirma Cleena d'un ton qui se voulait désinvolte. Je te parie que c'est un client qui s'excite.

— Mieux vaudrait ne plus traiter avec lui, à l'avenir.

— Tu as raison. Je suivrai ton conseil. Compte là-dessus.

Cleena réfléchit aux mesures les plus urgentes à prendre :

— Débarrasse-toi du téléphone que je t'ai laissé. De mon côté, je vais jeter celui avec lequel je t'appelle en ce moment.

— Au cas où je devrais te contacter, on passe au plan B?

— Entendu.

Le plan B consistait à mettre en ligne des petites annonces sur certains sites parmi les plus courus.

— Tu me le jures? insista Brigid d'une voix dont le trémolo trahissait son anxiété.

— Que tout ira bien?

— Oui?

— Absolument, affirma Cleena sans hésiter.

Son cœur battait cependant beaucoup plus vite qu'il ne l'aurait dû.

— Je t'aime, conclut Brigid.

— Moi aussi, je t'aime, sœurette.

Cleena ne se résolut qu'à grand-peine à raccrocher. Des larmes lui brouillaient la vue. Elle les retint de couler pour examiner une nouvelle fois les badauds qui déambulaient autour d'elle. Ne remarquant rien de nature à éveiller ses soupçons, elle jeta son portable dans la poubelle la plus proche et s'en fut.

Respire ! Respire et concentre-toi. Tu lui rendras la monnaie de sa pièce, à l'agresseur de ta sœur. Quel qu'il soit.

Cleena fit l'acquisition d'un autre portable avant de composer le numéro fourni par sa sœur. Elle devait remettre le professeur à un commanditaire à Istanbul. Pourquoi celui-ci irait-il à Boston menacer Brigid ? Ça n'avait pas de sens.

Son correspondant décrocha dès la première sonnerie.

— Ah ! Mademoiselle MacKenna ! Je savais que vous finiriez par appeler. J'attendais tout de même votre coup de fil un peu plus tôt.

— J'ai eu fort à faire. Et ne balancez plus de noms ou je raccroche.

La menace de Cleena prit son interlocuteur au dépourvu. Elle profita de ce qu'elle lui avait cloué le bec pour tendre l'oreille aux bruits de fond. Il s'exprimait avec un accent américain et semblait trop imbu de lui-même pour assumer un rôle de simple exécutant. Sans doute était-il accoutumé à détenir du pouvoir et en user.

— C'est à moi d'en décider, la contrecarra-t-il d'un ton brusque.

— Non ! l'interrompit Cleena qui contempla un instant le ciel en se persuadant qu'elle vivait là une journée comme les autres.

— Votre sœur vous a dit ce qui lui pend au nez au cas où…

— Ne gaspillez pas votre salive ! le coupa Cleena en consultant sa montre. Il vous reste une minute vingt-trois secondes avant que je raccroche.

— Si je voulais vous localiser, ce serait déjà chose faite.

— Vous devez appartenir aux renseignements américains pour oser sérieusement prétendre une chose pareille.

L'homme ne releva pas.

— Et ce n'est pas tout : vous êtes un rond-de-cuir. Un paperassier. Une grenouille qui se prend pour un bœuf, persista Cleena, consciente des risques qu'elle courait en l'asticotant.

Elle ne disposait d'aucun autre moyen d'en découvrir plus sur son compte. Il la maudit copieusement.

— Alors ? Où croyez-vous qu'il vous mènera, votre petit jeu ? Plus vous causerez, plus j'en saurai sur vous. Et surtout, plus vous pourrez être sûr qu'un jour, quand vous vous y attendrez le moins, je me glisserai dans votre dos pour vous trancher la gorge en représailles aux menaces que vous avez adressées à ma sœur.

— Ce n'est pas vous qui menez la barque.

— Oh, si ! La preuve, c'est que vous attendiez mon coup de fil. Il vous reste vingt-neuf secondes.

— Votre sœur…

— … ne pourrait pas plus se fourrer dans le pétrin qu'elle ne l'est déjà alors n'essayez pas de faire monter les enchères, rétorqua Cleena d'un ton qui se voulait glaçant.

Question intimidation, elle savait y faire : elle impressionnait même son père.

— Dix-sept secondes !

— Vous m'avez coûté mon équipe, grogna son interlocuteur.

— La bande d'abrutis à l'aéroport ? Allons !

Cleena guetta sa réaction. S'il ne niait pas qu'il s'agissait bien de ses sbires, ils pourraient éventuellement la conduire à lui, même refroidis. Elle eût juré que son interlocuteur travaillait pour les renseignements américains. Le démasquer ne lui prendrait sans doute pas longtemps.

— À partir de maintenant, lui annonça celui-ci, c'est vous, mon équipe.

Dans le mille ! se félicita Cleena. *Il est bel et bien lié aux gars de l'aéroport et j'en ferai mon beurre.*

— Huit secondes…

— Je veux que vous filiez l'homme que vous deviez enlever et que vous me teniez au courant de ce qu'il mijote. N'hésitez pas à me joindre, à n'importe quelle heure du jour ou de la nuit.

— Trop tard ! J'ai perdu sa trace.

— La police stambouliote a mis la main dessus. Je vous suggère de passer le prendre au commissariat central.

— Puisque vous êtes si bien renseigné, pourquoi avez-vous besoin de moi ?

— Filez ! Soyez gentille. Sinon, votre sœur risque de ne pas fêter son prochain anniversaire.

Et toi non plus, se promit Cleena. *À moins qu'il ne tombe dans les jours qui viennent.*

— Ça me simplifierait la tâche, de savoir pourquoi tout le monde se l'arrache.

— La curiosité est un vilain défaut, qui pourrait bien coûter la vie à votre sœur. Prenez garde à ce que je vous ai dit. Appelez-moi s'il y a du nouveau et, dans tous les cas, deux fois par jour. Je me doute bien que vous ne garderez pas votre téléphone actuel. Je ne chercherai donc plus à vous joindre moi-même.

Là-dessus, il coupa la communication. Cleena serra l'appareil au creux de son poing si fort qu'elle le cassa. Elle essaya de se calmer et descendit par l'escalier roulant au niveau inférieur. D'un pas égal, elle se dirigea vers la sortie du centre commercial. Son esprit tournait à plein régime. Puisqu'elle allait rester plus longtemps que prévu à Istanbul, il lui fallait procéder à quelques emplettes.

Surtout, elle avait besoin de renseignements. Or elle savait auprès de qui en obtenir.

Résidence des Oies de pierre
District de Zeytinburnu, Istanbul, Turquie
17 mars 2010

— Ouvre, Sevki ! s'impatienta Cleena en frappant du poing contre la porte à la peinture écaillée.

Il n'était que 10 h 30 du matin, une heure trop matinale au goût de celui qu'elle venait voir. Il habitait en plein cœur du district de Zeytinburnu, au cinquième étage d'un immeuble ayant connu des jours meilleurs. L'escalier de secours branlant qui serpentait sur un côté du bâtiment parut à Cleena encore plus près de lâcher que lors de sa dernière visite. Et pourtant, déjà, cette fois-là, elle avait craint qu'il ne se détache du mur pendant qu'elle y grimpait. Un atelier de confection occupait autrefois le rez-de-chaussée à présent transformé en squat.

Rien sur la porte ne permettait de l'identifier, ni elle ni l'occupant des lieux. Cleena eût pourtant mis sa main au feu que Sevki y résidait toujours. Ses voisins locataires ne le savaient pas mais l'immeuble lui appartenait ; pas en nom propre mais par l'intermédiaire de sociétés n'existant que sur le papier.

— Vous feriez mieux de revenir plus tard ! lui cria une voix aigrelette.

En tournant la tête, la main déjà refermée sur la crosse du pistolet tchèque sous sa veste, Cleena distingua une petite vieille juchée sur un appui de fenêtre, dans l'ombre de l'immeuble voisin, une cigarette aux lèvres. Sa robe, bien qu'usée jusqu'à la trame, semblait propre.

— Ç'ui qui vit là, il a pas d'heure. Toute la sainte journée, il la passe au pieu.

— Merci du renseignement. Je me permets quand même d'insister, annonça Cleena avant de donner un grand coup de pied dans la porte.

Une litanie de noms d'oiseaux et d'épithètes bien senties dans tout un assortiment de langues se fit entendre : quelqu'un allait lui répondre. Un iris noisette se colla au judas.

— Oh, là ! grommela une voix d'homme. Va-t'en et reviens à une heure plus décente.

— Sevki, ouvre-moi avant que je ne défonce ta porte, le menaça Cleena en y donnant un autre coup de pied.

— Tout doux ! Tu n'as donc aucune pitié ?

— Non. Ni pitié ni patience. Ouvre-moi, Sevki, ou tu vas finir comme les trois petits cochons.

— D'après mes souvenirs, ce sont eux qui en ont remontré au loup.

— Ça, c'est ce que prétend le conte. Il ne faut pas croire tout ce qu'on nous dit.

Sevki manipula les sept verrous qui le mettaient à l'abri des intrus. La lourde porte de son appartement pivota sur ses gonds parfaitement huilés. Le vernis craquelé par les ans recouvrait un blindage assez épais pour résister aussi bien aux balles qu'aux grenades. Sevki tenait à sa sécurité.

— Tu es venue seule ? lui demanda-t-il en passant la tête par l'entrebâillement afin de jeter un coup d'œil aux alentours.

Cleena le gratifia d'une tape sur la nuque.

— Ne te montre pas, idiot ! Quelqu'un pourrait te tirer dessus.

— Oh, non. Je t'avais reconnue et je savais que personne ne te suivait. Sur tes conseils, j'ai pris quelques mesures de précaution, expliqua-t-il en indiquant l'immeuble de l'autre côté de la rue. Jette un coup d'œil sous l'avancée du toit.

Cleena y aperçut effectivement une caméra.

— Je l'ai reliée à mon ordinateur à l'aide d'une connexion sans fil. Je peux visualiser à l'écran ce qu'elle capte.

— Bien joué !

Le visage de Sevki se fendit d'un sourire de gamin. Ce grand échalas — il dépassait Cleena d'une demi-tête — portait des pantalons de toile kaki, un tee-shirt noir à l'effigie d'un superhéros et une chemise verte. Des lunettes rondes adoucissaient ses traits anguleux sous la masse de ses cheveux noirs hirsutes où subsistait un reste de teinture bleue.

— Ça fait un bail !

— Quelques mois, admit Cleena.

— Cinq mois, trois semaines et deux jours.

La mémoire de Sevki n'étonna pas Cleena. Ce type était un prodige, dans son genre ; ce qui expliquait d'ailleurs qu'elle s'adressât à lui.

— Tu as l'air en pleine forme, estima-t-il. La vie est belle ?

— J'ai des ennuis à ne plus savoir qu'en faire.

— Quel genre d'ennuis ? s'enquit Sevki, toute trace de désinvolture envolée.

— Des gros. De ceux dont on ne mesure la taille qu'une fois qu'ils nous tombent dessus.

— Personne ne te colle aux basques, au moins ?

— Non, j'ai vérifié.

Sevki lui ouvrit alors franchement sa porte.

— Entre !

10

Résidence des Oies de pierre
District de Zeytinburnu, Istanbul, Turquie
17 mars 2010

— Ça m'étonne que tu ne connaisses pas l'adresse du commissariat central, releva Sevki depuis son bureau où ne trônaient pas moins de six écrans d'ordinateur.

Ses mains virevoltaient sur le clavier avec une époustouflante dextérité. De nouvelles images s'affichaient à intervalles réguliers. Cleena ignorait par quel miracle Sevki parvenait à garder l'œil sur tout, mais il y parvenait.

— Je mets un point d'honneur à échapper à la police, rétorqua Cleena, accoutumée à prendre ses aises sur le canapé de son hôte.

À chacun de ses séjours à Istanbul, elle retrouvait Sevki, son ami et amant tout à la fois. Ni lui ni elle ne pouvaient se permettre d'entretenir une relation suivie. D'ailleurs, aucun d'eux n'eût renoncé de bon gré à son environnement familier pour s'installer en couple. Ils tenaient à leur indépendance, en dépit de ce que leur apportait leur amitié et ses à-côtés.

— Ce n'est pas un drame, de tomber aux mains de la police, affirma Sevki en haussant les épaules.

— Si tu le dis !

— C'est quand la garde à vue se prolonge que ça se gâte.

— J'aimerais autant parler d'autre chose.

La décoration intérieure de l'appartement indiquait qu'un ado attardé en avait fait son nid. Derrière la technologie sophistiquée se devinait la personnalité d'un doux rêveur. Tout était cependant à sa place en cuisine : Sevki aimait se mitonner de bons petits plats, ce qui expliquait d'ailleurs pourquoi Cleena l'appréciait tant. Son bureau impeccablement ordonné révélait lui aussi un sens aigu de l'organisation.

Des cartons de bandes dessinées minutieusement étiquetés occupaient un mur entier d'étagères. Des affiches couvraient les autres, figurant des demoiselles en petite tenue armées de gros calibres et d'épées magiques dont la taille frisait l'indécence. Cleena ne reconnut parmi elles que Lara Croft et Wonder Woman. Certaines ne semblaient pas appartenir à l'espèce humaine, bien qu'il s'agît indubitablement de représentantes du sexe féminin.

— Tu as déjà mangé ? demanda Sevki.

— Je meurs de faim.

— Il reste de l'arabaşı au frigo.

— Miam ! se délecta par avance Cleena en s'extirpant du canapé. Tu en prendras aussi ?

— S'il te plaît.

— Il y en aura assez pour nous deux ?

Sevki se retourna vers elle en souriant d'une oreille à l'autre.

— Oui, même en tenant compte de ton appétit d'ogre. J'ai fait de l'ekmek, il y a quelques jours. Si tu veux le réchauffer, il suffit de…

— Ça va ! le coupa Cleena. Je ne suis pas manchote.

— Je ne te le fais pas dire.

Un sentiment de bien-être envahit Cleena pendant qu'elle préparait à manger. Quel réconfort de s'affairer en cuisine, de s'occuper de menues tâches quotidiennes en présence d'un homme pour qui elle ne gardait aucun secret. Elle repéra l'arabaşı dans le frigo, la versa dans une casserole et la réchauffa sur la gazinière. Elle déballa les miches d'ekmek qu'elle plaça sur la grille du four. En quelques minutes, une délicieuse odeur de pain et de bouillon de poulet emplit l'appartement.

Cleena avisa sur une étagère deux grands bols où elle versa la soupe en y ajoutant quelques tranches du pain saupoudrées de fromage râpé.

Elle en apporta un à Sevki et emporta le sien sur le canapé où elle étudia les écrans d'ordinateur en assouvissant sa faim. Le goût de la soupe, avec juste ce qu'il fallait de piment, se mariait à merveille à celui du pain.

— D'après les infos que j'ai trouvées, ton professeur Lourds…

— Ce n'est pas plus le mien que le tien.

Sevki lui décocha un sourire malicieux.

— J'ai touché un point sensible, on dirait ?

— C'est un abruti, ce type ! À cause de lui, j'ai manqué de peu me prendre une balle. Plusieurs, même.

— Il est venu à Istanbul donner des conférences dans le cadre d'un séminaire organisé par une universitaire.

— Qui ça ?

Cleena souffla sur sa soupe avant d'en porter à sa bouche une cuillère où flottait un morceau de pain. Sevki pressait les touches de son clavier à la vitesse de l'éclair.

— Une bonne femme qui enseigne à la fac, comme lui.

— C'est quoi son nom ?

— Olympia Adnan, l'informa Sevki en affichant sa photo sur l'un des moniteurs.

Le professeur Adnan, dont la coupe de cheveux d'un noir de jais mettait en valeur l'ovale régulier du visage, avait des prunelles de braise et le teint hâlé. Et aussi des lunettes à monture carrée. Cleena lui eût donné une bonne trentaine d'années mais plus par jalousie qu'autre chose : le professeur Adnan lui semblait bien trop belle pour donner des cours à l'université.

— Bandante, non ? commenta Sevki.

— À condition d'aimer les femmes mûres.

— Mouais…, admit Sevki en reportant son attention sur sa soupe. Ça m'aiderait, si tu me disais ce qu'on cherche.

— Tout ce que tu pourras découvrir sur le professeur et les raisons de sa présence ici. Outre ce qu'en disent les canaux officiels.

— Tu voudrais que je lise entre les lignes ?

— Que tu te creuses la cervelle, en tout cas. Ou plutôt que tu mobilises tes instincts de limier.

— Tu me flattes ! l'accusa Sevki, d'un ton bon enfant. Une technique qui a fait ses preuves, cela dit. Tu dois vraiment patauger dans les ennuis.

— Oh oui.

En y repensant, Cleena en perdit l'appétit ; ce qui ne l'empêcha pas de finir son bol de soupe. Son père lui avait enfoncé dans le crâne qu'elle devait se reposer quand elle tombait de fatigue et se nourrir quand elle arrivait à bout de forces. On ne survit pas longtemps le ventre vide. Or il ne lui restait rien de mieux à espérer que de survivre.

— Je ne suis pas la seule dans la mouise. Ma sœur a reçu hier des menaces de mort. Quelqu'un d'autre devait en principe s'occuper du professeur.

Sevki ne broncha pas : il réfléchissait à ce que lui expliquait Cleena sans se laisser déborder par ses émotions.

Un instant, l'envie vint à celle-ci de ravaler ses mots. Impossible ! Il lui fallait l'aide de Sevki, or il ne pourrait la lui apporter qu'à condition de savoir de quoi il retournait.

— Un homme s'en est pris à ma sœur... pas un petit délinquant, non. Un type qui a le bras long et des relations haut placées à l'étranger.

Cleena lui parla alors de son dernier coup de fil.

— En résumé : il bosserait selon toi pour les renseignements, conclut Sevki une fois que Cleena eut vidé son sac.

Elle opina du chef.

— Mais pas pour le gouvernement turc ?

— Non, puisqu'il a tendu une embuscade à ma sœur aux États-Unis.

— Qu'est-ce qu'il lui veut, au professeur Lourds ?

— Le garder à l'œil, pour autant que je sache.

— Pourquoi ?

— C'est la raison pour laquelle je suis venue te voir. J'aimerais que tu mènes ton enquête.

— En évitant de croiser la route d'un espion qui ne te veut pas que du bien.

— Rien ne nous garantit qu'il soit à la solde du gouvernement américain. Il pourrait aussi bosser pour une milice privée. L'espionnage ne se cantonne plus à la politique. Des fanatiques religieux mettent le feu aux poudres un peu partout dans le monde. En particulier dans les pays à l'économie fragile.

— Je sais. Des troubles couvent au Moyen-Orient. Les répercussions du soulèvement en Iran et de la préférence accordée par les Américains aux chiites au détriment des sunnites en Irak n'ont pas fini de se faire sentir. Et je ne parle pas du nouveau rapport de forces entre les puissances de la région... Je suis ça de près.

Pas Cleena, qui se fichait de l'actualité comme de l'an 40. Après tout, c'étaient pour des raisons politiques qu'avait été assassiné son père, par la faute d'un type qui agitait sous son nez le drapeau de l'IRA. Seul l'engagement de Ryan MacKenna l'avait convaincu de tremper dans la vente clandestine d'armes qui lui fut en fin de compte fatale. Il savait ce qu'en pensait Cleena; ce qui expliquait d'ailleurs qu'il ne l'eût pas emmenée avec lui, le dernier matin de sa vie.

— Je te le dis parce que tu as intérêt à te méfier, reprit Cleena. Et ma sœur aussi.

Sevki lui indiqua qu'il comprenait.

— Je ne t'en voudrai pas si tu aimes mieux rester en dehors de tout ça, ajouta-t-elle.

— Toi, en revanche, tu ne comptes pas te défiler.

— Je n'ai plus le choix.

Sevki lécha sa cuillère d'un air pensif.

— C'est dangereux, ce que tu me demandes.

— Inutile de me le rappeler.

— Enfin! C'est une affaire de famille et je sais à quel point la famille compte à tes yeux.

Des larmes roulèrent malgré elle sur les joues de Cleena, qui s'empressa de les essuyer.

— Je te filerai un coup de main, lui promit Sevki. Tout en restant sur mes gardes. Moi aussi, j'ai une famille.

— Merci! Tu as entendu parler de l'enlèvement du professeur à l'aéroport Atatürk?

— Bien sûr. Il en a été question aux informations. Je me tiens au courant de ce qui se passe dans le monde, moi.

— Trois hommes ont été tués. Ou blessés. Il faudrait que je découvre leur identité. Ou du moins que je sache qui les emploie. Si possible.

Sevki se pencha sur le clavier de son ordinateur. Des articles de journaux apparurent sur un écran. Sur un autre repassait la scène de castagne à l'aéroport.

— Ça a du bon, la technologie, non?

Un frisson parcourut Cleena quand elle vit ce qui s'était réellement passé. Elle se doutait qu'elle et Lourds avaient frôlé la mort, mais pas d'aussi près.

— C'est un touriste qui a filmé la bagarre.

Un arrêt sur image montra Cleena auprès de Lourds.

— En regardant bien, j'aurais pu te reconnaître.

En remarquant à l'écran sa chevelure rousse, Cleena se dit qu'il était temps pour elle de changer de tête.

111

— Si tu te teins les cheveux, utilise de préférence un produit qui partira au bout de quelques shampoings, lui conseilla Sevki.

— Tu lis dans mes pensées...

— Je n'ai pas beaucoup de mérite. Imagine que la police te rattrape et t'interroge : une teinture permanente éveillerait les soupçons. Tu devrais opter..., réfléchit Sevki en esquissant le geste de vaporiser un spray autour de son crâne.

— Pour une couleur voyante, qui saute aux yeux?

— Mais oui! s'enthousiasma-t-il en claquant des doigts. Personne ne cherchera une rousse dont la coiffure se repère à trois kilomètres à la ronde. Tu as encore l'air assez jeune pour te permettre ce genre d'excentricités.

— L'air... et la chanson. Je *suis* encore jeune!

— Ne te froisse pas! s'excusa Sevki, qui traça des cercles sur une tablette informatique à l'aide d'un stylet.

Une auréole apparut à l'écran autour des trois futurs cadavres.

— Ce sont bien eux?

— Oui. D'autres ont trouvé la mort dans un accident de voiture, quelques minutes plus tard.

— Et l'hélico? C'est toi qui l'as fait exploser? demanda Sevki, intrigué.

— Non.

Il jura entre ses dents et se pencha sur son ordinateur.

— Des morts, ce n'est pas ce qui manque, en ville.

— D'autres types encore sont restés sur le carreau dans les catacombes. Ceux qui nous intéressent sont sans doute liés aux victimes de l'accident de voiture.

— Mais pas aux types de l'aéroport?

— J'espère bien que non. Dans le cas contraire, ça deviendrait trop tordu pour que j'arrive encore à suivre.

— Ça ne fait pourtant que commencer.

— Ah! J'oubliais... Les autres, ceux des catacombes, ils ont remis un cahier à Lourds.

— Un cahier?

— Comme je te le dis.

— Me renseigner sur des macchabées, passe encore. Mais tu imagines le nombre de cahiers en circulation à Istanbul?

— Celui dont je te parle ne ressemble à aucun autre.

Cleena le lui décrivit, en lui répétant les explications de Lourds à propos des dialectes grecs.

Sevki enveloppa sa main droite dans l'autre et fit craquer ses jointures.

— Ah! Enfin une piste exploitable.

Cleena ramassa le bol de Sevki et le déposa auprès du sien dans l'évier de la cuisine.

— Faut que j'y aille, annonça-t-elle.

— Pourquoi?

— Je dois m'occuper de Lourds.

Sevki repoussa ses scrupules d'un haussement d'épaules.

— Pour l'instant, il ne risque pas d'aller bien loin. Les flics s'occupent de lui.

— Ils pourraient le relâcher d'un moment à l'autre.

— Ils n'ont pas l'air pressés.

Sevki pianota sur son clavier. L'un des moniteurs leur montra Lourds assis dans une pièce vide et celui d'à côté, un couloir.

— C'est l'intérieur du commissariat central, qu'on voit là? murmura Cleena.

— Oui, lui confirma Sevki, ravi. Je me débrouille comme un chef, avoue? Je ne suis pas le seul à pirater les caméras de surveillance de la police mais je suis l'un des rares à ne pas se faire pincer. Ça me coûte une fortune mais je m'arrange pour refiler la facture à d'autres. J'aime être au courant de certaines choses que la police ignore que je sais.

— Personne jusqu'ici n'a repéré ton manège?

— Bien sûr que si! Mais j'ai pris soin de brouiller les pistes. Quand ma combine s'évente, je garde un profil bas pendant quelques mois avant de pirater le système de plus belle. Ce n'est pas aussi difficile que la police voudrait nous le faire croire. En ce moment, je n'ai rien à craindre. Les améliorations apportées par Cisco au système Mobese de vidéosurveillance permettent de savoir ce qui se passe un peu partout en ville. M'y connecter m'a donné du fil à retordre mais j'aime relever des défis.

— Incroyable!

— Oh, pas tant que ça. J'ai créé plusieurs sites pornos en m'arrangeant pour que les flics y aient accès gratuitement. Quand ils s'y connectent depuis le commissariat, j'en profite pour accéder à leurs données, expliqua-t-il, un sourire de satisfaction aux lèvres. Du coup, je surveille ce qui se passe dans les administrations. Bien sûr, ce n'est pas à la portée de n'importe qui.

Cleena observa Lourds : assis la tête posée sur les avant-bras, il paraissait assoupi. Il lui sembla que même elle avait meilleure mine. Au moins, elle avait changé de tenue.

— Tu sais ce que je te conseille ?

— Quoi, Sevki ?

— De te reposer. Je vais te le surveiller, ton professeur Lourds.

— Ce n'est pas plus le mien que…

Sevki leva les mains, histoire de l'assurer qu'il ne pensait pas à mal.

— Je le garde à l'œil, en tout cas. Quant à toi, va te coucher. En traînant autour du commissariat, tu ne réussiras qu'à te faire remarquer, par la police ou par tes concurrents qui s'intéressent eux aussi au professeur.

Cleena réfléchit. La suggestion de son ami ne manquait pas de bon sens.

— D'accord, céda-t-elle. Mais seulement si tu m'autorises à prendre une douche d'abord.

Istanbul Emniyet Müdürlüğü
Vatan Cad./Fatih, Istanbul, Turquie
17 mars 2010

Lourds sentit quelqu'un le secouer par l'épaule. À regret, il s'arracha au rêve où il venait de retrouver la monitrice de plongée sous-marine qui l'avait guidé parmi les récifs des côtes haïtiennes. Une jeune femme à la peau couleur chocolat au lait dont les baisers…

— Professeur Lourds ! l'interpella une rude voix masculine.

À bout de nerfs, Lourds voulut repousser d'un mouvement du coude l'importun qui le secouait comme un prunier. Celui-ci intercepta son geste à temps pour lui plaquer le bras le long du flanc.

— Enfin réveillé, professeur ?

À contrecœur, Lourds décolla le front de la table sur laquelle il avait fait un somme et se frotta les yeux.

— Hum… oui. Dans quelle mesure, cela reste à voir.

— Nous en avons presque terminé, de toute façon.

Un vague sourire se forma sur les lèvres de Lourds.

— Il y a déjà un petit moment que j'aspire à vous entendre me l'annoncer ; je ne vous le cacherai pas.

Ersoz lui rendit son sourire en prenant place face à lui. Il vida plusieurs sachets de sucre dans sa tasse de café turc dont le puissant arôme mit au supplice l'estomac vide du professeur. Son ventre se mit d'ailleurs à gargouiller.

— Il reste du café, si vous en voulez, proposa l'inspecteur.

— Non, merci. J'ai hâte de rentrer à mon hôtel. Au plus vite ! ajouta-t-il en lançant à Ersoz un regard de défi.

— À votre guise.

— Dieu vous entende ! s'exclama Lourds en se passant une main dans les cheveux. Je crois bien que je pourrais dormir une semaine entière, avoua-t-il en s'étirant sur sa chaise.

— Nous sommes passés aux catacombes où vous dites avoir affronté un dénommé Qayin et ses complices.

Lourds hocha la tête. Il avait indiqué à l'inspecteur le nom de la rue où Cleena et lui étaient ressortis à l'air libre ainsi que les tours et détours de leur itinéraire souterrain, tel qu'il s'en souvenait.

— Pas de cadavre à signaler !

— Je jurerais pourtant que la rousse en a laissé plus d'un sur le carreau. J'ai été mêlé à suffisamment d'affaires de ce genre — à mon corps défendant, notez-le bien — pour me rendre compte quand quelqu'un meurt.

— Bien sûr. Ça m'a d'ailleurs étonné que votre livre sur l'Atlantide s'inspire autant de faits réels.

« Et encore ! Je n'ai pas tout raconté… » eut envie de lui dire Lourds, dont l'ensemble des aventures ne lui paraissait pas racontable. La sainte Église catholique apostolique et romaine veillait sur ses ouailles : elle avait à jamais soustrait à la curiosité des hommes le mystérieux traité sur le déluge qui reposait depuis en lieu sûr — et dans la mémoire de Lourds. Comme de juste, des cadavres n'avaient pas manqué de se multiplier en chemin.

— Vous avez bien cherché à l'endroit que je vous ai indiqué ?

— Mais oui : là où la fusillade a eu lieu selon vous. Les techniciens de la police scientifique y ont trouvé beaucoup de sang. Humain, d'après leurs analyses. Et à peine sec.

— Pas de cadavres, en revanche ?

— Pas un.

— Ils les auront emportés. Je ne vois pas d'autre explication.

— Ah bon ?

Depuis l'interminable interrogatoire que lui avaient fait subir l'inspecteur et son collègue, Lourds ne doutait plus des talents de limier d'Ersoz.

— Comment une demi-douzaine de macchabées se seraient-ils volatilisés autrement ? Par un tour de passe-passe ? Qayin et ses complices les ont forcément emmenés avec eux en quittant les lieux.

Ersoz opina du chef.

— C'est aussi ce que laissent penser les indices relevés par les techniciens. Des empreintes de semelles auxquelles collaient des restes humains. Des traînées de sang sur le sol. Vous voyez le genre…

— Où est le problème, alors ?

— Ça ne dit rien qui vaille à mon supérieur que des malfaiteurs se donnent tant de mal pour empêcher leur identification.

— À moi non plus, admit Lourds. Et je peux vous assurer, à vous et à votre supérieur, que ça ne me rassure pas de les savoir à ma poursuite.

— J'imagine. Plus bizarre encore : nous n'avons identifié aucun des morts dans la carcasse du véhicule qui devait vous conduire à l'hôtel.

— Ça n'a rien d'étonnant, dans une ville de cette taille.

— Attendez ! Des ravisseurs qui s'en prennent à vous en plein jour, au vu et au su de tous ? Qui n'hésitent pas à liquider ceux qui leur barrent la route ? Des criminels d'une telle envergure laissent des traces dans les archives de la police. Même à Istanbul.

À ces mots, un petit vent de panique souffla sur Lourds.

— Je suppose que vous avez songé à quitter Istanbul ? reprit l'inspecteur

— En effet.

Une seule chose le retenait : le cahier, qu'il ne réussirait pas forcément à emporter à l'étranger.

— Alors ? Vous comptez retourner aux États-Unis ?

— Eh bien, non, répondit Lourds après un temps d'hésitation.

— Pourquoi ?

— Je ne saurais l'expliquer, lâcha Lourds qui se l'expliquait pourtant sans peine.

— Face au genre d'ennuis qui vous sont tombés dessus, quelqu'un de sensé contacterait normalement son ambassade pour rentrer chez lui au plus vite. Ou du moins réclamer une protection, raisonna Ersoz du ton dont il se serait adressé à un gamin. Or vous ne vous êtes pas mis en rapport avec les autorités américaines.

— Non.

— Pourquoi ?

Lourds réfléchit à toute vitesse. Pas question de mentionner le cahier ! Sinon, autant lui dire adieu.

— Qu'est-ce qui me prouve que je serais plus en sécurité aux États-Unis ?

— Je me suis intéressé à votre parcours, sur les instances de mon supérieur. Quand il y a eu du grabuge à Jérusalem, vous y avez reporté votre séjour. Quand l'équipe avec laquelle vous travailliez en Iran a été prise pour cible, vous avez mis les bouts plutôt que d'affronter le danger. Jusqu'ici, professeur, vous avez opté pour la voie de la sagesse et de la prudence.

La note de mépris qu'il décela dans l'intonation d'Ersoz blessa Lourds dans sa vanité.

Jusque-là, le jeu n'en valait pas la chandelle. Rien ne le poussait à se battre. Cette fois, c'était différent. À cause du fameux cahier…

Lourds avait la conviction qu'il s'apprêtait à vivre un moment historique. Tout dépendait de lui.

— Et voilà que vous risquez étourdiment votre vie ! Je ne comprends pas, insista l'inspecteur.

— Pourquoi imaginer que des bandits s'attaqueront encore à moi ?

Le sang battait aux tempes du professeur. À la place d'Ersoz aussi, il eût trouvé louche son attitude. Il ne manquerait plus que ça, que la police le suive quand il devait précisément échapper à son attention. Il faut dire aussi que la discrétion ne comptait pas au nombre des qualités de Lourds.

— À vous de me le dire, professeur. Vous ne craignez pas d'être victime d'une nouvelle tentative d'enlèvement ?

Lourds ne pipa mot. Ersoz croisa les jambes, le scrutant sans ciller.

— Vos ravisseurs vous ont séquestré un bon moment. J'ai du mal à croire qu'ils n'aient pas parlé de ce qu'ils attendaient de vous.

— Au risque de me répéter : je suis longtemps resté sans connaissance. J'ai été drogué. Je m'attendais à ce qu'on me tue.

De ce point de vue-là, il ne mentait pas.

— Vous avez tout de même fini par reprendre vos esprits. Et même par déguerpir.

Lourds acquiesça, une boule dans la gorge. L'inspecteur tissait sa toile autour de lui. Il se demanda combien de policiers suivaient l'interrogatoire derrière le miroir sans tain.

— Je n'ai pas dû beaucoup réfléchir pour conclure qu'il valait mieux me soustraire aux griffes d'assassins en puissance me retenant contre ma volonté.

— Ils vous ont pourtant épargné, non ? Ils se sont même donné beaucoup de mal pour vous maintenir en vie. Alors qu'il eût été plus simple pour eux de vous liquider.

Lourds ne put le nier.

— Ils attendaient à l'évidence beaucoup de vous, insista Ersoz d'un ton suave.

— Votre raisonnement se tient.

— Qu'est-ce qu'ils voulaient ? Vous le savez ?

Lourds s'efforça de garder une mine impassible. Il ne tenait pas à ce que la police turque le prît en flagrant délit de mensonge. D'un autre côté, il renâclait à dire la vérité. Quelle poisse que sa vie prenne un tour aussi entortillé !

— La rousse a contrecarré leurs plans. Je vous l'ai déjà dit.

— C'est vrai, reconnut Ersoz. À propos : qu'est-ce qu'elle fabriquait là ?

— Elle travaillait pour eux.

— Ce qui ne l'a pas dissuadée de se retourner contre eux.

— Je vous l'ai dit : ils se sont chamaillés pour des questions d'argent.

— Oui. D'après vous, ils ont refusé de lui remettre la somme convenue et s'apprêtaient à la supprimer.

— Ça ! Ils n'en ont pas fait mystère.

— Elle a commis une imprudence en acceptant de travailler pour eux.

— Je crois bien !

— En revanche, elle n'a pas eu l'imprudence de mourir.

— Disons qu'elle a eu de la chance.

— Ce n'est quand même pas un hasard si elle vous a pris en otage. Elle devait se douter que les autres ne la laisseraient pas vous dégommer.

Trop tard, Lourds comprit qu'il venait de creuser son propre trou.

— D'où lui venait la conviction, à cette femme dont vous ignorez l'identité, et que vous prétendez n'avoir rencontrée qu'avant-hier, que les autres n'allaient pas vous descendre tous les deux ? Voilà ce que j'aimerais savoir.

Lourds se demanda quel parti prendraient ses héros favoris dans un cas pareil. Rien ne lui vint hélas à l'esprit.

— Elle a dû le pressentir, admit-il pitoyablement.

— Vous étiez le seul à ne rien soupçonner ?

— Hé ! Vous ne semblez pas mieux renseigné que moi.

Un sourire énigmatique flotta sur les lèvres d'Ersoz.

— Non. Ce qui ne laisse d'ailleurs pas d'inquiéter mon supérieur. D'après ce que vous dites, il semblerait que nous ayons affaire à une conspiration.

Lourds ne sut que répondre. Évoquer tout haut l'éventualité d'un complot éclairait sa situation d'un jour plus alarmant encore.

— Mon chef souhaite vous renvoyer aux États-Unis. Il ne veut pas en démordre.

Une vague de panique submergea Lourds qui chercha, au désespoir, une raison convaincante de l'autoriser à prolonger son séjour à Istanbul. Les conférences qu'il devait donner à l'université lui parurent soudain d'une importance toute relative.

— Le gouvernement américain a toutefois intercédé en votre faveur.

— Ah bon ? s'étonna Lourds, stupéfait.

— Votre ministère des Affaires étrangères a fini par imposer son point de vue. Donc…, conclut Ersoz en levant les paumes au ciel comme s'il s'en remettait à la divine providence, dans l'intérêt de nos relations avec les États-Unis, vous pouvez rester à Istanbul.

Soulagé, Lourds s'autorisa enfin à souffler. Il se demanda comment il aurait réagi s'il avait dû embarquer, les menottes au poignet, à bord du premier avion à destination de Boston.

— Personnellement, je n'ai rien contre vous, au contraire, l'assura aimablement Ersoz. Mon épouse aimerait vous rencontrer mais…

Lourds guetta la suite, écartelé entre la méfiance et la fatuité.

— Je m'inquiète pour votre sécurité à Istanbul, professeur Lourds. Je ne voudrais surtout pas qu'il vous arrive malheur.

Moi non plus !

— Vos scrupules vous honorent, inspecteur Ersoz.

Le policier inclina la tête, touché.

— Si j'ai bien suivi, vous ignorez qui vous a enlevé. Nous cherchons en ce moment même à l'établir. Nous avons déjà identifié deux des hommes qui ont tenté de vous appréhender à l'aéroport.

— Et alors ?

Lourds ne tenait pas tant que ça à savoir à qui il s'était frotté mais Ersoz devait s'attendre à un minimum de curiosité de sa part.

— Il s'agissait de terroristes. D'extrémistes chiites. Vous n'avez aucune idée, insista l'inspecteur en vrillant son regard dans celui de Lourds, de ce qu'ils vous voulaient ?

Des fanatiques religieux… Le professeur ne savait que trop ce dont étaient capables de tels illuminés. Pourquoi s'intéressaient-ils à lui ? Sa gorge se noua.

— Euh, non.

— Vous serez sans doute ravi de le découvrir, conclut Ersoz en se levant, si vous ne renoncez pas à votre séjour à Istanbul.

Lourds hocha la tête en regrettant de ne pouvoir quitter la ville avec le cahier. Sans lui, il ne partirait pas. À moins d'acquérir la conviction qu'il ne s'en irait pas vivant de Turquie.

— Je suis libre, alors ?

— Oui. Quelqu'un de l'ambassade doit vous emmener à votre hôtel. Je lui ai dit que nous pouvions nous en charger mais il a insisté.

Ersoz conduisit le professeur à un couloir.

Un trentenaire aux cheveux noirs, en costume, l'attendait sur une chaise, d'un air de ne pas plaisanter. De sa main aux ongles manucurés, il feuilletait le cahier. Lourds reconnut son sac à dos à ses pieds. La crosse d'un revolver dépassait de sa ceinture. Il agita le précieux document sous le nez de Lourds.

— Alors, professeur ? On aime les lectures prises de tête ? Ou on cherche à sortir des documents de Turquie sous le manteau ?

11

Istanbul Emniyet Müdürlüğü
Vatan Cad. / Fatih, Istanbul, Turquie
17 mars 2010

Lourds esquissa un sourire forcé plutôt que de céder à la nausée qui venait sans prévenir de lui retourner l'estomac.

— Je reconnais qu'il y a mieux pour se délasser l'esprit. Prenez garde : il a déjà bien vécu.

— Je m'en étais rendu compte, rétorqua l'homme de l'ambassade en tapotant la couverture.

Sans réfléchir, Lourds lui prit le cahier des mains en tremblant.

— Pardon ! Je me doutais qu'il ne datait pas d'hier mais pas qu'il avait tant de valeur.

— Oh, à mes yeux seulement.

— Je l'ai parcouru vite fait. Je n'y ai rien pigé.

— Ça ! Quand on ne connaît pas le grec ancien…

— Eh non. Les illustrations ne sont pas banales, en tout cas ! De quoi fiche les jetons.

— Je ne vous contredirai pas.

— De quoi ça parle ?

Lourds n'hésita qu'une fraction de seconde avant de déclarer :

— D'architecture.

— C'est ce que je me disais aussi. De monuments antiques ?

— Je n'ai pas encore réussi à le déterminer. À vrai dire, je planche encore sur la traduction.

D'un geste cavalier, l'interlocuteur de Lourds désigna son sac à dos.

— Vous voyagez chargé.

— Oui. J'espère que le reste de mes documents de travail m'attend à l'hôtel.

— Je ne crois pas que vos valises se soient égarées, même s'il est possible qu'une balle les ait transpercées, d'après ce que j'ai compris. J'imagine que vous emportez du boulot partout où vous allez.

— En effet.

— Vous ne craignez pas de paumer des docs en route ?

— Non, je n'étudie que peu de documents originaux en déplacement. La plupart, je les prends en photo ou je les scanne.

— C'est sûr que je vous vois mal transporter une pierre couverte de hiéroglyphes.

— Ou un mur gravé d'inscriptions cunéiformes.

Le regard de l'homme revint se poser sur le précieux volume que Lourds serrait contre lui.

— J'imagine que, pour une fois, vous avez fait une entorse à vos principes.

— Oui, se contenta de répondre Lourds.

L'homme glissa une main dans sa poche de veste en offrant à Lourds une vision fugitive de son pistolet mais il n'en sortit que sa carte d'identité professionnelle.

— Je me présente : Hayden Mullins. Attaché à l'ambassade américaine en Turquie.

— Vos collègues aussi sont armés ?

— Non, mais après le rififi à l'aéroport, la décision a été prise de modifier le règlement en votre honneur, expliqua Mullins qui ramassa le sac de Lourds. Si vous voulez bien me suivre ? Une voiture nous attend.

Lourds obtempéra.

Ersoz lui tendit sa carte de visite.

— Au cas où vous souhaiteriez me joindre, professeur… Je me suis permis de noter mon numéro de portable personnel au dos, précisa l'inspecteur en tournant le bristol couvert d'une écriture soignée. Si jamais je puis vous être utile…

— Merci ! lui dit Lourds en empochant sa carte. J'espère que vous retrouverez la trace des hommes que vous avez pris en chasse.

— Comptez sur nous. Istanbul est une vieille ville qui n'a pas livré tous ses secrets mais il est rare que les mystères les plus récents passent inaperçus. Je ne sais pas qui est le commanditaire de votre enlèvement mais ça m'étonnerait qu'il reparte les mains vides. Tant pis pour vous ! commenta Ersoz en haussant les épaules. Ça nous donnera une chance supplémentaire de retrouver vos ravisseurs. Nous y arriverons bien un jour. Quand ? Seul Allah le sait. Prenez garde à vous, professeur.

Faute d'une contenance plus honorable à adopter, Lourds hocha la tête et emboîta le pas à Mullins.

— Il n'est pas du genre optimiste, hein ? releva Mullins, une fois hors de portée d'oreille de l'inspecteur. On dirait qu'il vous considère comme un mort en sursis.

— Il faut le comprendre. Mon séjour à Istanbul lui a paru trop mouvementé pour ne pas l'inquiéter.

— Vous voulez un conseil, professeur ? offrit Mullins en lui adressant un coup d'œil en coin.

— Je vous écoute.

— À votre place, lui confia-t-il en lorgnant la carte de visite entre les mains de Lourds, je me méfierais des indigènes, si vous voyez ce que je veux dire.

— Pourquoi ?

— Tout le monde ici a des comptes à régler. Ce serait dommage qu'on vous règle le vôtre aussi.

— Croyez-moi, je n'ai pas l'intention de me laisser faire.

— Vous ne savez vraiment pas ce que voulaient vos ravisseurs ?

— Non, mentit Lourds sans l'ombre d'un regret.

— Quand même ! reprit Mullins en lui adressant un indéfinissable sourire. Vous en avez, professeur. J'en connais plus d'un qui, à votre place, détalerait comme un lapin pour se mettre à couvert. Alors que vous, non : vous allez discourir à la fac envers et contre tout.

— Oh, je ne reste pas ici par courage.

— Par sens du devoir, alors ? Pour honorer votre parole ?

— À peu près.

Par curiosité, en fait.

Mullins indiqua une berline à Lourds sur le parking. Le professeur inspecta les alentours en attendant que le pseudo-attaché lui ouvre la portière. Nul ne semblait se soucier de lui. Une brise apportait un peu d'air frais chargé de senteurs épicées. Lourds n'eût su dire s'il avait plus faim que sommeil. Il lui fallait en tout cas une bonne douche et une tenue propre.

Mullins surprit son coup d'œil à la ronde :

— On devient parano, professeur ?

— Hum. Qui sait ?

— Ça vous remonterait le moral si je vous disais qu'on gardera l'œil sur vous ?

— Oui, mentit Lourds.

En réalité, l'intervention providentielle du ministère éveillait ses soupçons. D'autant que Mullins ne l'avait pas précisément accablé de questions. La désinvolture de l'attaché ne lui semblait pas marquée au coin du bon sens. Or la police stambouliote lui avait bien enjoint de s'en tenir au bon sens.

Il prit place à l'avant de la voiture et boucla sa ceinture.

CIA
Langley, Virginie, États-Unis d'Amérique
17 mars 2010

— Vous êtes en train de me dire que nous ne connaissons personne en mesure de déchiffrer ce cahier ? s'indigna Dawson.

La bouille d'un quinquagénaire qui n'en menait pas large envahissait une moitié de l'écran mural face à l'agent spécial. Une auréole de cheveux blancs ouateux nimbait son crâne dégarni. Une cravate au nœud lâche pendait au col de sa chemise blanche aux manches roulées.

— Eh bien, oui, admit-il d'autant plus piteusement qu'il n'avait pas l'habitude de sécher sur un problème.

— Et on ne sait même pas de quoi il traite ?

— D'architecture ? lança le quinquagénaire, un cryptanalyste dénommé Hedges, d'un ton incertain.

— Comme l'a suggéré notre ami ? Ben, tiens !

Hedges réprima une grimace. Dépité, Dawson secoua la tête. Il s'était assoupi à bord de l'avion qui le ramenait de Boston avant de dormir quelques heures dans son bureau, pendant que la police turque passait Lourds sur le gril. Il ne se sentait pourtant ni frais ni dispos. Les nouvelles apportées par le cryptanalyste lui donnaient encore plus envie de se mettre au lit.

— La CIA emploie les meilleurs casseurs de codes au monde, oui ou non ?

— Monsieur, se défendit Hedges, il ne s'agit pas d'un simple code mais d'une langue.

— Eh bien ? Il y a des linguistes à notre service, que je sache !

— Oui, dont certains qui écrivent et lisent le grec ancien extrêmement facilement. Seulement, il semblerait que nous n'ayons pas affaire à du grec ancien standard mais à l'un de ses dérivés codé.

— Cassez-moi le code, alors !

— C'est ce que nous essayons de faire. Il nous faut juste un peu de temps...

Dawson lança un regard noir à l'autre moitié de l'écran mural. Mullins, l'attaché de l'amabassade, était comme de juste un agent de la CIA. Pendant la garde à vue de Lourds, il avait sorti du sac à dos du professeur le fameux cahier, pour en prendre des photos qu'il s'était dépêché de transmettre à sa hiérarchie. Ce vieux calepin semblait la seule piste digne d'intérêt parmi les affaires de Lourds.

— Vous savez de qui je reçois mes ordres, Hedges ?

— Oui, monsieur, répondit humblement l'intéressé en déglutissant à grand-peine.

— Je n'exagère pas quand je vous dis que l'on s'inquiète en haut lieu de l'issue de cette mission. Si vous ne cassez pas ce code, et vite, vous serez muté dans l'Antarctique. Suis-je clair ?

— Comme de l'eau de roche ! Je tiens tout de même à souligner un point positif.

— Je vous écoute !

— Si le code en question persiste à nous résister malgré l'équipement informatique à notre disposition, je doute fort que quelqu'un d'autre parvienne à le casser.

— Hum. Ça ne me rassure pas. Traduisez-moi ce cahier !

— Entendu.

Dawson mit fin à la communication d'une simple pression sur un bouton de son casque. Le cryptanalyste disparut de l'écran mural pour laisser place aux photos du mystérieux cahier, que Dawson feuilleta en quelques clics de souris 3D. La petite heure qu'il venait lui-même de passer à suer sur les caractères lui avait donné la migraine. Il se connecta à la caméra à l'intérieur de la voiture qui transportait Lourds.

Assis à la place du mort, le professeur se massait les tempes. Il n'avait pas tellement l'air d'une menace pour la sécurité nationale, ni même d'un universitaire de la côte est. Il ressemblait plutôt à un clodo : d'une propreté douteuse sous ses vêtements en lambeaux. L'étincelle qui brillait au fond de ses prunelles grises dénotait toutefois une vive intelligence : n'avait-il pas été le seul au monde capable de traduire certains textes sur lesquels butaient ses rivaux ?

Dawson se demanda ce qui le rendait aussi compétent dans son domaine. En vain.

La chance lui sourit. C'est en tout cas ce qu'invitent à penser ses mésaventures depuis son arrivée à Istanbul. Il aurait pu — pour ne pas dire « dû » — y laisser sa peau une bonne douzaine de fois déjà.

Dans ce cas, la CIA n'eût certes pas mis la main sur le cahier. Dawson grommela : il eût donné cher pour connaître le fin mot de l'histoire ! Le vice-président Webster savait apparemment, lui, de quoi il retournait, bien qu'il ne lui eût fourni aucun indice. D'ordinaire, le vice-président le tenait au courant. Pas systématiquement, hélas.

N'y tenant plus, Dawson se mit à faire les cent pas devant l'écran mural.

— Nous pouvons voir et entendre ce qui se passe dans la chambre de Lourds ?

— Oui, affirma un technicien dans son dos.

— Montrez-moi !

En un clin d'œil, le cahier se volatilisa. Apparut à l'écran une luxueuse chambre d'hôtel. Une femme et deux hommes en tenue de garçon d'étage s'y affairaient.

— Échantillonnage ! annonça un technicien.

Différents points de vue sur la chambre, le lit, la salle de bains, le bureau, etc., se succédèrent à l'écran.

— On va vérifier que les micros aussi fonctionnent, annonça le technicien.

La voix des trois agents déguisés en employés de l'hôtel devint audible. Après de subtils ajustements, le système de surveillance fut enfin jugé opérationnel.

— Vous avez mis la ligne sur écoute ? s'enquit Dawson.

— C'est par là qu'on a commencé.

— Et le portable de Lourds ?

— On en a dupliqué la puce avant de le lui rendre. Nous saurons maintenant qui l'appelle, et ce qu'il répondra. Et, bien sûr, nous pourrons consulter sa messagerie.

Dawson se détendit. Au moins, il garderait l'œil sur les allées et venues du professeur : Lourds ne pourrait plus faire un pas sans que

Dawson en ait vent. Si seulement il savait pourquoi le vice-président s'intéressait autant à ce type !

— Où est Lourds ? s'enquit Dawson.

Dans le coin supérieur droit de l'écran s'incrusta un plan d'Istanbul où se détachaient deux points lumineux ; l'un, fixe et l'autre, en train de se déplacer, correspondant au véhicule que conduisait Mullins.

— Il arrivera à l'hôtel dans trois minutes, annonça un technicien.

— Il va nous en falloir une dizaine pour effacer les traces de notre passage, prévint l'un des agents dans la chambre. Vous pourriez le retarder ?

— Contactez Mullins et prévenez-le, ordonna Dawson.

L'instant d'après, Mullins bifurqua dans une rue de traverse en s'éloignant de l'hôtel. Dawson vit Lourds dresser la tête d'un air inquiet.

— Lourds a remarqué le manège de Mullins. Dites-le-lui, lâcha Dawson.

Mullins se tourna vers le professeur :

— J'aurais une course à faire en chemin, si ça ne vous ennuie pas.

— Bien sûr que non.

Deux pâtés de maisons plus loin, Mullins gara sa voiture le long du trottoir et sortit.

— Vous voulez bien m'attendre ici ?

— Mais oui !

Mullins hocha la tête d'un air satisfait et disparut dans une petite bijouterie. Lourds sortit aussitôt le mystérieux cahier de son sac, l'ouvrit à une page qu'il mit un peu de temps à retrouver, et couvrit de notes un calepin.

Dawson, anxieux, se remit à faire les cent pas de plus belle.

— On peut voir ce qu'il écrit ?

La caméra pivota. Sans succès. Ce que Lourds gribouillait demeura un secret.

Quelques minutes plus tard, l'équipe dans la chambre d'hôtel annonça que la voie était libre. Mullins sortit de la bijouterie, un petit paquet à la main.

— Le professeur s'est mis au boulot. Si on lui piquait ses idées ? suggéra-t-il.

Dawson y réfléchit. Les notes de Lourds leur seraient plus utiles que les élucubrations de tous les cryptanalystes de la CIA réunis. D'un autre côté, les quelques miettes d'intuition du professeur suffiraient-elles à rendre possible la traduction du cahier ?

— Quels sont vos ordres ? s'enquit Mullins en regagnant sa voiture.

À cet instant-là seulement, Lourds remarqua la présence de l'agent. Sans précipitation, comme s'il avait simplement cherché à tuer le temps par ennui, il rangea le cahier au fond de son sac et son calepin dans sa poche de chemise.

Mullins s'assit au volant.

Dawson soupira. Les hommes de la trempe du professeur aimaient jouer au plus malin. Il venait de filer comme une anguille entre les mains de la police stanbouliote. Sans doute transcrivait-il ses notes dans un code secret de son invention. C'est du moins ce qu'amenaient à penser les gribouillis sur le calepin subtilisé par Mullins. Lourds passait en outre avec une telle aisance d'une langue à l'autre qu'il pouvait fort bien utiliser plusieurs codes différents.

— Laissez courir, conclut Dawson. Pour l'instant, nous le suivons à la trace. Nous lui mettrons la main dessus, le moment venu.

Mullins tourna la clé de contact et s'engagea dans la circulation.

Hôtel Eserin Crown
District de Sultanahmet, Istanbul, Turquie
17 mars 2010

Arrivé à la porte de sa chambre, Lourds introduisit sa clé magnétique dans le lecteur et tourna la poignée. Il venait de poser un pied en travers du seuil quand il se figea. Quelqu'un l'attendait. Ou venait à peine de quitter les lieux. Un parfum raffiné lui chatouillait en tout cas les narines. Bien que le bouquet de senteurs qui le composait parût prometteur au professeur, celui-ci ne voulut pas courir de risque. Son séjour à Istanbul ne se passait décidément pas comme prévu.

Il recula d'un pas, en songeant à moitié à s'installer dans un autre hôtel, moins couru. Il s'apprêtait à ouvrir la porte quand quelqu'un lui tapota l'épaule.

Il tressaillit et, manquant de peu glapir de terreur, décrivit un large cercle du bras, histoire de parer à toute éventualité. De l'autre, il serra son sac à dos contre son cœur.

— Thomas ? s'écria Olympia Adnan. Qu'est-ce qui te prend ? Tu aurais pu me blesser.

— Olympia !

Penaud, Lourds tenta de faire bonne figure.

— Tu aurais dû m'avertir de ta présence plutôt que de me réserver la surprise.

— Je pensais que tu aurais hâte de me retrouver, se défendit Olympia, confuse et dépitée. Après presque trois ans sans se voir !

Sa chevelure d'un noir de jais, soyeuse et fournie, cascadait sur ses épaules en encadrant son visage au teint hâlé ô combien exotique. Ses grands yeux noisette et ses pommettes saillantes lui donnaient un charme fou. Elle n'arrivait cependant que sous le menton du professeur — et encore : grâce aux talons de ses sandales, qui mettaient en valeur le galbe de ses mollets. Son tailleur bleu outremer moulait ses appétissantes formes. Un pendentif en rubis accroché à une chaîne en or se nichait au creux de son décolleté.

— Trois ans ? Tant que ça ? releva Lourds en se reprochant en son for intérieur de sourire aussi bêtement.

— Mais oui.

— Tu as l'air en pleine forme.

— Merci. Je fais tout ce qu'il faut pour. Prends-en de la graine, rétorqua-t-elle en redressant le col de chemise de Lourds, alors qu'une lueur taquine éclairait ses prunelles, comme au bon vieux temps.

— Jusqu'ici, mon séjour en Turquie n'a pas été de tout repos, et encore moins à la hauteur de tes promesses.

— Je sais ! admit Olympia en retroussant le nez d'un air consterné. Il n'a été question que de tes mésaventures aux actualités. Tu m'en vois navrée ! Reconnais quand même que je n'y suis pour rien.

Se rappelant soudain le parfum qui flottait à l'entrée de sa chambre, Lourds porta son index à ses lèvres.

Intriguée, Olympia plissa les yeux en se penchant vers lui.

— Eh bien quoi ? murmura-t-elle.

— Il y a quelqu'un dans ma chambre.

— N'importe quoi ! protesta Olympia d'un ton offensé. L'Eserin Crown est un excellent hôtel. J'y suis moi-même descendue à plusieurs reprises.

— La sécurité laisse à désirer.

— Pas du tout !

— Le personnel a autorisé la police à entrer, tout à l'heure.

Olympia planta ses poings sur ses généreuses hanches.

— Évidemment : c'était la police.

— Ils auraient pu me prévenir, à la réception.

— Peut-être que la police a expressément demandé de ne pas t'avertir. Ça ne t'était pas venu à l'esprit ?

— Si. N'empêche : je commence à en avoir ras la casquette, des surprises.

Olympia leva les yeux au ciel.

— Je m'en suis doutée à ta réaction, quand je t'ai tapoté l'épaule : encore un peu et tu mouillais ton pantalon.

— Pas du tout : je comptais me défendre à la force de mes poings.

— Au cas où tu ne le saurais pas encore : tu es meilleur linguiste que spécialiste de l'autodéfense.

— Tu as changé, estima Lourds en fronçant les sourcils. Il y a trois ans, tu ne me lançais pas autant de piques.

— Tu plaisantes ! Chaque fois que tes chevilles enflaient, j'y mettais bon ordre.

Là-dessus, Olympia lui chipa sa carte magnétique et, avant qu'il ait le temps de réagir, déverrouilla la porte de sa chambre.

— N'entre pas !

Olympia haussa un sourcil.

— Pourquoi ? Tu as quelque chose à me cacher ?

— Il y a déjà quelqu'un à l'intérieur. Je ne plaisante pas.

— Qu'est-ce qui te fait croire ça ?

— Le parfum que j'ai senti.

— Eh bien, tu as un sacré bon nez. Qui te dit que ce n'est pas celui de la dernière donzelle à être passée par ta chambre ?

— À mon insu, alors ?

Alors même qu'il répondait à Olympia du tac au tac, Lourds s'étonna que leur conversation eût aussi facilement dérapé vers la joute amoureuse. Sa collègue ne flirterait-elle pas un peu avec lui ?

— Quoi de neuf, côté cœur ?

— Cœur, tu as dit ? lui répondit Olympia en tirant la grimace.

— Tu ne sortais pas avec un archéologue belge ?

— Si. Malheureusement, j'ai fini par me rendre compte qu'il te ressemblait un peu trop.

— À moi ?

— Oui. Trop absorbé par ses occupations pour s'encombrer d'une compagne.

— Aïe !

Olympia lui tapota la joue.

— Il n'y a pas de mal, mon chou. D'entrée de jeu, tu m'as prévenue que je ne devais rien espérer de sérieux. J'ai passé de bons moments avec toi.

Elle l'attrapa par son col de chemise et lui colla un baiser sur les lèvres.

Lourds sentit la tête lui tourner. *Et nous pourrions encore en passer de pas désagréables…*

— Thomas…, soupira-t-elle en s'écartant.

— Oui ?

— La porte s'ouvre dans l'autre sens !

Olympia tourna la poignée et lui en fit la démonstration.

Un instant, Lourds se retrouva étourdi : émoustillé par le baiser d'Olympia et dérouté par la rapidité avec laquelle elle venait de le devancer. Bien que son instinct lui dictât de déguerpir au plus vite, il la suivit à l'intérieur de sa suite.

12

Bureau ovale, Maison-Blanche
Washington DC, États-Unis d'Amérique
17 mars 2010

Le vice-président Elliott Webster remonta le couloir moquetté qui menait au saint des saints en proie à une exaltation fébrile. Les projets qu'il mûrissait depuis si longtemps venaient d'atteindre un tournant critique, deux ou trois ans plus tôt qu'il ne l'espérait. Il hésitait entre plusieurs lignes de conduite à même de précipiter les événements qu'il appelait de ses vœux lorsque le professeur Thomas Lourds avait atterri à Istanbul — une occasion trop belle pour ne pas l'exploiter.

La réapparition inopinée du cahier perdu semblait à Webster un heureux présage de ses succès à venir.

Les deux agents secrets qui montaient la garde de part et d'autre de l'entrée du bureau ovale le saluèrent d'un mouvement de tête.

— Bonjour, monsieur le vice-président ! s'écria le premier.

— Bonjour, Vincent. Comment s'est passée l'opération de votre mère à la hanche ?

Webster possédait une mémoire éléphantesque. Il se souvenait d'absolument tout ce qu'il lisait et de chacun de ceux qui croisaient son chemin, y compris les petites gens, les humbles anonymes aspirant à la reconnaissance des détenteurs du pouvoir. La prodigieuse capacité de Webster à ne rien oublier leur donnait le sentiment qu'il les appréciait et lui assurait leur loyauté à peu de frais, en vertu d'une méthode d'autant plus éprouvée qu'il l'employait depuis ses débuts dans les affaires.

— Bien mieux ! le renseigna Vincent en lui adressant un sourire flatté. La voilà de nouveau sur pieds. Elle envisage même d'aller danser, un de ces quatre.

Webster partit d'un petit rire.

— Dites-lui que, dès qu'elle se sentira suffisamment d'aplomb pour aller au bal, je passerai la prendre et nous nous donnerons du bon temps.

— Je n'y manquerai pas, l'assura Vincent en piquant un fard. Elle m'a prié de vous remercier pour les fleurs.

— Mais c'est tout naturel ! Je ne pouvais pas faire moins, compte tenu des services que vous rendez au président. Et vous, Mildred ? poursuivit Webster en se tournant vers sa collègue. Comment allez-vous ?

— Bien, monsieur. Je vous remercie.

— Ça se passe bien, avec la petite que vous parrainez ?

— Oh oui ! Elle me donne parfois du fil à retordre mais nos sorties nous apportent beaucoup, à toutes les deux.

La jeune agente s'était engagée à s'occuper d'une enfant défavorisée, quelques heures par semaine. Webster lui avait d'ailleurs rédigé une lettre de recommandation à cet effet.

— Parfait, Mildred ! Ravi que l'expérience vous donne satisfaction. Bon ! conclut Webster en se frottant les mains, j'ai hâte de savoir pourquoi le président a jugé nécessaire de m'appeler en pleine réunion, ce matin.

Vincent opina du chef et frappa à la porte du bureau ovale.

— Oui ! répondit une voix de basse de l'autre côté de la cloison.

Vincent tourna la poignée et annonça Webster.

Michael Waggoner, le président des États-Unis, s'écarta de son bureau jonché de papiers. Svelte et longiligne, les cheveux noirs grisonnant aux tempes, il avait été joueur de basket à l'université, et failli devenir professionnel, avant de s'engager dans la marine où, pendant vingt ans, il avait servi sa patrie. D'aucuns s'expliquaient son choix d'une carrière militaire par sa répugnance à reprendre le flambeau de son père, un homme politique connu. Le sénateur Kendall Waggoner, qui se consacrait corps et âme à la politique, s'était hélas éteint en plein mandat. Avant de rendre son dernier soupir, il supplia son fils de le remplacer jusqu'aux prochaines élections. Comme tout le monde le savait gravement malade, sa fin, certes prématurée, ne surprit personne.

Ce qui en surprit plus d'un fut en revanche le brio avec lequel Michael assuma les fonctions de son père. Sa vision de la politique en sortit transformée. Il admit qu'il avait ça dans le sang et en fit son métier. Un mandat et demi plus tard, les démocrates le choisirent comme candidat aux présidentielles. Il emporta l'élection haut la main, avec Elliott Webster en tant que colistier.

Les sondages attribuaient à Waggoner une popularité considérable. De l'avis général, il passait pour l'un des meilleurs présidents de l'histoire des États-Unis. Sa charge de travail ne l'avait toutefois pas épargné.

— Bonjour, Elliott! lança Waggoner en allant à sa rencontre.

Il portait ce matin-là un simple pantalon de toile et une chemise. Sa cravate en boule traînait sur un siège face à son bureau.

— Je te dirais volontiers bonjour aussi, Mike, si je n'avais pas l'impression que la journée d'hier se prolonge à n'en plus finir.

Webster serra la main que lui tendait le président avant de prendre place sur une chaise libre à côté de la cravate.

— La nuit a été longue, renchérit Waggoner en se rendant à la cafetière.

— Tu aurais pu m'appeler, tu sais.

— C'est ce que j'ai fait, dès que j'ai su que j'aurais besoin de toi. Toi aussi, tu as des obligations par-dessus la tête. Ne crois pas que je l'ignore. Je me doutais que j'allais travailler tard, or je tenais à ce que l'un de nous au moins ait les idées claires.

— Moi, en l'occurrence?

— En général, de tous mes collaborateurs, c'est toi qui as les idées les plus claires, affirma Waggoner en souriant. Du café?

— Avec plaisir.

Le président leur en versa une tasse chacun. Ne prenant même pas la peine de s'asseoir, il souffla sur le liquide brûlant dans la sienne et le sirota sans paraître en percevoir le goût.

— Quel est le problème, Mike?

— Un rapport nous est parvenu de Riyad. Le roi Youssef Ben Abdul Aziz et le prince héritier Mohammed Ben Abdul Aziz ont apparemment trouvé la mort, la nuit dernière.

Webster se leva, le temps de poser sa tasse sur le bureau, et réfléchit à ce que la nouvelle impliquait.

— Quelqu'un a revendiqué le crime?

Waggoner se passa une main dans les cheveux en soupirant.

— Pour l'instant, nous ne savons rien de positif. Il est encore trop tôt pour affirmer quoi que ce soit, mais je m'inquiète.

— Que s'est-il passé ?

— Tout le monde est survolté là-bas : l'Arabie saoudite a beau produire un maximum de pétrole, ça ne suffit pas à satisfaire la demande des pays occidentaux, de l'Inde et de la Chine, qui veulent tous leur part du gâteau et ne reculeront devant rien pour en obtenir une ; grosse, de préférence. Nous sommes aussi fautifs que les autres, Elliott. Nous courtisons la famille royale depuis des lustres. Au début, nous seuls avions les moyens d'assurer ses arrières. L'émergence de la Chine, de l'Inde et du Pakistan en tant que puissances économiques et militaires nous a fait perdre du terrain. Notre industrie va mal et notre engagement militaire prolongé au Moyen-Orient nous saigne à blanc. L'Irak, ce n'était qu'un début.

— Qui a rédigé le rapport ?

— Des cellules de la CIA en Arabie saoudite. Un proche de la famille royale leur a transmis l'info.

— Et que s'est-il passé au juste ? s'enquit Webster en masquant sa fébrilité croissante.

Il se doutait depuis longtemps que du Moyen-Orient partirait l'étincelle qui mettrait le feu aux poudres du monde entier. Il tablait d'ailleurs là-dessus.

— Il semblerait que le roi et le prince héritier soient convenus d'un rendez-vous officieux dans la Ville économique du roi Abdallah.

— Avec qui ?

— Nous ne le savons pas exactement. Des représentants du gouvernement indien, paraît-il.

— Dans l'intention de négocier des exportations de pétrole ?

Waggoner haussa les épaules.

— Il n'est pas impossible qu'ils se soient entendus pour construire un pipeline entre leurs deux pays.

— Ça fait un bail qu'il en est question.

— Je sais. Le jour où ils l'établiront pour de bon, nous devrons revoir le modèle économique sur lequel se basent nos prévisions. Une éventualité qui rend nerveux la plupart de ceux avec qui j'ai discuté ces derniers temps…

— Oh, je m'en doute : moi aussi, j'ai eu quelques conversations avec eux.

Webster réfléchit un moment avant de reprendre :

— Tu sais, Mike, en tant qu'homme d'affaires, je ne reprocherai pas à la famille royale sa volonté d'aboutir à un accord avec les Indiens. Personne ne sait combien il reste de pétrole au juste en Arabie. Du moins, personne en dehors de la famille régnante. Peut-être que la production devra bientôt diminuer. Les Saoudiens pourraient craindre qu'à l'avenir, les États-Unis n'investissent de préférence en Amérique du Sud ou en Afrique, à leur détriment.

— Ou que l'enlisement de la croissance américaine nous incite une bonne fois pour toutes à chercher une source d'énergie alternative, au risque de bouleverser la donne au Moyen-Orient. Les Saoudiens y ont forcément pensé.

— Pour l'heure, les pays du Moyen-Orient ne s'enrichissent qu'en exportant du pétrole, faute d'autre voie de développement possible. Ils n'ont pas d'industrie digne de ce nom, peu d'eau et quasiment pas d'autre richesse naturelle. Si nous découvrions un succédané moins coûteux à l'or noir, nous renoncerions volontiers à celui des Saoudiens et ils le savent.

— Nous n'en sommes pas encore là. Même s'il n'est pas exclu que nous y arrivions plus tôt que prévu. Aujourd'hui encore, nous dépendons d'eux, et eux de nous. Le problème c'est que ça ne nous plaît pas plus qu'à eux.

— Nous avons besoin les uns des autres.

— Moins, depuis quelque temps. Nous avons plus besoin d'eux qu'eux de nous. D'autres acheteurs potentiels les courtisent. Alors que nous avons tant investi au Moyen-Orient qu'il serait impensable de nous désengager avant des années et des années.

— Youssef et Mohammed voulaient nouer une sorte d'alliance avec l'Inde et la Chine pour y exporter leur production. Pour autant que je sache, ils ne se sont pas tournés vers le Pakistan à cause de la menace terroriste qui plane là-bas.

Webster garda un instant le silence avant de lancer :

— Il ne t'est pas venu à l'esprit que nous, les Américains, pourrions bien être responsables de la mort du roi et de son héritier ?

— Si. Je ne l'exclus pas, même s'il me répugne d'envisager que des mercenaires au service d'une compagnie ou d'un citoyen américains aient eu l'audace de perpétrer un crime d'une telle envergure. Enfin ! Les temps sont durs et le prestige des États-Unis à l'étranger, bien écorné. Je parierais tout de même sur un autre commanditaire, qui n'apprécie pas notre pays. Nous sortons à peine d'une phase de récession, or le déploiement de nos troupes à l'étranger nous a rendus vulnérables. D'autres pays ont dû s'en apercevoir.

Webster laissa s'installer un long silence avant de réagir.

— Tu sais que je suis à ton service, Mike. Dis-moi ce que tu souhaites, peu importe ce que c'est. Je me mettrai en quatre pour te satisfaire.

Waggoner laissa errer son regard par la fenêtre. Il posa sa tasse sur son bureau et enfouit ses mains dans ses poches.

— Je le sais bien, Elliott. C'est d'ailleurs pour ça que je t'ai convoqué. Tu as des amis à Riyad. Il serait temps que nous leur réclamions quelques retours d'ascenseur.

Webster attendit que le président en vînt au fait. Il y mettait parfois le temps, même s'il ne renâclait pas à prendre des décisions difficiles, du fait de sa formation militaire et aussi parce qu'il croyait à l'existence du Mal en tant que tel. Sa seule faiblesse, du moins de l'avis de Webster, consistait à croire que le Bien triomphait toujours à la fin.

— Que veux-tu que je fasse ? lança enfin Webster.

— Que tu te rendes en Arabie saoudite. Je voudrais comprendre ce qui se trame là-bas. Tu me l'expliqueras dès que tu en auras le cœur net.

— D'accord, Mike, conclut Webster en se levant. Autre chose ?

Waggoner secoua la tête avec lassitude.

— Sois prudent, Elliott. Quand j'ai vu le soleil se lever, ce matin, il m'a semblé, je ne saurais dire pourquoi, que la face du monde avait changé au cours de la nuit. Ça ne te paraît pas prémonitoire ? ajouta-t-il après un temps de silence.

Un sourire plein d'assurance aux lèvres, Webster posa une main sur l'épaule du président.

— Tu as besoin de repos : ne cherche pas plus loin. Va te coucher. Tu te sentiras mieux. Gardons la foi, toi et moi, comme nous l'avons promis aux Américains au moment de notre élection.

— Je sais ! C'est ce que je me répète aussi. Quant à toi : garde un profil bas en Arabie, tant que tu n'auras pas clarifié la situation.

— Promis !

Webster serra la main du président avant de prendre congé de lui. En sortant, il salua les deux agents secrets toujours de garde et prit par téléphone les dispositions nécessaires à son déplacement. En plus d'expédier le problème que posait Lourds, il fallait à présent qu'il

137

s'occupe des troubles au Moyen-Orient. Décidément, la journée s'annonçait longue.

Cleena, sur une banquette au fond de la salle, essayait de se convaincre que non, elle ne s'adonnait pas au voyeurisme. Devant elle trônait l'ordinateur portable que lui avait remis Sevki au moment de son départ, une fois le professeur Lourds libre de quitter le commissariat central. Bien entendu, ce qu'elle faisait à cet instant précis — mater Lourds et son amie prof de fac dans une chambre d'hôtel — ne méritait pas d'autre nom que celui de voyeurisme.

Pour ne rien arranger, Cleena n'était pas la seule à épier leurs ébats.

— Ton professeur…, commença Sevki.

— Combien de fois faudra-t-il te dire que ce n'est pas le mien! le coupa Cleena.

— Pardon. Je bossais pendant que tu pionçais et là, je commence à piquer du nez.

— Je t'en prie! Il m'est arrivé de passer trois jours et trois nuits sans dormir en mission pour ton compte.

— Et tu as reçu une coquette somme, en échange, si je ne me trompe.

Cleena détacha son regard des prouesses du professeur, le temps d'inspecter la clientèle de l'établissement. Le coup de feu du soir n'allait plus tarder. Venaient surtout là des touristes américains qui se méfiaient de la cuisine exotique et des jeunes Stanbouliotes curieux de goûter aux préparations des chaînes de fast-food.

Cleena y avait établi son QG en raison de la relative proximité de la place Taksim avec l'hôtel du professeur. Au cas où il mettrait le nez dehors, elle n'aurait aucun mal à le rattraper sur la moto qu'elle venait d'acquérir au marché noir. Elle espérait en outre que, si les types des catacombes se pointaient au Burger King, ils sortiraient suffisamment du lot pour qu'elle les repère immédiatement.

Sevki lui avait remis une oreillette reliée à un téléphone satellite qui fonctionnait, comme c'était pour l'heure le cas, sur les réseaux WiFi. Il semblait à Cleena qu'une protubérance lui déformait l'oreille, bien que la taille riquiqui de l'appareil l'eût épatée. À moins de coller le nez dessus, personne ne le remarquerait. *Sauf que j'ai l'air de parler toute seule.*

— Le professeur est accompagné, crut bon de lui signaler Sevki.

— Je le vois bien !

— Je m'en doute. Sa partenaire m'a l'air encore plus appétissante qu'en photo.

— Ne laisse pas ton attention s'égarer.

— La chambre est truffée de micros et de caméras. Ce qui t'explique que tu voies ce qui s'y passe ; et pas seulement le couloir de l'hôtel.

Cleena était si blasée par les miracles technologiques de Sevki qu'elle n'y avait même pas réfléchi.

— Qui a placé le professeur sous surveillance ?

— À en juger par la longueur d'ondes et le matériel utilisés, je dirais : la CIA. Ou une compagnie privée disposant du même équipement. Difficile de déterminer à qui appartient ce genre de gadgets. Les entreprises qui espionnent sont à la pointe du progrès. D'ailleurs, il leur arrive d'en remontrer à la CIA sur son propre terrain.

— La CIA ? releva Cleena en repoussant l'ordinateur. Ça n'a pas de sens.

— Pourquoi la CIA louerait-elle tes services si elle a déjà l'œil sur les moindres faits et gestes du professeur ? Je me suis posé la question, moi aussi. Il n'est pas exclu qu'une compagnie privée surveille Lourds, mais laquelle ? Aucune idée. Pourquoi ce type suscite-t-il tant d'intérêt ?

Le raisonnement qui prit forme dans l'esprit de Cleena ne lui plut pas du tout.

— Mettons qu'il s'agisse bel et bien de la CIA, reprit Sevki. Tu leur servirais de roue de secours, de plan B, au cas où ça tournerait au vinaigre.

— La CIA se rendra compte que tu as piraté le système de vidéosurveillance ?

La possibilité que l'agence américaine les espionne alors même qu'ils espionnaient Lourds parut à Cleena déstabilisante, pour ne pas dire pire.

— Ça m'étonnerait. Hé ! Vise un peu ! Il ne sait plus où donner de la tête, ce cher professeur.

Lourds et son amie s'adonnaient à l'écran à des préliminaires de plus en plus prometteurs ; ce qui n'embarrassait pas Cleena outre mesure et ne l'émoustillait en revanche que fort modérément.

— Pervers ! grommela-t-elle.

— La bave du crapaud n'atteint pas la tu-sais-quoi.

— Nous parlions de la CIA, qui risque de surprendre ton manège...

— Ouh, là ! s'exclama Sevki, admiratif, l'esprit à l'évidence ailleurs.

Cleena dut admettre que la caméra ne leur montrait pas un spectacle banal ; beaucoup plus piquant, même, qu'elle ne s'y attendait. Lourds ne manquait visiblement pas de talents cachés.

— La CIA ! rappela-t-elle à Sevki.

— Je ne pense pas qu'ils remonteront jusqu'à nous. Je n'ai pas laissé de traces. À moins d'un hasard pas possible, ils ne remarqueront même pas que le dispositif a été piraté.

— Tu sais où sont transmises les images captées par la caméra ?

— À l'ambassade américaine d'Istanbul.

— Hum... Et le professeur ne se doute pas un instant qu'il est épié ?

— Tu oserais ce qu'il ose si tu te savais observée ?

— Tu ferais mieux de ne pas regarder ! s'irrita Cleena.

— D'accord, mais qui va s'assurer que le professeur ne ressort pas de l'hôtel ? repartit Sevki d'un ton railleur.

— Tu n'as pas piraté la caméra de l'entrée ?

— Si.

— Alors ! Ça devrait suffire, non ?

— Oui, sauf que je raterais le clou du spectacle ! Voilà ce que je te propose : dès que tu éteins ton ordi — quand ? ça je le verrai bien par moi-même —, je ferme le mien. Marché conclu ?

Cleena ne répondit pas. Elle ne débrancha pas non plus son ordinateur.

— Tu as mis le son ? lui demanda Sevki.

— Je suis dans un lieu public, je te signale.

— Il y a un casque dans la mallette de l'ordinateur.

Cleena n'hésita qu'un instant à le placer sur ses oreilles. Dès qu'elle l'eut raccordé à l'appareil, elle ajusta le volume. La qualité de la retransmission lui en boucha un coin : elle eût pu se croire dans la chambre de Lourds, entre le professeur et son amie — une idée un peu gênante et plus émoustillante qu'elle ne l'eût cru.

Au cours du vol pour Istanbul, elle avait écouté *Sex and the City antique*; un livre plus prenant qu'elle ne l'escomptait, alors que les publications olé-olé n'étaient pas sa tasse de thé.

— Coquine! commenta Sevki en gloussant.

— La ferme.

Hôtel Eserin Crown
District de Sultanahmet, Istanbul, Turquie
17 mars 2010

Lourds glissa sa langue sous celle d'Olympia en déboutonnant la veste de tailleur de la jeune femme. Ils se tenaient à présent dans la chambre où personne ne les attendait, bien que le sillage d'un parfum étranger imprégnât encore l'atmosphère.

En s'écartant d'Olympia, qui partageait sa fougue, Lourds planta son regard dans les yeux noisette de son amie et lui demanda :

— Tu ne sens rien?

— Si, admit Olympia, qui entreprit de masser la nuque du professeur en jouant avec ses boucles — une sensation qui le plongea dans d'insoutenables délices, comme elle s'y attendait d'ailleurs.

Ils avaient passé suffisamment de temps à se découvrir pour savoir ce qui les titillait ou pas.

— Ça ne t'inquiète pas? s'étonna Lourds en risquant une main sous le chemisier d'Olympia, assorti à son tailleur, à la recherche de son soutien-gorge.

Il réussit l'exploit de le dégrafer à l'aide de ses seuls pouce et index; ce qui amena un sourire sur le ravissant visage de son ex-amante.

— Tu n'as pas perdu la main, à ce que je vois.

— Et le parfum? insista Lourds.

— Toi, quand tu as une idée en tête...

— Dis tout de suite que je suis têtu! protesta Lourds en refermant les mains sur l'opulente poitrine d'Olympia, dont il pinça délicatement les tétons. De toute façon, je sais me concentrer sur plusieurs choses à la fois, quand la nécessité s'en fait sentir.

Un gémissement franchit les lèvres d'Olympia, qui inclina la tête en arrière.

— Oh, elle se fait sentir, là, crois-moi.

Lourds sourit. Ses baisers redoublèrent de passion tandis qu'il l'attirait contre lui. La chaleur de l'anatomie d'Olympia se communiqua à celle du professeur.

— Sans doute que la femme de chambre cocottait et qu'elle vient juste de faire le lit, supposa Olympia en s'arrachant à l'étreinte de Lourds pour le regarder droit dans les yeux. Il y a un lit dans cette suite, non ? J'ai bien précisé qu'il t'en fallait un, au moment de réserver.

— J'imagine que oui. Seulement, je ne l'ai pas encore repéré.

Olympia balaya la chambre du regard.

— Personnellement, je l'aurais placé derrière cette porte.

— Eh bien, voyons voir. Je te fais confiance : tu as quand même un doctorat.

— Trois, en fait.

— Tu as quelque chose à compenser, alors.

Lourds la souleva dans ses bras et poussa une porte qui s'ouvrit sur le lit. Il finit par localiser l'interrupteur, qu'il actionna. Une douce lumière envahit la pièce, assez spacieuse et pourvue de rideaux pastel assortis au dessus-de-lit.

Quant au lit lui-même, eh bien, on ne voyait que lui. Lourds y déposa précautionneusement Olympia et fit mine de s'allonger contre elle, mais elle le repoussa.

— Tu es sale !

Alors seulement, Lourds se rappela l'état de sa tenue.

— Tu ne t'en plaignais pas, il y a cinq minutes.

— Il y a cinq minutes, nous n'étions pas au lit où je compte sur toi pour assouvir mes pulsions pendant les dix prochaines heures au moins.

Lourds haussa un sourcil, d'un air de feinte surprise.

— Tu ne manques pas d'ambition !

— Ni d'appétit. Voilà deux jours que je me morfonds à t'attendre pendant que tu batifoles je ne sais où.

— Manquer de peu se faire tuer à plusieurs reprises et subir un interrogatoire de la police turque, je n'appellerais pas ça « batifoler ».

— Pendant que tu étais occupé ailleurs, mettons.

— J'ai connu des occupations plus plaisantes que d'esquiver des coups de feu.

Olympia s'assit au bord du lit et entreprit de déboutonner la chemise de Lourds. Elle caressa ses pectoraux saillants avant de passer à

142

son ventre ferme et plat. Une longue pratique assidue du football évitait au professeur de prendre de la brioche. Il plongea les mains dans la chevelure ondoyante de son amante qu'il couvrit de baisers fougueux. Olympia en profita pour défaire la ceinture de Lourds et lui ôter son pantalon, qui glissa le long de ses hanches. Les caresses d'Olympia lui faisaient de l'effet — un effet qui s'accentua encore lorsqu'il n'y eut plus de sous-vêtements pour le contraindre. La jeune femme referma la main sur son attribut viril, qui en frémit de plaisir. Lourds lui tritura les seins de plus belle, au point de lui arracher un gémissement. Olympia s'écarta de lui pour tracer un sentier de baisers de son torse à son bas-ventre. Elle le fit patienter un instant, alors qu'il lui pétrissait la nuque, avant de le prendre dans sa bouche avec une infinie délicatesse.

Les genoux du professeur se dérobèrent sous lui. Le souffle court, il manqua de peu perdre le contrôle de lui-même. Bien entendu, Olympia s'y attendait : elle exultait à coup sûr en se plaçant ainsi en position de force. Amante généreuse, elle prenait un plaisir fou à l'asticoter. Lourds s'apprêtait à crier miséricorde, ou à la supplier de le laisser s'épancher, quand elle le libéra enfin en lui décochant un sourire espiègle.

— Allez! lui lança-t-elle. Va te doucher. Nous retournerons à nos moutons quand tu seras propre.

— Les désirs de madame sont des ordres, céda Lourds en lui baisant le bout des doigts. Ce ne sera que l'affaire d'un instant.

— J'en doute : tu ne sens vraiment pas la rose.

Lourds faillit se prendre les pieds dans un pantalon en accordéon à ses chevilles, qu'il avait complètement oublié dans l'intervalle. Il ôta ses bottines, puis se déshabilla pour de bon. Il jeta alors un coup d'œil à Olympia, étendue sur le lit à moitié défait, ses longues et fines jambes repliées sous ses appétissantes fesses.

13

Aéroport international Dulles
Washington DC, États-Unis d'Amérique
17 mars 2010

Le téléphone mobile d'Elliott Webster sonna alors qu'une limousine le déposait au pied de l'avion militaire censé l'emmener en Arabie saoudite. Dès qu'il reconnut à l'écran l'identité de son correspondant, il s'empressa de répondre :

— Un instant, je vous prie.

Son chauffeur parqua la limousine à l'ombre de l'appareil. Le vice-président remonta la vitre qui assurait l'isolation phonique de l'habitacle et demanda aux trois hommes qui composaient sa garde personnelle :

— Auriez-vous l'obligeance de me laisser seul un instant, messieurs ?

Les trois agents sortirent pour se camper de part et d'autre du véhicule.

— Je suis seul, colonel, indiqua Webster depuis la banquette arrière, alors que la tension qui raidissait jusque-là son maintien se relâchait d'un coup. La connexion est sécurisée. Vous pouvez parler librement.

— Parfait ! lui répondit le colonel Anthony Eckart.

Officier de la marine depuis vingt et un ans, il venait de prendre sa retraite, à la quarantaine à peine entamée. Non qu'il l'eût personnellement souhaité mais sa politique de « l'Amérique d'abord » n'avait pas eu l'heur de plaire à sa hiérarchie. D'autant que les médias offraient une tribune de choix à ses diatribes enflammées à l'encontre des ennemis de son pays, parmi lesquels il incluait la totalité des pays du Moyen-Orient. Depuis son départ de l'armée, trois ans plus tôt, Eckart assumait les fonctions de responsable de la sécurité de Webster, à l'insu de la presse et même du président.

— Je suppose que vous êtes au courant de la mort du roi et du prince héritier d'Arabie saoudite ? demanda Eckart.

Webster se tourna vers l'écran plasma suspendu au plafond de la limousine. Depuis le début de la journée, la chaîne d'informations WNN consacrait au double meurtre des éditoriaux et des reportages à n'en plus finir. Un journaliste à bord d'un navire à l'ancre au port filmait l'immeuble en flammes dans la Ville économique du roi Abdallah où le roi et son fils aîné avaient trouvé la mort. Une épaisse fumée noire enveloppait les bâtiments voisins.

La nuit s'apprêtait à tomber en Arabie saoudite, les préparatifs du voyage ayant nécessité plusieurs heures.

— Oui. J'attendais votre coup de fil.

— La ville a basculé dans la folie. Depuis l'attaque, c'est le chaos. Impossible d'utiliser les moyens de communication habituels. Je n'ai pas voulu recourir au téléphone satellite avant l'arrivée en masse des journalistes, de crainte que les Saoudiens repèrent nos communications.

— Bien sûr. J'en déduis que vous êtes sains et saufs, vous et votre équipe ?

— Oui. La chance nous a souri. Les deux cibles devaient se rendre l'une comme l'autre à la fête d'anniversaire du petit-fils du roi.

— Il paraît que les négociations avec le gouvernement indien allaient bon train.

— Leurs représentants aussi étaient conviés à la fête. Le plus difficile a été de supprimer les deux victimes désignées en épargnant Khalid, le jeune prince.

— Comment va-t-il ?

— Il n'a reçu qu'une blessure sans gravité.

— Je suppose que le prince — je devrais plutôt dire « le roi », maintenant — parle de se venger.

— D'après ce que j'ai entendu, il écume !

Un sourire tordit la bouche de Webster.

— Khalid a toujours eu le sang chaud : il ne demande qu'à en découdre.

— En tout cas, il va transformer le pays en poudrière.

— Comme prévu.

— En se dressant les uns contre les autres, nos ennemis nous éviterons de gaspiller trop de soldats.

Webster eût parié que les conséquences des affrontements militaires à venir déborderaient le cadre de l'armée américaine. Il y comptait même fermement.

— Il y a quelques dégâts collatéraux à déplorer, poursuivit Eckart. Certains domestiques du roi, ses gardes du corps, quelques-unes de ses femmes et de leurs enfants ont également trouvé la mort, mais bon : pas de quoi en perdre le sommeil.

— Non. D'autant que c'était inévitable. Vous et vos hommes avez fait du bon travail, colonel.

— Merci, je le leur dirai.

— Je dois vous avertir d'un changement de programme. Vous et votre équipe allez vous rendre à Istanbul au plus vite.

Eckart n'en parut pas surpris ni contrarié outre mesure. Il ne s'étonnait de rien.

— Il nous faudra patienter quelques heures avant de quitter la ville, si nous ne voulons pas éveiller les soupçons.

— Tant pis ! D'ici là, je me suis arrangé pour que quelqu'un d'autre garde votre cible à l'œil.

— De qui devons-nous nous occuper, si ce n'est pas indiscret ?

— D'un professeur de Harvard nommé Thomas Lourds. Vous avez dû entendre parler de lui : il a été mêlé à la quête de l'Atlantide.

— Bien sûr. Les journaux en ont fait leurs choux gras.

— Je ne veux pas que vous le supprimiez. Du moins, pas pour l'instant. J'aimerais simplement lui parler.

— Entendu. Je vous préviendrai quand nous partirons.

— Parfait. Je compte vous revoir bientôt, colonel. D'ici là, bonne chance !

Webster mit fin à la communication et rangea son téléphone dans sa poche. Puis il augmenta le volume de la télé, curieux d'entendre ce que racontaient les journalistes.

— Le gouvernement d'Arabie saoudite n'a pas encore confirmé l'identité des victimes de l'attentat perpétré dans la Ville économique du roi Abdallah hier soir, débitait le présentateur en affichant une assurance à toute épreuve. Des morts et des blessés ont été évacués des débris de l'immeuble touché par un missile.

À l'écran apparut le théâtre de l'attentat : un bâtiment à proximité du port. Une explosion s'y produisit. Au début, la charpente tint bon :

de la fumée sortit par les fenêtres, rien de bien méchant. Au bout d'un moment, les passants ayant couru à l'abri se risquèrent du côté de la déflagration avant de changer d'avis en voyant l'immeuble vaciller sur ses bases. Celui-ci finit par s'effondrer dans un fracas qui manqua de peu arracher une grimace à Webster.

— D'après certaines sources, le roi Youssef et le prince héritier Mohammed auraient été touchés, ou même tués.

Des photos des victimes apparurent par-dessus le désastre à l'écran.

— De nombreux analystes politiques redoutent les réactions en chaîne qui se produiraient, au cas où la nouvelle se confirmerait, poursuivit le présentateur. Écoutons plutôt l'avis de Jane Keller.

Webster tendit l'oreille : jusque-là, l'opinion des journalistes cadrait tout à fait avec la sienne.

La journaliste, qu'on eût dit sortie d'une publicité pour de la lingerie, donnait la réplique à un certain Clarence Doolan, un vieil universitaire dont les traits accusés exprimaient autant de mansuétude que ceux d'un juge sur le point de prononcer une condamnation.

— Khalid est très différent de son père ou de son frère, expliqua Doolan à la pétulante journaliste. S'il accapare le pouvoir, des troubles risquent de gagner l'ensemble de la région.

Ce qui expliquait d'ailleurs que Webster n'avait pas voulu le tuer, lui.

— Pourquoi donc, professeur ?

— Parce que l'Arabie saoudite occupe une place à part au Moyen-Orient. Sa puissance économique lui permet de peser de tout son poids sur la production de pétrole. Les États-Unis ne peuvent compter que sur elle pour maintenir la paix dans la zone. Même s'il leur a déjà fallu recourir à des moyens de persuasion plutôt musclés pour y parvenir.

— En quoi, justement, estimez-vous nécessaire le maintien de la paix dans la région ?

— Ne perdons pas de vue les courants qui divisent le monde musulman. L'islam comprend deux confessions distinctes : les sunnites et les chiites, dont le désaccord porte sur la succession du prophète Mahomet, et qui n'hésitent pas à s'entre-tuer en cas de conflit. L'Arabie saoudite a jusqu'ici contribué à l'apaisement des tensions au Moyen-Orient mais je crains que le prince Khalid, s'il n'est pas déjà roi à l'heure où je vous parle, ne soit pas enclin par nature à privilégier la stabilité.

— Pourquoi ?

— Khalid s'est toujours montré moins conciliant que son père ou son frère. Sa mère, l'une des nombreuses épouses du roi Youssef, a trouvé la mort lors d'une attaque attribuée aux chiites. Elle a rendu l'âme dans les bras de Khalid, l'année de ses sept ans.

Webster se rappelait encore les images de l'agression, qui remontait pourtant à douze ans. Sur le coup, il n'avait plus été question que de ça, partout dans le monde.

— S'il s'avère que son père et son frère ont eux aussi été victimes des chiites, poursuivit Doolan, le jeune prince voudra se venger.

— Des assassins de sa famille ?

— Non. Il ne se contentera probablement pas de punir une poignée d'hommes mais se retournera contre les chiites dans leur ensemble. Il n'a pas caché jusqu'ici sa volonté de les expulser d'Arabie saoudite ; ce qui entraînerait des répercussions économiques et politiques considérables à l'échelle du pays et pas seulement de la famille royale. Par ailleurs, il n'apporte qu'un soutien mitigé à la politique des États-Unis dans la région.

— Faut-il en conclure que l'accession de Khalid au pouvoir va déchirer le pays en deux factions rivales ?

— Non. Les sunnites dominent largement en Arabie saoudite. Les États voisins, en revanche — l'Iran, l'Azerbaïdjan, le Bahreïn et l'Irak —, comptent une majorité de chiites. Au Liban et au Koweït, les uns et les autres sont présents à parts égales. Il y a aussi de nombreux chiites en Afghanistan, en Inde et au Pakistan.

Pendant que le professeur discourait, une carte apparut derrière lui, figurant la proportion de musulmans de l'une ou l'autre confession dans les pays qu'il évoquait.

— Il est possible, expliqua Doolan, qu'au Moyen-Orient s'affrontent sous peu des camps qui répugnaient jusqu'ici à en venir aux armes. La présence des Américains en Irak, leur occupation militaire du pays et leur emprise sur sa politique, font à l'Islam l'effet d'une provocation permanente.

— L'Irak est surtout peuplé de chiites, non ?

— D'après votre carte, oui. Même si beaucoup estiment le contraire. Moi, le premier.

— Selon vous, les chiites ne représentent pas la majorité parmi la nation irakienne ?

— Non. À mon avis, leur nombre a été artificiellement gonflé à la veille de notre second conflit contre l'Irak.

Une autre limousine s'arrêta près de celle de Webster. Le chauffeur en ouvrit la portière à une magnifique créature. Les rayons du soleil couchant dansaient sur ses cheveux blonds comme les blés, au brushing impeccable. Un long manteau de cuir noir dévoilait par instants ses interminables jambes fuselées chaussées de redoutables escarpins bordeaux Manolo Blahnik. Webster ne s'attendait pas à moins de sa part.

Il frappa contre la vitre. Le plus proche des agents campés sur le tarmac lui ouvrit la portière.

— Merci, Brandon.

— Je vous en prie.

Webster rejoignit la blonde, qui se retourna sur lui en lui décochant un sourire éblouissant.

— Monsieur le vice-président !

— Vicky, voyons ! protesta Webster, aux anges. Si je ne t'ai pas déjà dit un millier de fois de m'appeler Elliott !

Hôtel Eserin Crown
District de Sultanahmet, Istanbul, Turquie
17 mars 2010

À l'intérieur de la cabine de douche, Lourds tourna le robinet d'eau chaude à fond dans l'espoir qu'un jet brûlant le requinquerait. Il se lava le corps en vitesse, en y passant tout de même à deux reprises la savonnette, avant de se shampouiner. Il avait beau se trouver en charmante compagnie, le cahier dans son sac à dos le turlupinait. Avec les femmes, il ne nouait que des relations éphémères, le détournant pour un temps de son véritable amour : son travail. Olympia Adnan partageait du moins sa passion, encore que leurs champs d'étude ne se recoupaient pas tout à fait. De toute manière, il n'eût pas plus volontiers qu'elle renoncé au milieu universitaire privilégié où il rechargeait ses batteries à l'abri du monde extérieur.

Quand il sortit de la salle de bains, il trouva Olympia, ni plus ni moins dévêtue que précédemment, assise en tailleur sur le lit. Le cahier ouvert sur ses genoux l'absorbait tant qu'elle ne s'aperçut pas tout de suite de la présence de Lourds.

— Tu as trouvé quelque chose d'intéressant ? lança-t-il.

Olympia tressaillit. Elle écarta les cheveux qui lui tombaient devant les yeux et lui sourit.

— Pardon ! Je voulais t'installer de quoi travailler, expliqua-t-elle en désignant le bureau où trônaient à présent une pile de livres, un appareil photo numérique et un Dictaphone, quand j'ai trouvé ce recueil. C'est ce que tu étudies en ce moment ?

— Oui. Qu'est-ce que ça t'inspire ?

— Pas grand-chose. Je reconnais l'alphabet grec mais aucune langue que je sache lire.

— Ça ne m'étonne pas.

— Je te remercie, dis donc !

— Ce texte a été rédigé dans une langue artificielle.

— À quelle époque ?

— Il y a près de deux millénaires, si je ne m'abuse.

— Oh, dans ce domaine-là, au moins, j'aurais tendance à te faire confiance.

— Merci ! répondit Lourds en prenant place à côté d'Olympia, sur le lit.

— Qu'est-ce qui t'amène à pencher pour une date aussi reculée ?

— Tu me mets à l'épreuve ? releva Lourds en souriant.

— Si ma mémoire ne me trompe pas, il y a peu d'épreuves que tu ne parviennes pas à surmonter.

Lourds feuilleta le cahier.

— Le papier a été fabriqué il y a plusieurs siècles. Artisanalement. Il n'a pas été acheté au supermarché du coin.

— Évidemment, vu la taille des feuilles.

— Un bon point pour toi ! commenta Lourds en inclinant la tête. Encore que ça n'implique pas pour autant son ancienneté. Sa teneur en chiffon, en revanche, me semble un précieux indice. Sans parler de la forme des caractères. Charles Fenerty et F. G. Keller ont mis au point une machine à fabriquer du papier à partir du bois en 1844. Les pages de ce cahier, ajouta-t-il en tapotant sa couverture, ont été calandrées pour que l'on y écrive plus facilement.

— Impressionnant !

Lourds haussa les épaules, pas mécontent de lui.

— Sauf à supposer que le texte qui y figure y a simplement été décalqué, poursuivit-il, son ancienneté lui confère une grande valeur.

— De quoi y est-il question ?

150

— Je me le demande encore.

— Ah bon ? s'étonna Olympia, un sourire incrédule aux lèvres. L'incomparable professeur Thomas Lourds est tombé sur un os !

— Oh, je peux t'assurer qu'il ne me résistera pas longtemps, affirma Lourds en laissant courir ses doigts sur les pages à la texture fibreuse. Il me semble que je tiens une piste.

— Que tu t'es mis en tête d'explorer pendant que des terroristes te tombaient dessus à bras raccourcis à l'aéroport ?

— Je suis tout à fait capable de me concentrer sur plusieurs choses à la fois, se justifia Lourds en se penchant sur les caractères grecs.

Il venait de tourner quelques pages quand Olympia se hâta de refermer le cahier d'un coup sec.

— Non ! Pas maintenant. Tu tombes de fatigue, or tu ne donnes pas le meilleur de toi-même, dans ces moments-là. Tu ne réussiras qu'à fixer bêtement les pages pendant que les rouages de ton cerveau tourneront à vide.

— Tu crois ? releva Lourds ; flatté, en un sens, qu'elle le connût aussi bien.

— Oh oui, insista Olympia en lui massant le cuir chevelu. Alors qu'après quelques heures de sommeil, tu feras de nouveau des merveilles.

— Tu veux dire que je résoudrai le mystère du cahier ?

— Entre autres, lui répondit-elle en lui pinçant le nez pour le taquiner. Mais pas seulement.

— Tu pourrais préciser ta pensée ?

Sans un mot, Olympia mit de côté le cahier. D'une chiquenaude sur le torse du professeur, elle le poussa sur le lit. Une fois Lourds allongé sur le dos, elle se débarrassa de sa jupe pour se placer à califourchon sur son bassin, à peine vêtue d'une culotte en dentelle, elle aussi bleu outremer, laissant peu de place à l'imagination.

Elle se pencha sur Lourds en glissant sa langue entre ses lèvres. Et, tout naturellement, leurs bas-ventres se collèrent l'un à l'autre. Lourds, au sommet de sa forme, se heurta à l'obstacle de la dentelle. Émoustillée, Olympia se frotta contre son membre viril, sans cesser de l'embrasser, bien sûr. Leurs langues entamèrent un duel. Un frisson parcourut Olympia tandis qu'elle caressait Lourds de plus belle en haletant.

Le professeur se redressa en refrénant à grand-peine son désir de retourner Olympia comme une crêpe pour lui arracher sa culotte.

L'instant d'après, un frémissement la fit tressaillir de la tête aux pieds puis elle s'effondra contre le torse de Lourds, ravi de sentir sa chair encore palpitante le réchauffer. Il lui passa une main dans le dos en effleurant ses fesses.

Quelques minutes s'écoulèrent. Lourds commençait à la croire assoupie quand elle lança, dans un état second :

— C'était mieux que je ne m'y attendais.

— Mon seul désir est de satisfaire les tiens.

Olympia leva la tête en pressant son bassin contre celui du professeur.

— J'ai du mal à te croire.

— Fais-toi plaisir : je ne demande pas mieux.

Après un baiser éclair, Olympia bascula sur le dos. En la regardant ôter sa culotte, Lourds se félicita de la taille du lit, extralarge.

— Viens ! l'invita-t-elle en écartant les jambes.

Lourds la titilla en se frottant contre son entrejambe ruisselant de désir sans toutefois la pénétrer. Elle se mit à gigoter dans le vain espoir de l'aspirer entre ses cuisses.

— Ça n'est pas très… fair-play… de ta part ! pantela Olympia.

— Disons que je te rends la monnaie de ta pièce, la taquina Lourds en lui léchant le cou sous l'oreille ; ce qui avait le don de lui mettre les nerfs en pelote.

Le professeur éveillait délibérément en elle des sensations qui l'agaçaient tout en l'échauffant. Avant qu'elle ait le loisir de se plaindre, il se glissa dans le fourreau de sa chair brûlante. Les récriminations d'Olympia n'eurent pas le temps de franchir ses lèvres : une vague de plaisir lui coupa le souffle.

Le va-et-vient de Lourds en sa partenaire lui donna la curieuse impression de la connaître depuis la nuit des temps et, en même temps, de la découvrir comme pour la première fois. Elle lui avait manqué et lui manquerait encore à l'avenir mais, pour l'heure, il se donnait tout entier à elle en acceptant de bonne grâce ce qu'elle lui offrait.

L'affaire se conclut plus rapidement qu'elle ne l'aurait dû. Lourds demeura un instant couché sur Olympia, à la caresser et la serrer contre lui en savourant le plaisir qu'ils venaient de partager. Puis elle le repoussa gentiment.

— Waouh ! soupira-t-elle en se blottissant au creux de son bras.

— Pareil, murmura Lourds.

Olympia laissa virevolter son index sur les lèvres du professeur.

— Que dirais-tu d'une petite sieste? À ton réveil, nous irons dîner.

— Je risque de piquer du nez sur mon assiette, rétorqua Lourds déjà en train de sombrer dans les bras de Morphée.

— Il faut pourtant que tu te nourrisses. Tu vas avoir besoin de forces.

— Je dois le prendre comme une menace? releva-t-il, tout sourire.

— Plutôt comme une promesse.

Il ferma les yeux en s'abandonnant au sommeil mais, dans un repli de son esprit, au fin fond de son cerveau en perpétuel éveil, quelques neurones décortiquaient encore, comme par automatisme, le contenu du mystérieux cahier.

Aéroport international Dulles
Washington DC, États-Unis d'Amérique
17 mars 2010

Vicky DeAngelo venait d'une famille à la fortune établie de longue date, comme on n'en établit plus aujourd'hui. Son sinistrement célèbre trisaïeul n'était autre que le chef d'un clan mafieux enrichi par la prohibition. Francis DeAngelo aspirait cependant à la respectabilité. Pendant que ses concurrents engrangeaient de coquets bénéfices sous le manteau, il se lança dans des activités tout ce qu'il y a de plus légales où il investit judicieusement mais pas frileusement. Il se battit ensuite, sans dédaigner de recourir au chantage, pour intégrer les rangs des grands capitaines d'industrie liés aux Rockefeller et consorts.

Francis DeAngelo ne manquait pas d'idées quand il s'agissait de gonfler son compte en banque. Les bénéfices de ses activités criminelles, il les plaça à Hollywood, à la radio et à la télé. Il prit des risques mais en retira des profits astronomiques qui lui assurèrent par ailleurs une relative influence dans l'industrie électronique et de la santé. Le réseau de chaînes télévisées de la famille DeAngelo dominait depuis le marché du divertissement. En tant que productrice de l'émission de Vanessa Webster, Vicky fréquentait déjà son mari avant son accession à la vice-présidence.

L'empire DeAngelo avait d'ailleurs joué un rôle décisif dans la campagne électorale de Waggoner, publiquement autant qu'en coulisse.

Vicky lissa le revers du manteau de Webster.

— Si mon trisaïeul me voyait aujourd'hui frayer avec le vice-président des États-Unis, il serait fier de moi. Tout le monde n'a pas ma chance.

— J'en connais beaucoup qui y verraient plutôt une malédiction, plaisanta Webster en pressant entre les siennes les mains de Vicky, qui le gratifia d'une bise sonore.

— Ce sont des idiots et j'aime autant ne pas en parler.

— Je suis si content que tu puisses te joindre à moi ! lui confia Webster en partant d'un petit rire.

Le coup d'œil de Vicky lui prouva qu'elle n'était pas dupe.

— Le roi d'Arabie saoudite vient de mourir, probablement à cause de dissensions religieuses. Comme son successeur n'est pas vraiment le meilleur ami des États-Unis, de sérieux doutes planent sur l'avenir des importations de pétrole. Et tu crois que je laisserais passer ma chance d'assister à l'Apocalypse aux premières loges ?

Un résumé aussi cru de la situation dérouta Webster, qui se mit à observer Vicky d'un drôle d'œil.

— Quoi qu'il en soit, me voilà ! conclut Vicky en resserrant autour d'elle les pans de son manteau.

— Ne restons pas dehors par un temps pareil ! lui proposa Webster en lui offrant le bras.

Vicky l'accepta et s'avança vers l'avion en réglant comme par automatisme son pas sur celui du vice-président.

Deux autres voitures de luxe surgirent sur le tarmac alors qu'un hélicoptère s'apprêtait à se poser, non loin de là.

Vicky s'abrita les yeux d'une main en examinant les nouveaux venus.

— Stephen Napier et Tristan Hamilton ?

Webster hocha la tête. Napier dirigeait la compagnie Prometheus, l'un des principaux fournisseurs d'énergie alternative du marché américain. Hamilton était quant à lui le rejeton du légendaire magnat du pétrole Wesley Hamilton. Autrement dit : le seul et unique héritier d'une des familles les plus riches du Texas.

— Tu as convié les huiles, commenta Vicky.

— Le président tient à ce que je laisse une forte impression aux Saoudiens.

L'hélicoptère se posa. En jaillit un trentenaire en costume Armani au teint café au lait, au menton orné d'un bouc et aux cheveux crépus nattés. Des lunettes de soleil lui masquaient les yeux. Il tenait à la main une valisette et avançait d'un pas naturellement chaloupé. Au creux de ses oreilles se nichaient les écouteurs de son iPod turquoise.

— Qui c'est ? M. Rastacool ? demanda Vicky.

— Mon arme secrète.

Vicky haussa un sourcil.

— Tu m'étonneras toujours ! J'aurais pourtant juré que je connaissais tous ceux qui méritaient de l'être parmi ton entourage.

— Tous n'ont pas envie de renoncer à leur anonymat.

Stephen Napier avait une mâchoire volontaire, une carrure imposante et une bonne quarantaine d'années. Il entretenait si religieusement sa plastique d'haltérophile qu'elle en eût pour un peu éclipsé son brillant esprit scientifique. Napier avait obtenu son premier diplôme universitaire à quinze ans, un doctorat en physique à dix-sept et un autre en chimie, peu après. Dans l'intervalle, il avait trouvé le temps de déposer ses premiers brevets, qui le rendirent millionnaire.

Tristan Hamilton arborait ce jour-là un jean, des bottes de cow-boy, un cache-poussière en cuir brun et un stetson marron entouré d'un galon turquoise et argent. Il approchait la trentaine et avait grandi entre le ranch de sa famille et ses plateformes pétrolières dans le golfe du Mexique.

Hamilton et Napier réservèrent au nouveau venu un coup d'œil glacial. Celui-ci les ignora et marcha droit sur Vicky DeAngelo. Il lui saisit une main qu'il pressa délicatement contre ses lèvres alors qu'il lui lançait un regard éloquent par-dessus ses lunettes.

— Mademoiselle DeAngelo ! Ravi de vous rencontrer.

— Merci, monsieur…

Il lui lâcha la main et se redressa. Il était en réalité plus grand qu'il ne le paraissait à première vue ; il dépassait de peu le mètre quatre-vingt-dix.

— Mon nom est Spider, pour les intimes, lui répondit-il d'une voix musicale où pointait un soupçon d'accent jamaïquain, bien que Webster sût de source sûre qu'il n'était pas né et n'avait pas non plus grandi en Jamaïque.

— Qu'est-ce que vous faites, dans la vie, Spider ? s'enquit Vicky.

— Ce qui me chante. Et je n'ai qu'à m'en féliciter.

— Vous faites surtout des mystères.

— Moi ? Absolument pas ! rectifia-t-il d'un ton bonhomme. Si le vice-président tenait à ce que vous sachiez qui je suis, vous le sauriez déjà. J'imagine qu'il vous le dira quand il estimera le moment venu. Peut-être jamais, conclut-il en haussant les épaules.

Napier et Hamilton les rejoignirent. Le Texan les dépassait par sa taille, qui frisait les deux mètres et même les deux mètres dix en comptant les talons de ses bottes et son chapeau ; qu'il ôta d'ailleurs, le temps de saluer Vicky.

— Ravi de vous voir, m'dame.

— Appelez-moi encore une fois « madame » et je vous en colle une.

Un imperceptible sourire se forma sur les lèvres d'Hamilton.

— Je ne pense pas que vous auriez le bras assez long. Épaisse comme vous êtes, en plus !

Vicky lui adressa un sourire venimeux.

— Dis donc, cow-boy, ça te dirait que les journaux publient des révélations croustillantes sur ton compte ? Et si on sortait les squelettes du placard ?

— Sacrée Vicky ! s'exclama Hamilton sans se départir de sa belle humeur.

— Je me disais, aussi…, conclut la jeune femme avant de se tourner vers Webster. Nous attendons encore quelqu'un ?

— Non. Du moins, à bord de l'avion. D'autres personnes nous rejoindront en Arabie saoudite. Des investisseurs qui ont placé pas mal de billes au Moyen-Orient. Je compte toutefois sur vous quatre pour endosser les premiers rôles.

Spider embrassa le groupe d'un rapide coup d'œil.

— Hum… ça promet ! Je parie qu'on va bien s'amuser.

Et ce n'est encore rien de le dire ! songea Webster. Si tout se passait comme il le souhaitait, leur séjour en Arabie saoudite infléchirait le cours de l'histoire. Ni plus ni moins.

Le seul obstacle en travers de sa route restait le cahier en possession du professeur Thomas Lourds. Mais il s'en occuperait sous peu.

14

Tour Beyazit, université d'Istanbul
Place Beyazit, Istanbul, Turquie
19 mars 2010

Une brise suave en provenance de la Corne d'or, l'estuaire qui se jette dans le détroit du Bosphore, apportait à Lourds le parfum salé des embruns en lui caressant les joues.

Du haut de la tour Beyazit, il embrassait du regard l'ensemble de la vieille ville, les deux rives de la Corne d'or et l'embouchure de la mer de Marmara. En plissant les yeux, il distinguait même l'île des Princes, où il avait jadis emmené Olympia Adnan en pique-nique et où l'on ne pouvait se déplacer qu'à pied ou en voiture à cheval, à une allure bien plus paisible que sur le continent. Beaucoup de villas y dataient de l'époque victorienne : l'île avait connu alors la faveur des nantis, qui en avaient fait leur lieu de villégiature favori. Au fil de son histoire, maintes têtes couronnées en disgrâce y trouvèrent refuge. Après la chute de Constantinople, ressuscitée sous le nom d'Istanbul, des sultans succédèrent aux rois et princes d'Europe. En tant que port maritime et pont reliant l'Orient à l'Occident, la ville n'avait pas sa pareille.

La tour Beyazit, construite en bois en 1749, brûla une première fois lors du grand incendie de Cibali, sept ans plus tard. Comme elle servait, ironie du sort, à surveiller l'apparition de foyers d'incendie, elle fut rebâtie presque aussitôt, en bois, là encore. Ce ne fut qu'à la suite de sa destruction en 1826 qu'un ouvrage en pierre la remplaça en 1828. Son architecture baroque donnait l'impression qu'elle sortait d'un conte fantastique.

En 1849 furent ajoutés trois étages supplémentaires permettant au veilleur de signaler l'approche de navires ennemis, en plus de repérer les départs d'incendies. Le jour, des paniers indiquaient par leur nombre où s'élevaient les flammes susceptibles de ravager la ville. La nuit, des lampes de couleur s'y substituaient.

Lourds devinait sans trop de peine la tournure qu'avaient dû prendre les pensées du veilleur pendant les longues heures d'ennui entre deux incendies. En dépit de la succession des siècles, la nature humaine, dans le fond, demeurait la même.

— Tu souris ?

— Et ça t'étonne ? s'exclama Lourds en se tournant vers Olympia. Voilà bien la première fois que je monte à la tour Beyazit ! Ce n'est pourtant pas faute d'avoir passé du temps à Istanbul.

— Les autorités n'accordent pas l'autorisation de la visiter à la légère.

— Je le sais bien : je l'ai sollicitée en vain à chacun de mes précédents séjours en Turquie.

— Si tu tenais tant que ça à en faire l'ascension, lui rétorqua Olympia en souriant malicieusement, pourquoi ne t'es-tu pas adressé à moi ?

— Je ne voulais pas te placer dans une position gênante, au cas où tu n'aurais pas réussi à m'obtenir cette fameuse autorisation.

Olympia haussa les sourcils.

— Tu craignais un refus ?

— Plus maintenant. Je me suis aperçu, à mon grand étonnement, que tu avais des relations en haut lieu.

— Alors ? Pourquoi tu souris ?

Lourds l'enveloppa dans ses bras.

— Je repensais à notre pique-nique sur l'île des Princes.

Olympia se blottit contre lui. Un parfum de lavande parvint aux narines de Lourds, émoustillé par la proximité physique de la jeune femme.

— Le soir où nous avons raté le dernier bateau, quand il a fallu que nous passions la nuit sur place, précisa le professeur.

— Sous la pluie, si je me souviens bien.

— J'en garde un souvenir plus romantique que toi, visiblement.

— Non : tu ne te le rappelles que parce que c'est la seule fois de ma vie où j'ai fait l'amour au grand air.

— Tu vois bien que nous avons passé là une nuit romantique à souhait ! conclut Lourds en lui mordillant le cou.

— Tu parles ! Je tremblais de froid, trempée comme une soupe.

— Le romantisme, ça ne dure qu'un temps. Et puis la pluie nous a rafraîchis.

— Parle pour toi ! Je te rappelle que je suis accoutumée à un minimum de confort. Alors qu'un peu d'aventure ne te déplaît pas. Voilà pourquoi tu te lances à la recherche de documents rares pendant qu'on te tire dessus, contrairement à moi.

— Tu ne sais pas ce que tu manques.

Olympia s'écarta de lui pour le regarder droit dans les yeux. Une ombre de mélancolie voila son sourire.

— Ah, pardon ! le contredit-elle en lui caressant tendrement la joue. J'ai une idée assez précise de ce que je rate.

Lourds se pétrifia, ne sachant que lui rétorquer.

Olympia partit d'un rire franc, quoique moqueur.

— Tu as été brillantissime, dans l'amphi, ce matin. Tu as littéralement ébloui mes étudiants. Encore que je m'y attende.

— Ils forment un bon petit groupe.

— C'est vrai. Comment avance ta traduction du mystérieux cahier ? Sans doute pas très bien, à en juger par le temps que tu passes dans mes bras. Quand tu butes sur un obstacle, tu te réfugies au lit pour ne plus penser à ton échec.

Lourds prit un air vexé.

— Il n'y a rien d'étonnant à ce qu'une aussi ravissante créature que toi me détourne du droit chemin de mes recherches.

— Je prends le compliment pour ce qu'il vaut : une forme sincère de flatterie. Ne prétends pas pour autant que tu ne te heurtes pas à un mur.

— Et pourtant non, pas du tout.

Olympia écarquilla les yeux de stupéfaction.

— Tu as réussi à traduire ce fameux cahier ?

— Oui.

— Incroyable ! Pourquoi ne m'as-tu pas prévenue ?

— Parce que ton charme ravageur m'a détourné de mes préoccupations érudites.

— Tu aurais quand même pu m'annoncer la bonne nouvelle plus tôt.

Lourds secoua la tête en se laissant de nouveau gagner par un enthousiasme fébrile. Depuis l'avant-veille, c'était à peine s'il fermait l'œil de la nuit. Bien qu'Olympia le raccompagnât à son hôtel le soir, leurs ébats ne le plongeaient que quelques heures dans l'inconscience.

— Une illumination m'est venue tout à l'heure dans la tour. Je n'ai percé à jour la clé du code qu'en gravissant l'escalier, qui compte pas moins de deux cent quatre-vingt-six marches, si je ne m'abuse.

— Alors ? Le texte a bien été rédigé dans une langue artificielle, comme tu le pensais ?

— Hum oui… et non. Pas moins de trois en réalité ! Qui se substituent les unes aux autres aléatoirement. Ou plutôt en vertu d'une succession complexe d'événements régis par le hasard.

— Le hasard ?!

— Tu te rappelles le jeu Twister ?

— Bien sûr. J'y jouais souvent, petite fille.

— Tu te souviens de la girouette ?

— Qui indiquait où placer les pieds et les mains ?

— Oui. Le pied gauche sur une pastille verte. La main droite sur une rouge. Etc. En un sens, deux langages distincts y étaient employés.

— Je ne te suis pas. Je n'en vois qu'un, moi.

— Parce que tu décodes les deux en même temps. La girouette t'indique à la fois un mouvement du corps et une couleur. Elle est divisée en quartiers…

— Deux pour les pieds, les deux autres pour les mains, l'interrompit Olympia. Et chacun comporte quatre cases correspondant aux couleurs.

— Tu saisis, maintenant ? conclut Lourds, un sourire aux lèvres.

— De quoi parle ton mystérieux cahier ?

— De la cachette d'un parchemin : le Rouleau de la joie.

À ces mots, Olympia s'assombrit. Inquiet, Lourds lui posa une main sur l'épaule.

— Ça va ?

— Oui. C'est juste que tu me prends au dépourvu, admit Olympia, déroutée. Bien sûr, je m'attendais à une révélation de cet ordre mais rien ne me garantissait que tu réussirais l'épreuve de la traduction. Voilà deux millénaires que des centaines de personnes se sont frottées à ce texte. En vain.

— Tu connaissais donc l'existence du cahier ?

Olympia fit un effort manifeste pour rassembler ses pensées.

— Oui, même si je ne l'avais jamais vu. Personne de ma connaissance ne l'a d'ailleurs vu. D'aucuns pensent même qu'il ne s'agit que d'une légende. Ou qu'il a été détruit.

Lourds la saisit par les épaules.

160

— Olympia, regarde-moi !

Elle lui obéit, l'esprit ailleurs. Le malaise ressenti par le professeur dans les catacombes s'insinua de nouveau en lui.

— De quoi tu parles ? insista-t-il. Comment as-tu eu vent de l'existence de ce cahier ? Qu'est-ce que c'est, ce Rouleau de la joie ?

Elle lui prit la main en cherchant à intercepter son regard.

— Tu me fais confiance ?

Lourds ne sut que répondre.

— Je t'en prie, Thomas, il y a des années que nous sommes amis, et même un peu plus. Jusqu'ici, je ne t'ai encore rien demandé qui prête à conséquence. Eh bien maintenant, je te le demande : accorde-moi ta confiance.

— D'accord, céda-t-il en espérant qu'il ne le regretterait pas le restant de ses jours — pourvu qu'il lui en reste.

Quartier d'affaires central
Ville économique du roi Abdallah, Arabie saoudite
19 mars 2010

Par une fenêtre, au dernier étage d'un luxueux immeuble de bureaux, Elliott Webster contemplait le scintillement des eaux vertes de la mer Rouge en méditant sur la splendeur et la décadence des empires bâtis par le passé le long de la côte. La poussière et le sable du désert les avaient tous engloutis, à l'exception de rares monuments ou vestiges, çà et là.

L'empire qui devait voir le jour sous l'impulsion du roi Abdallah Ben Abdelaziz Al Saoud était précisément en train de s'édifier sous les yeux de Webster. Des ouvriers du bâtiment équipés de pelleteuses assemblaient l'ossature en acier de gratte-ciel ou creusaient des fondations et des avenues dans le sable cuit par le soleil. Du quartier tout entier s'élevait un épouvantable vacarme, contre lequel même la meilleure isolation phonique n'était pas de taille à lutter. Une vibration en sourdine agitait la vitre.

Webster se trouvait pour l'heure dans une zone parmi les plus impressionnantes de la ville nouvelle, le long du port, à proximité de la côte. Sur le pourtour de l'île où celui-ci s'étendait, se dressaient plusieurs immeubles. Les rayons du soleil se réfractaient sur des échafaudages métalliques. Le long des poutrelles se déplaçaient en funambules des hommes édifiant de vertigineux bâtiments qu'on eût dit capables d'atteindre le ciel. Le centre de l'île rassemblait une quantité de constructions enserrées dans un réseau d'avenues et de voies rapides surélevées. Les urbanistes responsables du projet avaient modelé l'île en suivant les contours naturels du port. Un assortiment de yachts et de bateaux de plaisance mouillait dans une marina en forme de lame de faucille. Parmi eux se trouvaient aussi des navires transportant des matériaux de construction jusqu'aux chantiers.

— Comment s'appelle-t-elle, cette île ? demanda Stephen Napier, à côté de Webster.

— L'île de la Finance, répondit le vice-président.

— Facile à retenir ! railla Napier.

— Ça sonne peut-être mieux en arabe, suggéra Tristan Hamilton, accoudé à la fenêtre voisine.

— Faut reconnaître qu'avec un nom pareil, tout est clair : pas de mystère ! commenta Spider du fond d'un fauteuil de peluche, l'œil rivé à son ordinateur portable.

À l'autre bout de la pièce, Vicky DeAngelo, la hanche appuyée contre une console et l'oreille collée à son téléphone satellite, livrait à une équipe de tournage à son service des instructions rapides et précises sur ce qu'elle voulait filmer en ville. Au cours du vol à destination de l'Arabie saoudite, l'idée lui était venue de réaliser un reportage sur le pays. Webster admirait autant son don pour les affaires que son sens inné de l'initiative — des qualités qui expliquaient qu'il eût souhaité sa présence à ses côtés. Là, Vicky venait d'approcher des compagnies saoudiennes susceptibles de diffuser leurs publicités pendant son émission afin d'en réduire le coût.

— La ville ne manquera pas d'allure, une fois achevée, estima Hamilton. Sauf qu'elle n'a pas l'air bien défendue.

— La marine saoudienne veille au grain, pourtant ! objecta Webster.

— Les Américains aussi, renchérit Napier. Je parierais que la marine des États-Unis maintiendra plus efficacement le calme ici que son homologue saoudienne.

Webster opina du chef. Il tenterait d'ailleurs d'en convaincre le jeune roi, même s'il pressentait qu'au lieu de le rallier à ses vues, il ne réussirait qu'à blesser Khalid dans son orgueil. À vrai dire, le vice-président tablait sur la susceptibilité du jeune ex-prince. Son inexpérience ajoutée à son brûlant désir de chasser de sa terre natale les chiites devraient suffire à précipiter un conflit armé. À toutes fins utiles, Dawson venait en outre, le matin même, de transmettre à certains informateurs de la famille royale des renseignements de nature à faire pencher la balance en faveur d'une guerre. Webster n'avait plus qu'à attendre que la situation se décante.

Et, à ce moment-là, lui-même passerait pour un héros ; l'homme qui tenterait par tous les moyens de maintenir la paix au Moyen-Orient. Au final, on lui attribuerait un rôle de sauveur. Tant pis si ses efforts en vue de la pacification de la région ne produisaient pas les résultats voulus. À cette pensée, un sourire lui vint aux lèvres.

— À quoi songes-tu ? s'enquit Hamilton. Tu as l'air aussi satisfait de toi qu'un chat qui vient de régler son compte à un canari.

— Je me donne confiance en moi : j'accumule de l'énergie positive.

— Grand bien te fasse ! Pour l'instant, moi, je me sentirais plutôt dans la peau du canari.

— Tout va s'arranger, le rassura Webster. Une fois l'agitation retombée, crois-moi, nous n'aurons plus qu'à nous congratuler.

À cet instant les rejoignit Hamal, le représentant du prince Khalid qui ne les quittait plus d'une semelle depuis leur arrivée. Ce quadragénaire trapu à la peau sombre et à la barbe fourchue, dont les mains calleuses hérissées de cicatrices attestaient le tumultueux passé, portait un *qamis* et un keffieh d'une blancheur immaculée.

Certains naïfs risqueraient de le sous-estimer, de le traiter comme quantité négligeable, songea Webster, résolu à ne pas tomber dans le piège, lui.

— Monsieur le vice-président ! le salua poliment Hamal, en examinant chacun leur tour ceux qui l'accompagnaient. Le prince Khalid va maintenant vous recevoir, vous et vos amis. Si vous voulez bien me suivre…

— Volontiers, répondit Webster, qui lui emboîta aussitôt le pas.

Les somptueux bureaux à l'ameublement cossu où pénétrèrent le vice-président et ses amis servaient de vitrine au régime désireux d'exhiber sa richesse, et le pouvoir qu'elle lui conférait. Des images réalisées par ordinateur de la future KAEC — l'acronyme anglais de la Ville économique du roi Abdallah — ornaient les murs.

— Bling bling ! ironisa Vicky. On a vu mieux dans le genre « sobre et de bon ton ».

— Ce qui compte, c'est d'en mettre plein la vue, chuchota Webster.

— Point trop n'en faut, quand même.

Six malabars armés de pistolets automatiques montaient la garde devant une lourde porte blindée à l'emblème de l'Arabie saoudite — un palmier au-dessus de deux épées croisées. L'un d'eux, muni d'un détecteur d'armes portatif, s'avança vers les Américains en invitant son collègue à l'imiter dans l'intention de les fouiller. Il tendit à Webster une corbeille en osier.

— Je vous prie de bien vouloir y déposer vos appareils électroniques. Nous vous les rendrons à la sortie du bureau de son excellence.

Webster montra l'exemple en se séparant de son Blackberry. La porte s'ouvrit enfin.

Le prince Khalid, vêtu d'un ample *qamis* et coiffé d'un keffieh, se tenait les mains jointes dans le dos face à un mur en verre polarisé maintenant à distance la chaleur du soleil aveuglant. Du haut de son mètre quatre-vingt-deux, il n'en imposait pas par sa carrure, assez svelte, mais par son maintien rigide trahissant une redoutable méfiance. Il observait pour l'heure la ville dans l'attitude d'un oiseau de proie. Des pistolets dépassaient de deux étuis à sa taille, et un cimeterre d'un fourreau dans son dos. Jamais son père n'eût consenti à se montrer publiquement armé. Cela dit, le feu roi n'avait pas, comme son fils cadet, l'allure d'un guerrier-né.

L'œil de Webster fut attiré par le reflet du prince sur le verre polarisé. Le nez aquilin et le regard perçant que Khalid avait hérités de son père donnaient à ses traits harmonieux un air farouche inspirant la crainte. Sa barbe clairsemée dénotait son désir de paraître plus mûr que son jeune âge. Beaucoup, à la place de Webster, eussent sans doute pris en pitié le prince subitement rattrapé par les événements.

Khalid se tourna vers le vice-président, dont il soutint le regard un long moment avant de s'intéresser aux autres, en esquissant une moue de dédain comme s'il ne les estimait pas à la hauteur de ses attentes.

— Prince Khalid, annonça Hamal, je vous présente le vice-président des États-Unis : Elliott Webster.

Conscient qu'il revenait au jeune prince de jouer le prochain coup, Webster s'empressa d'éclaircir sa position :

— Bonjour, prince Khalid. Je tiens à vous présenter, de la part du président Waggoner et de moi-même, toutes nos condoléances. Votre père était quelqu'un de foncièrement bon, un grand ami de mon pays, dont nous déplorons la perte.

— Merci, monsieur Webster. C'est fort aimable à vous, lui répondit Khalid d'une voix monocorde où affleurait une sourde rage. Vous ne venez pas seulement me soutenir pendant mon deuil, j'imagine ?

— Certes ! Tel est le prix à payer par les puissants de ce monde. Votre vie privée sera dorénavant indissociable de vos fonctions officielles.

— C'est aussi ce que me serinent mes conseillers, reconnut Khalid en serrant le poing, qu'il brandit face à la fenêtre. Je ne voulais pas vous recevoir aujourd'hui mais ils affirment que je n'ai pas le choix, que le devoir m'y oblige.

— Peut-être vaudrait-il mieux que nous revenions plus tard ? proposa Webster.

Khalid se tourna vers eux, les traits contractés par la fureur.

— À quoi cela m'avancerait-il, de vous refuser un entretien ? Dès que la nouvelle s'ébruiterait, ce qui ne tarderait sans doute pas, vu la présence parmi vous de Mlle DeAngelo, on m'accuserait de faiblesse. Je me trompe ?

— Votre excellence, sauf votre respect, nous vivons tous des temps éprouvants. Les États du monde dépendent beaucoup plus les uns des autres de nos jours qu'il y a quelques dizaines d'années. La mort de votre père...

— L'assassinat ! le coupa Khalid. Donnez à sa mort le nom qu'elle mérite ou n'en parlez pas.

Piqué, Webster dut se rappeler qu'il tablait précisément sur une réaction aussi vive de la part du nouveau roi. Il eut tout de même du mal à avaler un tel déferlement d'hostilité.

— L'assassinat de votre père, s'inclina-t-il, aura des répercussions dans le monde entier.

— Curieusement, personne ne s'intéressait jusqu'ici aux répercussions de sa vie.

— Votre père m'honorait de son amitié.

— Il parlait beaucoup de vous, admit Khalid. Sans votre intervention diplomatique dans la région, votre pays ne consommerait pas le pétrole que nous lui exportons aujourd'hui.

— Ce qui profite à mon pays profite au vôtre.

— Je crains de ne pas partager votre avis. Cela dit sans vouloir vous froisser, bien sûr, ajouta Khalid après un temps de silence, puis il indiqua la ville au-delà de la façade vitrée de l'immeuble. Il a fallu du temps à mon peuple pour se rendre compte que notre avenir se trouvait ici, et non dans l'ombre des États-Unis ou de l'Occident.

— Comment ça ? s'étonna Vicky. Bon nombre de vos sujets admirent les États-Unis et l'Occident.

— Parce que votre pays, entre autres, leur tend un miroir aux alouettes depuis des générations. Les étrangers leur donnent envie d'un genre de vie qui ne saurait être le leur. Mon peuple respecte Allah et les enseignements de son prophète Mahomet. Il ne vénère pas le dieu de l'excès et de l'extravagance comme vous.

— Votre père n'estimait pas, lui…

— Mon père et la plupart de ses conseillers, s'impatienta Khalid en élevant la voix, se sont laissé séduire, au même titre que les imbéciles qui vous imitent. Il nourrissait en son sein des vipères qui ont fini par le tuer.

— Je ne me rappelle pas que quelqu'un ait désigné devant moi les meurtriers de votre père, souligna Webster.

— Ce sont les chiites, les coupables. Aucun doute là-dessus. Ils se croient tout permis depuis l'invasion de l'Irak par les États-Unis et l'arrivée au pouvoir de leurs protégés sans foi ni loi, fulmina Khalid dont les yeux lancèrent des éclairs. Vous étiez pourtant prévenus mais votre gouvernement n'en a fait qu'à sa tête.

— Pardonnez-moi, votre excellence, je ne suis pas venu discuter de la guerre en Irak, qui me paraît ici hors de propos.

— Si c'est bel et bien ce que vous pensez, vous n'êtes qu'un imbécile. La guerre en Irak n'est qu'un épisode de celle qui déchire sunnites et chiites depuis que ces misérables ont décidé de nommer leurs propres prophètes au mépris de la volonté d'Allah et de Mahomet.

— Ce sadique de Saddam Hussein menaçait le monde entier, à la tête de sa dictature, lança Hamilton en marchant sur le prince. Si nous lui avions laissé les coudées franches, il vous aurait écrasé sous sa botte. De vaillants soldats américains ont donné leur vie pour le maintien de la paix au Moyen-Orient. Je ne vous permettrai pas de salir leur mémoire.

En représailles, un garde du corps de Khalid marcha sur le vice-président, qui calma Hamilton d'un geste de la main. Khalid, quant à lui, intima l'ordre à ses hommes de se contenir ; ce qui n'empêcha pas sa main droite de se refermer sur la crosse d'un de ses pistolets.

— Personne ne m'écrasera sous sa botte, affirma Khalid d'un ton qui n'annonçait rien de bon. Croyez-moi.

— Et si nous revenions à des dispositions plus clémentes ? lança Webster.

La situation dérapait plus vite que prévu. En un sens, le vice-président s'en félicita, même s'il devait, en apparence du moins, s'efforcer de la maintenir sous son contrôle.

— Votre gouvernement a dissimulé sa malveillance et sa rapacité sous les dehors d'un patriotisme de bon aloi, grommela Khalid. L'économie chinoise est en plein boom : les Chinois sont prêts à nous acheter du pétrole à un aussi bon prix que vous. D'autant que vos dollars ne valent plus grand-chose. Mon pays et le Moyen-Orient dans son ensemble seraient mieux inspirés de vendre leur or noir à l'Inde et à la Chine. Nous maximiserions les profits en minimisant les risques.

— À moins que les Chinois ne décident de coloniser le Moyen-Orient, objecta Napier sans s'émouvoir. Comme ils en ont pris l'habitude depuis des millénaires.

— Ah, monsieur Napier ! Je me demandais quand vous prendriez la parole. N'oubliez pas que les États-Unis n'ont jamais colonisé le Moyen-Orient, même s'ils y imposent leur présence. Qu'est-ce qui vous amène à penser que les Chinois réussiraient là où vous avez échoué ?

— Les Américains ne tiennent pas à s'engager dans un conflit armé quand rien ne les y contraint.

À ces mots, le prince ricana.

— À quelques exceptions près, concéda Napier d'un ton égal. Nos récents déboires militaires nous ont conforté dans l'idée qu'il valait mieux ne pas prendre l'initiative d'une guerre.

— Les Chinois pourraient décider de vous envahir, s'interposa Hamilton. Vous croyez vos troupes en mesure de leur tenir tête ? Pensez-vous d'ailleurs qu'elles le veuillent ?

— Je le croirais plus volontiers que je ne crois à la détermination des États-Unis à nous protéger. Jusqu'ici, votre pays n'en a pas défendu beaucoup d'autres, quand vos dirigeants en ont estimé le prix à payer dissuasif. Vos soldats ne se battraient certainement pas pour mon peuple mais pour le pétrole.

— Des intérêts communs, lâcha Hamilton, voilà ce qui assure la fraternité entre les peuples.

Khalid haussa les sourcils.

— Vous me considérez donc comme un frère ? Dois-je en conclure que vous aussi déplorez la perte de vos proches assassinés ?

Hamilton maugréa dans sa barbe.

— Les relations de parentèle mises à part, reprit Webster, nous partageons bel et bien des intérêts communs.

— Vous achetez ce que nous vendons. Nous pourrions très bien nous tourner vers d'autres acquéreurs. Vous, en revanche, ne sauriez en dire autant. Vous dépendez de nous pour vous approvisionner en pétrole, or ce pourrait être le cas de quantités d'autres pays moins enclins que le vôtre à fourrer le nez dans nos affaires ou nous dicter notre conduite.

— Les gisements sur le territoire américain sont susceptibles de produire plus en cas de besoin, affirma Hamilton d'un ton hostile.

— C'est ce que vous prétendez, bien que quand le prix du baril flambe, vous passiez à la caisse, sans chercher à augmenter vos rendements. Non, insista Khalid d'un ton résolu, vous ne me ferez pas croire que vous pourriez vous passer de nos exportations : vous thésaurisez le peu de pétrole que vous produisez comme une veuve qui craint pour son avenir.

— Je ne vois pas pourquoi je gaspille ma salive avec ce charlot, conclut Hamilton à l'adresse de Webster.

— Votre pays, reprit Khalid, a pris l'habitude de se lier d'amitié avec un État producteur de pétrole, en lui imposant par la force ou au moyen de pots-de-vin des traités économiques qui profitent à la poignée d'hommes au pouvoir, au détriment des masses qui luttent pour s'en sortir. Vous pompez ensuite les richesses du sous-sol jusqu'à ce qu'il ne reste plus rien et là, on voit ce qu'elle vaut, votre bienveillance ! Ne prenez pas l'Arabie saoudite pour une bête morte le long de la route, qui attend que les charognards nettoient sa carcasse.

— Votre excellence, s'offusqua Webster, vous vous méprenez sur nos intentions.

— Foutaises ! s'exclama Khalid. Imaginons un instant que la Chine décide bel et bien de nous envahir parce que nous insistons pour vendre notre pétrole aux États-Unis et que nous n'en produisons pas assez pour satisfaire à toutes les demandes. Imaginons maintenant que les États-Unis entrent en guerre contre la Chine et, poursuivit-il en se tournant vers Napier, que l'entreprise de M. Napier réussisse à produire de l'énergie propre à un prix compétitif, même s'il excède légèrement celui du pétrole. Combien de temps, conclut le prince d'une voix plus posée où se devinait toutefois sa détermination, faudrait-il selon vous aux États-Unis pour rappeler leurs troupes ?

— Ce que vous envisagez là n'est pas près de se produire, estima Webster. Il faudra énormément de temps pour qu'un pays de la taille du nôtre renonce au pétrole au profit d'une autre source d'énergie.

— C'est ce que vous pensez, rétorqua Khalid. Moi, je ne vois pas les choses sous le même angle. L'avenir que je vous dépeins nous attend au tournant. Je l'ai entrevu en rêve. Même si mon père, lui, ne l'admettait pas.

— Peut-être vaudrait-il mieux que nous reprenions la discussion d'ici à quelques jours ? proposa Webster. Quand vous saurez à quoi vous en tenir ?

— Je sais à quoi m'en tenir ! rétorqua Khalid en se campant face à lui. J'ai reporté mon couronnement parce que je ne voulais recevoir un tel honneur qu'une fois la lumière faite sur l'assassinat de mon père et de mon frère. À ce moment-là seulement, j'assumerai le gouvernement de mon peuple. Je me lancerai dans une épuration du pays. Tous ceux qui, à l'intérieur de nos frontières, ne vivent pas en accord avec les enseignements du prophète seront expulsés ou tués. Je ne me montrerai ni aussi clément ni aussi stupide que mon père. Je connais mes ennemis et ne les tolérerai pas dans mon royaume.

— Seigneur ! soupira Vicky.

Webster sentit la peur étreindre le cœur de ses amis, ce dont il se réjouit.

De retour à leur chambre d'hôtel, ils communiqueraient leurs craintes aux investisseurs de leur connaissance. Un mouvement de panique s'ensuivrait. La confiance dont bénéficiait l'économie américaine, et occidentale en général, s'envolerait mais les retombées de la crise saoudienne ne s'arrêteraient pas là. Le Pentagone allait enfin mesurer le danger encouru par les soldats cantonnés dans la région. À l'évidence, l'effondrement du Moyen-Orient se produirait plus tôt qu'il ne l'escomptait.

— Comment punirez-vous les responsables de la mort de votre père ? demanda Webster.

— Le nœud coulant se resserre autour des bourreaux de ma famille. Une fois les assassins chiites de mon père et de mon frère démasqués par l'armée, j'ordonnerai leur exécution.

Le colonel Anthony Eckart avait pris soin d'établir une fausse piste conduisant à certains dissidents chiites bien connus des services de renseignements saoudiens. Leur participation à l'attaque ayant coûté la vie au roi et à son héritier présumé paraîtrait tout à fait crédible. Qui sait, même, si les chiites ne revendiqueraient pas le double meurtre ?

Khalid reporta son attention sur Webster.

— Il y a une autre chose dont je souhaiterais vous parler. Peut-être pourriez-vous m'aider ?

— Volontiers, si c'est en mon pouvoir.

Khalid adressa un signe de tête à l'un de ses gardes du corps, qui disparut par une porte, dont il franchit peu après le seuil en compagnie d'un autre homme. Webster lui eût donné une bonne vingtaine d'années. Des bandages lui couvraient la joue gauche et le bras droit. Des croûtes de sang séché lui marbraient la peau. Il marchait en boitillant.

— Vous le connaissez ? demanda Khalid.

Webster scruta ostensiblement ses traits. Peine perdue !

— Non. Je le devrais ?

L'homme, agité de tremblements, haletait en fixant le sol, comme s'il craignait de poser son regard ailleurs.

— Il se nomme Farok, annonça Khalid. Il m'a demandé asile, et prétend travailler pour la CIA.

— Même en admettant qu'il dise vrai, par quel hasard en aurais-je eu vent ?

Un sourire glaçant tordit la bouche de Khalid.

— Même si vous en aviez la certitude, vous le nieriez, non ?

Webster ne jugea pas utile de répondre.

— Il affirme que la CIA l'a engagé, lui et ses amis, pour enlever un homme à l'aéroport international Atatürk, il y a quelques jours. Un certain professeur Thomas Lourds. Son nom vous dit quelque chose ?

— Bien sûr ! Il n'a été question que de lui aux actualités. Aux dernières nouvelles, il a reçu l'autorisation de rester à Istanbul, le temps de mener à bien ses recherches.

— En effet. L'homme que voici est passé entre les mailles du filet de la police. Ce qu'il m'a raconté m'a beaucoup intéressé. Souhaitez-vous l'entendre ?

Garder son sang-froid coûta un redoutable effort à Webster, qui ne s'attendait vraiment pas à ça.

— Bien sûr, votre excellence. Si vous estimez que cela présente un quelconque intérêt.

— Oh oui, l'assura Khalid en posant une main apaisante sur l'épaule de l'homme, qui tremblait comme une feuille. Il m'a raconté qu'il devait capturer le professeur mais aussi vérifier s'il détenait un certain document.

— Lequel ?

— Un document crucial concernant l'histoire religieuse d'Istanbul. En auriez-vous entendu parler ?

— Non, mentit Webster en réprimant sa colère à l'idée qu'un complice avait vendu la mèche.

Quelle malchance que le Rouleau de la joie eût reparu au moment précis où lui-même avançait ses pions au Moyen-Orient ! Dawson n'aurait dû confier à personne qu'il cherchait un texte religieux.

— Peut-être, suggéra Khalid d'un ton plat, pourriez-vous mener l'enquête quand vous en aurez le loisir ?

— Je n'y manquerai pas.

— Istanbul occupe une place de choix dans l'histoire de mon peuple.

— Et du mien.

— Musulmans et chrétiens s'y sont affrontés, des siècles durant, poursuivit Khalid. À Istanbul abondent des vestiges du passé de nos cultures respectives. De ce point de vue, le moindre document religieux m'intéresse.

— Je comprends.

— J'ai envoyé un contingent à Istanbul avec mission de s'emparer du rouleau.

— À condition qu'il existe, tempéra Webster.

Khalid s'écarta de l'homme menotté.

— Je sais que, parmi mes sujets, se cachent des espions, dont certains à votre solde. Cet homme craignait pour ses jours, or il a cherché auprès de mon père l'absolution des fautes qu'il a commises à notre encontre. N'est-ce pas, Farok ?

— Tout à fait, sire.

— Mon père lui aurait très certainement pardonné, quitte à se servir de lui pour découvrir ce que la CIA voudrait tant savoir à propos de mon pays.

Vicky referma soudain la main sur celle de Webster en enfonçant ses ongles dans la paume du vice-président.

— Seigneur ! murmura-t-elle en détournant la tête.

Pressentant lui aussi le sort qui le guettait, Farok pivota dans l'intention de parer au coup. Il leva les mains pour se protéger. En vain : d'un mouvement vif, Khalid dégaina son cimeterre, avec lequel il décrivit un grand arc de cercle. Sa lame coupa les mains du prisonnier avant de glisser sous sa mâchoire. Le tranchant aiguisé entama d'un coup net la chair et l'os. Du sang éclaboussa Khalid et la fenêtre. Une poignée de doigts qui gigotaient encore tombèrent à terre. Des traînées écarlates maculaient à présent la tenue du prince, ainsi que son visage. Il ne cilla pourtant pas.

L'homme décapité tomba à genoux sur le sol où il se vautra de tout son long alors que la vie le quittait dans d'ultimes soubresauts.

Khalid se baissa, le temps de nettoyer l'arme du crime sur les habits du mort. Le cimeterre retourna ensuite à son fourreau, dans son dos.

— Ne pratiquez pas l'amalgame entre moi et mon père, mit-il en garde Webster alors que du sang ruisselait sur ses traits revêches. Je ne laisserai personne me trahir. La foi de mon peuple en Dieu en sortira raffermie. Je ne pardonnerai pas à mes ennemis et ne les laisserai pas en paix. Vous me comprenez, monsieur le vice-président ? ajouta-t-il en enjambant la dépouille encore chaude.

— Bien sûr, opina Webster en prenant exprès un air choqué.

Les penchants sanguinaires de Khalid le déconcertaient. D'un autre côté, ils serviraient ses objectifs.

Le fait que le prince ait eu vent de ce qui se tramait à Istanbul risquait toutefois de poser un problème. Webster se rassura en se rappelant qu'Eckart et son équipe, à présent en Turquie, gardaient une longueur d'avance sur Khalid.

Sous peu, Thomas Lourds se retrouverait à la merci de Webster.

15

Université d'Istanbul
Place Beyazit, Istanbul, Turquie
19 mars 2010

— Tu sais qui a écrit ce texte ?

En dépit de ses grandes jambes, Lourds peinait à ne pas se laisser distancer par Olympia le long des corridors de la faculté où elle enseignait l'histoire. Un peu partout sur le campus, des étudiants attendaient les cours du soir. La rumeur de leurs conversations ponctuées d'éclats de rire offrait un heureux contrepoint à l'humeur sombre et inquiète qui s'était subitement emparée d'Olympia sans que Lourds comprît pourquoi.

— On ignore son nom.

— Mais à part ça ?

— Je te dis qu'on n'en sait rien.

Exaspéré, Lourds attrapa sa collègue par le poignet en l'obligeant à s'arrêter devant une vitrine abritant des armes d'époque romaine.

— Qu'est-ce qui ne va pas ? Qu'est-ce qui te préoccupe autant ?

— Fais-moi confiance, Thomas ! l'implora-t-elle en plongeant ses grands yeux clairs dans ceux du professeur. Patience ! Avant que je t'explique, ou du moins que j'essaye, rectifia-t-elle après un soupir, il faut que je te montre certains documents. Ce que tu as déchiffré est le fruit d'une longue histoire, dont nous ne connaissons pas le fin mot.

— Nous ?

— Je ne peux rien te dire de plus pour l'instant. Tu ne sais pas à quoi tu te frottes. Et tu es loin d'en soupçonner la valeur.

173

— Je n'ai traduit qu'un message. Je ne suis pas convaincu qu'en tant que tel, il ait grande importance.

Olympia plaqua sa main fuselée sur la bouche du professeur.

— N'en parle pas maintenant. Il vaut mieux ne rien précipiter. J'aime autant y réfléchir la tête froide, quand je me sentirai prête. Tu comprends ?

N'ayant pas trop le choix, Lourds hocha la tête en signe d'assentiment.

Olympia lui prit la main et l'entraîna à sa suite. Ils gravirent des escaliers à un rythme effréné au point de friser l'inconvenance. Olympia, mince et svelte, se faufilait sans peine entre les étudiants. Lourds, au profil moins aérodynamique en raison de sa carrure de footballeur, bouscula sans le vouloir quelques jeunes gens, auprès desquels il s'excusa comme il put. Son volumineux sac à dos le rendait d'autant plus pataud dans ses mouvements.

Des jurons étouffés, quelques ricanements et suppositions malveillantes sur les motifs de la hâte du professeur Adnan et de son collègue étranger à s'éclipser à l'étage les poursuivirent jusqu'en haut des marches.

Une fois parvenue à son bureau, Olympia sortit ses clés de son sac. Une double inscription en caractères latins et arabes sur la porte vitrée indiquait :

Professeur Olympia Adnan
Département d'histoire

Le pêne bascula dans la serrure. Olympia lança un dernier regard méfiant par-dessus son épaule avant d'entrer. Dès que Lourds l'eut rejointe à l'intérieur, elle referma la porte à double tour.

Le bureau proprement dit, d'une propreté irréprochable, occupait le centre d'une pièce parfaitement en ordre. Des livres s'alignaient sur les étagères le long des murs. Des boîtes en verre abritaient des vestiges, présentés avec beaucoup de goût, des Empires romain et ottoman, sous lesquels s'était développée Constantinople. Lourds avait déjà examiné la collection d'Olympia : elle ne contenait rien de remarquable. Aucune pièce unique. Le professeur Adnan en avait constitué l'essentiel pendant ses études, du temps où il lui arrivait de prêter main-forte à des archéologues sur des chantiers de fouilles. Des photos l'attestaient, qu'elle s'était fait une joie de montrer à Lourds, bien qu'elle

n'éprouvât pas la nostalgie de sa jeunesse. Olympia tenait en particulier à un vase de sa collection, que sa datation au carbone 14 attri-
buait à l'époque mycénienne, soit au XVIIe siècle av. J.-C. Figurant une
femme à genoux devant un homme, il avait appartenu à un adepte des
mystères d'Éleusis, inspirés du mythe de Déméter et Perséphone.

Selon la légende, Hadès s'amouracha de sa nièce Perséphone, la
fille de Zeus et Déméter, tous deux dieux et, par-dessus le marché,
frère et sœur. Il l'enleva dans l'intention de la conduire aux enfers où
elle lui tiendrait compagnie. Zeus donna sa bénédiction au rapt mais
Déméter en conçut tant de chagrin qu'elle plongea le monde des
mortels dans un perpétuel hiver. Elle finit par libérer sa fille des enfers
neuf mois chaque année ; ce qui a le mérite d'offrir une explication
à l'alternance des saisons. Les mystères d'Éleusis, l'un des nombreux
cultes du même genre en vogue à l'époque gréco-romaine, ne repo-
sant sur aucune doctrine écrite, assuraient les initiés de leur nature
divine, ou du moins plus divine que d'autres. *Et on pourrait en dire
autant de plus d'une religion*, songea cyniquement Lourds.

Sur le bureau d'Olympia trônait un plat ottoman illustrant le rêve
d'Osman. Il datait du déclin de l'Empire byzantin. Olympia l'avait
elle-même exhumé parmi d'autres vestiges archéologiques sur un
chantier local.

Le rêve d'Osman Ier, le roi charismatique et idéaliste à l'apogée de
l'empire, fut dès le début assimilé à une légende plus qu'à un fait avéré.
La vision d'un grand arbre dont les racines s'étendaient sur trois continents et dont les branches atteignaient le ciel l'aurait incité pendant
son sommeil à conquérir les territoires jouxtant ses possessions. À son
réveil, Osman résolut de constituer un pouvoir ottoman qui changerait la vie des sujets de son empire, et de ceux que celui-ci ne tarderait
pas à englober.

— Assieds-toi, proposa Olympia en désignant à Lourds une chaise
alors qu'elle examinait les rayonnages de sa bibliothèque. Si tu devais
garder dans ton bureau quelque chose que tu ne voudrais pas qu'on
remarque, où le rangerais-tu ?

— Tout en bas, répondit Lourds du tac au tac. Hors de portée de
tes collègues du troisième âge perclus de rhumatismes et des débutants
imbus d'eux-mêmes qui ne s'abaisseraient pas à farfouiller jusque-là.

Bien qu'elle parût crispée à Lourds, Olympia s'amusa de sa repartie.

— De toute façon, ajouta-t-il, les uns comme les autres manquent
trop de souplesse pour fourrer leur nez dans tes affaires à ton insu : le
temps qu'ils se relèvent, tu aurais remarqué leur manège.

Avant de s'asseoir, Lourds posa son sac à dos là où il ne gênerait personne : entre sa chaise et le mur.

— Tu l'as sur toi, ce fameux cahier ? demanda Olympia.

— Oui.

— Tu n'as noté nulle part ta traduction ?

— Non.

— Tant mieux. Je ne voudrais pas qu'elle tombe entre de mauvaises mains.

— À qui penses-tu ?

— Aux types des catacombes, par exemple.

— Ils sont au courant de l'existence du Rouleau de la joie ?

— Évidemment ! Pourquoi crois-tu qu'ils aient essayé de te kidnapper ?

— Non seulement ils ont essayé, mais ils ont réussi.

Dès qu'elle eut mis la main sur ce qu'elle cherchait, Olympia prit place à son bureau.

— Ce n'est pas un livre que tu tiens là, remarqua Lourds.

— Non. Encore mieux : une clé USB.

Lourds grogna d'un air écœuré ; ce qui lui valut un coup d'œil réprobateur de sa collègue.

— Je stocke plus de livres là-dedans que ma bibliothèque ne peut en contenir, expliqua Olympia en agitant la clé USB sous le nez du professeur.

Lourds leva les mains en signe de reddition. Il préférait quant à lui le contact du papier, dont il appréciait l'odeur et le poids entre ses mains, et qui incarnait en outre un lien tangible avec le passé. La consultation d'un livre demeurait de son point de vue une expérience unique en son genre, d'une richesse incomparable.

Olympia connecta la clé au port USB de son ordinateur, dont elle orienta l'écran vers Lourds.

— Jean de Patmos, ça te dit quelque chose ? s'enquit-elle en rivant ses yeux à ceux du professeur.

La question piqua la curiosité de Lourds. Il ne s'attendait à rien de particulier mais certainement pas à la mention d'un tel personnage.

— Jean l'Évangéliste ?

— Lui-même. Comme je te l'ai dit, Thomas, tu t'es fourré dans une affaire qui te dépasse, et tu es loin d'imaginer à quel point.

— Ne me dites pas que nous avons perdu sa trace ! s'impatienta le colonel Anthony Eckart en parcourant les couloirs de la faculté.

Les étudiants qui croisaient son chemin se hâtaient de lui céder le passage ; une réaction dont il avait l'habitude. Sa manière de foncer tête baissée inspirait en général la méfiance.

À plus de quarante ans, il se maintenait en excellente forme physique grâce à un régime strict et beaucoup d'exercice. Dès que l'occasion se présentait, même en mission sur le terrain, il courait quinze kilomètres à son réveil et pratiquait de nombreux sports. Pendant ses loisirs, il fréquentait assidûment les salles de musculation et les tatamis ; peu importe le pays où il séjournait. Du haut de son mètre quatre-vingt-dix, il s'habillait en XL et se rasait entièrement le crâne. Les balafres sur son visage lui donnaient un air rébarbatif qui maintenait à distance les importuns. Soucieux de ne pas détonner parmi les universitaires, il portait ce jour-là un pantalon de toile noire, un pull à col roulé, noir également, et une veste dissimulant le colt de calibre 45 semi-automatique planqué dans un étui sous son bras. Dans les situations critiques, il se passait toutefois très bien d'armes à feu : il connaissait au bas mot une centaine de méthodes pour tuer un homme à mains nues.

— Nous n'avons pas perdu sa trace, protesta Jude Mayfield au creux de son oreillette. Il est entré dans ce bâtiment, or nous en surveillons toutes les issues : il n'a pas pu en sortir.

Bien que le temps pressât, Eckart prit la peine d'inspecter les salles qui donnaient sur le corridor. De temps à autre, un étudiant ou un enseignant croisait son regard, en se hâtant de détourner les yeux.

— Nous sommes en lien avec le service de sécurité de la faculté ? questionna Eckart.

— Affirmatif ! répondit Beale, chargé des liaisons entre les membres de l'équipe. S'il se passe quoi que ce soit de louche, nous le saurons aussitôt.

La porte suivante, Eckart la trouva fermée. Il en actionna la poignée. Sans succès. En jurant entre ses dents, il sortit de sa poche intérieure une visseuse pneumatique, pas plus grande qu'un tournevis.

Il la braqua sur la serrure et la mit en marche en se pressant dessus afin d'en étouffer le bruit. Le mécanisme de fermeture de la porte sauta ; il l'ouvrit et jeta un coup d'œil à l'intérieur, au cas où Lourds s'y serait planqué.

Pas âme qui vive.

En maugréant de plus belle, il reprit sa traque.

— Quelqu'un sait pourquoi il a déguerpi de la tour ? demanda Eckart.

Pas de réponse.

— Nous n'y sommes pour rien, finit par lâcher Mayfield. Nous le surveillions, à son insu.

— Nous ne sommes peut-être pas les seuls à le traquer.

Leur changement de plan de dernière minute ne disait rien qui vaille à Eckart. Pas facile d'alpaguer quelqu'un sur un lieu où l'on n'a jamais mis les pieds. D'autant qu'à l'université, il ne pourrait pas enlever Lourds en toute impunité.

Il eût mieux aimé assister en Arabie saoudite aux répercussions des meurtres perpétrés par son équipe. À en juger par les reportages dans la Ville économique du roi Abdallah, Khalid en restait traumatisé. Le nouveau roi fourbissait les armes en mûrissant sa vengeance, comme l'escomptait Webster. De nombreux pays du Moyen-Orient mais aussi l'Inde, le Pakistan et la Chine se tenaient en état d'alerte. Au moindre dérapage, ils se sauteraient à la gorge les uns des autres.

Peu importait à Eckart. Au contraire, même ! Selon lui, les États-Unis s'étaient trop longtemps évertués à les dissuader de tous s'entretuer. Mieux valait, comme le pensait Webster, les laisser s'affronter puis s'emparer de la région, sitôt refroidis les foyers de la discorde. Fini, le règne de l'Opep. L'Amérique allait renouer avec sa grandeur d'antan.

Vivement qu'on y soit !

Enfin, Eckart trouva l'escalier qui menait à l'étage.

Les rouages du cerveau de Lourds grincèrent énormément pendant qu'il réfléchissait aux révélations d'Olympia. Jean de Patmos, également connu en tant que Jean l'Apôtre ou Jean le Théologien, n'était autre que l'auteur supposé de l'Apocalypse.

— Tu attribues la paternité du texte que j'ai traduit à Jean de Patmos ?

— Non. Je crois plutôt qu'il y est question de lui en tant qu'auteur du Rouleau de la joie.

— Pourquoi n'en ai-je jamais entendu parler ? Il doit pourtant s'agir d'un texte notoirement connu, non ?

— Oh non : le Rouleau de la joie a été conservé dans le plus grand secret, à l'abri des curieux.

— Pour quelle raison ?

— Il représente un danger, Thomas. Il s'agit à coup sûr du document le plus dangereux qui soit.

— Mais pourquoi, enfin ?

— Il évoque la fin du monde.

— À l'instar du livre de l'Apocalypse. Certains érudits affirment que Jean de Patmos l'a écrit en exil en Grèce. D'aucuns l'identifient même à l'Évangéliste.

— Ils ont raison. Jean a eu des visions, qu'il a évoquées dans ses écrits, alors qu'il séjournait sur l'île de Patmos.

— Ah pardon ! Tous les spécialistes ne s'accordent pas sur ce point. Certains croient à l'existence de pas moins de trois Jean différents : l'apôtre, l'auteur de l'Évangile et celui de l'Apocalypse. Les arguments qu'ils avancent à l'appui de leur thèse ne manquent pas de solidité.

— Combien de fois as-tu entendu des athées ou même des croyants prouver que la Bible se trompait sur tel ou tel point ? Combien de scientifiques et d'historiens ont-ils remis en cause la réalité du Déluge, tout ça pour prouver en fin de compte, scientifiquement bien sûr, que le Bassin méditerranéen a jadis été inondé ?

— Attends ! Ils ont aussi établi que l'inondation résultait de phénomènes géologiques et non d'une intervention divine. Et que le niveau de la mer est monté un peu partout sur le globe à différentes époques.

— Les savants ont beau pencher pour une explication d'ordre géologique, ils ne sont pas fichus de s'entendre sur ce qui s'est réellement passé.

Lourds ne discuta pas, conscient qu'Olympia ne l'écoutait plus. Ancrée dans ses convictions, elle ne se laisserait pas facilement démonter.

— Ne me regarde pas comme ça ! lui reprocha-t-elle.

— Comment est-ce que je te regarde ?

— Tu le sais très bien, le tança Olympia en ouvrant certains fichiers de sa clé USB.

En proie à une perplexité croissante, Lourds vit des photos d'antiques parchemins envahir l'écran. La plupart portaient des inscriptions en grec ancien. D'autres semblaient dater d'une époque plus récente.

— Qu'est-ce que tu me montres là ? s'enquit Lourds en s'approchant.

— Les trois Jean n'étaient qu'un seul et même homme. En voici la preuve : des documents, des lettres et des mémoires, rédigés par ses compagnons.

— Ses… compagnons ? Qu'entends-tu au juste par là ?

— Les disciples que lui ont présentés Pierre et Paul. Ce texte-ci relate le décès de Jean. Les autres, ses derniers jours, quand il a dicté l'Apocalypse, et le Rouleau de la joie.

— On dirait un journal, une suite d'annotations quotidiennes, commenta Lourds en traduisant le texte à mesure qu'il le déchiffrait.

Le photographe avait pris soin de réaliser des clichés les plus nets possibles des parchemins.

— Tu doutes encore ? s'énerva Olympia.

— J'aimerais autant consulter les originaux avant d'admettre l'authenticité de tes sources, rétorqua diplomatiquement Lourds.

Olympia s'empourpra en plissant les yeux.

— Thomas Lourds, si tu crois que je t'ai traîné jusqu'ici pour t'embarquer dans une chasse au dahu, c'est que tu ne me connais pas !

— Et si tu crois que je vais avaler ce que tu racontes sans me poser de questions, tu te fourres le doigt dans l'œil. Permets-moi en outre de te dire que tu ne me connais pas aussi bien que tu le devrais. Si ça se trouve, tu as tellement envie d'y croire que tu en perds ton objectivité.

Olympia inspira à fond en se renfonçant sur sa chaise, les bras croisés.

— C'est ridicule !

— D'accord. Admettons que tu me montres là des documents tout ce qu'il y a de plus authentiques, reprit Lourds sans se formaliser du regard noir que lui jetait sa collègue. Puisque tu disposais de ces sources, poursuivit-il en se levant, incapable de tenir en place, pourquoi n'en as-tu pas fait état plus tôt ? Toi ou quelqu'un d'autre y ayant accès, d'ailleurs ?

Olympia réfléchit un moment avant de lui répondre :

— C'est compliqué. Il faudrait que tu en saches un peu plus, que tu mesures les tenants et les aboutissants de l'affaire avant d'en juger.

— Les documents que tu m'as montrés remontent à près de deux millénaires, or si je te suis bien, il est impossible aux chercheurs de les consulter ? Je ne vois pas ce qui peut être aussi compliqué que tu le prétends.

— Rien ? Même pas la fin du monde ?

— Jean de Patmos l'a décrite telle qu'il se la figurait. Son œuvre fait partie du Nouveau Testament. Il n'y a rien de nouveau là-dedans.

— Il a évoqué la fin du monde telle qu'elle se produira quand Dieu reviendra s'occuper des survivants de la grande tribulation.

— Si j'en crois les sources auxquelles j'ai eu accès jusqu'ici, deux visions de la fin du monde sont venues à Jean pendant qu'il séjournait à Patmos. Il a écrit une longue lettre, le livre de l'Apocalypse, aux sept églises chrétiennes d'Asie, toutes situées sur le territoire de l'actuelle Turquie. Au cours de sa première vision sont apparus à Jean sept chandeliers figurant chacun une église : Éphèse, Smyrne, Pergame, Thyatire, Sardes, Philadelphie et Laodicée. Il n'en subsiste plus une seule aujourd'hui. Elles ont été bannies de Turquie par le traité de Lausanne qui, en 1923, a officialisé l'existence d'une République turque succédant à l'Empire ottoman.

» Les sept églises ne correspondaient pas à des édifices religieux précis. Pas qu'il n'en existât pas, non, seulement Jean se référait aux communautés chrétiennes installées dans les villes. Le traité de Lausanne a contraint les chrétiens à l'exil.

Lourds s'interrompit, le temps de rassembler ses idées.

— Au milieu des chandeliers est apparu à Jean le fils de l'homme : il tenait à la main sept étoiles rattachées aux sept anges protecteurs des sept communautés. Sur l'injonction du Christ, Jean s'est adressé aux sept anges en leur exposant ce qui n'allait pas et ce qu'ils devaient faire. Et aussi ce qui leur arriverait, s'ils ne lui obéissaient pas.

— Tout à fait ! se radoucit Olympia.

— Lors de sa seconde vision, Jean a vu une porte s'ouvrir sur le ciel, qu'il a interprétée comme l'annonce de la fin du monde et la ruine ultime de Satan, ici sur terre.

— Tout est là-dedans, indiqua Olympia en pressant quelques touches de son clavier.

Un dragon déchaîné envahit l'écran.

— Voilà sous quel aspect Jean se représentait Satan ; et non pourvu de cornes et d'une queue fourchue comme dans l'imaginaire populaire.

— Tu les as sous la main, les écrits des compagnons de Jean ?

— Oui.

— Et tu es certaine de leur authenticité ?

— Absolument.

Olympia lui désigna son ordinateur.

— Tout ce que tu vois là existe réellement et nous savons où le trouver.

Lourds lui lança un regard pénétrant.

— Puis-je te demander qui tu entends au juste par « nous » ?

Cleena détailla le balafré qui gravissait l'escalier menant à l'étage. Son regard vide d'émotion l'avait secouée : il venait de la croiser en poursuivant son chemin comme si elle n'existait pas.

Ouh, là ! Voilà un sale type aux trousses de je ne sais qui... Encore qu'elle se doutât bien de l'identité de ce je-ne-sais-qui.

Elle courut à une autre cage d'escalier donnant elle aussi accès à l'étage. Lourds et son amie se trouvaient au second, au bout du couloir ; ce qu'ignorait à l'évidence le type dont la froide détermination n'annonçait rien de bon.

— Je l'ai repéré ! Tu ferais mieux de fiche le camp, lui conseilla Sevki dans son oreillette.

Il avait comme de juste réussi à pirater le système de vidéosurveillance de l'université. Cleena ne lui donna pas tort. Elle venait de trouver une planque à Brigid loin de Boston, grâce à l'un de ses associés occasionnels. Sa sœur cadette demeurerait en lieu sûr en attendant que l'affaire se tasse pour de bon. Brigid ne s'en réjouissait pas outre mesure mais son agresseur lui avait fichu une telle trouille qu'elle n'avait pas protesté.

Cleena passait deux ou trois coups de fil par jour à l'homme qui l'avait contactée, histoire de lui transmettre son rapport à propos de Lourds. Il semblait satisfait : il n'avait pas mentionné la disparition de Brigid. Sans doute ne s'en était-il même pas aperçu.

Au mépris du conseil de Sevki, Cleena gravit les marches quatre à quatre.

— À quoi tu joues ! s'inquiéta Sevki.

Cleena ne gaspilla pas sa salive à lui répondre. Il faut dire aussi qu'elle haletait à force de courir.

— Sois raisonnable, bon sang ! s'emporta Sevki en jurant copieusement. Il serait temps que tu te tires d'ici. Ce type a l'air dangereux. Au moins autant que celui qui te poursuit.

Qui me poursuit ?! Cleena jeta un bref coup d'œil derrière elle. Un autre homme, qu'elle avait d'ailleurs repéré un peu plus tôt, lui collait aux basques.

— On dirait des Américains, l'un comme l'autre, commenta Sevki. Tout à fait le genre de gars que je verrais bien la CIA charger de liquider ses ennemis.

Cleena n'en pensait pas moins, ce qui expliquait d'ailleurs qu'elle eût pris ses jambes à son cou.

— Ils en ont après Lourds.

— Pas besoin d'être un génie pour le deviner!

— S'ils le suppriment ou qu'ils s'emparent de lui, je ne saurai pas qui a frappé ma sœur en la menaçant. Or je ne veux pas laisser filer son agresseur sans lui rendre la monnaie de sa pièce.

— Il vaudrait mieux qu'il t'oublie, à mon avis.

Enfin, Cleena parvint au second étage. Elle avait pris le temps de repérer les lieux pendant que Lourds débitait son laïus devant les étudiants du professeur Adnan.

— Moi, je ne l'oublierai pas, en tout cas.

— Tu vas te faire tuer.

— C'est sûr, si tu continues à me perturber. Ton pessimisme va finir par miner ma confiance en moi.

Cleena entra dans la première pièce à la porte entrebâillée. Aucune lumière n'en trouait la pénombre. En entendant son poursuivant gagner le palier, elle se plaqua contre le mur. Sans toucher pour l'instant au pistolet coincé dans sa ceinture, elle sortit une matraque de la poche de son blouson. Son père lui avait appris à s'en servir quand elle n'avait encore que dix ans.

— Il doit soupçonner que tu te caches, lui annonça Sevki.

Cleena ne répondit rien. Il eût fallu qu'il soit vraiment crétin pour ne pas s'en douter. En revanche, il ne s'attendait certainement pas à sa prochaine manœuvre. À tous les coups, il comptait sur son arme et sa taille pour prendre le dessus. Grossière erreur!

Elle l'entendit approcher dans le couloir. Il avançait à pas de loup, seulement, ses semelles en cuir couinaient au contact du lino. Il retint sa respiration alors que les conversations autour de lui s'interrompaient tout à coup. Non sans méfiance, il risqua le haut de son corps par l'entrebâillement. Cleena lui balança la porte en pleine face mais celle-ci rebondit contre sa chaussure : il avait pris soin d'avancer le pied pour éviter de la recevoir dans le nez. D'un coup de matraque bien senti, Cleena fit voler en éclats la vitre de la partie supérieure. Des morceaux de verre coupants se mirent à pleuvoir sur son assaillant. Par réflexe, il leva les bras pour se protéger le visage. Sans lui laisser de temps de comprendre ce qui lui arrivait, Cleena le cribla de coups de matraque, qu'elle lui asséna assez violemment pour l'amocher sans pour autant le laisser sur le carreau. Elle commença par lui casser le poignet en l'obligeant à lâcher son pistolet puis le frappa à la tête. Du sang lui baignait les joues lorsqu'il s'écroula par terre. Cerise sur le gâteau : elle le gratifia d'un ultime coup à l'arrière du crâne, qui l'envoya dans les vapes.

Le souffle court, plus sous l'effet d'une montée d'adrénaline que parce que tant d'action l'épuisait, Cleena enjamba le corps de son adversaire.

— Ça va ? s'enquit Sevki.

Toutes les salles de cours n'étaient pas équipées de caméras.

— Au poil ! l'assura Cleena en remisant sa matraque dans sa poche avant d'essuyer le sang qui lui avait éclaboussé le visage.

Elle s'agenouilla, le temps de faire les poches de sa victime.

— Il est où, l'autre ?

— Au premier. Tu le plumes ou quoi ?

Cleena exhuma son portefeuille et son passeport, qu'elle enfouit dans son blouson.

— Je me renseigne sur son identité. Ça pourrait être utile de savoir à qui j'ai affaire.

— Ça pourrait surtout t'être utile de décamper.

Cleena se dirigea vers le bureau d'Olympia, au bout du couloir.

— Je ne te conseillerais pas d'en faire une habitude, lui glissa Sevki.

— Ils m'ont cherchée, ils m'ont trouvée. Les caméras que tu as piratées te permettent de voir les alentours ?

— Oui.

— Regarde un peu combien il y a de types à la sortie, du genre de ceux qui me couraient après. Ils n'ont pas dû venir seuls.

Sevki maugréa.

— Il faudrait que je me transforme en mouche pour garder l'œil sur tout ce que tu me demandes.

Cleena s'arrêta devant le bureau d'où provenaient des voix ; trop en sourdine, malheureusement, pour qu'elle saisît ce qui se disait. La nette impression lui vint que Lourds et son amie avaient quelque chose à cacher.

— J'oubliais…, murmura Cleena.

— Quoi encore ? releva Sevki, l'esprit ailleurs et l'air inquiet ; une combinaison qui ne plut pas à Cleena.

— Essaye de voir s'il n'y a pas un autre moyen de sortir d'ici, au cas où nous ne pourrions pas emprunter les issues habituelles.

— Nous ? Pourquoi ? Tu comptes t'enfuir avec le professeur ?

— Il sait, lui, ce qui a semé le chaos dans ma vie. J'ai l'intention de lui extorquer la réponse aux questions qui me turlupinent.

— Je peux te donner un conseil ?

— Non, le rembarra Cleena en refermant la main sur son pistolet.

— Je ne sais pas dans quel piège tu t'es fourrée mais, plus tu te démènes, plus il se resserre.

— Tu plombes l'ambiance, là, Sevki !

À cet instant, le balafré débarqua sur le palier à l'autre extrémité du couloir en rivant ses yeux à ceux de Cleena. Elle le maudit dans sa barbe et secoua la poignée de la porte, qui lui résista.

— Une organisation, ou pour mieux dire : une société secrète, expliquait Olympia à Lourds, veille jalousement sur les documents que je viens de te montrer, parmi lesquels le cahier que tu as récupéré dans les catacombes.

— Qayin en fait partie ?

— Oh non ! Qayin, c'est une autre histoire. Ses complices et lui nourrissent leurs propres ambitions en ce qui concerne le Rouleau de la joie.

— Lesquelles ?

— Ils convoitent le pouvoir qu'il assure à son détenteur.

— Quel genre de pouvoir ?

— Ça, on ne le sait pas. Jean de Patmos allait vraiment mal quand ses visions lui sont venues. C'était déjà un vieillard, plus très vaillant. Décrire à ses disciples la nature de ses apparitions l'a épuisé. Il s'est alité et ne s'en est jamais remis.

— J'imagine que la société dont tu parles a été fondée par les compagnons de Jean ?

— Bien vu ! Ils se sont baptisés : Fraternité du Dernier Rouleau de Jean.

— Il fallait bien qu'ils se dégotent un nom, même si celui-là a sans doute du mal à tenir sur du papier à en-tête.

— Très drôle ! Tu es encore loin de mesurer tout ce qui en dépend.

— Le destin du monde, par exemple ?

Lourds prit conscience du ridicule de sa pompeuse supposition alors même qu'il la formulait.

— J'ai sollicité auprès des Frères la permission de t'amener ici, se radoucit Olympia. J'ai dû vaincre bien des résistances avant qu'ils ne me l'accordent. Heureusement que ta découverte de l'Atlantide a rabattu leur caquet aux Anciens.

— Tu aurais tout de suite dû penser à moi, s'il s'agissait de traduire un texte. À vrai dire, tu aurais dû m'en parler il y a des années déjà.

— La décision ne m'appartenait pas. Sans l'intervention de mon frère, ils ne m'auraient pas écoutée.

— Ton frère cadet ? Joachim ?

Lourds ne le connaissait pas personnellement. Olympia en parlait d'ailleurs si peu que le professeur les croyait brouillés.

— Je ne t'aurais pas supposée proche de lui : tu ne l'évoques que rarement.

— Parce que je n'en ai pas le droit.

— Oh, bien sûr : à cause de ses activités secrètes, je parie.

— Je ne plaisante pas, Thomas.

Lourds reporta son attention sur le dragon fulminant en s'efforçant de faire taire ses doutes. Après tout, il ne s'était pas montré très chaud, au début, en ce qui concernait l'Atlantide.

— Tu t'es mis en tête qu'il subsiste des livres de la bibliothèque d'Alexandrie, lui dit Olympia en le sondant du regard. Jusqu'ici, je ne t'ai pas dissuadé de les rechercher, bien que tu n'aies que ton fol espoir pour seule piste. Ces livres, je sais où ils se trouvent. Et toi, tu as traduit le cahier…

— Admettons. Encore que, si la Fraternité a pour mot d'ordre « motus et bouche cousue », comme tu le prétends, je vois mal par quel moyen Qayin et compagnie ont eu vent du Rouleau de la joie.

— Certains vénèrent Satan comme d'autres révèrent Dieu.

— Tu pousses le bouchon, là.

— Tu crois ? Tu te rappelles le nom de ton ravisseur ?

— Qayin ?

— Oui. Tu ne t'es pas demandé d'où il lui venait ?

— De ses parents, je suppose.

L'envie d'ironiser de Lourds lui passa quand il comprit où Olympia voulait en venir.

— Qayin peut se traduire…

— Par Caïn, par exemple.

— Comme dans : « Cependant, Caïn dit à son frère Abel : "Allons dans les champs" et, alors qu'ils étaient dans les champs, il se jeta sur lui et le tua » ?

— Exactement.

— Tu es en train de me dire que les descendants de Caïn veulent mettre la main sur le Rouleau de la joie ? s'exclama Lourds sans parvenir à masquer son incrédulité.

— Dieu a maudit Caïn après qu'il a tué son frère. Il l'a marqué d'un signe qui s'est transmis d'une génération à la suivante. Peut-être que les descendants de Caïn ont résolu de s'écarter du droit chemin, vu qu'ils se savaient de toute façon maudits.

— Toutes les religions ne le voient pas ainsi. Selon le judaïsme, il s'agirait d'un signe de miséricorde. Dieu ne dit-il pas que si quelqu'un tue Caïn, il subira un châtiment sept fois pire ? Personnellement, je l'interpréterais plutôt comme une mesure de dissuasion.

— Toujours est-il que, selon nous, il n'a pas choisi ce nom par hasard.

— Précise un peu ta pensée ?

— Depuis que la Fraternité existe, il y a toujours eu un Qayin.

— Pas le même, bien sûr ! objecta Lourds.

Une telle éventualité lui faisait froid dans le dos, bien qu'il se refusât à y croire.

— Peu importe. Ce qui compte, c'est que tu traduises le Rouleau de la joie.

— Pourquoi ne m'en parles-tu que maintenant et pas quand nous avons été présentés l'un à l'autre, il y a quelques années ?

— Parce que les membres de la Fraternité se méfient de ceux qui n'en font pas partie. Il m'a fallu un temps fou pour les convaincre que tu étais l'homme de la situation. Ils ne voulaient pas m'écouter. Si Qayin ne t'avait pas enlevé, si tu n'avais pas mis la main sur ce cahier et si tu ne l'avais pas traduit, ils t'auraient mis à l'épreuve.

— Et en cas d'échec de ma part ?

— Tu n'aurais pas été averti de l'existence du Rouleau de la joie. Quant à tenter de le traduire, n'en parlons pas.

— Et si, une fois kidnappé, j'avais refusé de me pencher sur ce fichu cahier, même sous la menace d'une arme ?

Olympia ne put retenir un sourire.

— Nous passons de bons moments ensemble et je ne doute pas que tu apprécies ma compagnie, mais je n'ai pas la prétention de croire que c'est à cause de moi que tu as maintenu ton séjour à Istanbul. Si tu avais trouvé un moyen d'emporter ce cahier aux États-Unis, tu serais déjà parti. Admettons qu'une copie ait pu te rendre les mêmes services que l'original : tu l'aurais pris en photo avant d'embarquer à bord du premier avion à destination de Boston.

Lourds dut admettre qu'elle l'avait bien cerné.

— Et tu as beau dire! insista-t-elle. Il suffisait que je te parle d'un texte prétendument impossible à déchiffrer pour que tu mettes un point d'honneur à t'y frotter.

Lourds enfonça son chapeau sur son crâne.

— Je refuse de croire que je suis prévisible à ce point.

— Quand il s'agit de casse-tête linguistique, n'importe qui peut deviner ta réaction.

— Tout le monde ne lit quand même pas en moi comme dans un livre ouvert.

— Oh, si! C'est d'ailleurs l'une des raisons pour lesquelles je t'apprécie tant, même si je sais très bien qu'il vaut mieux que je ne m'attache pas à toi.

Lourds se concentra sur la représentation du dragon.

— J'aimerais consulter les originaux.

— D'accord, mais prouve d'abord à la Fraternité que tu as su traduire le cahier.

— Et le Rouleau de la joie?

— C'est une autre affaire! admit Olympia en plissant le nez. Je peux quand même t'assurer que son issue dépendra de tes talents, plus que de notre bon vouloir.

Avant que Lourds puisse lui demander ce qu'elle entendait par là, le rectangle de verre où figuraient le nom et le titre du professeur Adnan vola en éclats en s'éparpillant sur son bureau. De l'autre côté de la porte apparut à Lourds la rousse de l'aéroport, un pistolet à la main.

16

Université d'Istanbul
Place Beyazit, Istanbul, Turquie
19 mars 2010

— Debout! s'écria la rousse en agitant son pistolet dans la direction de Lourds.

Celui-ci se releva calmement pour s'interposer entre Olympia et le canon de l'arme de Cleena. Pas tant par bravoure que parce qu'il s'en voulait d'exposer son amie au danger. *Visiblement, cette demoiselle n'a pas renoncé à me mettre la main au collet*, songea Lourds, non sans amertume.

Aussi dignement que possible, espérant que sa voix ne le trahirait pas et que la rousse ne le transformerait pas en passoire, il pria Olympia d'appeler la police.

— Tu leur expliqueras ce qui se passe, ajouta-t-il.

— Thomas! C'est qui, cette femme?

Lourds n'en crut pas ses oreilles. Sa kidnappeuse déboulait munie d'un pistolet et Olympia ne trouvait rien de mieux que de lui faire une scène de jalousie en lui demandant d'où elle sortait.

— C'est elle qui m'a enlevé à l'aéroport. Sois gentille : appelle la police.

Cleena jeta un coup d'œil dans le couloir.

— Pas le temps! Ils arrivent.

— Qui ça, « ils »? Les représentants des forces de l'ordre? demanda Lourds comme par réflexe.

— Mais non! Si je les connaissais, je les appellerais par leur nom. Des gros costauds armés jusqu'aux dents.

— Il semblerait que vous fricotiez systématiquement avec des hommes armés.

— Qu'est-ce que j'y peux, moi ? C'est après vous qu'ils en ont. J'aurais très bien pu m'esquiver sans risquer ma peau. Pourquoi me coller vos ennuis sur le dos ?

— Comment m'avez-vous retrouvé ?

— Vous rigolez ? lui répondit Cleena d'un ton exaspéré. Vous deviez prononcer une conférence à l'université. Les journaux l'ont mentionné. D'autant que l'intermède à l'aéroport est encore frais dans les mémoires. Tout Istanbul sait que vous êtes là.

Sans prévenir, elle se réfugia en grommelant dans la pièce tandis qu'une pluie de balles pulvérisait l'encadrement de la porte. En reculant, Lourds manqua de peu se ramasser sur le bureau. Le cri de panique d'Olympia lui vrilla les tympans en le poussant à réagir. Il ramassa son sac, qu'il hissa sur son dos. Cleena se mit à couvert avant de tirer quelques coups de feu.

— Il faut vraiment que vous posiez autant de questions face à un flingue ? s'impatienta-t-elle en fusillant Lourds du regard.

— Je ne suis pas très à cheval sur les convenances, quand on me tombe dessus à bras raccourcis, riposta Lourds en lui décochant un coup d'œil assassin.

— Je ne vous tombe pas dessus à bras raccourcis : je vous protège.

— En conduisant ici ses poursuivants ? releva Olympia, le téléphone collé à l'oreille.

— Ce n'est pas moi qui les ai fait venir ! fulmina Cleena.

— Je l'aurais remarqué si quelqu'un nous avait suivis, insista Olympia.

— Vous ne m'avez pourtant pas aperçue, moi, rétorqua la rousse. Il faut dire aussi que vous passez votre temps à grimper aux rideaux à l'hôtel ! Pour un peu, je m'attendais à retrouver vos ébats sur YouTube. Bon ! Maintenant, on se bouge. Les autres veulent le professeur. Mort ou vif, ils s'en fichent pas mal.

— Je suis en ligne avec la police, annonça Olympia, qui débita une tirade en turc à son correspondant à l'autre bout du fil.

Une nouvelle salve de coups de feu transforma l'encadrement de la porte en fromage.

— Les flics ne débarqueront jamais à temps, la mit en garde Cleena en rechargeant son pistolet. D'ici à ce qu'ils volent à notre secours, vous serez refroidis, ou entre les mains de vos poursuivants. Prenez votre portable : vous causerez à la police en chemin. Pensez seulement à éviter les balles.

Elle attrapa Lourds par le coude. Il ne se laissa pas faire, bien qu'il ne la soupçonnât pas de vouloir lui tirer dessus. Les occasions de le liquider n'avaient pas manqué, or elle n'en avait pas profité. Du moins, pas encore. En un sens, elle lui avait même sauvé la vie, dans les catacombes. L'inanité des efforts de Cleena pour entraîner le professeur à sa suite lui arracha une bordée de jurons.

— Cleena MacKenna ! tonna une voix d'homme.

Un Américain, à en juger par son accent. Originaire de Philadelphie ou des environs.

— Cleena ? Vous vous prénommez Cleena ? releva Lourds en l'étudiant plus attentivement tandis qu'elle gagnait la porte.

— Une autre fois, les présentations ! grommela-t-elle.

— Cleena MacKenna, rien ne t'oblige à mourir aujourd'hui. Libre à toi de t'en aller. Nous n'en avons qu'après le professeur. Laisse-nous tranquilles et file. Il ne t'arrivera rien.

— Vous les croyez, vous ? demanda Cleena au professeur.

Il venait d'ouvrir la bouche quand il dut admettre sa perplexité.

— Moi, non ! reprit Cleena en inspectant la pièce. Il y a une autre issue ?

— Je n'en sais rien, avoua Lourds.

Cleena décocha un regard furibard à Olympia.

— Vous auriez pu me le dire, que votre bureau comportait une autre porte !

Olympia croisa les bras en lui lançant un coup d'œil plein de morgue.

— La police arrive. Je suis en ligne avec eux : j'ai activé la fonction haut-parleur de mon téléphone.

— À mon avis, ce n'est pas ça qui va dissuader nos poursuivants de nous régler notre compte.

Olympia éleva la voix en répétant au bénéfice de leurs assaillants :

— La police arrive !

Cleena n'en tint pas compte :

— Où est cette fichue porte ? s'enquit-elle en se rendant au fond du bureau.

Elle tourna brusquement la tête à gauche en examinant la bibliothèque qui occupait tout un pan de mur.

— Des livres masquent la cloison, commenta-t-elle.

Lourds comprit enfin qu'elle ne lui parlait pas à lui : une oreillette se nichait au creux de son oreille.

— D'accord ! Je vais voir, céda Cleena avant de précipiter par terre, d'un vigoureux mouvement de la main, les volumes qui encombraient une étagère.

Du même coup tomba une boule à neige renfermant une statuette du dieu grec Poséidon.

— Hé ! protesta Olympia. À quoi vous jouez ?

L'alarme incendie se mit à hurler dans le couloir. Lourds supposa qu'un professeur venait de la déclencher. Tant mieux ! Au moins, les étudiants allaient libérer le terrain.

— Madame ! s'écria en turc une voix masculine jaillie du téléphone d'Olympia. Tout va bien ?

Sans se laisser démonter, Cleena vida une seconde étagère de manière aussi expéditive que la précédente. La porte se distinguait à peine dans l'ombre mais, dès que Lourds l'eut lui aussi repérée, il courut aider la rousse en piétinant les livres de sa collègue.

— Thomas ! s'offusqua celle-ci.

— Madame ? insista le policier stanbouliote en ligne. Ne raccrochez pas !

— Il y a bel et bien une porte, remarqua Lourds en écartant les étagères du haut. Rassure-moi, Olympia : tu me crois, quand je te dis que je ne sais pas ce qu'on me veut ? Je ne suis pas du genre à me créer des ennemis. Du moins pas de cet acabit. Ils en ont après le cahier que j'ai récupéré dans les catacombes. Et s'ils s'aperçoivent que tu es au courant de son existence, tu passeras à la casserole, toi aussi.

Cleena fit volte-face, une étagère entre les mains, qu'elle manqua de peu lancer à la face de Lourds.

— Venez ! s'impatienta-t-elle en interceptant le regard d'Olympia.

— Ne me dites pas ce que…

Dans le couloir, un objet métallique heurta le sol en roulant jusqu'à la porte. Sitôt identifiée sa forme sphérique, Lourds redoubla d'efforts pour accéder à la porte cachée.

— Ils viennent de jeter une grenade, crut-il utile de préciser.

— La porte s'ouvre de l'intérieur ! glapit Cleena.

Lourds percuta enfin : il chercha la poignée, en vain. Il n'y en avait pas ! Il se tourna vers Cleena, qui l'écarta d'une main avant de vider son chargeur sur la serrure. Les projectiles traversèrent le métal en éclatant le bois. L'écho des détonations résonnait encore quand Olympia les rejoignit. Ce fut alors qu'explosa la grenade.

Le vacarme assourdit Lourds en le secouant de la tête aux pieds. Il s'attendait à ce qu'un shrapnel le déchiquette, mais non. Une vive lumière l'éblouit alors que des gaz se répandaient dans la pièce. Donc, il ne s'agissait que d'une grenade dite « flashbang ». Il en avait entendu parler dans les romans qu'il dévorait à bord des vols long-courriers ou quand il cherchait à tuer le temps sur des chantiers de fouilles. Elles ne servent qu'à étourdir et confondre leurs victimes.

Cleena l'attrapa par le bras et le poussa vers l'ouverture encore bouchée dans le mur. Lourds comprit au mouvement de ses lèvres qu'elle s'adressait à lui mais il n'entendait plus rien. Devançant ses désirs, il s'appuya contre la porte de tout son poids. Celle-ci frémit avant de céder : de l'autre côté la masquait une plaque de Placo. Visiblement, la place manquait à l'université, pour héberger les enseignants.

Heureusement, il n'y avait pas âme qui vive dans l'autre bureau, à la paroi bien amochée à présent. Lourds ne voulait mettre personne en danger. Ni agrandir leur petit groupe. En lui livrant passage, la porte sortit de ses gonds pour se fracasser sur une maquette du siège de Constantinople par les Ottomans en 1453. Des bateaux et des guerriers miniatures reproduits avec un luxe de détails inouï volèrent aux quatre coins de la pièce, suivis de près par les eaux bleutées de la Corne d'or et ses rives en papier mâché.

Olympia déboula sur les talons du professeur en manquant de peu le renverser, son téléphone toujours vissé à l'oreille. Si quelqu'un lui parlait à l'autre bout de la ligne, elle ne devait pas l'entendre mieux que Lourds.

Celui-ci jeta un coup d'œil autour de lui en réfléchissant à ce qu'il lui restait à faire. Pas question de sauter par la fenêtre du deuxième étage, au risque de se casser une jambe.

Olympia le saisit par le bras. En se retournant, il vit qu'elle s'adressait à lui d'un air inquiet. Il lut sur ses lèvres, non sans mal puisqu'elle venait de renoncer à l'anglais au profit de sa langue maternelle.

— Où va-t-on ?

— À toi de me le dire ! lui rétorqua-t-il en prenant soin de détacher les syllabes. À l'étage ? Ou on redescend ?

Il accompagna ses paroles d'un geste éloquent, au cas où elle ne l'entendrait pas. Les gaz libérés par la grenade lui piquaient la gorge, les yeux et le nez. Il balaya les alentours d'un coup d'œil circulaire, en dépit des larmes qui lui brouillaient la vue. Deux détonations retentirent : encore des coups de feu ! Pas rassuré, il se tourna vers le grand trou dans la cloison en se demandant si Cleena sortirait vivante du bureau d'Olympia.

Elle déboula en coup de vent et le heurta de plein fouet. Lourds l'enveloppa de ses bras et ils tombèrent à la renverse sur le dos du professeur. Cleena le foudroya du regard, comme s'il ne pensait qu'à la peloter ; ce qui parut injuste à Lourds. Il ne cherchait qu'à la protéger, enfin ! Elle se releva tant bien que mal, en lui filant comme par hasard un coup de genou bien placé. Lourds poussa un petit cri perçant que personne, heureusement, n'entendit. Puis il se concentra de nouveau sur la nécessité de sortir de là en un seul morceau.

L'oxygène ne tarderait pas à manquer à cause de la fumée de la grenade. Comment sortir de ce pétrin ? Un piège fatal se refermait sur eux.

Campé dans le couloir, le canon de son arme dressé en l'air, Eckart serrait son poignet droit dans sa main gauche afin d'atténuer le recul de son pistolet automatique, qu'il craignait de voir s'enrayer. Il scruta la fumée répandue par la grenade au gaz poivre en s'attendant à voir surgir Lourds et ses compagnes.

Personne en vue.

— Humboldt ! s'écria Eckart.

Trois complices couvraient ses arrières. Trois autres surveillaient les escaliers à l'extrémité du corridor. Leur proie ne pouvait mathématiquement pas leur échapper.

— Postez-vous à la sortie de ce bureau.

— Entendu ! répondit le dénommé Humboldt, qui s'avança sans l'ombre d'une hésitation – un masque le préservait des effets du gaz.

Il attendit un petit moment avant de risquer sa tête par l'entrebâillement de la porte.

Deux coups de feu se succédèrent. Humboldt tressaillit et recula en portant une main à son visage : il s'y coupa aux éclats de verre de son masque en train de se remplir de sang.

Eckart pesta. Pour une terroriste ayant appris son métier à la maison avec papa, la rousse se débrouillait plutôt bien.

Humboldt vacilla avant de s'effondrer comme une poupée de chiffon. Sa tête rebondit contre le carrelage. Eckart présuma qu'il n'avait pas survécu.

— Vous êtes sûr que le bureau ne comporte pas d'autre issue ? demanda Eckart à son oreillette.

— Certain, affirma Mayfield. Le bâtiment n'est desservi que par deux ascenseurs, plus les escaliers à chaque extrémité du couloir.

Eckart s'imagina pris au piège à l'intérieur du bureau en réfléchissant à ce qu'il ferait en pareil cas. *Sauf que jamais je ne me serais laissé emprisonner là-dedans !*

— Et la fenêtre ?

— La grenade a fait voler la vitre en éclats mais personne n'est sorti par là.

— Vous voyez ce qui se passe à l'intérieur ?

— Non : trop de fumée !

— Ouvrez l'œil quand même, ordonna Eckart qui fixait, pour sa part, la porte du bureau. À quand remontent les premiers coups de feu ?

— Deux minutes trente-sept secondes. Le temps presse !

Eckart ne savait que trop qu'il ne pouvait pas s'éterniser à l'université : la police arriverait sur les lieux d'un instant à l'autre, sans parler du service de sécurité de la fac. S'il ne mettait pas les bouts fissa, il allait s'attirer des ennuis. Surtout : ne pas perdre patience ! Bientôt, Lourds croupirait sous les verrous et cesserait de présenter une menace pour les États-Unis.

À moins qu'Eckart lui-même ne le supprime, tout simplement.

— Sevki ? lança Cleena en couvrant d'une main son oreille. Je t'entends mal. Une grenade m'a défoncé les tympans.

— … de l'ascenseur, de l'autre côté du mur ! lui cria Sevki dont les nerfs semblaient sur le point de lâcher.

Bien qu'elle distinguât à peine ses paroles, elle vit parfaitement où il voulait en venir : ce ne serait pas la première fois qu'il la sortirait d'un guêpier pareil.

Cleena se plaça face au mur et sortit son couteau de sa bottine. Elle en ficha la lame dans le Placo, qui s'effrita aussitôt. Elle y traça une croix, recula et donna un coup de pied à l'intersection des branches. Des morceaux de plâtre s'éparpillèrent sur le sol. En quelques secondes, elle arracha le reste du revêtement qui lui révéla deux poteaux de cloison. À l'aide de son couteau, elle entailla la paroi au milieu. Cette fois, lorsqu'elle y balança son pied, il passa au travers.

— … alors ? reprit Sevki. Ça y est, tu… ?

Cleena dégagea les restes de Placo et jeta un coup d'œil derrière la paroi : dans l'obscurité pendaient des grappes de câbles à la propreté douteuse.

— J'ai trouvé la gaine d'ascenseur.

Elle espérait seulement que Lourds parviendrait à se faufiler entre les poteaux de cloison. S'il restait coincé là, ce serait à tous les coups à cause de sa grosse tête — une éventualité qui la fit sourire, jusqu'à ce qu'elle se rappelle la proximité de leurs assaillants armés. L'ascenseur se trouvait bloqué au rez-de-chaussée depuis le déclenchement de l'alarme incendie.

— On n'a qu'à descendre par là! lança-t-elle à Lourds et Olympia en percevant, cette fois, le son de sa propre voix.

Lourds parut d'accord : il ramassa un pied de la table cassée où trônait la maquette du siège de Constantinople, et le lança dans la gaine, histoire de voir ce qu'il adviendrait de lui. Satisfait du résultat, il déblaya le Placo qui leur barrait le passage.

Cleena dut reconnaître qu'à partir du moment où le professeur se fixait un objectif, il ne s'en laissait pas facilement détourner. Sorti vainqueur de son combat contre le Placo, il extirpa de son sac à dos une lampe de poche. Cleena s'irrita de le voir aussi bien préparé à n'importe quelle éventualité, hormis celle de son propre enlèvement. Sans doute parce qu'elle-même n'avait pas eu la présence d'esprit de se munir d'une torche.

— La cage d'ascenseur est coincée au rez-de-chaussée. Elle nous empêchera de sortir.

— Il suffit de se rendre au premier puis de prendre les escaliers, rétorqua Cleena.

— D'autres types nous guettent à la sortie, je parie.

— Eh bien, nous les repousserons.

— Non, s'interposa Olympia. Descendons plutôt au sous-sol : des passages souterrains relient entre eux les différents bâtiments du campus.

— Sevki? lança Cleena.

— Elle a raison, confirma-t-il d'une voix métallique, qui parut venir de très loin à Cleena. Les techniciens de maintenance s'en servent notamment pour vérifier l'état des canalisations.

— Bon! céda Cleena en se tournant vers Olympia. Vous connaissez le chemin…

Olympia risqua un coup d'œil au fond de la gaine.

— Vous n'espérez quand même pas que je vais me laisser tomber là-dedans?

— Je passe devant, proposa Lourds, en ôtant son sac à dos qu'il confia à Olympia. Comme ça, je t'aiderai.

Il coinça sa lampe de poche entre ses dents et descendit le long de la gaine. Les nerfs de Cleena lui semblaient sur le point de lâcher. Des images du balafré et d'autres du même tonneau lui brouillaient les idées. Le gaz poivre la faisait larmoyer. Sans parler de son nez qui coulait. Assourdie par la déflagration, elle n'entendrait personne approcher.

Parvenu à l'étage inférieur, Lourds, toujours en un seul morceau, convainquit Olympia de le rejoindre en lui faisant la courte échelle. Cleena la suivit de près, au cas où les deux tourtereaux décideraient de lui fausser compagnie.

— L'heure tourne, annonça Mayfield sans pour autant se départir de son calme. Il est temps d'en finir.

— Je sais. Préparez-vous tous à fuir ! ordonna Eckart en renâclant cependant à quitter le terrain, vu que cela revenait à déclarer forfait.

Il n'avait pourtant pas dit son dernier mot.

— La pagaille sur le campus devrait nous permettre de nous disperser sans attirer l'attention. Prévenez-moi à l'arrivée de la police.

— Reçu cinq sur cinq.

En principe, Lourds et les deux femmes auraient dû ressortir du bureau depuis belle lurette. Soit ils gisaient par terre dans les vapes à cause du gaz, soit ils avaient trouvé le moyen de filer.

Eckart referma la main sur son pistolet avant de se placer d'un bond en position de combat. Il portait un gilet pare-balles sous sa chemise mais rien ne protégeait sa tête. Il inspira un grand coup avant d'ôter le masque qui l'empêchait de bien voir. Le gaz lui piqua les yeux. Heureusement qu'il y était accoutumé. Depuis le temps qu'il se battait, dans la rue et ailleurs ! Il franchit le seuil du bureau et s'agenouilla en braquant son pistolet à deux mains.

À l'intérieur : personne. Il lui fallut un moment avant d'aviser le trou dans le mur. Il remit son masque et grommela :

— Ils ont disparu.

Une quinte de toux le secoua tandis que des restes de gaz s'introduisaient dans ses poumons.

— Je ne vois pas d'autre issue.

— Ils en ont pourtant trouvé une. On dirait une porte, non ?

— Il y a eu une porte à cet endroit, dans le temps. Une porte condamnée, même, je dirais.

— Où mène-t-elle ?

— Au bureau contigu. Qui ne donne nulle part, lui. Excepté sur le couloir.

Eckart y jeta un coup d'œil : le second bureau jouxtait l'ascenseur.

— Ils ne peuvent pas s'échapper, assura Mayfield.

— Ils ne pouvaient déjà pas s'échapper et, pourtant, ils ont pris la poudre d'escampette ! pesta Eckart en tirant une demi-douzaine de coups de feu par le trou béant dans le mur.

Pas de réaction.

Un mauvais pressentiment lui noua l'estomac tandis qu'il observait l'ascenseur. La rousse savait se défendre et ne manquait pas de ressources : mieux valait se méfier d'elle.

— Ouvrez les portes de l'ascenseur, ordonna Eckart. Vérifiez l'intérieur de la gaine.

Pendant que les types à sa solde s'exécutaient, il s'approcha du trou dans le mur. La porte sortie de ses gonds gisait par terre dans le second bureau. Il maugréa dans sa barbe en constatant qu'il n'y avait pas âme qui vive.

Il aperçut alors l'ouverture dans le mur face à lui.

— Ils sont passés par la gaine d'ascenseur. Branchez-vous sur les caméras du premier.

Mayfield lui répondit, au bout d'un moment :

— Rien à signaler à l'étage inférieur.

— Ça va, j'ai compris ! soupira Eckart qui enjamba les bateaux et les soldats miniatures pour se poster face au mur défoncé. Ils sont toujours dans la gaine. Réglez leur compte aux femmes. Notre proie, en revanche, je la veux vivante.

Il exhuma de la poche de son pantalon une lampe torche dont il braqua le faisceau dans la même direction que le canon de son arme. Il se pencha sur la gaine, où il distingua du mouvement.

— Allons-y ! s'écria Olympia en turc, en tirant Lourds par le bras.

Le professeur leva les yeux sur le pan de mur en miettes. L'air à l'intérieur de la gaine lui brûlait les poumons en lui écorchant les muqueuses. La partie rationnelle de son cerveau, que la peur ne paralysait pas encore, l'avertit que le gaz plus lourd que l'air ambiant envahissait le conduit où il risquait de stagner un bon bout de temps.

— Allez, Thomas ! Décampons avant qu'elle nous rejoigne, s'impatienta Olympia en essayant d'entrebâiller, debout sur la cage de l'ascenseur, les portes du premier, qui lui arrivaient au menton. Aide-moi plutôt !

— Pas question de la planter là, protesta Lourds en filant un coup de main à sa collègue.

— Quoi !

— Nous l'emmenons avec nous.

— Tu rigoles ?

Lourds glissa les doigts dans l'interstice entre les deux battants, qu'il écarta. La porte s'ouvrit de quelques centimètres, avant de se refermer automatiquement.

— N'espère pas que je vais la laisser en plan, répéta Lourds. Nous devons découvrir ce qu'elle sait.

— Parce que tu crois qu'elle te le dira ?

— Tu ignores où se trouve le Rouleau de la joie, je me trompe ?

— Non, admit Olympia, après un temps de piteuse hésitation.

— C'est ce que je me disais, aussi. Sinon, tu n'aurais pas eu besoin du cahier.

— Nous en possédons une copie. Que nous n'avons pas été en mesure de traduire. Ce qui t'explique que nous ayons eu, et que nous avons d'ailleurs encore besoin de toi.

Voilà qui coupa la chique au professeur.

— Qayin n'était pas le seul à connaître le contenu du cahier ?

— Non.

— Il en existe combien de copies, au juste ?

— Comme si je le savais ! Pas tant que ça, quand même.

Lourds se bagarra de plus belle contre la porte.

— J'espère bien ! Quoi qu'il en soit, nous ne fausserons pas compagnie à la rousse pour la bonne raison qu'elle est armée.

— Justement ! Tu ne crains pas qu'elle nous tire dessus ?

— Non. En revanche, je compte sur elle pour nous débarrasser de nos poursuivants.

À ce moment précis, Cleena les rejoignit.

— Trop tard ! maugréa Olympia en turc.

— En pleine querelle d'amoureux ? demanda Cleena.

Lourds ne releva pas : il se concentra de plus belle sur cette fichue porte d'ascenseur. Cette fois, dès qu'il parvint à en écarter les battants, il poussa de toutes ses forces jusqu'à ce qu'ils glissent le long du mur.

— Vas-y, Olympia, lança-t-il en joignant les mains à hauteur de sa taille.

Olympia posa sur la cage d'ascenseur le sac du professeur, qui lui fit la courte échelle. Une fois la doctoresse parvenue au premier, Lourds lui remit son sac et se tourna vers Cleena.

— Je n'ai pas l'impression que votre copine m'apprécie, lui lâcha la rousse.

— Ce n'est pas ma copine, précisa Lourds en s'interrogeant sur l'opportunité d'éclaircir ce point en un instant aussi critique.

Ah! Sa maudite habitude de toujours employer le mot juste!

— Nous sommes amis, rien de plus.

— Amis intimes, alors.

Cleena se hissa d'un bond agile sur le palier du premier avant de se relever en ignorant royalement la main secourable que lui tendait le professeur. Lourds se tortillait encore, les coudes en appui sur le plancher, quand la pénombre envahit la gaine d'ascenseur. Quelqu'un les avait suivis, au niveau supérieur. Olympia le tira par un bras et il se releva tant bien que mal pendant que Cleena, un genou en terre, déchargeait son arme dans la gaine.

Une ribambelle de balles ricochèrent contre les parois.

— Filons! s'écria Cleena en rechargeant son pistolet. Ils nous ont repérés. Nous allons avoir de la compagnie. Si vous nous montriez le chemin? ajouta-t-elle à l'intention d'Olympia.

Le professeur Adnan lui décocha un regard furibard et se dirigea vers les escaliers. Lourds lui emboîta le pas en hissant son inséparable sac à dos sur une épaule.

— On gagnerait du temps si vous le laissiez là.

— Pas question! objecta Lourds aux basques d'Olympia, tandis que des détonations secouaient le conduit de l'ascenseur.

Eckart porta la main à sa nuque que perçait une douleur aiguë, et dont il retira une substance poisseuse cramoisie. Il maudit la rousse en espérant trouver sous peu une occasion de lui régler son compte. Les terroristes formés sur le tas, c'étaient les pires. Elle commençait à sérieusement lui courir sur le haricot.

Des coups de feu pétaradèrent du fond du conduit de l'ascenseur.

— Vous y êtes? demanda Eckart.

— Oui, sauf qu'ils ont filé.

— Filé?

La nappe de gaz blanchâtre dans la gaine l'avait empêché de voir ce que fabriquaient les autres. En y regardant mieux, il aperçut la porte ouverte sur le palier du premier. Une bordée de jurons lui échappa tandis que son esprit s'emballait.

— Vous les voyez avec les caméras ?

— Oui, le renseigna Mayfield. Ils se dirigent vers les escaliers, au premier.

— Il reste quelqu'un de l'équipe pour les prendre en chasse ? s'enquit Eckart en sautant d'un bond à l'intérieur de la gaine.

Il atterrit un peu rudement sur le dessus de la cage d'ascenseur mais ses bottines encaissèrent le choc.

Deux de ses complices rappliquèrent presque aussitôt — ceux qui faisaient le pied de grue à la sortie du bureau. Ensemble, ils foncèrent dans le couloir.

— Ils ont déjà mis les bouts ! les découragea Mayfield.

Personne au premier. La porte à l'extrémité du couloir semblait fermée. Eckart accéléra l'allure.

Cleena suivait Lourds, qui suivait lui-même Olympia. Une pétarade de coups de feu à l'étage supérieur les assourdit un instant. Lourds eût aimé poser au moins quelques-unes des milliers de questions qui lui venaient à l'esprit mais tant d'émotion lui avait coupé le souffle. À moins qu'il ne s'agît du gaz poivre. Ses semelles raclaient laborieusement les marches en béton. Ils approchaient du rez-de-chaussée quand ils entendirent des pas dans leur dos.

— Vite ! les pressa Cleena.

Lourds se demanda par quel miracle il lui restait assez d'oxygène dans les poumons pour articuler quoi que ce soit.

Olympia ne lambina pas : arrivée au sous-sol, elle poussa une porte et prit aussitôt à droite. La lueur d'une issue de secours perçait à peine les ténèbres. Olympia farfouilla dans sa poche, dont elle finit par sortir un trousseau de clés. L'une après l'autre, elle les introduisit dans la serrure d'une grande porte blindée.

— Vous ne savez pas laquelle est la bonne ? s'agaça Cleena, le pistolet au poing, face à l'entrée qu'ils venaient d'emprunter.

Olympia ne fit aucun cas de sa remarque. Lourds soupçonna les responsables du département d'histoire de se faciliter la vie en empruntant les passages souterrains pour déplacer d'un bâtiment à l'autre les pièces de collection exposées dans les vitrines. En particulier les jours de mauvais temps.

Le pêne tourna. Olympia poussa la porte et pressa un interrupteur. Une succession d'ampoules à nu répandit une faible lueur jaune le long d'un tunnel.

— Allons-y! ordonna Cleena.

Au même instant s'ouvrit à la volée la porte d'accès au sous-sol. Cleena s'abstint de faire feu : elle ne tenait pas à signaler leur position. Voilà qui la haussa encore dans l'estime du professeur. *Décidément, quelle jeune femme remarquable !*

Lourds s'engouffra dans le passage souterrain à la suite d'Olympia.

— Où conduit-il, ce tunnel? s'enquit Cleena en refermant derrière eux la porte blindée, qu'elle prit le temps de verrouiller.

— Nous devrions bientôt arriver à un embranchement en patte-d'oie, qui mène à trois bâtiments différents, répondit Olympia.

— Le blindage de la porte devrait ralentir nos poursuivants.

— Nous serons parvenus à l'intersection avant qu'ils aient pu entrer.

— À moins qu'ils ne soient équipés d'un lance-roquettes.

Ce qui, songea Lourds, non sans amertume, n'était pas à exclure, au vu de leur passif.

Le regard noir d'Eckart se heurta à la porte blindée face à lui. Deux de ses hommes s'activaient autour de la serrure, sans grand résultat.

— Où sont-ils passés?

— Dans le réseau de galeries souterraines de l'université, le renseigna Mayfield. Je viens d'en dénicher un plan. Le tunnel qu'ils ont emprunté se divise en trois, non loin d'ici.

— Il y a des caméras au sous-sol?

— Non. Pas moyen de voir ce qui s'y passe.

Une chance sur trois; voilà une probabilité qui n'eut pas l'heur de plaire à Eckart. D'autant que la police et le service de sécurité de l'université ne tarderaient sans doute plus.

— Bon! grommela-t-il. On met les voiles.

Sans un mot, ses coéquipiers remballèrent leur matériel.

— Comment allons-nous sortir d'ici? Nous avons semé quelques cadavres sur notre passage, se rappela Eckart, à qui un tel contretemps ne serait jamais arrivé du temps où il portait encore un uniforme. À présent, plus moyen d'éviter ce genre de bévues.

— Je m'en occupe, le rassura Mayfield.

Eckart lui livra les noms des trois victimes de Cleena. En moins de quelques minutes, Mayfield ajouterait à la base de données d'Interpol de fausses identités correspondant à celles fournies par le Pentagone. Eckart et son équipe avaient beau opérer en sous-main, le vice-président Webster veillait à ce qu'ils disposent de tous les moyens nécessaires à la bonne marche de leurs entreprises.

La chance souriait jusqu'ici au professeur Lourds, mais, la prochaine fois qu'il croiserait le chemin d'Eckart, celui-ci conclurait leur rencontre d'une tout autre manière. Du moins, il y comptait bien.

17

Tour de Galata
Au nord de la Corne d'or, Istanbul, Turquie
19 mars 2010

— Quand je pense au pétrin dans lequel vous m'avez fourrée...

— Hé! protesta Lourds en levant les yeux de son calepin pour les poser sur Cleena, assise auprès de lui dans le café à l'intérieur de la tour de Galata. C'est vous qui avez commencé!

Quelques touristes européens et asiatiques attablés non loin d'eux admiraient la vue imprenable sur la Corne d'or et les quartiers historiques d'Istanbul. Lourds songea malgré lui que la clientèle cosmopolite de l'établissement reflétait le peuplement de la ville dont l'isolaient les quatre-vingt-dix centimètres d'épaisseur des murs. Les cultures d'Europe et d'Asie se rencontraient et fusionnaient à Istanbul depuis des générations. Il y a ainsi des choses qui ne changent pas au fil des siècles. Ou du moins, qui changent peu. Les Génois appelaient jadis la tour de Galata *Christea turris*, c'est-à-dire la « tour du Christ ». Quant aux Byzantins, ils la nommaient *Megalos pyrgos*, la « Grande Tour ». Son toit de pierre conique formait en effet — et forme d'ailleurs encore — l'un des points de repère les plus aisément identifiables de tout Istanbul.

Son édification par les Génois remonte à 1348, à l'époque où ils étendaient leurs possessions dans l'enceinte de la ville. Assumant à l'origine une fonction défensive, elle hébergea un temps les janissaires, le corps d'élite de l'armée turque, puis des prisonniers de guerre. Comme de juste, il fallut la rebâtir au moins partiellement à maintes reprises au fil du temps. Abîmée par des incendies et des tempêtes, elle perdit son toit conique en 1875 et ne le retrouva qu'à l'issue d'une restauration, en 1967.

Hezârfen Ahmed Çelebi, l'un des premiers aviateurs de l'histoire, s'était élancé du haut de la tour jusqu'à Üsküdar, dans la partie anatolienne de la ville, en survolant le Bosphore. Aux alentours de 1632.

Lourds ne s'imaginait pas prendre son envol au sommet d'une tour, muni d'une simple paire d'ailes dans le dos. Cela dit, il ne s'imaginait pas non plus semer des malfaiteurs à ses trousses. Encore que sauter du haut d'un édifice relevât d'un acte délibéré tandis que prendre ses jambes à son cou dans l'intention d'échapper à une mort, sans cela, certaine, ne s'expliquait que par l'instinct de survie. En un sens, Lourds admirait malgré lui l'ambition des pionniers de l'aviation.

Le professeur embrassait du regard un fabuleux panorama : il distinguait à la fois le port et une bonne part de la vieille ville, dont certains sites de pèlerinage. S'étant déjà régalé la vue lors de ses précédents séjours en Turquie, Lourds s'inquiétait pour l'heure d'une éventuelle intervention de la police. La fusillade à l'université, la deuxième du genre, inciterait à coup sûr les autorités turques à l'expulser en tant qu'indésirable. Dans le respect des formes, bien sûr, mais en lui interdisant de remettre les pieds dans le pays jusqu'à ce que son rôle dans l'affaire soit éclairci.

Auparavant, Lourds espérait toutefois démêler le mystère du cahier, ou plutôt « des cahiers » au pluriel. Il n'était pas le seul à suer sur une copie du texte, or le temps jouait contre lui. Olympia discutait en ce moment même au téléphone avec une personne susceptible de les héberger en lieu sûr, mais qui ? elle n'avait pas cru bon de le préciser. Pour ne rien arranger, la police la recherchait à présent elle aussi. Des étudiants dotés d'un sens civique sujet à caution avaient posté sur YouTube le film de la course-poursuite captée par leur téléphone portable. Les chaînes d'informations locales en faisaient depuis leurs choux gras.

Cleena, installée face à Lourds, regardait la télé derrière le bar.

— Tout le monde vous court après, on dirait.

Lourds se concentra sur son travail mais il n'avait que trop conscience de la féminité de son interlocutrice pour l'ignorer longtemps. Il la regarda entamer d'un coup de dent un *kabak mucveri*, un beignet de courgette, avant de porter à ses lèvres sa bouteille d'eau minérale.

— Bon ! lança Lourds en retournant à sa transcription.

Qu'elle boude si ça lui chante, après tout! Au moins, pendant ce temps, elle gardait le silence. Or, le silence…

— Ça me dépasse, que vous refusiez de parler! s'exaspéra Cleena d'une voix tendue.

Lourds lui lança un coup d'œil éberlué.

— Vous m'avez pourtant dit que vous ne souhaitiez pas aborder le sujet, souligna-t-il.

— En effet.

— Très bien!

— N'empêche qu'il le faut! Même si je sens que la conversation ne va pas me plaire.

Pressentant qu'elle ne le laisserait pas tranquille tant qu'il ne prêterait pas l'oreille à ses doléances, Lourds se carra sur sa chaise en sirotant une gorgée de bière; de l'Elfes Pilsen, une blonde brassée à Izmir particulièrement rafraîchissante.

— Vous mesurez un peu l'ampleur du pétrin où vous êtes fourré? insista la rousse.

— Vous songez à la police turque? Ou au ministère américain des Affaires étrangères, que je soupçonne d'œuvrer main dans la main avec la CIA? Ou à Qayin et ses sbires? Ou à l'espèce de milice qui a essayé de nous trouer la peau à la fac, il y a quelques minutes à peine? Ceux-là, je ne sais pas de qui ils reçoivent leurs ordres. C'est à ce genre de pétrin que vous pensez?

— Oui.

— Ce n'est pas la première fois que vous vous attirez des ennuis, supposa Lourds en la détaillant. Vous ne me dites pas tout.

— Mais si! prétendit-elle en fuyant son regard.

— Que faisiez-vous à l'université aujourd'hui?

— Je vous l'ai déjà dit : je vous pistais.

— Pour le compte de qui?

— Le mien.

— Je ne vous crois pas.

— Pourquoi? se vexa Cleena, dont les prunelles flamboyèrent. Vous ne me croyez pas assez maligne pour comprendre qu'il y a du fric à gagner? Tout ce que je veux, ajouta-t-elle en posant les yeux sur le cahier, c'est ma part du gâteau.

Lourds posa une main sur la couverture.

— Vous n'avez pourtant pas essayé de me le dérober.

Cleena s'assombrit mais ne répondit rien.

— Je parierais que vous ne savez absolument pas à qui vous pourriez le revendre. Ni ce qu'il vaut.

— Et Qayin ?

— En voilà un partenaire fiable ! se moqua Lourds.

Cleena lâcha un terme ordurier à peine assez haut pour écorcher
les oreilles du professeur.

— Les types à l'université ne m'ont pas laissé l'impression de
rechercher des associés. Sans compter que vous n'êtes probablement
plus dans leurs petits papiers depuis que vous en avez dégommé une
paire.

— Les collectionneurs d'antiquités ne manquent pas.

— Le cahier n'intéressera aucun collectionneur à moins qu'il…

— Ou elle.

Lourds hocha la tête, pas dupe pour autant : Cleena se faisait simplement un devoir de l'enquiquiner.

— À moins qu'il ou elle ne connaisse sa provenance. Dont vous
ignorez tout.

— Elles vous amusent, vos cachotteries ? lui rétorqua Cleena en
grimaçant.

— Vous non plus, vous ne me dites pas tout, lui fit-il observer
en sirotant une gorgée de bière. Qui est l'ami qui vous murmure à
l'oreille, par exemple ? L'ami *i* ou *ie*, d'ailleurs ?

Cleena finit sa bouteille et se leva.

— Je vais m'en acheter une autre. Vous en voulez aussi ?

— S'il vous plaît. À condition que vous résistiez à l'envie de cracher dedans.

— Tiens ! Je n'y pensais pas mais c'est une idée…

Lourds la regarda se diriger vers le comptoir, fasciné par le balance-
ment ondoyant de ses hanches. De quoi l'hypnotiser !

Olympia se laissa choir sur le siège à côté du sien en secouant la
tête.

— Ah, là, là, sacré Thomas ! Tu ne changeras jamais. Nous venons
de réchapper à une horde de tueurs, voilà plusieurs jours que je partage ta couche et tu la reluques comme s'il ne te restait plus que
quelques heures à vivre.

— Pardon ! fit Lourds, penaud, en piquant un fard. Je crains que
l'habitude de déshabiller les femmes du regard ne soit trop profondé-
ment ancrée en moi pour que je réussisse un jour à m'en défaire. Je
ne voulais pas te manquer de respect.

— Oh, il n'y a pas de mal ! l'assura Olympia, le sourire aux lèvres. Quand je t'ai rencontré, j'ai tout de suite compris à quel genre d'oiseau j'avais affaire. C'est d'ailleurs ce qui m'a attirée, chez toi.

Lourds haussa un sourcil interrogateur.

— Un homme, un vrai, au sang bouillant, qui ne cherche pas à régenter la vie de sa partenaire ; voilà ce dont rêvent beaucoup de femmes à la carrière assurée. En plus, tu es un amant tendre et attentionné. Que demander de plus ?

— Ravi de te l'entendre dire !

— Ce qui me sidère, c'est que tu laisses un beau brin de fille te tourner la tête alors que tu ferais mieux de la garder sur tes épaules, ta tête. D'autant qu'une ribambelle de tueurs ne demandent qu'à te l'exploser.

— Ma priorité va bien évidemment à ma survie. N'empêche que la rousse cache en elle une part d'ombre qui m'intrigue.

Olympia trempa ses lèvres dans son verre de vin en étudiant Cleena à son tour.

— Tu te demandes pour qui elle travaille ?

— Par exemple.

— Qayin. Mais c'est déjà de l'histoire ancienne, non ?

— Il ne voulait pas qu'elle survive à leur partenariat. Ça m'étonnerait qu'ils fassent de nouveau cause commune, ces deux-là.

— Tu penses qu'elle œuvre dans son propre intérêt ?

Lourds indiqua d'un mouvement dépité de la tête qu'il n'en savait rien.

— Elle travaille avec un associé ; pas pour un patron. C'est une pro. Or, en principe, une pro digne de ce nom ne trempe pas dans une affaire dont elle ignore les tenants et les aboutissants, comme c'est pourtant le cas.

— Elle ferait mieux de décamper, de nous fausser compagnie en quittant Istanbul.

— Entièrement d'accord.

— Alors, pourquoi nous colle-t-elle aux basques ?

— Elle n'a sans doute pas le choix. Elle est tombée dans un traquenard qu'elle n'a pas vu venir. Je suppose, ajouta-t-il en esquissant un léger sourire, que ça explique pourquoi elle m'apprécie aussi peu.

Olympia partit d'un petit rire.

— Qu'est-ce qui m'amène à penser que le peu d'attirance que vous lui inspirez vous déçoit, professeur Lourds ?

— Oh, j'ai bien compris que je n'avais aucune chance, avec elle.

Olympia fit mine de compatir en l'ébouriffant d'un geste complice.

— Pauvre petit ! Ton amour-propre a dû en prendre un coup.

— Il s'en remettra. En attendant : reste à décider ce que nous allons faire d'elle.

Olympia s'écarta de Lourds, l'air étonné.

— Tu comptes la garder auprès de nous ?

— Tant que je ne saurai pas de quoi il retourne, nous n'aboutirons à rien, seuls, toi et moi.

— Balivernes ! Tu ne tarderas pas à découvrir le fin mot de l'histoire. J'ai confiance en toi. C'est d'ailleurs pour ça que je t'ai fait venir à Istanbul.

Lourds montra la télé au-dessus du comptoir, qui diffusait des extraits de la course-poursuite à l'université. Des portraits d'Olympia et Lourds apparurent à l'écran.

— L'heure tourne, le temps presse.

— Moi, j'estime qu'on ferait mieux de la semer, affirma Olympia. Je l'ai bien cernée : elle ne t'attirera — ne *nous* attirera, devrais-je dire — que des ennuis.

Lourds la transperça du regard.

— Ça ne t'est pas venu à l'esprit, reprit-il d'un ton plus amène, que je pourrais en dire autant de toi ? C'est toi qui m'as entraîné dans cet imbroglio qui a failli me coûter la vie. Sans me demander mon avis, en plus.

Olympia se radoucit. La mine contrite, elle écarta une mèche du professeur qui lui tombait devant les yeux.

— Je ne pensais vraiment pas que ton séjour à Istanbul prendrait une telle tournure, Thomas. J'aurais juré que ton rôle dans l'affaire se limiterait à la traduction du cahier. Je ne me doutais pas que quelqu'un d'autre était au courant de ta venue.

Lourds lui saisit la main et y planta un baiser.

— Je te crois, Olympia. De toute façon, je dois reconnaître que tant d'action m'électrise. Voilà le genre d'aventures pour lequel je suis fait, au fond.

— Le genre quête de l'Atlantide ?

Un sourire éclaira le visage du professeur.

— J'espère m'exposer à des périls moins nombreux, cette fois.

— L'avenir du monde en dépend !

209

— N'exagérons rien! Le cahier date de pas loin de deux mille ans. Autant dire qu'entre-temps, l'eau a coulé sous les ponts. Les enjeux d'aujourd'hui ne sont plus ceux de l'époque.

Olympia se retourna vers le comptoir.

— Quoi qu'il en soit, elle va nous créer des complications à force de traîner dans nos jambes.

Cleena gardait un œil sur leur reflet dans le miroir derrière le bar. Elle lâcha quelques mots dans sa barbe, à l'adresse de son oreillette.

— Elle reste avec nous, conclut Lourds.

— Ce n'est pas à toi seul d'en décider.

— Si tu veux faire équipe avec moi, reprit le professeur après un temps de silence, je ne te laisserai pas le choix.

La résolution de Lourds dérouta Olympia.

— Et si je m'y oppose?

— Eh bien, je ferai cavalier seul. Maintenant que l'affaire a piqué ma curiosité… Comme tu t'y attendais, d'ailleurs.

— Et si je te dénonce à la police pour qu'elle t'expulse de Turquie?

— Je verrai si ce fameux cahier n'intéresse pas la presse. Le destin du monde et tout le bataclan…

— Tu n'oserais pas, quand même! se récria Olympia d'un ton choqué, en dégageant sa main de celle de Lourds.

— Tu me connais : tu sais bien que si. Il suffirait que je rameute une poignée de journalistes à propos d'un inédit de Jean de Patmos et *paf!* Le gouvernement turc jugera tout à coup bon de m'accueillir à Istanbul en me fournissant les ressources nécessaires à ma traduction.

— Je t'imagine mal en maître chanteur.

— Disons que j'aimerais mieux ne pas en arriver là. Reste que des malfaiteurs m'ont enlevé en me tirant dessus. Et que tu as titillé ma curiosité sans me révéler tout ce que tu savais. Au point où nous en sommes, conclut Lourds au bout d'un temps de réflexion, je ne reculerai devant rien.

— Que tu dis!

— N'oublie pas qu'à t'entendre, le destin du monde dépend du Rouleau de la joie.

Olympia ne répondit rien.

— Tu ne peux pas gagner sur tous les tableaux, ma colombe. Soit il faut le retrouver vite fait, bien fait, ce rouleau, et je suis l'homme de la situation, soit ça n'a aucune espèce d'importance. Alors?

Furieuse, Olympia croisa les bras.

— La compagnie de cette demoiselle nous met en danger.

— Tu aimerais mieux qu'elle nous piste ? Au moins, en la prenant sous notre aile, nous la garderons à l'œil. Et qui sait si nous ne découvrirons pas qui l'emploie ? Soit dit en passant, ça nous aiderait à dissiper le mystère. Vous n'êtes pas les seuls à vous intéresser à ce parchemin, Qayin et toi. Quelqu'un d'autre a entendu parler du Rouleau de la joie et je veux découvrir qui.

Il but un peu de bière avant d'ajouter :

— En plus, elle sait manier un pistolet.

Cleena régla au comptoir la commande qu'elle apporta elle-même à leur table. En se rasseyant, elle examina Lourds et Olympia. Une tension palpable les dressait l'un contre l'autre ; ce que trahissait d'ailleurs le maintien un brin trop raide d'Olympia. À l'évidence, tout n'allait pas à sa guise. Cleena en conçut une satisfaction perverse.

— Alors, les amoureux ? On s'est disputés pendant que j'avais le dos tourné ?

— Mais non, la détrompa Lourds en inspectant la mousse de son demi en quête d'un éventuel crachat.

— Allons ! Je ne suis pas gamine à ce point, le rassura Cleena en levant les yeux au ciel.

— Reconnaissez que vous n'êtes pas bien âgée.

— Nous évoquions la possibilité pour vous de rester auprès de nous, lança Olympia à brûle-pourpoint.

— Je reste. Ce n'est pas une possibilité mais un fait.

Olympia lui décocha un sourire enjôleur. On lui eût donné le bon Dieu sans confession.

— Nous pensions que vous ne le souhaiteriez pas forcément, vu nos récents déboires.

Cleena soutint froidement le regard de l'universitaire.

— Vous comptez renoncer à la chasse au trésor ?

— Nous ne cherchons pas un trésor, tenta de la détromper Olympia en grinçant des dents.

— Peu importe ! lança Cleena en baissant les yeux sur le calepin devant Lourds. Je parierais que vous n'avez pas invité le professeur à Istanbul pour une simple partie de jambes en l'air assortie d'une chasse au dahu.

Une rougeur fugace colora les joues d'Olympia, qui se ressaisit bien vite.

— Ce qu'il y a entre Thomas et moi n'est pas aussi trivial que vous le pensez.

— Soyez gentille : ne développez pas, ça me soulèverait le cœur. Ce que vous fabriquez dans la sacro-sainte intimité de votre chambre d'hôtel ne me regarde pas.

— Et pourtant, vous n'en avez pas perdu une miette. Voyeuse !

Elle t'a eue, commenta Sevki au creux de l'oreille de Cleena, dont les joues virèrent au cramoisi.

— Ç'a été instructif, au moins ? l'asticota Olympia.

— Ça m'a confirmé qu'il n'y a guère que le vin qui se bonifie avec l'âge.

Un peu rude ! estima Sevki.

À la fois irrité et gêné, Lourds s'éclaircit la gorge.

— Mesdames, que diriez-vous de revenir à nos moutons ?

Olympia fusilla Cleena du regard.

— Si vous espérez en retirer un profit quelconque, vous vous fourrez le doigt dans l'œil.

Cleena but une gorgée d'eau.

— Je vous ai cernée, même si nous n'évoluons pas dans le même monde, vous et moi. Pour autant que je sache, les gens ne s'entretuent pas pour le plaisir. J'ignore ce que vous cherchez au juste mais quelqu'un espère en retirer des bénéfices. C'est-à-dire de l'argent.

À cela, il n'y avait rien à répondre, elle en était bien consciente.

Lourds suivit Olympia dans un dédale de ruelles où se dressaient encore des bâtiments vieux de plusieurs siècles, ayant échappé à la fureur destructrice des occupants successifs de la ville. Aux carrefours, des vendeurs à la sauvette déballaient leurs marchandises en les vantant aux chalands.

En 1273, la république de Gênes établit une colonie à Galata, dont le nom viendrait prétendument du mot *calata*, qui signifie « pentu » en italien. Le quartier s'est aussi appelé *Pera*, d'après une expression en grec ancien, que l'on pourrait traduire par « le champ de l'autre côté ». Le Bosphore le sépare en effet du reste de la ville. Les murailles de la cité médiévale furent en grande partie détruites lors de la quatrième croisade, quand les chrétiens se battirent entre eux ; catholiques contre orthodoxes. Le peu qui resta debout ne survécut pas à l'expansion urbaine du XIXᵉ siècle sous la férule des musulmans.

Lourds se retourna sur Cleena qui le suivait d'un bon pas, à distance, l'œil aux aguets, les cheveux attachés en queue-de-cheval.

— Vous étiez déjà venue à Istanbul ? lui demanda-t-il.

— Ne vous croyez pas obligé de me faire la conversation.

Lourds lui répondit par un haussement d'épaules.

— Oui, avoua-t-elle au bout d'un moment. À plusieurs reprises, même.

— J'aime beaucoup la partie la plus ancienne de la ville. L'histoire y a laissé son empreinte à chaque coin de rue ou presque.

— C'est de ça dont il est question, dans le cahier ? De l'histoire d'Istanbul ?

— Oui.

— Vous m'en direz tant ! s'exclama Cleena en esquissant un sourire songeur. Quelle époque au juste ? Celle des Grecs ? des Byzantins ? des Ottomans ?

— D'autres cultures encore se sont épanouies ici.

— J'ai quand même nommé les trois principales.

— Je vous l'accorde.

Ils marquèrent une halte devant les ruines du palais de la Génoise, également connu sous le nom de *palazzo del Commune* ou « palais de la Municipalité », à deux pas de la Bankalar Cadesi, l'avenue des Banques, où subsistaient plusieurs établissements financiers de l'époque ottomane.

— Il raconte quoi, ce fameux cahier ?

Lourds contourna un groupe d'enfants jouant sur le trottoir.

— Le moment me paraît mal choisi d'en parler.

— Ah bon ? Au contraire. Vous voyez mieux à faire en attendant d'arriver à destination ? Où, d'ailleurs ? Mystère…

Lourds rajusta sans mot dire son chapeau et son sac à dos en train de glisser sur son épaule.

— Vous savez où nous allons ? Votre copine a dû vous le dire ?

— Nous mettre à couvert. Et le professeur Adnan n'apprécierait certainement pas que vous parliez d'elle comme de ma « copine ».

— Je parierais que « régulière » lui plairait encore moins, supposa Cleena, un sourire onctueux aux lèvres.

Lourds préféra ne rien répondre.

— C'est vous qui pensez que nous serons en sécurité là où nous allons ? Ou c'est elle ?

Le pressentiment vint à Lourds que, quoi qu'il dirait, une discussion houleuse s'ensuivrait.

À cet instant précis, six hommes autour d'une charrette de melons se retournèrent sur eux. Lourds remarqua leur manège du coin de l'œil. Cleena aussi : elle glissa une main sous sa chemise, dont les pans masquaient le haut de son jean.

— Non ! lui ordonna Olympia en pivotant d'un coup.

Une brusque décharge d'adrénaline fouetta le sang de Lourds, qui chercha par quel côté prendre la poudre d'escampette. Malheureusement, la rue était bondée.

Cleena tenait à présent son pistolet contre sa cuisse.

— Ce sont des amis, expliqua Olympia en s'interposant entre les individus en question et Cleena — une manœuvre que Lourds estima risquée : au cas où ça se gâterait, Cleena n'hésiterait pas à tirer sur Olympia.

Sans réfléchir, Lourds se plaça entre les deux femmes ; ce qui, pour le coup, lui parut vraiment stupide.

— Peut-être, commença-t-il en se fustigeant en son for intérieur, pourrais-tu nous présenter ?

Il reconnut alors l'un des hommes venus à sa rescousse dans les catacombes : vêtu ce jour-là d'un burnous, il avait conduit le professeur à l'abri. Là, il arborait un pantalon de toile kaki, des tennis bleu marine et un tee-shirt en hommage à Coldplay.

— Thomas ! lança Olympia d'un ton presque guilleret. Tu as déjà rencontré Joachim.

— Nous n'avons pas été présentés, lui rappela Lourds en se demandant s'il devait lui tendre la main ou reculer d'un pas, au risque de se prendre une balle pour de bon si Cleena s'avisait de tirer dans le tas.

Joachim hocha la tête, d'un air sombre.

— Bonjour, professeur Lourds. On m'a dit beaucoup de bien de vous.

— Merci. J'aimerais vous retourner le compliment.

Olympia prit par le bras le jeune homme et sourit. Un instant, un sentiment redoutablement proche de la jalousie étreignit le cœur de Lourds.

— Je suis ravie de vous donner enfin l'occasion de faire connaissance. Je regrette seulement que ce ne soit pas dans d'autres circonstances.

— Qu'est-ce qu'il fabrique ici, lui ?

— Joachim va nous aider, affirma Olympia.

— Qu'est-ce qui vous prouve que vous pouvez vous fier à lui ? releva Cleena.

— Joachim est mon frère.

Dès qu'il se fut un peu détendu, Lourds remarqua qu'en effet, Olympia et Joachim partageaient un petit air de famille. Le frère cadet de sa collègue et amante parut à Lourds plus âgé qu'il ne l'eût d'abord cru dans les catacombes : la trentaine largement entamée.

Joachim les conduisit à un immeuble d'habitation. Il disposait des clés d'un appartement au second, assez grand pour y loger toute l'équipe. Une cuisine y jouxtait une salle à manger dans le prolongement d'un séjour meublé d'une grande table de réunion où trônait un ordinateur.

— Vous avez déjà mangé, professeur ? s'enquit par politesse Joachim.

— Non. Je n'ai rien avalé depuis mon petit déjeuner avec Olympia. Je comptais l'emmener dîner quand un contretemps m'en a empêché.

Le professeur posa son sac à dos au pied d'une chaise autour de la table de réunion.

— Vous voulez parler des hommes armés à vos trousses ?

— Exactement, confirma Lourds en s'asseyant et en sortant de ses affaires le précieux cahier.

Joachim prit place en face de lui.

— Olympia prétend que vous n'avez aucune idée de leur identité.

— En effet.

— Vous ne savez pas non plus qui les emploie ?

— Ils m'ont paru américains. Mais pourquoi le gouvernement des États-Unis s'intéresserait-il à ce vieux bout de papier ?

— Parce qu'il sait ce qu'il vaut.

— Parce que quelqu'un, en haut lieu, partage vos convictions, à vous et Olympia ?

Las de guetter en vain de plus amples explications, Lourds lâcha, en frottant la tranche du pouce :

— Parce que le destin du monde dépend de ces pages ?

À côté de son frère, Olympia fronça les sourcils.

— Thomas a du mal à le croire.

Une chaise vide séparait Lourds de Cleena qui se contentait de les écouter en s'hydratant régulièrement à l'aide de sa bouteille d'eau.

Joachim se frotta les mains, qu'il avait d'ailleurs calleuses, ce dont s'étonna Lourds.

— Je vous assure, professeur, qu'il n'est pas nécessaire que vous en soyez convaincu pour nous aider. Traduisez-nous ce texte ; nous n'en demandons pas plus.

— Vous pensez qu'il vous indiquera où trouver le Rouleau de la joie ?

— Oui, affirma Joachim d'un ton convaincu. Vous verrez.

Il demanda à l'un de ses camarades de leur préparer à manger.

— On ne peut pas réfléchir, l'estomac vide, admit-il à l'intention de Lourds.

En quelques minutes à peine, un fumet d'agneau assaisonné d'épices se répandit dans l'appartement. L'estomac de Lourds en gargouilla de plaisir anticipé. Dans l'intervalle, il s'était heureusement décapsulé une cannette de bière bien fraîche, qu'il sirota tandis que la conversation se poursuivait.

Joachim écoutait les interventions du professeur avec autant de recueillement qu'un étudiant bûchant un examen.

— Vous n'êtes pas capable de déchiffrer le cahier ? s'étonna Lourds.

— Non, admit Joachim.

— Ni vous ni aucun de vos camarades ?

Une grimace d'impatience contracta les traits de Joachim.

— Hélas ! Sinon, Olympia ne vous aurait pas mêlé à cette histoire.

— Quand les informations que renferme le cahier se sont-elles perdues ?

— À l'époque de Constantin.

— Dans quelles circonstances ?

— Vous connaissez l'histoire de la ville.

Lourds opina du chef.

— Une kyrielle de catastrophes naturelles se sont abattues sur Istanbul, en plus des guerres qui y ont fait rage. Des tremblements de terre. Des incendies. Le passage du temps a épaissi le mystère autour de la cachette du Rouleau, à mesure que les reconstructions succédaient aux destructions.

— En admettant qu'il ait été rédigé à Patmos…

— C'est le cas. Il ne subsiste aucun doute là-dessus.

— Comment a-t-il échoué ici?

— L'empereur Constantin a collecté de nombreuses reliques du Christ et des premiers chrétiens. Comme vous le savez, l'Empire romain a tenté d'étouffer dans l'œuf notre religion. S'il n'y est pas parvenu, beaucoup d'objets précieux ont tout de même été dispersés ou détruits.

— Ce fut une époque de désordres, acquiesça Lourds. Constantin s'est efforcé de préserver la foi chrétienne.

— Hélène, sa mère, s'est elle-même mise en quête de reliques. Armée d'une foi à toute épreuve, elle souhaitait ardemment protéger ce qu'elle tenait pour sacré. Au cours de ses pérégrinations, elle a entendu parler de la fraternité du Rouleau et s'est rendue sur l'île de Patmos au nom de son fils, soucieux de préserver certains écrits.

— Compte tenu de l'étendue de son pouvoir et de son attachement à la chrétienté orientale, je veux bien l'admettre, en rabattit Lourds en notant quelques repères chronologiques sur son calepin. Le Rouleau de la joie est donc resté près de quatre cents ans sur l'île de Patmos.

Joachim acquiesça.

Hélène assumait un rôle de premier plan à la cour de l'empereur Constantin. Les historiens lui attribuent l'invention des reliques de la vraie croix. La chapelle qui lui est dédiée, à l'emplacement du Buisson ardent, sur le mont Sinaï, a été bâtie sur ses ordres. En creusant sous le temple de Vénus à proximité du Calvaire, à l'endroit où fut enterré le Christ, Hélène et sa suite mirent au jour trois croix. Sur l'une d'elles fut crucifié Jésus. Sur les deux autres, les larrons. Hélène, raconte la légende, pria une femme de Jérusalem mal en point de toucher les croix. Au contact de la troisième, elle guérit. On édifia l'église du Saint-Sépulcre à l'endroit du miracle. D'autres lieux de culte virent bientôt le jour alentour. Hélène découvrit aussi les clous de la passion. De retour de voyage, elle demanda à un forgeron d'en fixer un au casque de Constantin et un autre sur le harnais de son cheval.

— Comment Hélène a-t-elle convaincu la Fraternité de lui céder le rouleau? s'enquit Lourds.

— Sa présence sur l'île a fait comprendre aux adeptes que le rouleau n'y était plus en sécurité. À l'époque, la Fraternité ne cultivait pas l'esprit de lutte, au contraire. Ses membres ne seraient pas sortis vivants d'un combat en vue de la conservation du rouleau.

Lourds jeta un coup d'œil aux mains calleuses de Joachim.

— Les temps ont changé, on dirait ?

Un nuage de tristesse voila les traits du frère d'Olympia.

— Au fil des ans, la Fraternité a dû s'éloigner de ses ambitions d'origine. Si nous restons attachés au pacifisme des débuts, nous ne redoutons plus la violence.

— Donc, vous êtes des tueurs, conclut Cleena. Au fond, vous ne valez pas mieux que Qayin et *tutti quanti.*

— Non ! s'emporta Joachim en frappant la table avec une telle force que leurs verres en tressautèrent. Nous ne tuons personne. La Fraternité n'a pas ravi la vie d'un seul homme.

Jusqu'ici, du moins, songea Lourds qui préféra ne pas creuser le sujet.

— Dans ce cas, souligna Cleena, mieux vaut vous éviter la bagarre.

Joachim l'étudia un moment.

— Un adversaire mis hors d'état de nuire n'est pas plus redoutable qu'un ennemi mort. Nous suivons un entraînement dans l'objectif de réduire à l'impuissance ceux qui cherchent à s'emparer du rouleau. Il n'est pas indispensable que nous donnions la mort pour atteindre nos buts.

— Louée soit votre grandeur d'âme ! Votre répugnance à liquider vos assaillants va quand même vous encombrer d'un sérieux handicap.

— *Nous* encombrer, non ? releva Olympia.

— Non ! J'ai bien dit « vous », persista Cleena d'un ton calme en dépit de l'évidente menace que recelaient ses propos.

Lourds tenta d'orienter la conversation sur un sujet moins brûlant.

— Hélène a donc convaincu la Fraternité de lui confier le rouleau ?

— A priori, la Fraternité avait autant à y gagner que Constantin, expliqua Olympia. À l'époque, l'empereur bâtissait en effet la *Megale Ekklesia.*

— En décodé ? s'enquit Cleena.

— La Grande Église, littéralement, lui expliqua Lourds. Constantin a décidé sa construction au IVe siècle. Il n'a pas vécu assez longtemps pour la voir achevée.

— Mais assez pour cacher le rouleau, affirma Joachim.

— À l'intérieur de l'église ? demanda Lourds, soudain démoralisé. Elle a été détruite au bout de même pas un demi-siècle.

— Quarante-quatre ans, exactement. En l'an 404 de notre ère, alors que la pose de la dernière pierre remontait à 360.

Lourds indiqua d'un geste impatient que ces précisions n'apportaient rien à la discussion. S'il avait su où chercher le rouleau, il aurait eu les dates en tête, lui aussi. Les érudits ne sont pas censés tout savoir. Il suffit qu'ils connaissent le moyen de retrouver n'importe quelle information souhaitable.

— Jean Chrysostome devint archevêque de l'église de la Sainte-Sagesse, comme on l'appelait du temps de Constantin...

— En 398, compléta Joachim.

Lourds avala une gorgée de bière.

— Je suppose qu'il faut une redoutable mémoire pour être admis parmi la Fraternité.

Les commissures des lèvres de Joachim se plissèrent.

— Jean Chrysostome, reprit Lourds, entra en bisbille avec Théophile, le patriarche d'Alexandrie, et l'épouse de l'empereur Arcadius...

— Eudoxie, lui souffla obligeamment Joachim.

— Merci. Jean Chrysostome refusa de s'incliner face au patriarche. En ce qui concerne l'impératrice, il vilipenda les dames qui étalaient leur fortune en se parant de luxueux atours. Le patriarche et Eudoxie organisèrent le conciliabule du Chêne en 403 afin de bannir Jean Chrysostome. Le peuple se souleva en exigeant son retour.

— Et ce n'est pas tout ! s'interposa Joachim. Le soir même de l'arrestation de Jean Chrysostome, la terre trembla. Beaucoup, l'impératrice y compris, y virent une manifestation de la volonté divine.

La mention du tremblement de terre éveilla un vague écho en Lourds.

— Toujours est-il que la première église de la Sainte-Sagesse ne s'en releva pas. Qu'est-ce qui vous amène à penser, poursuivit Lourds en scrutant Joachim, que le Rouleau de la joie n'a pas brûlé en même temps que l'édifice ?

— Il se trouvait caché dans le dédale de galeries sous les fondations.

— Ah ! fit Lourds en frottant son menton où sa barbe repoussait déjà dru. Pourquoi n'est-il pas en votre possession ? En seize cents ans, votre Fraternité a largement eu le temps de mettre la main dessus.

— Nous n'étions pas censés le récupérer, au début. Seul l'empereur Constantin et quelques membres de la Fraternité connaissaient sa cachette. Ils se méfiaient de leurs nombreux ennemis, dont seules les séparaient les murailles de la ville. La décision fut prise de n'indiquer son emplacement qu'à une poignée d'hommes, qui se transmettraient l'information d'une génération à la suivante. Le nombre de personnes dans le secret a encore été réduit après la sédition Nika.

— L'affrontement entre les Bleus et les Verts, précisa Lourds.

— Tout à fait.

— De quoi s'agit-il ? voulut savoir Cleena.

— À l'époque, dans les années 530, je dirais…, commença Lourds.

— En 532, le renseigna Joachim, un sourire aux lèvres. Comme vous dites : il faut une redoutable mémoire !

— De nombreuses associations, des *demes*, soutenaient les équipes qui s'affrontaient lors des courses de char et autres compétitions.

— Ça n'existait quand même pas déjà, le pari mutualiste ?

— Mais non ! la détrompa Olympia. Les *demes* s'apparentaient à des partis politiques, voire à des bandes armées. En tout cas, ils ne s'intéressaient pas qu'au sport mais aux problèmes de société de l'époque. Et ils se battaient contre ceux qu'ils n'appréciaient pas. Des rixes éclataient fréquemment en pleine rue entre les différentes factions et les soldats de l'empereur.

— Pour ne rien arranger, continua Lourds, des aristocrates patronnaient bon nombre de ces *demes,* or certains s'estimaient plus à même d'exercer le pouvoir que l'empereur Justinien, alors sur le trône. En 531 éclata une émeute qui dégénéra en assassinats. Les autorités appréhendèrent des Bleus et des Verts, tenus pour responsables des débordements. La plupart finirent au bout d'une corde. Cependant, au début de l'an 532…

D'un coup d'œil, il appela Joachim à la rescousse.

— Le 10 janvier, très exactement.

— Un Bleu et un Vert faussèrent compagnie à leurs geôliers pour se mêler à la foule venue protester contre les exécutions. Justinien, affaibli par des dissensions internes et les négociations avec la Perse, commua les condamnations à mort en peines d'emprisonnement à vie.

— Que personne n'a purgées bien sûr ? supposa Cleena.

— Non, effectivement. Les courses de char se déroulaient à l'hippodrome, à côté du palais et de l'église de la Sainte-Sagesse. La violence a fini par se déchaîner : les troubles durèrent cinq jours en tout. À la fin, il ne restait plus de l'édifice de culte que des ruines calcinées.

— Le Rouleau de la joie n'a pourtant pas quitté sa cachette, les informa Joachim.

— Sa cachette ? Il ne serait pas plutôt perdu ? rétorqua Lourds.

— Non ! Comme je l'ai dit, la Fraternité a décidé de ne révéler son emplacement qu'à un nombre de personnes limité.

— Pourquoi ?

— Parce que la ville sombrait dans le chaos. Des ennemis se massaient à ses portes et le mécontentement couvait parmi le peuple. Les frères craignaient qu'au cas où la cachette du rouleau et son pouvoir s'ébruiteraient, il n'y aurait plus moyen de mettre des bâtons dans les roues de ceux qui le convoiteraient. Les Anciens se sont barricadés dans le réseau de galeries sous l'église. Les élus, les détenteurs du secret, ne devaient plus revoir la lumière du jour.

— Quelle bande de fous ! soupira Cleena.

Lourds ne lui donna pas tort, encore que la décision de la Fraternité n'eût rien d'unique en son genre.

— C'est finalement ce qui a causé leur perte, non ? s'enquit Lourds. Trop peu de gens au parfum, tous réunis en un seul et même lieu...

— Ils ont fait de leur mieux, les défendit Joachim. Ils ont pris la décision la plus prudente à leur sens.

— Il faut dire aussi que la Fraternité ne s'attendait pas à la quatrième croisade.

— Attendez ! Je me trompe ou les croisades opposaient les musulmans aux chrétiens ? s'interposa Cleena.

— Oui et non, lui expliqua Lourds. À l'origine, la quatrième croisade avait pour objectif d'envahir la Jérusalem musulmane en passant par l'Égypte. Puis l'Église catholique romaine résolut de mettre à sac Constantinople. À l'issue de cinq jours de siège et de combats, il ne restait plus de la majeure partie de la ville qu'un champ de ruines. Des milliers de cadavres gisaient dans les rues et des milliers d'habitants durent abandonner leur domicile. Les croisés confisquèrent tout ce qui leur tomba sous la main présentant un tant soit peu de valeur.

— Hormis le rouleau. Ils ne l'ont pas trouvé, lui ! ajouta suavement Joachim.

— Vous en êtes certain ? l'interrogea Lourds en le sondant du regard.

— La Terre n'a pas cessé de tourner, professeur Lourds : ce qui prouve bien ce que je viens de dire. Si par malheur le rouleau se retrouvait entre de mauvaises mains, nous pourrions dire adieu au monde tel que nous le connaissons. Comptez là-dessus.

— Qu'est-il arrivé aux élus ?

— Ils sont restés dans les galeries creusées sous l'église. Les hommes qui en défendaient l'entrée furent massacrés mais eux-mêmes se barricadèrent dans un sanctuaire, où ils moururent de faim et de soif avant que la nouvelle de la catastrophe parvienne à eux. Un véritable trésor a été entreposé, et par conséquent perdu dans les souterrains où l'avaient dissimulé les soldats de l'empereur, mais le Rouleau de la joie y est toujours, lui.

Lourds réfléchit aux révélations de Joachim. Puis il tapota la couverture du cahier sur la table.

— Où l'avez-vous déniché ?

— La plupart des textes là-dedans datent d'après la mort des Anciens. D'autres reproduisent les messages qu'ils ont glissés dans une fissure du plafond de la salle où ils ont fini leurs jours.

Des visions des adeptes abandonnés de tous s'imposèrent à l'imagination de Lourds. Qu'avaient-ils ressenti, enfermés à l'intérieur de leur futur tombeau, en train de mourir de faim à petit feu ?

Alors qu'il leur suffisait de cracher le morceau pour s'en tirer vivants.

Lourds n'eût sans doute pas trouvé le courage de résister à la tentation. Cela dit, il ne se serait pas non plus cru capable de subtiliser le cahier à Qayin et ses sbires.

Alors qu'il l'avait fait.

— Jusqu'ici, professeur Lourds, je me suis montré patient, par égard pour les épreuves que vous avez traversées et parce que ma sœur a foi en vous.

— Je t'avais bien dit que, si quelqu'un était en mesure de nous aider, ce serait Thomas, affirma Olympia en turc.

— Soyez gentille ! l'interrompit Cleena. Parlez anglais pour les mal comprenants.

Olympia répéta dans la langue de Shakespeare sa remarque, qui arracha un reniflement de mépris à Cleena.

— L'heure est venue de prouver votre capacité à nous aider, exigea Joachim en plantant son regard sombre dans celui de Lourds. Alors ?

— D'abord, j'ai un service à vous demander.

Joachim se carra sur sa chaise en croisant les bras, manifestement contrarié.

Sans se formaliser, Lourds ouvrit le fameux cahier à la page de la mystérieuse inscription décalquée sur une pierre.

— D'où est-ce que ça vient ?

— Il n'y a rien d'intéressant, là-dedans.

— Selon vous ! Permettez-moi de ne pas être d'accord.

— Pour quelle raison ?

— Ce texte provient d'une paroi de la salle où les membres de la Fraternité se sont laissés mourir afin de préserver le secret du Rouleau de la joie.

— C'est vrai ? lança Olympia à l'intention de son frère.

Joachim se contenta d'examiner Lourds sans mot dire.

— Joachim ? insista sa sœur.

Celui-ci finit par acquiescer.

— En effet, mais ça ne prouve rien : simple conjecture de votre part.

Lourds tourna quelques pages et reprit, en pointant son index sur une rangée de caractères :

— Ce texte aussi vient des galeries sous l'église. Je me trompe ?

Le regard de Joachim alla de la page que le professeur désignait à son expression triomphante.

— Comment l'avez-vous deviné ?

— Je l'ai déchiffré ! avoua Lourds, qui sourit malgré lui en voyant les yeux ronds comme des soucoupes de son interlocuteur. Vous n'êtes pas curieux de savoir ce qu'il raconte ?

18

Quartier d'affaires central
Ville économique du roi Abdallah, Arabie saoudite
19 mars 2010

La suite occupée par Webster s'apparentait en réalité à une prison ; certes dorée, vu le luxe de son aménagement. Il en avait parfaitement conscience et ne le supportait qu'à grand-peine. Il serait volontiers sorti rien que pour prouver qu'il en avait la possibilité. Peut-être aussi désirait-il pousser le prince Khalid dans ses retranchements, curieux de sa réaction.

Aucun homme armé ne montait la garde à la porte de la suite mais il n'en allait pas de même aux issues de l'hôtel. Il y avait des micros cachés dans la chambre du vice-président. Aucun doute là-dessus. À la place du prince, Webster y aurait même placé une caméra. Voilà pourquoi il branchait un générateur de bruit blanc de la CIA pendant qu'il passait ses coups de fil.

Depuis le début de la soirée, il sifflait un verre après l'autre dans l'espoir de se détendre et se consolait de ses déboires dans les bras de Vicky DeAngelo, une partenaire étonnamment exigeante et généreuse à la fois. Pendant leurs ébats, Webster avait surtout réfléchi à l'incertitude qui pesait sur l'issue de la mission à Istanbul et aux troubles qui couvaient en Arabie saoudite.

Au final, Vicky s'était avérée de la même trempe que lui. Dès qu'une insurrection eut éclaté en Arabie saoudite, elle quitta le lit de Webster pour donner ses instructions, depuis sa propre chambre, aux journalistes à ses ordres dans le pays. Ceux-ci eurent à peine le temps de recueillir et de transmettre quelques maigres informations avant que les troupes de Khalid ne les réduisent au silence, parfois au prix de leur vie. Pour l'instant, le nouveau roi n'en avait pas encore touché mot à Vicky.

Dissimulé par les replis de la lourde tenture encadrant la baie vitrée qui donnait sur le balcon, le vice-président observait la ville et ses quartiers strictement délimités. Certains, raccordés au réseau électrique, brillaient de mille feux dans la nuit mais pas tous, loin de là. Aucune lumière n'éclairait la chambre de Webster, qui se sentait plus libre de ses mouvements dans la pénombre, son téléphone satellite rivé à l'oreille. Dans la rue patrouillaient les forces de l'ordre armées jusqu'aux dents. D'innombrables chars et soldats passaient et repassaient au pied de l'hôtel.

Au fond de la chambre, une télévision diffusait en sourdine des images clandestines des événements en Arabie saoudite, prises pour l'essentiel par les reporters au service de Vicky et retransmises par les chaînes WNN, Fox, CNN et compagnie.

Khalid avait tenu parole : il chassait à présent ses ennemis du pays. Quelques minutes à peine après son petit discours à Webster, des commandos lâchés dans les rues d'Arabie en expulsèrent à la fois les chiites, ceux que la police suspectait d'en être et leurs sympathisants ; ce qui convainquit la plupart des hommes d'affaires occidentaux de mettre les voiles. N'importe qui lié de près ou de loin aux chiites appartenait dorénavant à la catégorie des indésirables. Une purge religieuse venait de commencer, dont les répercussions s'amplifiaient d'heure en heure. On eût dit une marée montante impossible à endiguer. Le vice-président avait hâte d'en mesurer les conséquences.

Un certain nombre des victimes désignées de Khalid s'étaient défendues, résolues à ne céder ni leurs commerces ni leurs fortunes. Une bonne part d'entre elles — pour ne pas dire la majorité, comme le soupçonnait Webster — avaient été exécutées d'entrée de jeu par son armée. D'autres avaient subi des traitements inhumains : beaucoup avaient dû monter à bord de camions ou de wagons à bestiaux à destination de l'Inde ou du Pakistan. Déjà confrontés par le passé au problème des déplacés, aucun des deux pays n'avait accueilli de bonne grâce les réfugiés chiites menaçant d'affaiblir leur économie, d'autant qu'il faudrait mobiliser des quantités de soldats pour surveiller les camps où ils seraient parqués.

Khalid devait s'y attendre. Webster n'était pas dupe. La mise à mal des finances de l'Inde et du Pakistan rendrait vulnérables leurs frontières. Sans parler de l'affectation de leur armée au maintien de l'ordre parmi les expulsés d'Arabie saoudite. Si ces malheureux ne s'étaient pas réclamés de la foi chiite, aucun des deux pays ne les eût tolérés sur son territoire. D'autres déplacés allaient encore arriver, telle une invasion de sauterelles. Au sein même de l'Inde et du Pakistan, des dissensions ne manqueraient pas de s'élever entre ceux qui souhaitaient leur venir en aide et les sunnites hostiles qui prendraient les camps pour autant de cibles faciles. Déjà, quelques attaques étaient à déplorer.

— Je ne sais pas si tu vois ce que j'ai sous les yeux en ce moment, grommela le président Michael Waggoner à l'autre bout du fil, mais j'ai bien l'impression qu'une guerre d'une ampleur inédite se prépare au Moyen-Orient.

La tension dans la voix du président eût échappé à beaucoup mais pas à Webster, qui connaissait Waggoner depuis des années. Ce dernier lui parut soudain plus près que jamais de perdre son sang-froid.

— J'ai allumé la télé. Et je ne perds pas une miette de ce qui se passe ici, dans la rue.

Waggoner lâcha un juron ; ce qui ne lui ressemblait pourtant pas.

— Je n'oublie pas que tu es au cœur de la tourmente, Elliott. L'idée de t'envoyer en Arabie saoudite n'est pas la plus brillante qui me soit venue. Je me fais du mouron pour toi.

— J'imagine, Mike. Nous vivons tous des moments difficiles.

— Tu es sûr que ça va ? Surtout, préviens-moi si tu t'estimes en danger. Une équipe se tient prête à entrer en action, à bord d'un porte-avions à proximité. Le colonel qui la dirige m'a garanti qu'il lui faudrait moins de vingt minutes pour se porter à ton secours.

— Nous n'en sommes pas encore là. Pour l'instant, nous n'avons rien à craindre. En revanche, si nous prenions la poudre d'escampette, certains y verraient une preuve de faiblesse.

— Tu n'as pas tort. C'est d'ailleurs ce que je n'arrête pas de me répéter. Je ne comprends quand même pas, avoua le président en soupirant, comment la situation a pu dégénérer en aussi peu de temps.

— Notre venue en Arabie saoudite n'y est pour rien, mentit Webster. Khalid avait déjà tout planifié. Il y a belle lurette que le Moyen-Orient menace de sombrer dans la folie meurtrière. Cette fois, les dernières limites ont été franchies.

— Khalid pense vraiment s'en sortir impunément ? Il ne craint pas de représailles ?

— Il se trouve en position de force. Il n'a pas eu le temps de se rendre dépendant de l'exercice du pouvoir, comme son père et son frère. Il tient à tout prix à venger sa famille. Les répercussions, il s'en fiche. Ce qu'il veut, c'est prouver au monde qu'il en a. Il ne croit personne en mesure de lui mettre des bâtons dans les roues. Qui en trouverait le courage, de toute façon ? Qui peut se permettre de se passer du pétrole saoudien ?

— C'est un fou, ce Khalid !

— Un fou qui sait parfaitement ce qu'il fait.

Dans la rue en contrebas, de vifs éclats de lumière attirèrent l'attention de Webster : ça tirait dans tous les coins. Une nouvelle bataille, ou un nouveau massacre, venait de commencer.

— Je croyais quand même que tu gardais un minimum d'emprise sur lui.

— J'en avais sur son père, or j'espérais que les bonnes dispositions du feu roi déteindraient sur son fils, mais non : il est tellement jeune qu'il s'estime dans son bon droit. Rappelle-toi quand tu avais cet âge-là, Mike.

— Ça, oui, je m'en souviens.

— Son frère se laissait plus facilement convaincre.

— Le sort a joué contre nous. Pourquoi fallait-il que ce soit le plus hostile des fils qui accapare le pouvoir ?

Le sort ? Tu parles ! songea Webster. *Tout se passe comme prévu.*

Ou presque. La situation à Istanbul l'inquiétait quelque peu. Webster s'attendait à ce qu'Eckart eût une bonne nouvelle à lui communiquer. Eh bien, non : nul ne savait au juste où se cachait ce maudit rouleau. Webster écumait, même s'il eût juré qu'il parviendrait à s'en emparer tôt ou tard.

La télé montrait des chars saoudiens déboulant dans les rues face aux passants qui s'éparpillaient dans toutes les directions à la fois. Devant un blindé surgit un homme muni d'un cocktail Molotov, qu'il lança sur le véhicule. Un rideau de flammes obligea le commandant du char à se réfugier à l'intérieur. Une mitrailleuse jaillit de la tourelle. Une salve de coups de feu projeta l'auteur de l'attentat à terre. Des soubresauts l'agitaient encore lorsque les chenilles lui roulèrent dessus. Après le passage du blindé, il ne restait plus rien du rebelle qui permît de reconnaître en lui un être humain.

— Les compagnies américaines, redoutant une privatisation, font pression sur moi, reprit Waggoner. Les barons de l'industrie pétrolière s'imaginent que les Saoudiens vont exploiter leurs puits avec du matériel américain pour vendre du pétrole à la Chine ou à l'Inde. Inutile de préciser qu'une telle perspective ne réjouit personne.

— Si c'est ce que veut Khalid, personne ne pourra rien y changer. À moins que les industriels américains ne consentent à payer le pétrole saoudien au prix fort : les cours vont sans doute grimper en flèche d'ici peu.

— Ils n'accepteront jamais d'aligner les billets pour du pétrole pompé à l'aide de leur propre matériel, dans des puits qu'ils ont eux-mêmes creusés.

— J'y ai pensé. Il serait peut-être temps de montrer à Khalid que nous ne comptons pas nous laisser marcher sur les pieds.

— Qu'as-tu en tête exactement ?

— Comme tu l'as souligné, un corps expéditionnaire de la marine américaine cantonne non loin d'ici. L'heure a sonné, me semble-t-il, d'offrir aux Saoudiens une petite démonstration de force.

Waggoner garda le silence un moment.

— Je ne suis pas certain qu'il soit nécessaire d'en venir là.

— Hum… Plus nous attendrons, plus il sera difficile de reprendre la situation en mains.

— Je sais ! soupira Waggoner. Ce sont vraiment des chiites qui ont assassiné le roi et son fils aîné ?

— Non, c'est seulement ce que prétend le prince.

— Personne ne les avait donc à l'œil, ces chiites ?

— Il faut croire que non. La piste suivie par les enquêteurs au service de Khalid les a conduits à des extrémistes.

— Ah bon ?

Webster s'approcha du bureau où trônait son ordinateur.

— Si j'en crois la CIA, en tout cas, affirma-t-il en jetant un coup d'œil aux visages à l'écran.

Eckart et son équipe avaient déniché des « terroristes chiites » un mois plus tôt ; en réalité, des hommes d'affaires implantés dans la Ville économique du roi Abdallah. Pendant qu'il surveillait leurs agissements, Eckart avait transmis à Webster les clichés qu'il examinait à présent : le vice-président avait ensuite confié à un pirate informatique le soin d'ajouter leur dossier à la base de données de Langley en faisant d'eux, du jour au lendemain, des « terroristes ».

— Ils étaient connus de nos services ? s'enquit Waggoner.

— Oui, sauf que nul ne pouvait se douter qu'ils assassineraient le roi et son fils aîné.

— Surtout avec une telle maestria.

— Ça ! renchérit Webster en sirotant une gorgée de bourbon du Tennessee qui lui brûla la gorge.

— Crois-tu que le châtiment des coupables suffira à étancher la soif de sang du prince ?

Webster observa le déferlement de violence à la télévision. Les dernières nouvelles d'Arabie saoudite défilaient au bas de l'écran. Le nombre de morts augmentait d'une minute à l'autre. Sur l'une des principales chaînes d'informations américaines, un envoyé spécial pris entre deux feux essuya des tirs. Le cameraman filma la scène avant de prendre ses jambes à son cou. À en juger par les tressautements de l'image, qui s'arrêta tout à coup sur un plan fixe du sol, le malheureux venait de partager le sort de son collègue.

— Khalid n'est plus le seul en cause, reprit Webster. Admettons que nous lui fassions entendre raison, crois-tu que les chiites en resteraient là, eux ?

— Non, mais nous pourrions les apaiser en nous interposant comme médiateurs entre les deux factions.

— Fidèles à notre tradition diplomatique, qui nous a si bien réussi jusqu'ici ! persifla Webster.

— Nous ne pouvons pas rester les bras croisés. Les États-Unis ne sont pas prêts à supporter les conséquences économiques d'un basculement du Moyen-Orient tout entier dans le chaos.

— Comme si je ne le savais pas ! N'oublie pas que, depuis ton élection, c'est moi qui ai planché sur la plupart des scénarios concernant l'avenir du Moyen-Orient.

— Inutile de me rafraîchir la mémoire, Elliott. J'espérais simplement que nous n'en arriverions pas là.

Un sourire fébrile se forma sur les lèvres de Webster, qui n'osait jusque-là pas croire que tout irait comme sur des roulettes, ni que le président Waggoner se résoudrait aux mesures désespérées qu'il avait en tête.

— Nous ne sommes pas prêts, ou plutôt les États-Unis ne sont pas prêts à se passer de pétrole, exposa calmement Webster. Stephen Napier ne devrait plus tarder à trouver une solution. Mais, même en admettant qu'une source d'énergie alternative réponde à nos besoins, il faudra du temps pour que la transition se fasse. Il me semble que nous étions d'accord, toi et moi, sur le facteur temps.

— Oui, oui. Seulement, les événements prennent une tournure qui ne me plaît pas. Je me demande où ça nous mènera.

— Nous n'avons rien à nous reprocher, Mike. Ce n'est pas de notre faute si les Américains se retrouvent le bec dans l'eau. Khalid est le seul à blâmer. Garde bien ça en tête et tu verras à quel point cela change la donne.

— Pas tant que tu le dis, Elliott. Les moindres mesures de rétorsion de notre part provoqueraient de terribles bouleversements.

— Rester les bras croisés aussi. Quoi qu'il arrive, il y aura du chamboulement.

Waggoner ne trouva rien à répondre.

— Le peuple américain, notre peuple, compte sur nous pour prendre la décision qui s'impose, poursuivit Webster. Or il n'est pas question de laisser Khalid nous fiche dans la panade en déclenchant une guerre religieuse dont le Moyen-Orient sortira exsangue, à feu et à sang pour les siècles à venir.

Waggoner en resta coi.

— Laissons-les se taper dessus ! insista Webster. C'est tout ce qu'ils savent faire, depuis qu'un de leurs ancêtres a eu un jour la bonne idée de ramasser une pierre. On aura beau tenter de les civiliser, ils ne toléreront jamais les différences qui les séparent.

— Si nous passons à l'action, si nous décidons, que Dieu nous vienne en aide, d'envahir l'Arabie…

— Il ne s'agit pas d'invasion, Mike ; simplement d'éviter à la planète de sombrer dans le chaos. Il faut bien que quelqu'un prenne les devants. Sinon, nous n'aurons plus de quoi nous chauffer, l'hiver. Nos enfants et nos aînés souffriront du froid et nous entrerons en récession. Or ils s'en fichent complètement, les Saoudiens. Normal : jusqu'ici, nous les avons toujours ménagés. Le monde, conclut Webster en posant son verre vide sur l'appui de fenêtre, se répartit en deux camps : eux et nous. Autrement dit : la civilisation et le reste. Si les Arabes refusent de se comporter en êtres civilisés, tant pis pour eux. Ils ne récolteront que ce qu'ils méritent

— Ne précipitons rien ! implora Waggoner, des trémolos dans la voix.

— On ne peut quand même pas tolérer un génocide, or c'est ce que Khalid a en tête : un génocide. Ni plus ni moins. C'est d'ailleurs ce que tous les États de la région envisagent : des représailles, les uns contre les autres jusqu'à leur ruine mutuelle. Et que le meilleur gagne !

— Nous ne pouvons pas accepter ça.

— Non, Mike. Les Américains ne s'y résoudront jamais. Tu ne voudrais quand même pas voir tes enfants grandir dans un pays sans espoir, sans avenir ?

— Bien sûr que non. J'espère seulement qu'une autre solution reste encore possible.

— Si c'était le cas, je te l'aurais dit. N'en doute pas. Je dispose de ton entière confiance ?

— Bien sûr. Ne te l'ai-je pas déjà assez prouvé ?

— Alors ne me la retire pas. Surtout pas maintenant.

En se tournant vers la fenêtre, Webster aperçut son reflet sur la vitre éclairée par les flammes qui dévoraient les yachts de luxe à l'ancre dans la marina. Webster se demanda si les incendies étaient l'œuvre des chiites cherchant à se défendre ou des militaires sunnites désireux d'endommager les biens de leurs adversaires. Peu importait. Tant que les uns ou les autres alimentaient les feux de la discorde…

— Mike ? reprit Webster en se lissant les sourcils. Tu m'entends ?

— Oui.

— Allons-y, je te dis. Lâchons les chiens ! Nous n'aurons même pas à nous salir les mains. Nous sortirons de ce guêpier auréolés du statut de héros.

À l'autre bout du fil, et du monde, le président des États-Unis inspira un grand coup. Webster comprit alors qu'il le menait par le bout du nez.

Tout se déroulait conformément à sa volonté. Ou presque.

— D'accord, céda Waggoner. Prends tes dispositions.

— Je n'y manquerai pas, l'assura Webster en souriant à son propre reflet. Tout ira bien, Mike. Tu ne regretteras pas ta décision, crois-moi.

— Appelle-moi dès qu'il y a du nouveau.

— Oh, sans doute pas de sitôt. Garde le moral, en attendant. Nous vaincrons !

Webster coupa la communication avant de composer quelques numéros de téléphone qu'il connaissait par cœur.

Catacombes
Hagia Sophia, Istanbul, Turquie
19 mars 2010

L'étroitesse du tunnel qu'ils longeaient les contraignait à marcher en file indienne. Lourds se cognait régulièrement au plafond bas en pierre. Seuls le raclement de leurs semelles sur le dallage et leur respiration troublaient le silence, sans cela aussi parfait qu'à l'intérieur d'une crypte. Celle, par exemple, où les Anciens de la Fraternité avaient de leur plein gré payé de leur vie la préservation du secret qui entourait les écrits de Jean de Patmos.

Tu débordes trop d'imagination pour quelqu'un qui exerce un métier comme le tien, se reprocha Lourds.

Son travail requérait toutefois une bonne dose d'imagination. Traduire des langues mortes implique la capacité d'extrapoler, de formuler des hypothèses originales, en s'en tenant par ailleurs à une logique rigoureuse. La capacité, autrement dit, de passer des faits avérés aux suppositions et vice versa. Les unes comme les autres lui permettaient d'appréhender n'importe quel texte antique mais il n'obtenait de résultats satisfaisants qu'en combinant les deux.

Le faisceau de sa torche, en dansant sur les parois du tunnel, y projetait des ombres se fondant, tels des fantômes, parmi les ténèbres que ne parvenait pas à percer la lumière. Des traces de pioche émoussées par le passage des ans et de ceux qui avaient circulé dans les galeries se devinaient sur les murs à la texture grumeleuse. Lourds se demanda ce qu'elles raconteraient, si elles étaient en mesure de raconter quoi que ce soit. Sainte-Sophie pouvait se targuer — ou se plaindre, tout dépendait du point de vue — d'un tumultueux passé. Quarante-quatre ans à peine après son érection à l'emplacement d'un ancien temple païen — une pratique courante à l'époque —, un incendie l'avait détruite, allumé par l'impératrice Eudoxie brouillée avec Jean Chrysostome, le patriarche de Constantinople, pour avoir pris comme un affront personnel sa dénonciation de l'extravagance des parures des dames à la Cour.

Le deuxième édifice, bâti sur les ruines du premier, tint bon cent vingt-huit ans avant de partir en fumée lors de la sédition Nika. Il fut aussitôt reconstruit.

Le réseau de galeries sous les fondations s'était ramifié au fil des générations. Lourds eût beaucoup aimé prendre le temps de les explorer. Bien que l'eau eût coulé sous les ponts entre-temps, il devait y subsister des trésors, à condition de savoir où les chercher.

— Il y a des tunnels sous toute la ville ? demanda Cleena, qui marchait à la suite de Lourds.

— Oui. Et aussi des citernes.

— Mais encore ?

— Des récipients destinés à recueillir l'eau de pluie, ou celle des nappes phréatiques. Le mot vient du latin *cisterna* dont la racine *cista* signifie « boîte ». Bien entendu, comme souvent, le terme latin dérive d'un autre, grec, *kiste*, qui désigne un panier.

— Des réservoirs d'eau, autrement dit.

— Tout à fait. Si vous en avez l'occasion, je vous conseille de visiter à Istanbul la *Yerebatan Sarnıcı*, la Citerne basilique.

— Elle n'est pas venue en touriste, je te signale, commenta Olympia qui précédait Lourds.

— Certes…

Voilà une heure que Joachim les guidait dans le dédale des galeries souterraines et qu'ils n'échangeaient pas un mot ; ce qui perturbait Lourds plus encore que l'obscurité ambiante. Un malaise empoisonnait l'atmosphère. Bien que Lourds eût apporté la preuve de ses compétences, Joachim et ses camarades renâclaient à confier leurs secrets au non-initié qu'il demeurait à leurs yeux. En partie par orgueil mais aussi, du moins Lourds le pressentait-il, par crainte. Lui-même n'admettait pourtant pas que le destin du monde dépendît d'un rouleau vieux de deux millénaires ; pas forcément traduisible, qui plus est.

Ou ne contenant que les ultimes élucubrations d'un illuminé.

Lourds ne se sentait tout de même pas rassuré. Pas qu'il fût superstitieux. Ça, non ! Seulement, il avait été témoin de certains événements propres à ébranler ses certitudes. Il ne s'attendait pas, par exemple, à retrouver un jour l'Atlantide, et pourtant n'avait-il pas foulé ce continent légendaire ?

— Parlez-moi de la Citerne, le pria Cleena.

Olympia poussa un soupir exaspéré en maudissant la jeune femme ; ce dont Lourds ne se formalisa pas outre mesure.

— De nos jours, on la connaît sous le nom de Citerne basilique ; le premier qui lui a été attribué.

Le tunnel lui renvoya l'écho de ses paroles.

— Les Turcs l'appelaient *Yerebatan Sarayi* ; ce qui signifie « le palais enfoui sous terre » ou *Yerebatan Sarnici*, « la Citerne enfouie sous terre ». Nous n'en sommes probablement pas loin. Elle a été creusée aux abords de la Hagia Sophia, à l'époque de la construction de la basilique, précisa-t-il en se faufilant le long d'une partie particulièrement étroite du tunnel. Sous la *Stoa Basilica*, une place publique. Pendant les périodes de sécheresse, l'empereur rationnait l'accès à l'eau mais, sinon, ses sujets étaient libres d'y puiser tant qu'ils voulaient.

— La proximité de la Citerne avec le palais permettait à la garde de l'empereur de la défendre facilement, j'imagine.

— En effet.

— Si je comprends bien : Constantin a convaincu le peuple de creuser une citerne en prétendant qu'elle profiterait à tous mais, bien sûr, il s'en réservait l'usage au besoin. Ce qui explique qu'il l'ait construite aussi près de son palais.

— Sans doute. D'autant que sa proximité avec le siège du pouvoir la rendait plus facile à défendre. Je ne suis pas certain que Constantin ait souvent empêché ses sujets d'y puiser. En revanche, une chose est sûre : la ville a été mise à sac à maintes reprises, affirma Lourds, qui jugea la remarque de Cleena révélatrice de son état d'esprit.

— Elle a quelle taille, cette Citerne ?

— C'est la plus grande d'Istanbul. Comme je l'ai dit, c'est Constantin qui a décidé sa construction mais c'est Justinien qui l'a fait agrandir après la sédition Nika en 532. Elle mesure près de 150 mètres de long, 60 de large et 9 de profondeur.

— Une sacrée piscine !

— Remplie, elle ne contient pas moins de 81 000 mètres cubes d'eau. Plus de trois cents colonnes de marbre soutiennent son plafond, alignées comme les poteaux d'une clôture. Le plus intéressant n'en reste pas moins la présence de deux têtes de Méduse.

— Méduse ? La créature à la tête hérissée de serpents, qui pétrifie d'un seul coup d'œil ceux qu'elle regarde ?

— Exactement.

— C'est bizarre qu'un empereur chrétien place des têtes de Méduse dans un bâtiment dont il a lui-même ordonné la construction.

— L'une apparaît inclinée sur le côté ; l'autre, à l'envers, et toutes les deux, à la base d'un pilier. Certains historiens pensent que Constantin a tout bêtement récupéré les matériaux de construction qu'il avait sous la main. Les têtes proviendraient d'un édifice romain.

Olympia s'immobilisa sans prévenir. Lourds lui rentra dedans.

— Tu pourrais regarder où tu mets les pieds ! le tança-t-elle.

— Je te demande pardon, s'excusa Lourds sans conviction, pressentant que l'attention qu'il portait à Cleena tapait sur les nerfs de sa partenaire. Pourquoi nous arrêter?

— Parce que nous sommes arrivés, répondit Joachim en braquant le faisceau de sa torche sur le mur à sa droite.

Le tunnel se scindait en deux branches plongées dans les ténèbres. Lourds les examina l'une et l'autre à la lueur de sa propre lampe mais il ne remarqua rien qui les distinguât.

— De quel côté se poursuit la balade?

— Par ici! indiqua Joachim en appuyant sur une succession de pierres dans la paroi.

Lourds perçut des cliquetis en sourdine et, en posant une main sur le mur, le sentit vibrer tandis que Joachim en repoussait un pan assez large pour leur permettre de s'y faufiler.

— Venez! les invita Joachim en disparaissant par l'ouverture.

Lourds le suivit en examinant les alentours à la clarté de sa lampe. Il ne leur restait qu'un seul moyen de sortir de là : aller de l'avant. Dans leur dos, le tunnel, plus étroit encore que le précédent au point d'obliger le professeur à y avancer en crabe, se terminait en cul-de-sac.

— Ce passage a été aménagé pour des hommes de petite taille, commenta Joachim.

— Il semblerait, oui! renchérit Lourds en plaquant son chapeau contre son cœur.

Son sac à dos raclait la pierre polie par les siècles. Il se demanda combien de personnes avaient emprunté ce tunnel depuis sa construction et ce qu'elles auraient à raconter.

— Personne n'est venu ici depuis un bon moment, lâcha Joachim comme s'il lisait dans les pensées du professeur. Moi-même, je ne me suis aventuré ici qu'à trois reprises.

— Pour quelle raison?

— Parce que ce lieu est sacré et que nous n'y trouverons pas le rouleau.

Lourds ne fut pas dupe : Joachim ne cherchait qu'à le provoquer. Pour autant, il ne releva pas le sarcasme. Il n'avait encore confié à personne que le Rouleau de la joie se cachait à l'intérieur de la salle où les menaient leurs pas. Il espérait tout de même ne pas se tromper dans ses déductions.

— Qui connaît l'existence de cet endroit?

Le tunnel descendait à présent en pente assez raide. Lourds, prenant garde à ne pas glisser, crut deviner sous ses pas un relief : les vestiges d'un escalier taillé à même la pierre, aux marches creusées au centre, comme sous l'effet d'une longue usure.

— Les membres de la Fraternité.

— Ils y viennent parfois?

— Non. C'est interdit. Jusqu'à ce jour, aucune femme n'y avait pénétré.

— Pas même Olympia?

— Pas même ma sœur.

— Je ne soupçonnais pas l'habileté de Joachim à garder un secret, admit l'intéressée. Je n'ai appris qu'il y a quelques mois son appartenance à la Fraternité.

— Comment sont recrutés les adeptes? s'enquit Lourds.

— En général, les fils succèdent à leurs pères. Il arrive qu'un neveu soit intronisé, ou que la transmission du statut de membre saute une génération.

— Votre père a fait partie de la Fraternité avant vous, si je vous suis bien?

— Eh oui.

— Lui aussi aimait les cachotteries, lâcha Olympia.

— Quand mon père m'a parlé pour la première fois de la Fraternité, j'étais haut comme trois pommes. L'idée d'appartenir à une société secrète a tout de suite enflammé mon imagination. En grandissant, j'ai pris la chose plus au sérieux ; plus conscient, aussi, des responsabilités qu'elle impliquait.

Joachim s'interrompit un instant.

— Les moments les plus difficiles ont été ceux où ma foi a vacillé, où j'ai cru disparu le rouleau que j'avais fait le serment de protéger.

— Et s'il s'avère qu'il a bel et bien disparu?

Joachim fit halte devant un pan de mur. Le faisceau de sa torche balaya la pierre en soulignant sa texture. Sa mine s'assombrit.

— Comme je vous l'ai déjà dit, professeur Lourds, tant qu'aucune menace sérieuse ne pèse sur le monde, il n'est pas trop tard. Le Rouleau de la joie existe encore. Il est caché non loin d'ici et c'est à nous de le retrouver.

À la clarté de sa lampe, Lourds inspecta le pan de mur à la recherche de fissures ou de crevasses ; en vain.

— Il faut passer par une autre porte encore, j'imagine ?

— Pas tout à fait, non, le détrompa Joachim qui s'agenouilla en appuyant sur certaines pierres du sol.

L'instant d'après, un interstice de quelques centimètres se forma entre ses pieds. Joachim y glissa les doigts pour écarter les pierres dans un raclement.

Les lampes de leur petit groupe baignaient à présent de leur lumière crue une succession de marches en pierre qui s'enfonçaient dans les profondeurs de la terre. Joachim s'y engagea le premier.

19

Crypte des Anciens, sous les fondations
de la Hagia Sophia, Istanbul, Turquie
19 mars 2010

Les marches de pierre qu'ils descendirent parurent à Lourds aussi usées que celles de la galerie précédente, encore que moins larges et plus hautes. Il manqua d'ailleurs de peu y perdre l'équilibre. L'escalier en colimaçon lui fit venir à l'esprit des visions macabres de caveaux et de sépultures où il redoutait de finir ses jours avant son heure. Il résolut de se concentrer sur les maigres certitudes qui l'avaient entraîné là, en plus de sa curiosité.

— C'est une impression ou l'air se raréfie? lança Cleena.

— Il est plus humide, en tout cas, admit Lourds. Respirez normalement et tout ira bien.

Lui aussi éprouvait une impression croissante de confinement, qui lui mettait les nerfs à mal.

Le tortueux escalier en spirale finit par les amener dans une salle au plan carré. Il suffit à Lourds de poser les yeux sur les rangées de papiers poussiéreux mais en bon ordre qui encombraient l'un des murs pour que son malaise se dissipe.

Lourds s'approcha des vieux bouquins sans attendre qu'on l'y invite. En balayant leurs dos du faisceau de sa lampe, il déchiffra des noms et des dates calligraphiés avec soin et remontant à plusieurs siècles.

— Il s'agit de chroniques tenues par les Anciens qui ont passé ici leur vie, expliqua Joachim.

— De quelle époque datent-elles? demanda Lourds d'une voix nouée par l'émotion.

Joachim vint se poster derrière lui.

— Les premières ? Eh bien, du tout début.

— De la construction de l'église ?

Auquel cas, mille six cents ans d'histoire couraient le long de ces étagères.

— Non, de l'époque où a vécu Jean, sur l'île de Patmos.

Voilà qui stupéfia Lourds ! Il lui fallut un certain temps avant de mesurer la quantité d'informations réunies là, à portée de main.

— Vous permettez ? s'enquit-il en désignant les rangées de volumes.

— Elles ne nous diront pas où se cache le Rouleau de la joie.

Sans un mot, Olympia s'empara d'un livre, qu'elle manipula le plus délicatement du monde ; de crainte, sans doute, de le voir s'effriter entre ses doigts.

— Dire que tu connaissais l'existence de cette bibliothèque depuis tout ce temps, Joachim ! s'exclama-t-elle à mi-voix, le souffle coupé par l'émerveillement. Sais-tu ce que j'aurais donné pour étudier ces documents ? As-tu la moindre idée des renseignements qu'ils pourraient nous livrer ?

— Les membres de la Fraternité n'ont noté là que des bénédictions ; des prières adressées au Seigneur. Papa ne m'a pas préparé à devenir bibliothécaire mais à veiller sur le Rouleau de la joie. À l'origine, les adeptes ne se souciaient que fort peu du monde profane.

— Peu importe, lâcha Olympia en feuilletant le livre qu'elle tenait en mains. Leurs contacts avec le monde extérieur, même limités, ont dû les marquer. Quoi que tu en penses, leurs écrits recèlent à coup sûr des annotations relatives au quotidien.

— Voilà d'ailleurs pourquoi les archéologues s'intéressent aujourd'hui aux œuvres du passé, renchérit Lourds en se campant auprès d'Olympia. L'étude de romans, de poésie, etc., dans une perspective historique ne jouit du statut de discipline scientifique que depuis quelques années à peine.

— Regarde, Thomas ! s'écria Olympia, de plus en plus fascinée par sa trouvaille à mesure qu'elle en tournait les pages.

En proie à l'enthousiasme, Lourds non plus ne parvint pas à détacher les yeux des lignes de petits caractères courant d'un feuillet à l'autre. Le volume qu'examinait Olympia, rédigé par un jeune moine en grec ancien, relatait une excursion sur l'île de Patmos.

— Tu imagines la richesse des informations contenues là-dedans ? insista Olympia.

— Oh oui ! acquiesça Lourds en décochant un coup d'œil à Joachim. Y a-t-il ici des écrits de Jean de Patmos ?

— Non, affirma sèchement Joachim. Professeur Lourds, il est de mon devoir de vous rappeler que nous sommes venus ici dénicher le Rouleau de la joie. Nous n'avons pas de temps à perdre. N'oubliez pas que d'autres sont à sa recherche.

Dépité, et surtout vexé, Lourds ravala sa curiosité.

— Un indice pertinent a pu vous échapper parmi toutes ces chroniques. Celles qu'ont rédigées les contemporains de Constantin pourraient nous en dire plus sur l'emplacement du rouleau.

Joachim plissa les yeux.

— Il y a peu, vous avez prétendu qu'un simple examen de la pierre sur laquelle a été copié le texte du cahier vous permettrait d'identifier la cachette du rouleau. Alors ?

— Je maintiens ce que j'ai dit, lâcha Lourds à contrecœur.

— La voilà, la pierre ! lui indiqua Joachim en orientant sa torche vers un recoin de la salle.

Même à la lumière crue de la lampe, Lourds eut toutes les peines du monde à repérer les lettres gravées d'une main experte ; celle d'un homme de l'art, à coup sûr. Si Joachim ne la lui avait pas montrée, il ne l'aurait pas remarquée. Curieux de vérifier la validité de son hypothèse, il se détourna des feuillets gardant la trace des réflexions des disciples de Jean de Patmos.

Le destin du monde ! se rappela Lourds en s'arrachant aux rangées de vieux papiers. À vrai dire, il ne s'attendait pas à vivre un moment particulièrement décisif mais la possibilité de mettre la main sur un document rédigé par l'un des douze apôtres agit sur lui comme un élixir magique en lui fouettant le sang. Il ôta son sac à dos et le posa au pied du mur avant de s'agenouiller devant la pierre sur laquelle il passa la main. Ce fut à peine s'il sentit les lettres sous sa paume. Le sculpteur n'avait entamé la roche que d'une fraction de millimètre. Lourds trouva parmi ses affaires un bloc de papier et de quoi écrire. Le maçon ayant édifié le mur connaissait son métier : cela se devinait à la minutie de l'assemblage des pierres, de taille pourtant inégale. En laissant ses doigts courir dessus, Lourds se fit la remarque qu'elles avaient dû être polies : il ne sentait pas le grain de leur texture.

— L'aménagement de la salle a pris pas mal de temps, j'imagine, lança-t-il.

— Les membres de la Fraternité n'en sont plus sortis, une fois prononcé leur vœu de protéger le Rouleau de la joie, précisa Joachim en s'agenouillant à côté de Lourds.

— Ils ont payé leur engagement au prix fort.

— C'est sûr.

— Avez-vous réfléchi à ce qu'il adviendra du Rouleau de la joie si, ou plutôt « quand » nous le retrouverons ?

— Nous le protégerons, pardi !

— Même si vous devez pour cela passer le restant de vos jours à l'écart du monde, cloîtré dans une salle comme celle-ci ?

— Oui, répondit Joachim sans l'ombre d'une hésitation.

Lourds plaqua une feuille blanche contre la pierre.

— Qu'est-ce que vous fabriquez ? s'étonna Joachim.

— Je décalque l'inscription, expliqua Lourds en frottant un morceau de fusain sur la feuille, où apparurent aussitôt des rangées de caractères.

— Pourquoi ?

— Pour la comparer au cahier. Vous ne vous êtes pas livré à ce petit exercice ?

Joachim garda le silence un moment avant d'admettre :

— Non. Nous aussi, nous possédons une copie de l'inscription, mais elle ne nous a rien appris.

— Qayin connaît-il l'emplacement de la pierre ?

— Non. Et quand bien même, qu'est-ce que ça changerait ?

Lourds approcha sa feuille du cahier de Qayin.

— Voulez-vous bien me le tenir ?

Joachim s'exécuta. Les autres s'approchèrent, curieux de voir à quoi ils jouaient. Lourds superposa les deux calques en les éclairant à l'aide de sa torche braquée vers lui. Les tracés des lettres correspondaient parfaitement.

Un franc sourire éclaira les traits du professeur.

— Il s'agit bien de la même pierre.

— Vous ne nous apprenez rien.

Lourds fourragea dans son sac à la recherche de son appareil photo numérique.

— Je n'en étais personnellement pas sûr. Mieux valait vérifier. Surtout que le destin du monde est en jeu !

— Vous ne nous croyez toujours pas…

— Ne vous est-il pas venu à l'idée que je pourrais bien réussir à déchiffrer l'inscription précisément parce que je ne partage pas vos convictions ? Je ne cherche pas la même chose que vous. Je n'ai pas d'idée préconçue de ce que nous sommes censés découvrir ni de la manière d'y parvenir. Je garde l'esprit ouvert, moi.

Joachim ne trouva rien à répliquer.

— S'il y a une chose dont je suis convaincu, c'est de vous apporter les réponses que vous attendez depuis plus de huit siècles. Maintenant, éclairez la pierre, si vous le voulez bien.

— Qu'est-ce que vous comptez encore vérifier ?

— Rien du tout ! le détrompa Olympia, un franc sourire aux lèvres. C'est simplement l'heure de la photo souvenir.

Dès qu'il en eut terminé avec son appareil, Lourds le remisa dans son sac.

— Je vais à présent mettre à l'épreuve un peu de cette foi qui vous anime, comme vous le prétendez si volontiers, annonça le professeur en sortant d'une poche extérieure de son sac un levier miniature.

— À quoi songez-vous ?

— À desceller la pierre.

Il n'avait pas encore fini de parler quand Joachim lui balança un coup de poing en pleine figure. Une vive douleur lui irradia le crâne alors qu'il tombait à la renverse.

En arrêt au beau milieu du tunnel, le colonel Anthony Eckart inspecta les alentours à travers ses lunettes de vision nocturne. Aucune trace pour l'instant de Lourds ni des autres. L'appréhension lui nouait l'estomac. Il lui tardait de régler son compte à la rousse : par sa faute, une partie de ses équipiers étaient restés sur le carreau. Il ne les considérait pas comme des amis, loin de là, mais ils formaient de parfaits soldats — une denrée de plus en plus rare.

— Vous avez repéré notre position, Mayfield ?

— Affirmatif. J'ai d'ailleurs envoyé les équipes aériennes à la rescousse, au cas où. Elles sont déjà sur place.

— À l'église ?

— Tout à fait. Pour le moment, vous progressez sous les fondations.

Eckart examina la paroi du tunnel.

— Qu'est-ce qu'il y a sous ces galeries ?

— D'autres galeries encore. Des kilomètres et des kilomètres. Quand on voit les cartes du département géologique de la municipalité, on croirait une vraie taupinière.

— Je vous le confirme. Vous savez où se dirige notre cible ?

— Non. Comme je vous l'ai dit, les tunnels, ce n'est pas ce qui manque ici. D'autant qu'ils courent sur plusieurs niveaux. Certains se superposent et se croisent sans se rencontrer.

Eckart réfléchit un instant. À l'origine, quand l'art de la guerre n'en était encore qu'à ses balbutiements, les tunnels permettaient de se défendre, aussi bien que de lancer une attaque. Grâce à eux, des troupes entières de combattants disparaissaient ou surgissaient comme par enchantement sur un champ de bataille. Les sapeurs creusaient sous les murs des châteaux et des fortifications dans l'intention de les ébouler. Munitions et vivres transitaient sous terre, par les mêmes voies que les soldats battant en retraite.

— Ça ne m'étonnerait pas qu'ils aillent à l'église, suggéra Mayfield. Elle recelait jadis des trésors. Qui sait s'il n'en reste pas encore cachés dessous ?

— Hum. Le GPS fonctionne, au moins ?

— Parfaitement. Je surveille vos arrières.

Eckart ordonna d'avancer à l'éclaireur. Leur petit groupe fonctionnait comme une machine bien huilée.

Quelques minutes plus tard, ils parvinrent à un embranchement. Eckart adressa un signe à l'un de ses hommes, muni d'un scanner thermographique en mesure de lui indiquer quelle voie venait d'emprunter leur cible. La chaleur de son organisme, en se dissipant dans la galerie, avait laissé dans son sillage une trace fantôme. Si Eckart et ses hommes avaient trop tardé à le rattraper, la piste se serait toutefois littéralement refroidie.

Un peu plus loin, ils arrivèrent à une nouvelle bifurcation. Cette fois, le scanner n'indiquait plus rien.

— Qu'est-ce qui cloche ? demanda Eckart au soldat perplexe face à son appareil.

— Plus moyen de les repérer !

— À vous entendre, nous leur collions pourtant aux basques.

— Eh oui. Ils ne doivent pas être bien loin, admit-il en jetant un coup d'œil à la paroi près de lui. Si j'en crois le scanner, ils sont passés à travers le mur.

Eckart appuya dessus mais il semblait solide.

— Mayfield ? Vous voyez où nous sommes ?

— Affirmatif.

— Y a-t-il un tunnel au nord de celui-ci ?

Pendant un moment, seul le grésillement du signal troubla le silence.

— Non, du moins pas d'après le plan que j'ai sous les yeux.

— Il n'est pas fiable, ce plan : notre cible n'a pas pu s'évaporer dans les airs.

Eckart braqua sa torche sur le sol.

Pas de marque de frottement ; rien qui indique la présence d'une porte s'ouvrant à l'intérieur du tunnel.

Donc, s'il en existait une – or il en existait forcément une –, elle coulissait ou pivotait dans l'autre sens. Eckart sortit de sa trousse de secours un cachet d'aspirine qu'il broya au creux de sa main. Il dispersa la poudre par terre et souffla dessus en se tournant vers le mur.

Une partie du médicament disparut par une fente invisible à l'œil nu. Eckart eût pu la remarquer à la lumière du soleil mais certainement pas dans l'éternelle nuit du tunnel. Il examina plus attentivement la paroi. Rien n'y trahissait la présence d'une porte secrète.

Il se releva et interpella le démolisseur à son service. Il ne connaissait pas le sésame qui lui donnerait accès à la galerie suivante, mais il disposait d'autres méthodes pour la rejoindre.

— Joachim ! s'écria sa sœur. Qu'est-ce qui te prend ?

Éberlué, la mâchoire endolorie, Lourds vit Olympia attraper son frère par le bras en le tirant en arrière avant qu'il ait le loisir de décocher au professeur un autre direct du droit.

— Je protège les lieux, rétorqua Joachim, les traits déformés par la colère. Fidèle à ma promesse à notre père.

— Ce n'est pas pour autant que tu peux lui coller une beigne !

Dieu sait pourtant qu'il en était capable ! songea Lourds, peu désireux de renouveler l'expérience. Avec précaution, il se redressa en se frottant le menton. Un goût de sang lui emplissait la bouche.

— Vous avez l'air du genre méfiant, commenta Lourds.

Olympia se retourna contre le professeur.

— Et toi ! Pourquoi lui annoncer que tu allais desceller la pierre ?

— Ma foi, tassés ici comme nous le sommes, c'est-à-dire comme des sardines en boîte, je n'ai pas cru possible de mettre mon plan à exécution à son insu, alors je me suis dit : autant le prévenir.

— Mais pourquoi la déplacer ?

— Je ne le permettrai pas ! s'interposa Joachim. Nous sommes ici dans la crypte des Anciens, où ils ont payé de leur vie la préservation du secret de Jean de Patmos.

— Dans l'intérêt de l'avenir de l'humanité, compléta Lourds d'un ton las.

Joachim marcha sur lui. Lourds recula en se cognant contre le mur.

— Mécréant! l'accusa Joachim.

— De nous deux, c'est vous, l'homme de peu de foi. Pour ma part, je suis convaincu que l'indication de la cachette du Rouleau de la joie se trouve derrière la pierre.

Un profond silence emplit la salle.

Lourds remarqua que Cleena se tenait à présent à côté de lui, la main sur la hanche, prête à dégainer le pistolet coincé dans sa ceinture.

— Joachim, lança un de ses camarades, si nous écoutions le professeur? Après tout, il est parvenu à déchiffrer l'inscription qui nous a si longtemps résisté.

— Qui nous dit qu'il ne se moque pas de nous? Qu'est-ce qui nous prouve qu'il ne ment pas?

Blessé dans sa vanité, Lourds se défendit :

— Moi, au moins, j'ai réussi à le traduire, ce fameux texte à propos du Rouleau de la joie.

— Qayin aussi est au courant de son existence. Il a très bien pu vous en parler pendant votre détention.

— Et pourtant, non! s'interposa Cleena. Je n'ai pas lâché le professeur d'une semelle. Pas une seule fois, Qayin n'a mentionné devant lui le Rouleau de la joie.

— Pfft! Que vaut-elle, votre parole de kidnappeuse? persifla Joachim.

Cleena haussa les épaules.

— Je n'étais pas la seule à ses trousses, ce jour-là. Si ma mémoire ne me trompe pas, vous n'avez pas tardé à nous rejoindre ni à nous tirer des griffes de Qayin.

— Pas question de profaner les lieux, insista Joachim. C'est ici que les Anciens reposent en paix.

— En paix? releva Lourds.

Joachim pointa son index sur le sol. Lourds y remarqua neuf dalles d'une teinte subtilement différente du reste de la pierre.

— Après la mort des Anciens, expliqua Joachim, dès qu'il a été possible de revenir dans la crypte sans danger, la Fraternité les a enterrés ici.

— Ici… sous nos pieds ?

— Oui. En terre sacrée. À proximité de l'église.

— Et les autres adeptes, où reposent-ils ?

— Dans des cimetières. Les Anciens ont eu droit à un traitement à part : nous ne pouvions pas ne pas leur rendre hommage.

À l'aide de sa manche de chemise, Lourds épongea le sang qui lui barbouillait les lèvres.

— Je ne compte pas profaner les lieux mais simplement déplacer la pierre afin de jeter un coup d'œil derrière. Je la remettrai ensuite en place.

— Pourquoi ne pas nous l'avoir dit plus tôt ?

— Parce que je m'attendais à une réaction de ce genre de votre part, se justifia Lourds en portant une main prudente à son visage tuméfié.

— Qu'est-ce qui vous amène à penser que nous trouverons quoi que ce soit derrière la pierre ? s'enquit un compagnon de Joachim.

— D'après vous, seuls les Anciens connaissaient la cachette du Rouleau de la joie. Au cours du sac de Constantinople, en 1204, de crainte d'emporter leur secret dans la tombe, ils se sont décidés à laisser un message à l'intention des générations futures. À l'intérieur même de la crypte.

— À la surface de la pierre, renchérit Olympia.

— Exactement, confirma Lourds en essuyant le sang qui continuait d'humecter sa lèvre. Un adepte a gravé le texte qui dépassait votre entendement pendant qu'ils agonisaient tous ici.

— La traduction qu'a établie le professeur stipule qu'un « étranger trouvera le message par nous laissé », annonça Olympia.

— Alors ? Qu'est-ce que vous en dites ? lança Lourds en défiant du regard les frères du Rouleau.

— Ça n'a pas de sens ! protesta Joachim.

— Parce que vous refusez de me croire. Pourquoi un étranger, vous demandez-vous ? se hâta de poursuivre Lourds avant que Joachim ne se fâche tout rouge. Pourquoi pas un membre de la Fraternité ? Pourquoi rédiger un message dans une langue inventée plutôt que celle que les Anciens employaient d'ordinaire ?

— Ce n'est pas d'une flopée de questions que nous avons besoin, estima Cleena.

Malgré l'élancement dans sa mâchoire, Lourds ne put se retenir de sourire.

— Il s'agit d'un problème de logique, pas de foi. Nous sommes en un lieu secret, expliqua-t-il en embrassant la salle d'un ample mouvement du bras. Aucun étranger n'est censé venir ici. Pourquoi contrevenir à la règle ? Pourquoi en amener un dans la crypte ?

— Pour qu'il y remarque un détail qu'un habitué du lieu ne verrait pas forcément, suggéra Olympia.

— Hum… Tu brûles !

— Alors ? s'impatienta Joachim.

— Ça tombe pourtant sous le sens. Pourquoi vous méfiez-vous de ceux qui n'appartiennent pas à la Fraternité ? leur demanda Lourds en les regardant les uns après les autres.

Aucun ne répondit.

— Par crainte qu'ils ne respectent pas ce que vous tenez pour sacré. La pierre, par exemple. Elle vous rappelle les neuf Anciens morts dans la salle. Vous y voyez une relique commémorant un triste épisode du passé de la Fraternité. Alors que moi…

Un silence accueillit sa déclaration.

— Moi, reprit Lourds d'un ton théâtral à souhait, je n'y vois qu'un premier message. Ou alors un deuxième, selon qu'on considère la langue artificielle dans laquelle les Anciens ont transcrit leurs indications comme un message à part entière ou pas.

— Attendez ! Ne me dites pas que les Anciens ont planqué leur fichu rouleau derrière la pierre ! s'énerva Cleena.

— Non, non !

L'exaspération d'Olympia monta d'un cran. Elle croisa les bras et lança, en fixant Lourds sans sourciller :

— Thomas, je ne te suis plus.

— Je reprends, pour ceux qui ont le cerveau lent, se résigna Lourds en tendant les doigts à mesure qu'il récapitulait. Primo : les Anciens n'avaient sous la main que la crypte et ce qui s'y trouvait. Leur message devait se remarquer sans que quelqu'un ait l'idée de le sortir de là. Du coup, ils ont laissé un indice de la cachette du rouleau à même la pierre. S'ils comptaient sur la venue d'un étranger, c'est qu'aucun de vous n'oserait profaner, comme vous dites, les lieux.

— Pas bête ! admit un compagnon de Joachim.

— Deuzio : la langue artificielle a sans doute un rapport avec le Rouleau de la joie. Il n'est pas exclu qu'il ait été rédigé dans un langage inventé par Jean de Patmos ou à son instigation. Qui sait si nous n'allons pas mettre au jour une sorte de pierre de Rosette fournissant la clé de la traduction ?

— Suppositions gratuites ! estima Olympia.

— Rappelle-toi qu'ils en étaient réduits à la dernière extrémité et qu'ils ne disposaient que de ce qui se trouvait ici. Selon moi, ils ont laissé deux indices réunis en un seul de manière à nous orienter sur la piste d'un troisième.

— Thomas a raison, Joachim, se radoucit Olympia. Aucun de vous n'oserait toucher à la pierre. Elle ne risquait pas d'être déplacée en l'absence du professeur.

— Pourquoi cette pierre-là et pas une autre ? demanda Joachim. Qu'est-ce qui vous garantit que nous n'allons pas démolir la crypte à cause de vos élucubrations ?

— Ce n'est pas ce que souhaitaient les Anciens. De même qu'ils ne voulaient pas laisser d'indices hors de portée de la Fraternité. Je parie qu'ils ne s'attendaient pas à ce que le Rouleau de la joie demeure aussi longtemps ignoré du monde.

Joachim contempla la pierre en jouant d'un air absent avec le modèle réduit de levier, qu'il finit par tendre à Lourds.

— Une fois votre erreur admise, vous remettrez la pierre en place, d'accord ?

Lourds soutint le regard du frère d'Olympia.

— Une fois avérée la validité de mon hypothèse, je remettrai la pierre en place et vous n'y verrez que du feu.

Joachim enfouit ses mains dans ses poches d'un air aussi réjoui que s'il devait poser sa tête sur le billot du bourreau.

Avec autant d'assurance qu'il lui parut légitime d'en témoigner, Lourds s'agenouilla face à la pierre en introduisant son levier dans le mortier.

Cleena suivit la manœuvre de plus en plus attentivement à mesure que s'éparpillaient autour de Lourds des éclats du mortier pulvérisé par ses gestes énergiques.

— Tu es libre de me parler ? s'enquit Sevki dans son oreillette.

— Non, grommela Cleena en se cachant la bouche d'une main.

— J'ai suivi la conversation : dommage que je n'aie pas vu en même temps ce qui se passait ! C'est trop fort !

À condition d'apprécier les espaces confinés, songea Cleena, gagnée par la claustrophobie. Les nerfs à vif, elle n'avait qu'une envie : sortir de là *illico presto*.

— Tu te doutais de ce qui allait se passer ? lui demanda Sevki.

— Pas du tout.

Un membre de la Fraternité dut l'entendre marmonner : il se retourna pour la dévisager. Cleena toussota en se tapotant la poitrine.

— La faute à la poussière ! expliqua-t-elle.

Le frère hocha la tête et se désintéressa d'elle.

— Oups ! s'écria Sevki. Pardon ! Je blablate un peu trop.

Le mortier qui sertissait jadis la pierre formait à présent un tas de poussière aux pieds de Lourds, éclairé par les lampes de la petite équipe. Le professeur glissa les doigts dans les interstices qu'il venait de ménager autour du bloc afin de le déloger.

— Je n'entends plus rien, s'inquiéta Sevki. Ça y est ? Le rouleau est apparu ?

Cleena ne releva pas. L'impatience et la curiosité la dévoraient elle aussi. Heureusement, d'ailleurs : elle évitait ainsi de s'appesantir sur son angoissant confinement dans un si petit espace.

Lourds s'efforça de déplacer la pierre. Sans succès. Armé de son levier, il s'activa de plus belle. Seuls le raclement du métal contre la roche et la respiration haletante du professeur troublaient à présent le silence. À croire que les autres retenaient leur souffle ! Lourds introduisit enfin sa barre de fer dans l'interstice qu'il venait de ménager entre les blocs en poussant de toutes ses forces sur celui du dessus. Le craquement qui suivit retentit comme un coup de feu.

— Tu sais, reprit Sevki, c'est à ce moment-là que, dans les films d'horreur, les morts se relèvent pour défendre leur trésor.

Cleena jeta un coup d'œil aux neuf tombes sous le dallage de la salle. Rien à signaler de ce côté-là. *Merci, Sevki. Comme si ce n'était pas déjà assez flippant d'être poursuivi par des assassins en chair et en os !*

Lourds reposa son levier, mit un genou en terre et, prenant appui contre le mur, saisit la pierre à deux mains.

— Ça y est ? s'enquit Olympia.

— Je crois bien. Je n'ai pas réussi à pulvériser tout le mortier à l'arrière. Le bloc est plus épais que je ne l'aurais cru, expliqua le professeur en bandant les muscles de ses bras.

La pierre s'écarta du mur dans un raclement. Nul ne pipa mot. Prudemment, Lourds la posa sur le côté pour inspecter la cavité qu'elle occupait encore un instant plus tôt.

— Il me faudrait une torche.

Olympia lui tendit la sienne.

Lourds s'allongea à plat ventre en braquant le faisceau de la lampe sur le fond du trou.

— À quoi vous jouez ? lui demanda Joachim.

— Je m'assure que les Anciens n'ont pas réservé de mauvaise surprise aux générations futures, expliqua Lourds en inspectant les moindres recoins de la cavité.

— Ce n'est pas leur genre.

— Aux Anciens, peut-être pas, mais qui nous dit que personne n'est passé par là entre-temps ? Deux précautions valent mieux qu'une.

Sitôt rassuré, il plongea la main dans la cavité. Le raidissement de ses membres trahissait sa méfiance. Son bras disparut par le trou, d'une profondeur telle que la pierre ne le comblait certainement pas.

— Il l'a trouvé ? demanda Sevki.

Trop occupée à guetter le résultat des efforts de Lourds, Cleena ne répondit pas.

— Je suppose que, si oui, les autres auraient poussé des *oh !* et des *ah !* admit Sevki d'un ton déçu.

Lourds s'écarta enfin du trou en serrant dans son poing un cylindre en cuir à l'extrémité arrondie, d'un gris terne.

Joachim s'en approcha si brusquement que Cleena porta la main à son arme, comme par réflexe.

— Il a trouvé le rouleau ? insista Sevki.

Cleena empoigna son pistolet à l'instant précis où Joachim esquissait le geste de s'emparer de la trouvaille du professeur.

— Vous permettez ? lui demanda-t-il.

Lourds hésita.

— Bien sûr, finit-il par céder en remettant à contrecœur le fruit de sa découverte à Joachim. Maniez-le avec précaution !

Sans un mot, Joachim sortit de sa poche un petit couteau, dont il enfonça la lame dans l'extrémité arrondie du cylindre.

— Méfiez-vous, insista Lourds. Nous ne savons pas dans quoi les Anciens l'ont emballé. Ça ne m'étonnerait qu'à moitié que son extrémité touche au sceau.

Une fois celui-ci détaché du tube en cuir, Joachim l'inclina pour en recueillir le contenu au creux de sa main : un rouleau de ce qui ressemblait fort à du papier. Il glissa le cylindre vide dans la poche arrière de son pantalon.

Lourds s'approcha. À sa mine anxieuse, Cleena le devina en proie à la tentation d'arracher le rouleau des mains de Joachim. Quoi qu'il en soit, il le prit en photo. Le flash de son appareil éblouit la rousse.

— Vous reconnaissez le sceau? demanda Lourds.

— Oui, murmura Joachim. Il porte la marque d'un anneau en possession de la Fraternité.

— Qu'est-ce qu'il représente au juste? s'enquit Lourds. Quatre cavaliers?

— Oui. Symbolisant la fin du monde.

Les autres membres de la Fraternité s'approchèrent les uns des autres pour se livrer à des messes basses. L'impression vint à Cleena que la plupart s'étonnaient de la réapparition du rouleau, et surtout de le trouver tout à fait conforme à leurs attentes.

— Vous permettez que je prenne en photo le sceau également? demanda Lourds, son appareil à la main.

Joachim le lui présenta, le temps que le professeur l'immortalise sous tous les angles.

L'assemblée au grand complet retint alors son souffle.

En redoublant de précaution, Joachim glissa le pouce sous le rebord du parchemin, de manière à rompre un autre sceau, en cire rouge celui-là, qui le maintenait fermé. Il le déplia enfin et l'observa un long moment.

À son tour, Cleena vint jeter un coup d'œil au document. Incapable de déchiffrer ce qui était marqué dessus, elle n'en admira pas moins la minutie du tracé des caractères. Neuf noms s'alignaient au bas de la page.

— Qu'est-ce que ça raconte? s'enquit Olympia.

Joachim admit à contrecœur qu'il n'en savait rien. Ses épaules s'affaissèrent.

Lourds s'apprêtait à émettre un commentaire mais il s'en abstint. Sans quitter des yeux le rouleau, il passa sa langue sur ses lèvres et lança :

— Vous permettez?

Joachim poussa un soupir de frustration.

— Allez-y! céda-t-il en remettant le précieux objet à Lourds.

Cleena se plaça auprès du professeur, alléchée par le mystère qui entourait ce sacré parchemin, en se demandant comment réagiraient les autres si Lourds admettait que lui non plus ne comprenait rien à ce qui figurait dessus.

Sevki reprit la parole d'une voix tendue :

— Tu as du souci à te faire.

— Pourquoi ?

— Vous allez bientôt avoir de la compagnie.

Résidence des Oies de pierre
District de Zeytinburnu, Istanbul, Turquie
19 mars 2010

— Comment ça, de la compagnie ?

Le taux d'adrénaline de Sevki monta en flèche à mesure qu'il examinait l'écran devant lui. Sachant que Cleena et les autres se rendaient aux abords de la Hagia Sophia, il avait piraté le système de vidéosurveillance du quartier, comme par réflexe. Non seulement il garderait l'œil sur les rues alentour, mais il se rendrait compte si quelqu'un d'autre se connectait clandestinement au réseau de caméras. Dans un cas comme dans l'autre, il pourrait avertir Cleena qu'un danger la guettait. À l'écran, trois 4×4 stationnaient le long de la chaussée. Malgré la piètre qualité des images, il finit par repérer un homme en train d'arpenter le même pan de trottoir à n'en plus finir.

Sans doute ne traînait-il pas là par hasard !

— J'ai comme l'intuition que les types de l'université sont de retour, annonça Sevki.

— Où sont-ils, d'après toi ?

— Dans les environs de l'église.

— Pas dans les catacombes, alors ?

Sevki vit un point lumineux clignoter en se déplaçant sur l'écran d'un appareil entre les mains d'un type qu'il soupçonnait de chercher des noises à Cleena.

— Je ne miserais pas là-dessus. Ils sont munis d'une espèce de GPS qui leur permet de suivre je ne sais qui à la trace.

— Nous, tu crois ?

— Ou leurs complices, sous terre.

Sevki les observa un moment, en proie à un malaise croissant.

— Vous avez le rouleau ? À mon avis, l'heure a sonné pour vous de décamper.

Avant que Cleena lui réponde, le vacarme assourdissant d'une explosion brouilla le signal qui lui parvenait de la crypte.

20

Crypte des Anciens, sous les fondations
de la Hagia Sophia, Istanbul, Turquie
19 mars 2010

Lourds fixa le volumen entre ses mains. Le tracé des lettres lui parut familier : sans doute parce qu'il reconnaissait l'écriture — la même qui couvrait une bonne partie du cahier de Qayin. Bien souvent, la forme et la taille des caractères et la régularité de leur alignement sur la page permettent d'identifier l'auteur d'un document manuscrit. Déduire qu'il avait affaire à un seul et même rédacteur fournirait à Lourds un point de départ le renseignant au moins sur l'ancienneté du rouleau. Le hic, c'est qu'il n'était pas fichu d'en comprendre quoi que ce soit. Il lui semblait deviner certains mots mais dans un contexte incongru. La plupart des termes dépassaient son entendement. Vaincu, il leva les yeux sur les visages anxieux qui l'entouraient. Avant qu'il ait le temps d'ouvrir la bouche, Cleena dégaina. Les membres de la Fraternité les plus proches d'elle s'écartèrent.

Une détonation assourdissante secoua tout à coup la crypte. Des morceaux de roche dégringolèrent à grand fracas dans l'escalier en colimaçon, suivis par un nuage de poussière.

Le formidable *boum !* de l'explosion lui agressait encore les tympans quand Eckart referma une main sur son pistolet et l'autre sur sa lampe de poche. De la poussière lui collait à la langue et lui obstruait les narines, au point qu'il peinait à respirer, même par la bouche.

En balayant la paroi de sa torche, il s'aperçut que l'explosion venait de détruire la porte secrète et les pans de mur qui l'encadraient. Un éboulis de roches bloquait le tunnel devant lui, où il ne distinguait aucun mouvement. Eckart adressa un signe à l'éclaireur en lui montrant l'ouverture dans la paroi. Celui-ci s'accroupit pour descendre une volée de marches. Eckart lui emboîta le pas en agrippant son arme à deux mains. Les autres l'imitèrent.

Un peu plus bas, les débris de l'explosion bloquaient le passage. Eckart maudit le sort qui s'acharnait contre lui, rangea son pistolet et enfila une paire de gants.

— Nous allons former une chaîne : il faut à tout prix que nous avancions.

L'éclaireur mit de côté son arme et s'empara d'un premier bloc de pierre. Il le tendit à Eckart, qui le remit pour sa part au suivant dans la file et ainsi de suite. Quand le colonel se retourna, l'éclaireur lui proposait déjà un autre morceau de roche. À l'affût du moindre bruit de l'autre côté de l'éboulis, il se demanda si sa proie s'en était encore une fois sortie ou si la petite bande au grand complet avait péri dans l'explosion.

Dès que la détonation lui eut vrillé les tympans, Lourds serra Olympia dans ses bras pour la protéger, la plaquant face contre terre. Elle se blottit contre son torse alors que des pierres tombées de la paroi pilonnaient le dos et les épaules du professeur en lui écorchant la peau à travers ses habits.

Toussant à cause de la poussière, il leva la tête. D'infimes particules de roche lui piquaient les yeux, qui en larmoyaient d'ailleurs. Il resta un instant pétrifié en réfléchissant à la contenance qu'il lui fallait à présent adopter. Il se rappela que les Anciens avaient péri en ces lieux, des siècles plus tôt. Une peur quasi animale s'empara de lui à la perspective de mourir à son tour à petit feu, enterré vivant. Il eut toutes les peines du monde à conserver son calme. Même au moment de serrer Olympia contre lui, il n'avait pas lâché le rouleau.

— Quelqu'un est blessé ? demanda Joachim.

Un mince filet de sang ruisselait d'une plaie superficielle à son œil gauche. Les autres lui assurèrent que non. Cleena se redressa, en tenant toujours son pistolet d'une main.

Quelques cailloux dégringolèrent au bas de l'escalier tandis qu'un bruit de déblaiement leur parvenait.

— Ils arrivent! annonça Lourds alors que d'autres débris de roche tombaient dans la crypte.

— Ils ne tarderont plus à nous rejoindre, renchérit Joachim qui se tourna vers le professeur, la paume tendue. Le rouleau, s'il vous plaît!

À contrecœur, Lourds le lui remit. Joachim le remisa dans son étui en cuir avant de reboucher celui-ci à l'aide du sceau de cire.

— Vite! Le temps nous est compté! s'écria-t-il en se rendant à la sépulture des Anciens. Professeur! Votre levier, s'il vous plaît.

Lourds ramassa l'outil par terre et rejoignit Joachim, qui s'empara de la barre de métal en se penchant sur une dalle funéraire.

— Qu'est-ce que tu fabriques? demanda Olympia dans le dos de son frère.

D'autres pierres encore dévalèrent l'escalier. Des voix d'hommes rauques se distinguaient à présent en sourdine. Le faisceau d'une torche traversait par instants les éboulis. Leurs poursuivants s'apprêtaient à les rattraper : il ne leur resterait plus alors la moindre chance de s'en sortir.

— Nous avons tiré la leçon de la mort des Anciens, expliqua Joachim en introduisant l'extrémité du levier dans un interstice entre deux pierres.

Il appuya dessus de toutes ses forces : le mortier s'effrita et l'une des pierres se souleva.

— Une issue de secours a été aménagée dans la crypte. La Fraternité a résolu de ne plus se fier uniquement au secret qui entoure son existence.

Dieu soit loué! songea Lourds, qui prêta son concours à deux autres adeptes occupés à jeter par-dessus leur épaule les pierres que descellait Joachim et qui glissaient sur le dallage au sol en heurtant les morceaux de roche tombés du haut de l'escalier. Cleena et Olympia les éclairaient à l'aide de lampes de poche. Apparut bientôt un cercueil en bois. Une odeur infecte de moisissure se répandit dans la crypte dont une poussière de plus en plus envahissante alourdissait l'air.

— Pardonnez-moi, mes frères, de troubler votre repos! énonça humblement Joachim en agrippant une poignée en cordage fixée au cercueil.

Lourds en saisit une autre, bientôt imité par deux adeptes.

— À mon signal, les prévint Joachim, tout le monde tire!

Le poids considérable du cercueil étonna d'autant plus Lourds que le cadavre à l'intérieur avait largement eu le temps de se décomposer.

Il ne devait plus en rester que le squelette sous une couche de peau desséchée. Malheureusement, la position du professeur ne lui permettait pas de prendre appui sur quoi que ce soit. Les muscles de son dos et de ses épaules l'élancèrent sous le coup de l'effort. Le cercueil sortit enfin de son logement en se cognant contre la pierre. Aucune inscription ne figurait dessus ; rien de nature à renseigner sur l'identité de son occupant ou son destin.

Une fois le cercueil au niveau du sol, Joachim le tira vers lui. À sa demande, ses compagnons le placèrent contre un mur. Il réclama sa torche à Olympia et la braqua sur le trou.

Un tunnel partait de là. Un tunnel incroyablement étroit. Et trop petit pour s'y tenir debout. Voire même pour y ramper, songea Lourds.

— Il n'y a pas assez de place pour s'enfuir par là, remarqua-t-il.

Des débris de roche cascadèrent dans l'escalier en rappelant à la petite assemblée que leurs poursuivants se rapprochaient d'instant en instant.

— Il me semble que nous n'avons pas le choix, admit Olympia.

Joachim aida sa sœur à s'introduire dans le boyau et lui rendit sa torche. Olympia hésita avant d'y disparaître en rampant sur le ventre.

— Le confort n'était certes pas la priorité de ceux qui ont aménagé ce tunnel, reconnut Joachim. Nous y serons à l'étroit mais il y a de quoi passer.

— Vous êtes conscient qu'en moyenne, les gens sont plus grands aujourd'hui qu'à l'époque, objecta Lourds.

— Nous n'avons pas le temps de procéder à des travaux d'agrandissement, s'interposa Cleena.

— Quelqu'un risque de rester coincé.

— Raison de plus pour que vous fermiez la marche, professeur.

— Moi ? s'indigna Lourds en jaugeant la corpulence de ses compagnons.

— C'est vous le plus encombrant, renchérit Cleena. Si quelqu'un doit rester bloqué dans le trou, ce sera vous.

Lourds dut reconnaître qu'elle n'avait pas tort. Il dépassait les autres par sa taille. Sans parler de la largeur de ses épaules. Il attendit un signe de soutien, un témoignage de sympathie. En vain.

— Charmant ! marmonna-t-il.

Cleena suivit Olympia dans le boyau. Les autres adeptes se préparèrent, sur les ordres de Joachim, à y ramper à leur tour.

— Il est long, ce tunnel? s'enquit Lourds.

— Il doit mesurer pas loin de cinq cents mètres.

— Je suppose que personne ne l'a emprunté depuis au moins huit siècles?

Joachim se faufila dans le trou qui accueillait il y a peu encore le cercueil.

— En effet. Jusqu'ici, personne n'a eu à sortir par l'issue de secours.

Et, bien sûr, ce serait trop demander de s'assurer que la voie est libre, se dit amèrement Lourds.

— Vous êtes conscient qu'un tremblement de terre a pu provoquer un éboulis bloquant le tunnel?

— J'espère simplement que ce n'est pas le cas, lâcha Joachim en voyant que d'autres pierres encore dégringolaient dans l'escalier. Professeur, ma sœur vous a toujours dépeint comme quelqu'un d'intelligent. Si vous estimez préférable de rester ici plutôt que de nous suivre, libre à vous.

Là-dessus, il s'aplatit contre le sol et s'introduisit en rampant dans le boyau.

— Nos poursuivants pourraient très bien boucher l'entrée derrière nous. Au cas où un obstacle nous empêcherait d'aller jusqu'au bout, nous mourrons tous là, enterrés vivants.

Sans doute Joachim économisait-il son souffle dans l'intention d'avancer le plus vite possible : il ne répondit rien.

Jurant dans sa barbe, Lourds s'aplatit sur le sol et pénétra lui aussi dans le boyau en reconnaissant qu'il lui en coûterait plus de renoncer à connaître le fin mot de l'énigme que de courir le risque d'être pris au piège d'une galerie souterraine.

Résidence des Oies de pierre
District de Zeytinburnu, Istanbul, Turquie
19 mars 2010

Perché sur le bord de sa chaise, Sevki entreprit de capturer quelques images des types qui faisaient le pied de grue aux abords de la Hagia Sophia. Il les rogna ensuite de manière à ne conserver que le visage des individus en question, à la fois de face et de profil. Il utilisait pour ce faire un logiciel unique en son genre : un assortiment d'applications à l'usage des administrations, qu'il avait lui-même bidouillées en les améliorant. Le résultat, s'il ne frôlait pas la perfection, lui donna tout de même satisfaction.

D'ordinaire, Sevki louait ses services à des malfaiteurs soucieux de garder une trace de ceux que leurs partenaires en affaires envoyaient récupérer des marchandises en échange d'une valisette de liquide. Au cas où la transaction tournerait au vinaigre.

Une fois obtenus les clichés voulus, Sevki les soumit à une base de données qu'il venait de pirater. Il se doutait bien qu'il se dénoncerait lui-même en tant qu'intrus en lançant une recherche sur huit profils d'affilée : sa manœuvre risquait d'attirer l'attention des gestionnaires du site. Pourvu qu'il obtienne les informations souhaitées avant que des ennuis lui tombent dessus !

Pendant que le processeur tournait et que les connexions s'établissaient, Sevki surveilla les alentours de l'église. Son esprit cavalait à toute allure.

Un parchemin enfoui Dieu sait où et qu'on croyait perdu depuis des siècles. Qu'est-ce que ça peut bien valoir ? La question le turlupinait, bien qu'il eût déjà une petite idée de la réponse : une somme assez rondelette pour qu'un chapelet de cadavres apparaisse dans le sillage du rouleau.

La liaison par satellite avec Cleena s'interrompait de temps à autre mais le souffle haché de la jeune femme, ajouté à ses jurons et ses cris de douleur, indiquait qu'elle vivait encore et faisait tout pour que cela dure.

Un visage occupa soudain la totalité de l'écran : la base de données venait d'identifier l'un des adversaires de Cleena. Quelques lignes au bas du moniteur apprirent à Sevki qu'il se nommait Corliss Baker et que, sergent dans la marine des États-Unis et récompensé de plusieurs distinctions militaires pour bravoure, il avait trouvé la mort en Irak, six ans plus tôt. Le deuxième homme que reconnut le programme s'appelait Zachary Stillson. Lui aussi était mort en Irak six ans auparavant et, curieusement, au cours de l'affrontement ayant coûté la vie à Corliss Baker. Un troisième soldat de la marine, un certain Henry Marstars, était lui aussi décédé à cette occasion.

Un message d'alerte avertit Sevki que les responsables de la base de données venaient de repérer son manège. Il envoya au serveur de quoi les égarer sur une fausse piste et se déconnecta aussitôt.

En se plaquant contre le dossier de sa chaise, il constata qu'il dégoulinait de sueur; ce qui ne l'étonna pas. Fouiner dans les bases de données de l'armée américaine le mettait à chaque fois dans le même état. Les militaires des États-Unis employaient des informaticiens aussi doués que lui, or Sevki ne tenait pas à s'attirer des ennuis qui pourraient l'obliger à renoncer au toit au-dessus de sa tête. Il avait trimé dur pour construire l'immeuble où il logeait et il s'y plaisait bien. D'un autre côté, il avait une mentalité de joueur. Les hommes qui rôdaient aux abords de la Hagia Sophia lui avaient lancé un défi. À lui, maintenant, de relever le gant!

Tout en continuant à surveiller les environs de l'église, il ouvrit une nouvelle fenêtre sur un autre moniteur, dans l'intention de se renseigner sur l'escarmouche en Irak ayant coûté la vie aux trois soldats. Au fond, il raffolait des conspirations.

Crypte des Anciens, sous les fondations
de la Hagia Sophia, Istanbul, Turquie
19 mars 2010

La roche aux arêtes coupantes éraflait les genoux et les coudes du professeur alors qu'il rampait. D'une main, il tenait son chapeau, vu qu'il ne pouvait décemment pas le garder sur son crâne en avançant. À plusieurs reprises, il se cogna la tête contre le tunnel. Le froid des profondeurs de la terre le pénétrait jusqu'à la moelle en lui raidissant les muscles. Il ne voyait rien au-delà de ceux qui ouvraient le chemin; ce qui ne l'inquiétait d'ailleurs pas qu'un peu. Le boyau formait des coudes, des tours et des détours; il lui arrivait même de s'incliner, sans doute parce que la dureté de la roche ne permettait pas de la creuser à n'importe quel niveau. Des marques d'outils se devinaient le long des parois.

Il semblait à Lourds que ses égratignures saignaient, même s'il n'en aurait pas juré, dans l'obscurité. Peinant à respirer, il se demanda si le peu d'oxygène présent dans le boyau suffirait à assurer leur survie. Peut-être que le dioxyde de carbone qu'ils rejetaient les suffoquerait sous peu.

Le problème, quand on a trop d'instruction, c'est qu'on arrive à se fiche tout seul la trouille, se gourmanda-t-il.

Il continua de ramper en essayant de ne pas penser à la douleur dans ses articulations. Comme si des rangées de minuscules dents les mordillaient ! Il crut entendre du bruit derrière lui. À l'idée qu'un homme armé pût se glisser à l'intérieur du tunnel dans son dos, une sueur encore plus glacée que la terre en train de l'engloutir lui ruissela au bas des reins.

— On dirait que ça passe !

Eckart se tourna vers l'homme qui venait de parler, le plus proche de l'éboulis. À travers l'ouverture que celui-ci venait de dégager, le colonel ne distinguait rien, hormis d'impénétrables ténèbres. Soit Lourds et ses petits camarades avaient éteint leurs lampes, soit ils avaient filé.

— Foncez ! ordonna Eckart. Tirez sur tout ce qui bouge.

L'homme hocha la tête en sortant son pistolet.

— Sur le professeur aussi ?

— On n'y voit goutte, là-dedans. Bien malin celui qui le reconnaîtra.

Un pistolet dans une main et une torche dans l'autre, le coéquipier d'Eckart s'engagea tête la première entre les pierres éparpillées par l'explosion. Il se laissa glisser dans le tunnel en écartant les pieds pour éviter de déraper ; ce qui n'empêcha pas une dégringolade de cailloux de le poursuivre.

Tendu, contrarié, Eckart attendit en scrutant les ténèbres.

— Quelqu'un a donné l'alerte en surface, l'avertit Mayfield du fond de son oreillette. Quelqu'un qui a entendu des coups de feu, je suppose.

— Compris. Que ceux qui surveillent les abords de l'église se dispersent. Nous autres, nous allons débusquer le professeur.

Webster ne s'estimerait pas satisfait tant qu'il ne lui amènerait pas le professeur ou, à défaut, le rouleau.

Au bas du toboggan de pierre, l'éclaireur se releva en promenant sa lampe autour de lui. Pas un coup de feu ne retentit ; ce qui parut mauvais signe à Eckart.

— Il n'y a personne ! lui confirma l'éclaireur.

Eckart jura dans sa barbe et entama la descente, les pieds en avant. Une fois en bas, et surtout, une fois debout, il inspecta les environs, au cas où un piège leur eût été tendu. Il n'est pas rare qu'un homme au désespoir commette un acte désespéré, or il ne savait toujours pas quel genre de types composaient l'escorte de Lourds.

La salle où se trouvait Eckart ressemblait à une pièce d'habitation, sauf qu'il n'y avait là ni l'électricité ni l'eau courante. Par réflexe, il inspecta le plafond à la clarté de sa lampe. Peu de gens en danger pensent à lever les yeux mais la remarque ne s'applique pas aux soldats de la trempe du colonel, formés à la guérilla urbaine. Eckart ne vit toutefois rien de particulier.

Le reste de son équipe le rejoignit enfin : ses hommes se déployèrent sans qu'il ait besoin de leur en donner l'ordre.

— Il y a une porte, là, indiqua Eckart en braquant sa torche sur un rectangle sombre dans la paroi.

L'un de ses hommes en franchit le seuil, son arme à la main, prêt à tirer. L'instant d'après, il revint en signalant :

— Personne.

— Vous voyez d'autres issues, vous ?

— Non.

— Il doit bien y en avoir, pourtant. Ils ne se sont pas volatilisés dans les airs, tout de même.

— Je vais m'en assurer, lança l'éclaireur, qui s'immobilisa auprès d'une ouverture rectangulaire dans le sol.

À la lueur de sa lampe apparut un cercueil.

— Regardez ! s'écria l'éclaireur.

Eckart le rejoignit. N'accordant qu'un bref coup d'œil à la caisse de bois, il inspecta le trou béant à côté.

— Une souricière ?

— Ou plutôt un trou à rats !

— Voyez où il mène.

Eckart promena sur le reste de la pièce le faisceau de sa lampe, qui ne lui révéla aucun passage que le professeur et ses complices eussent pu emprunter. L'éclaireur s'accroupit auprès de la sépulture.

— Il y a un tunnel par ici. Pas très grand ; à peine assez pour s'y faufiler en rampant.

— Bon. Voyons où il conduit. Enlevez votre barda : il vous ralentirait. Ne prenez qu'une lampe, une arme et de quoi la recharger. J'amènerai le reste.

Eckart passa en revue les hommes à sa solde.

— Carter ! interpella-t-il un soldat de petit gabarit. Accompagnez-le.

Le dénommé Carter se débarrassa de son équipement pour ne garder que son pistolet et sa torche. Il se faufila dans le tunnel à la suite de l'éclaireur et tous deux disparurent en moins de temps qu'il n'en faut pour l'écrire.

Eckart se défit à son tour de son matériel, qu'il attacha à sa cheville gauche. Il jeta son sac au fond du boyau et s'y engagea en rampant.

Lourds et compagnie ne pouvaient pas être bien loin. Eckart avança comme il s'y était si souvent entraîné : en s'éraflant les coudes et les genoux mais en avalant les mètres les uns après les autres.

Sans prévenir, Joachim marqua une halte. Une vive douleur irradia la joue de Lourds au contact de la semelle de ses chaussures de randonnée.

— Il y a un problème ?

— Je ne sais pas. Devant, ça n'avance plus.

Lourds se retourna tant bien que mal pour jeter un coup d'œil dans son dos. Une vive lumière jaune perçait par instants les ténèbres.

— Nous allons bientôt avoir de la compagnie.

— Je vois, commenta Joachim. Olympia ?!

— Le tunnel ne va pas plus loin.

Le moral de Lourds tomba en chute libre. Il pressentait depuis le début que ses aventures se concluraient ainsi. Devoir l'admettre une bonne fois pour toutes au pied du mur était cependant une autre affaire. D'autant qu'il ne se sentait pas le courage de ramper encore cinq cents mètres en s'écorchant les coudes et les genoux. Mieux valait se faire trouer la peau !

— Comment ça, il ne va pas plus loin ?

La clarté des torches derrière lui devenait de plus en plus vive.

— Un mur nous empêche d'avancer.

— Un mur ? Pas un éboulis ?

— Non, un mur, comme je l'ai dit.

— Un mur… maçonné ?

— Pour ta gouverne, je ne vois pas de traces d'outils ! s'impatienta Olympia.

— Ce n'est pas ce que je te demandais. Il ne s'agirait pas d'une porte, par hasard ?

— Si c'est le cas, le constructeur a oublié la poignée. Je ne suis pas complètement idiote, Thomas.

— Ça n'a pas de sens. Pourquoi construire un tunnel qui se termine en cul-de-sac ?

Au désespoir, Lourds se mit à raisonner, à imaginer ce que la Fraternité avait bien pu inventer pour berner ses ennemis.

— Une tombe masquait l'entrée du tunnel qui devait servir d'issue de secours. Joachim, tu n'en sais pas plus que nous ?

— Non, admit l'intéressé. Le secret de son existence s'est transmis d'une génération à l'autre, rien de plus.

— Comment ressort-on d'une tombe ? se demanda Lourds.

— Les morts doivent attendre la seconde parousie. Le retour du Christ. À ce moment-là…

— Ça va, j'ai quelques notions de théologie ! coupa Lourds, qu'une idée illumina tout d'un coup. Olympia ! Lève les yeux, tu veux bien ?

Le silence qui suivit donna le temps à Lourds d'apprécier la vitesse à laquelle se rapprochaient les porteurs de torches à leurs trousses.

— Je ne distingue que de la pierre.

— Poncée ou pas ?

— Abrasée, je dirais.

— Et dessus, des marques ?

— Pas que je voie. Attends ! Si : un poisson.

— Pousse dessus. Il doit actionner l'ouverture d'un passage secret.

Pourvu qu'il fonctionne encore !

Un raclement troubla le silence. Lourds retint son souffle en voyant s'intensifier la clarté des lampes derrière eux. Leurs poursuivants ne devaient plus se trouver loin, bien qu'il ne fût pas facile d'évaluer les distances dans l'obscurité.

— Ça passe ! s'écria Olympia.

— Dépêche-toi ! lui conseilla Lourds.

La petite troupe se remit en chemin en file indienne alors que les faisceaux des torches ennemies menaçaient à tout moment de les révéler à leurs poursuivants. Lourds eût juré qu'il ne parviendrait pas à s'échapper à temps. Se redressant à moitié, il tendit son sac à dos et son chapeau à Joachim. Son cœur bondit de joie quand il mesura d'un rapide coup d'œil la taille de la partie suivante du tunnel, largement plus praticable que la précédente. Une fois la voie libre, le professeur se mit debout et disparut par l'ouverture en attrapant les mains secourables que lui tendaient Joachim et un autre adepte. Aussitôt, ils refermèrent le passage derrière lui.

De la lumière s'infiltrait à présent par les interstices entre les pierres à leurs pieds. Leurs poursuivants se tenaient à deux pas d'eux, or le plancher reconstitué ne leur résisterait pas longtemps.

Lourds jeta un coup d'œil à Joachim en chuchotant :

— Vous savez où nous sommes ?

Joachim lui fit signe que non.

— Il faut bloquer le passage !

Joachim sortit de sous sa veste un pied-de-biche.

— Parfait ! s'exclama Lourds, qui s'en empara pour en coincer l'extrémité entre la paroi du tunnel et la roche qui venait de basculer. Voilà qui devrait les ralentir.

L'obstruction d'un côté de la galerie où ils se tenaient leur évita de se demander dans quelle direction poursuivre.

Un peu plus loin les attendait un cul-de-sac. Olympia examina les murs alors que les autres s'intéressaient au plafond.

— Là ! s'écria-t-elle en orientant sa torche sur un poisson gravé en haut d'une paroi. Une porte, non ?

Les hommes à leurs trousses tambourinaient à présent avec force contre la portion de roche qui, en basculant, donnait accès au tunnel où ils se trouvaient bloqués.

— Vous permettez ? s'enquit Lourds.

Les autres lui livrèrent passage. Il inspecta le cul-de-sac mais n'y aperçut ni faille ni rien qui indiquât la présence d'une porte.

— Hé ! là ! s'exclama Cleena en éclairant un carré de couleur à hauteur de regard. On dirait une image. La poussière qui la couvre m'empêche de bien voir.

Elle nettoya la couche de crasse.

— Une mosaïque ! s'émerveilla Joachim.

En y regardant de plus près, Lourds dut admettre que le frère d'Olympia ne se trompait pas : à son tour, il distingua de minuscules tesselles colorées figurant treize hommes attablés.

— La Cène ! s'écria Joachim au comble de la stupeur.

— J'imagine que vous n'aviez encore jamais mis les pieds ici, en déduisit Lourds.

— Non, en effet.

— Dommage ! Ça nous aurait bien aidés.

Lourds appuya sur la mosaïque, en vain. Il éclaira les murs.

— Regardez mieux ! Il doit y avoir une issue, ordonna-t-il à ses compagnons d'infortune avant de s'approcher de nouveau de la mosaïque. Les orthodoxes qualifient le dernier repas pris par Jésus avec ses disciples de Cène mystique. Paul fut le premier apôtre à l'évoquer dans ses écrits.

— Dans sa première épître aux Corinthiens. Chapitre XI, versets 23 à 26, renchérit Joachim.

— Cet ultime repas, poursuivit Lourds en s'agenouillant face à la mosaïque, a inspiré bien des légendes et des mythes. À en croire certains, le Saint-Graal, l'objet de la quête du roi Arthur et des chevaliers de la Table ronde, ne serait autre que la coupe ayant contenu le vin. Et n'oublions pas que l'Eucharistie, la communion au sang et au corps du Christ, commémore la Cène.

— D'accord, mais quel rapport avec l'ouverture d'une porte ? releva Olympia.

— Où, dans une église orthodoxe, reprit Lourds en souriant d'un air pétri d'autosatisfaction, trouve-t-on une représentation de la Cène ?

Joachim s'agenouilla auprès de lui en palpant le mur à son tour.

— Au-dessus des portes saintes.

— Exactement. Également connues sous le nom de « portes royales ».

Lourds laissa courir ses doigts sur la pierre. Il perçut bientôt un relief, sur lequel il braqua sa torche avant d'en essuyer la poussière accumulée par les siècles. Trois autres mosaïques apparurent. L'une figurait un homme à la tête entourée d'une auréole.

— Le saint diacre, commenta Lourds. Saint Étienne ou saint Laurent.

La mosaïque voisine représentait une porte sculptée en bas relief dorée à la feuille.

— La porte par laquelle entre le Christ, expliqua Joachim.

— Les Russes orthodoxes la nomment « porte rouge », mais ça revient au même.

Un ange ailé apparaissait sur la dernière mosaïque.

— L'archange Michel ? suggéra Joachim.

— Ou Gabriel. Ou…, réfléchit Lourds en haussant les épaules, un autre encore.

— Qu'est-ce que ça signifie ? s'impatienta Cleena.

— Les portes royales symbolisent la pénitence que les croyants se doivent de garder présente à l'esprit, lui expliqua un membre de la Fraternité. Elles leur rappellent que le péché éloigne de Dieu les fidèles.

— Une leçon de morale! Comme si on avait besoin de ça…, s'agaça Cleena. Si nous ne trouvons pas le moyen de sortir d'ici, il va vous rappeler à lui, votre Créateur.

— N'ironisez pas sur les desseins du Seigneur.

— Il me semble qu'elle est là, notre issue, affirma Lourds. Sous la Cène. Du moins, j'en mettrais ma main au feu.

— Si tu te trompes, il n'y a pas que ta main qui y passera, rétorqua Olympia.

— Trois possibilités s'offrent à nous, poursuivit Lourds sans se laisser démonter. Je parierais qu'actionner l'une de ces mosaïques nous débloquera le passage alors qu'en manipulant les deux autres, nous le scellerons à tout jamais.

— Pourquoi? s'interrogea Joachim.

— Pour protéger ce qui se trouve au-delà.

— C'est-à-dire, à votre avis?

— Un indice supplémentaire de l'emplacement du Rouleau de la joie.

Lourds tendit la main vers l'une des trois mosaïques mais Joachim lui saisit le poignet.

— À quoi vous jouez?

— À ouvrir la porte.

— Ne venez-vous pas de dire que nous avons une chance sur trois d'y arriver?

— Si! À moins d'avoir la foi et un minimum de connaissances en théologie, le contredit Lourds en souriant. Quelle image choisirez-vous?

Les coups martelés contre l'autre extrémité du tunnel retentirent de plus belle. Au lieu de chercher une solution élégante au problème, leurs poursuivants recouraient à la force brute. La muraille en pierre n'y résisterait pas longtemps.

Joachim n'hésita qu'un instant.

— À mon avis, nous avons deux chances sur trois de passer : en ce qui me concerne, je presserais le diacre ou l'archange.

— Pourquoi?

— Parce qu'ils correspondent aux portes qu'utilisent les membres du clergé.

Lourds appuya sur l'image du saint diacre. La mosaïque s'enfonça dans la paroi. À l'intérieur se produisit une succession de déclics, à mesure que basculaient loquets et mentonnets.

Un pan de mur glissa sur le côté en révélant un autre tunnel encore. Lourds y pénétra le premier. Dès que les autres l'eurent rejoint, il actionna un levier commandant la fermeture du passage.

Un peu plus tard, Lourds se retrouva face à une énième porte : celle-là ne recelait pas de mystère. Elle donnait sur une espèce de caverne par l'ouverture de laquelle apparaissait le ciel nocturne semé d'étoiles.

Moins d'une minute plus tard, accroupi à l'entrée de la grotte masquée par la vigne, il observait la Hagia Sophia. Plusieurs voitures de police stationnaient aux alentours.

— Ça me rassure de constater que nos mésaventures ne sont pas passées inaperçues, commenta Lourds. Même si j'aime autant ne pas songer à la quantité d'écrits qui risquent de se perdre par notre faute.

— À mon avis, la police ignore comment accéder au tunnel, estima Joachim. Il n'est pas impossible qu'elle soit simplement venue voir ce qui se passait aux abords de l'église.

— Espérons ! conclut Lourds alors qu'il s'accordait quelques instants de repos.

La température à l'intérieur de la grotte lui parut plus agréable que le long des tunnels humides. Il balaya le sol du regard : des cannettes de bière et des ustensiles de camping qui ne dataient pas d'hier trahissaient la prédilection pour l'endroit des adolescents du coin.

— C'est ici que les amoureux d'Istanbul se donnent rendez-vous ? se renseigna Cleena.

— Entre autres, lui répondit Olympia. Un bon nombre de grottes subsistent un peu partout en ville.

— Vous parlez en connaissance de cause ! la taquina Cleena.

Olympia fronçait les sourcils en préparant sa contre-attaque quand Lourds s'interposa :

— Si nous cherchions plutôt à sortir d'ici vivants ? À l'évidence, beaucoup de monde a eu vent du Rouleau de la joie et le convoite. Ce qui signifie qu'il risque fort de nous échapper.

Sans un mot, Joachim tendit l'étui de cuir à Lourds, qui lui décocha un drôle de regard.

— Vous nous avez sauvé la vie. La crypte des Anciens, les passages secrets… vous ne vous attendiez à rien de ce genre. Ma sœur comptait sur vous pour dénicher le rouleau, alors qu'elle ignorait ce que nous cherchions au juste. Après ce dont j'ai été le témoin, je serais idiot et surtout malavisé de ne pas vous accorder ma confiance.

Lourds mesura ce qu'il en coûtait à Joachim de l'admettre. Il accepta le rouleau et tendit la main au frère d'Olympia.

— Je ne fais que mon boulot, Joachim. S'il y a quelqu'un, dans ce domaine, qui se débrouille mieux que moi, j'attends encore qu'on me le présente. Et s'il existe un moyen d'éclaircir le mystère du rouleau, j'y parviendrai. Je vous le promets.

21

Quartier d'affaires central
Ville économique du roi Abdallah, Arabie saoudite
24 mars 2010

Depuis la tour qui abritait son hôtel, Webster observait dans le demi-jour la mer au-delà de la ville. Le soleil paraîtrait à l'horizon moins d'une heure plus tard mais la violence qui couvait au sein du pays n'attendrait pas l'aurore pour se déchaîner.

Le vice-président des États-Unis se trouvait précisément là où il le souhaitait : au cœur d'une tourmente imminente.

Les cinq jours précédents lui avaient apporté leur lot de frustrations, dont la disparition de Lourds et de la Fraternité du Rouleau de la joie. Eckart n'avait pourtant pas ménagé sa peine ! Webster eût juré que le professeur et ses nouveaux amis se trouvaient toujours à Istanbul. Il le saurait, s'ils s'étaient emparés du Rouleau de la joie. Il en était aussi sûr que du sort de l'Arabie saoudite, sur le point de sombrer dans le chaos.

Il sirota son whisky soda en se tournant vers la télévision dans un coin de sa chambre. Grâce à une antenne parabolique dissimulée parmi ses bagages, il captait les chaînes d'informations occidentales et pas seulement la propagande que le prince Khalid autorisait les antennes locales à diffuser. Les réseaux câblés américains et la BBC suivaient de près l'arrivée massive de militaires aux frontières du Moyen-Orient. En quelques jours, la zone s'était transformée en baril de poudre. Il suffirait d'une étincelle pour que le monde entier s'embrase.

Or, cette étincelle, le vice-président comptait bien la provoquer.

Ragaillardi, il ramassa la télécommande et zappa d'une chaîne d'informations à l'autre. Des reportages plus ou moins récents montraient des unités de blindés, des soldats d'infanterie et des avions de combat prêts à entrer en action. Curieusement, Israël gardait le silence. Pour autant, les préparatifs militaires allaient bon train, là-bas. Le Pakistan, l'Inde et la Chine surveillaient de plus en plus strictement leurs frontières. En Irak et en Turquie, les troupes américaines se tenaient, elles aussi, sur le pied de guerre. Dans le Golfe patrouillaient sans répit les navires de la marine des États-Unis.

Webster était particulièrement content de lui. Il ne lui manquait plus que le rouleau pour assurer sa victoire définitive.

— Tu ne dors pas? s'étonna Vicky DeAngelo sous les draps défaits de son lit.

— Je me suis contenté de piquer un somme, admit le vice-président. Je n'arrive pas à me reposer : trop de choses en tête.

Vicky se redressa en froissant les draps dans son poing ; ce qui eut pour effet de dévoiler son sein gauche, d'une rondeur exquise. Webster se doutait bien que ce qu'elle montrait ou cachait ne relevait pas du simple hasard. Là, par exemple, elle croisait ses jambes fuselées au bronzage impeccable en dissimulant sous un pan de tissu son entrejambe.

— Je commençais à me dire que je t'avais épuisé, lâcha-t-elle, un sourire en coin aux lèvres.

— Si tu n'y as pas réussi, ce n'est pas faute d'avoir essayé.

Vicky haussa lubriquement un sourcil.

— C'est une constatation ou un défi que tu me lances?

— Un peu des deux, sans doute.

— Alors, tu viens à moi? Ou c'est moi qui viens à toi?

Webster ne répondit rien.

Vicky repoussa les draps en dévoilant enfin la splendeur de son magnifique corps façonné par les séances de gymnastique à répétition que lui imposait son entraîneur personnel — et aussi par son chirurgien esthétique, dont le professionnalisme servait à merveille le narcissisme de la jeune femme. De fait, le vice-président ne lui trouvait aucun défaut. Elle le rejoignit de sa démarche de reine à l'indéniable sensualité, telle une tentatrice de l'Ancien Testament, une sirène capable de précipiter la ruine de bien des souverains. Les délices que lui promettait la vue de son anatomie troublèrent malgré lui Webster.

Glissant un bras dans le dos du vice-président, Vicky s'empara de son verre pour le vider d'un trait avant de presser ses lèvres brûlantes contre celles de Webster. Il la souleva par les hanches tandis qu'elle refermait les cuisses autour de sa taille et la plaqua contre le mur avant de s'introduire en elle en arquant le dos. Elle lui caressait les cheveux en couvrant son visage de baisers quand une vague de plaisir la projeta contre lui. Elle hurla, en proie à l'exaltation la plus débridée, jusqu'à ce que le souffle et les forces lui manquent. Après un ultime soubresaut, ils sombrèrent l'un et l'autre dans le mutisme.

Peu à peu, Vicky reprit le contrôle d'elle-même. Des larmes de joie et de douleur mêlées ruisselaient le long de ses joues. Au fond de ses prunelles, Webster ne lut pas que du désir ; de la crainte aussi.

— Je n'avais encore rien ressenti de si puissant, jusqu'ici, admit-elle d'une voix rauque.

— Je sais.

— Ce n'est pas la modestie qui t'étouffe !

— Parce qu'elle le devrait ?

— Non, tu as raison, lui répondit Vicky en l'embrassant. Je m'attendais à ce que tu repousses mes avances, à l'hôtel.

— Je n'ai plus besoin de jouer les veufs éplorés, lui expliqua Webster en lui rendant ses baisers.

— Tu veux dire que ce n'était qu'une façade ? une image publique ?

— Non. J'aimais vraiment ma femme.

Selon lui, c'était d'ailleurs la raison pour laquelle son épouse lui avait été ravie. La disparition de Vanessa comptait au nombre des rares revers de son existence placée sans cela sous le signe de la réussite. Ses projets touchaient à présent à leur aboutissement. Il pouvait s'autoriser un peu de détente. Il se tourna vers Vicky, qu'il serra dans ses bras.

Elle ne lui opposa pas de résistance.

Rien ne l'arrêterait. Il ne tolérerait aucun obstacle en travers de son chemin.

Bureaux d'Oceanview
Eminönü, Istanbul, Turquie
24 mars 2010

— Tu veux du thé ?

Lourds leva le nez de ses notes griffonnées la veille : l'esprit toujours embrumé, il s'échinait pour l'heure à élucider leur signification.

Une riche idée lui était venue. Ou plutôt une hypothèse de travail. Sauf qu'avant qu'elle mûrisse, sa tête avait touché l'oreiller et il avait piqué du nez.

Olympia se campait devant son bureau, l'air aussi lasse et mal réveillée que lui. Avec les membres de la Fraternité, elle avait consulté des livres empruntés à des bibliothèques ou achetés le long de Cağaloğlu, l'avenue des libraires et des imprimeurs. Leurs efforts conjugués leur avaient permis d'établir certains faits que même les adeptes ignoraient jusque-là. Pour autant, la traduction de Lourds n'avançait pas. Cleena ne le quittait pas d'une semelle : elle prenait très au sérieux son rôle de garde du corps, bien qu'elle n'en parût pas particulièrement heureuse. Lourds se demanda, et pas pour la première fois, ce qui la poussait à leur coller aux basques, en dépit du danger qu'elle encourait.

— Je rêve d'une tasse de thé ! admit Lourds.

— Et d'un petit déjeuner ?

— Il y a de quoi casser la croûte, ici ?

— Je suis passée au marché, ce matin. Oh ! je n'ai rien acheté d'extraordinaire ; juste de quoi nous donner du cœur à l'ouvrage.

— Je ne dirais certainement pas non à un petit déjeuner.

— Bon ! Si tu allais te doucher ? Je te propose de nous attabler sur la terrasse. Le soleil vient de se lever : il fait un temps splendide pour manger dehors.

— Je n'ai pas le loisir de…

— Thomas ! soupira Olympia d'un ton cajoleur en lui pinçant les joues comme à un enfant. Tu ne fais que réfléchir à ce rouleau depuis quatre jours. Si tu veux mon avis, tu as largement dépassé les limites de l'endurance humaine. Au point où tu en es, tu ne réussiras plus qu'à t'enferrer. Va te doucher ! insista-t-elle. Prends le temps de savourer un bon petit déjeuner en tête à tête avec une jolie femme. Souffle un peu ! Repose-toi. Histoire de porter un regard neuf sur le rouleau quand tu t'y remettras.

— Ça n'est pas idiot, ce que tu dis.

— Évidemment !

Elle se pencha pour l'embrasser. Au contact de ses lèvres tendres et charnues, Lourds se rendit compte que leurs étreintes lui avaient manqué, ces quatre dernières nuits, passées seul dans son lit.

Je t'en ficherais, moi, des vacances ! songea-t-il dans un accès d'auto-apitoiement.

Olympia, qui devait lire dans ses pensées, lui lança :

— Une douche froide te ferait le plus grand bien.

— À moins, suggéra Lourds en lui baisant le bout des doigts, que tu ne la prennes avec moi ?

— Qui s'occupera du petit déjeuner pendant ce temps ?

— Une fois rafraîchis et le cœur en joie, nous le préparerons ensemble.

— Tu es conscient que, si quelqu'un ici remarque notre manège, mon frère en mourra de honte.

— Il en faudrait plus pour l'achever.

Olympia n'hésita qu'un instant avant d'entraîner Lourds à la salle de bains.

Les locaux qu'ils occupaient hébergeaient auparavant une entreprise d'import-export. Bien que Joachim ne fût pas entré dans les détails, Lourds avait cru comprendre que la compagnie en question avait dû mettre la clé sous la porte du jour au lendemain. Quelques impacts de balles et des salissures d'aspect louche ornaient les murs et le plancher de deux pièces à l'arrière du bâtiment, où Lourds prenait d'ailleurs soin de ne pas mettre les pieds. Non qu'il crût aux fantômes, mais ça ne lui semblait pas très judicieux de plancher là-bas sur le rouleau : il se méfiait de l'incidence sur son travail des mauvaises ondes du lieu.

Quel que fût le genre d'affaires auquel se livrait l'entreprise, elle ne manquait en tout cas pas de moyens. En plus de la salle de réunion où Lourds avait élu domicile, et de laquelle il apercevait la côte et la Hagia Sophia, les locaux comprenaient cinq bureaux plus deux salles de bains, dont une équipée d'une douche et d'une cuisine. Les membres de la Fraternité y avaient amené des sacs de couchage et de quoi se préparer à manger. Pour le moment, aucune autre compagnie ne louait l'immeuble. Lourds ne savait pas si Joachim s'était mis d'accord avec le propriétaire ou s'il occupait les lieux en toute illégalité. Peu importait, au fond. Ils ne resteraient pas longtemps. Ce n'était tout simplement pas envisageable. Ni possible.

Revigoré par sa douche, Lourds aida Olympia à leur concocter un petit déjeuner à base de pain, de fruits frais, de saucisses et de fromages achetés au marché. Ils emportèrent sur le balcon leurs assiettes pleines à ras bord, plus deux tasses de café turc.

Au cours des derniers jours, quelqu'un — Olympia, probablement — avait amené sur la terrasse une table et cinq chaises dépareillées.

— Ça m'étonne que ton chien de garde ne nous ait pas déjà rejoints, commenta Olympia.

Le regard de Lourds se perdit du côté des restaurants au bord de l'eau.

— Tu ne te trouves pas un peu injuste envers elle ?

— Elle se tape l'incruste, là.

— Hum. Pas faux.

— Tout ça parce qu'elle n'a pas été fichue de t'enlever pour le compte de Qayin et ses copains.

— Pour autant que je m'en souvienne, c'est elle qui m'a tiré de leurs griffes.

— Mais c'est elle qui t'a livré à eux, pour commencer.

Sur ce point, Lourds ne trouva rien à lui objecter.

Il se beurra une tartine, qu'il mâchouilla d'un air pensif en réfléchissant aux symboles sur lesquels il suait depuis plusieurs jours. À deux ou trois reprises, il lui avait semblé en entrevoir le sens. Puis son intuition lui avait filé entre les doigts, comme une anguille.

— Je me méfie de l'ami qui lui murmure à l'oreille, insista Olympia. Qu'est-ce qui nous garantit qu'il ne va pas nous attirer des ennuis ?

— Il ou elle.

— Allons ! le tança Olympia en lui décochant un regard éloquent. Ça se voit à la manière dont elle se comporte qu'elle communique avec un homme. Crois-moi !

— Si tu le dis.

La mine d'Olympia exprima une incrédulité exaspérée.

— Tu admets que j'ai raison de penser qu'elle dialogue avec un homme mais pas que c'est une mauvaise idée de la garder auprès de nous ?

Elle ramassa son assiette, sa tasse et ses couverts et le planta là sans un mot de plus.

Lourds poussa un soupir excédé. À l'évidence, il y avait plus d'un langage qu'il échouait à interpréter. Il sirotait encore son café quand, du coin de l'œil, il vit une silhouette approcher. Il crut un instant qu'Olympia revenait vers lui mais non : en y regardant mieux, il reconnut Cleena.

L'assiette qu'elle tenait à la main ne contenait que deux tartines beurrées, du raisin et des tranches de melon. Un élastique retenait en queue-de-cheval ses cheveux roux.

— Vous comptez sortir dans l'heure qui vient ? demanda-t-elle au professeur.

— Je n'en avais pas l'intention. Pourquoi ?

— J'ai une course à faire.

Une nuée de soupçons assombrit aussitôt les pensées de Lourds ; ce qui dut se deviner à sa mine. Cleena lui sourit en haussant un sourcil.

— Vous ne me faites pas confiance ?

— Si. Dans la mesure où je le peux.

— Autant qu'à votre copine ?

— Ce n'est pas ma…

— Les autres ne l'ont peut-être pas remarqué mais j'ai bien vu, moi, que vous avez pris votre douche ensemble, tout à l'heure, lâcha Cleena en mordant dans une tranche de melon, dont le jus lui dégoulina le long du menton.

— Personnellement, j'ai confiance en vous. Il me semble d'ailleurs que je suis le seul ici à pouvoir en dire autant.

— Sans doute, admit Cleena en jetant un coup d'œil à son calepin couvert de gribouillis. Vous ne savez toujours pas ce qui est marqué sur ce rouleau ?

— Non, du moins pas encore.

— Moi aussi, j'ai foi en vous.

— Elle consiste en quoi, votre course ? s'enquit Lourds en goûtant au melon, qu'il trouva délicieusement sucré.

— Je dois me rendre quelque part.

— Où ?

— On se méfie, professeur ? rétorqua Cleena en esquissant un pâle sourire.

— La confiance est une denrée rare, par les temps qui courent. Ça fait quatre jours que vous traînez dans les locaux et c'est vous qu'on entend le moins, de toute la bande.

— Je ne suis pas du genre liante.

— Ça ne vous a pas empêchée de nous imposer votre présence, l'arme au poing.

— Au moins, nous n'avons pas perdu de temps à devenir amis.

— Aller au plus pressé n'est pas toujours une bonne idée.

— Sauf quand le temps nous est compté.

— Vous exigez beaucoup et ne donnez pas grand-chose en retour.

— Je vous donne peut-être plus que vous ne le soupçonnez.

— Nous voilà aujourd'hui à un tournant dans notre association, soupira Lourds. La confiance a tendance à s'étioler : et si le moment était venu pour vous de m'accorder la vôtre ?

— Vous oubliez à qui vous avez affaire, professeur ? lui lança Cleena en lui clouant le bec d'un simple regard. Une armée fantôme vous court après, composée de soldats morts en Irak. Et je ne parle pas de Qayin et de ses sbires. Ni des frères du Rouleau.

— Je ne les considère pas comme mes ennemis, eux.

— Pour l'instant. Rappelez-vous quand même qu'ils ne vous ont pas tout dit, au début. Votre copine non plus. Si j'en crois la religion dans laquelle j'ai grandi, le mensonge par omission équivaut à un péché. Libre à vous de ne pas m'accorder votre confiance mais, dans ce cas-là, méfiez-vous des autres aussi. Ça vaudra mieux pour vous.

Sans laisser à Lourds le temps de réagir, Cleena s'en fut en emportant son assiette et sa tasse de café. Le professeur la suivit des yeux. L'air frais du petit matin lui arracha un frisson. Il se demanda s'il devait se faire du souci pour, ou à cause d'elle.

— Où est-ce que je vous dépose, mademoiselle ?

Cleena s'arracha à la contemplation de la mer pour examiner la succession de boutiques et de bars à sa gauche. Des nuées de touristes se déversaient de bateaux de croisière amarrés le long des quais. Des vendeurs ambulants vantaient leurs marchandises sur le pas des portes, quand ils ne traînaient pas une charrette après eux. Des auvents de toile abritaient des bazars au fond des ruelles. La cohue compliquerait à Cleena la surveillance des environs mais faciliterait sa fuite au cas où il lui faudrait en arriver là.

— Ici ! répondit Cleena en indiquant un cybercafé aux fenêtres duquel se battaient des robots en néons sous des affiches vantant les jeux vidéo les plus récents.

— Entendu, mademoiselle. À votre service !

Le chauffeur coupa la route à deux files de véhicules en manquant de peu heurter un autre taxi qui le suivait de trop près avant de s'arrêter le long du trottoir.

Cleena régla la course en lui laissant juste ce qu'il fallait de pourboire pour qu'il ne garde aucun souvenir d'elle. Puis elle se fondit parmi la marée humaine ; sans manquer, bien sûr, d'examiner les alentours.

— Sevki ? lança-t-elle.

— Je n'ai repéré personne, pour l'instant, l'assura-t-il d'un ton las au point qu'elle s'en voulut un instant d'exiger autant de lui.

— Et les frères du Rouleau ?

— Pas l'ombre d'un.

— S'ils m'ont autorisée à sortir seule, ce n'est certainement pas parce qu'ils me font confiance.

— Ils ont dû craindre que tu ne les entraînes dans un piège.

Un sourire se forma sur les lèvres de Cleena, qui trouvait pour le moins piquant d'inspirer une telle frousse à la Fraternité. Les adeptes lui tapaient sur les nerfs avec leur petit air de « monsieur Je-sais-tout ». De toute façon, ce n'était pas eux qu'elle espérait piéger.

— Quelqu'un ne tardera pas à se pointer. Ne me perds pas de vue.

— Comme d'habitude. Encore que ta manière de procéder ne me plaise pas.

— Ah bon ? releva Cleena, qui, sitôt poussée la porte du café, ôta ses lunettes de soleil pour inspecter la salle dans la pénombre.

Devant la plupart des trente ou quarante ordinateurs de l'établissement se tenaient des types en train de jouer en ligne ou de mater des sites porno. Voire les deux en même temps.

— Non. Ton plan ne me dit rien qui vaille et je me permets d'insister, puisque tu ne m'as pas écouté, jusqu'ici.

Cleena réclama un ordinateur au comptoir, en présentant une fausse pièce d'identité fournie par Sevki. Elle paya en liquide, en livres sterling.

— Ces types auxquels tu te frottes… ils ne jouent pas dans la même cour que toi.

— Je me suis retrouvée mêlée à cette affaire malgré moi, se défendit Cleena en prenant place à un PC.

Il lui suffit de glisser dans le lecteur la carte qui venait de lui être remise pour que l'unité centrale revienne à la vie.

— Si ça ne tenait qu'à moi, je m'amuserais encore dans la cour des petits.

— Je m'en doute bien.

— Ces types ne sont pas du genre à me laisser filer à l'anglaise. Tu le sais aussi bien que moi.

— Oui, soupira Sevki.

— Il ne me reste qu'une seule solution : les contraindre à abandonner la partie. Comme la fois où tu as marché sur les plates-bandes de la mafia russe.

Cleena s'en voulut de remettre cette histoire sur le tapis mais Sevki ne lui laissait pas le choix.

— Ne m'en parle pas! Je te dois une fière chandelle.

— Mais non! Encore que…, hasarda Cleena en inspirant à fond. Je ne dirais pas non à un coup de main. Cette fois, je ne m'en sortirai pas sans ton aide. Même si je ne peux pas éviter de me mettre en danger, j'aimerais autant que ma sœur soit à l'abri, elle.

— Ne t'inquiète pas. Tu as allumé l'ordinateur?

— Oui.

— Note bien l'adresse IP que je vais te donner.

Sur les instructions de Sevki, Cleena téléchargea quelques applications. La machine ne protesta qu'un instant : le message d'alerte des pare-feu disparut illico. Il avait suffi à Sevki de quelques secondes pour asservir l'ordinateur du café au sien.

— Ça y est! annonça Sevki un peu après.

L'estomac de Cleena se noua. Elle connecta le casque téléphonique qui traînait sur la table au port USB de la machine. Au bout de quelques secondes, elle composa le numéro qui lui avait été remis, en gardant l'œil sur l'entrée du café. Si elle avait vu juste, or elle eût mis sa main au feu qu'elle ne se trompait pas, il ne tarderait pas à y avoir de l'action. Il fallait simplement qu'elle se débrouille pour ne pas en faire les frais.

À l'autre bout de la ligne retentit une sonnerie.

Lorsque l'agent spécial James Dawson entendit sonner son téléphone sur la table de chevet de sa chambre d'hôtel, il arrêta d'un geste de la main les mouvements giratoires du bassin de la jeune femme en train de l'enfourcher. Celle-ci continua de se balancer de manière plus mesurée afin de l'aider à se contenir encore un peu.

Il jeta un coup d'œil à l'écran : l'appel émanait d'un numéro ne figurant pas dans son répertoire, or il ne voyait qu'une personne susceptible de l'appeler d'une ligne non enregistrée sur sa carte SIM. Il décrocha en caressant de sa main libre le corps ruisselant de sueur de la créature à califourchon sur ses hanches.

— Mademoiselle MacKenna! salua Dawson. Je commençais à m'inquiéter!

— Vos nervis ont fait du zèle à la Hagia Sophia.

— Je ne vois pas de quoi vous parlez, lui répondit Dawson, sincèrement dérouté.

— Ça ne m'étonne pas. N'empêche qu'en arrivant comme un cheveu sur la soupe, ils nous ont mis dans la mouise.

À ces mots, la belle assurance de Dawson fondit comme neige au soleil.

— Le professeur est sain et sauf?

— Oui, mais il s'en est fallu d'un cheveu. D'autant que les types à votre solde n'ont pas lésiné sur les moyens.

— Pardon, mademoiselle MacKenna, mais je ne vois pas de quoi vous parlez.

Dawson n'en avait en effet pas la moindre idée, bien que son interlocutrice parût on ne peut plus sûre de son fait.

— Ils vous ont dit que le professeur avait déniché un rouleau?

Voilà qui retint l'attention de Dawson!

— Un rouleau? Quel rouleau?

— À mon avis : pas celui que tout le monde cherche. D'ailleurs, la petite bande m'a paru un peu déconcertée qu'il tarde tant à reparaître, même si personne ici ne doute que le professeur mettra bientôt la main dessus.

— Bien! Quand ce sera le cas, vous serez tirée de ce guêpier. Votre sœur aussi.

— Ma sœur est déjà sortie d'affaire.

Une grimace tordit la bouche de Dawson.

— Votre sœur a certes disparu de la circulation mais sachez que je dispose d'une équipe formée pour retrouver la trace de ceux qui s'évanouissent dans la nature.

— À votre place, je n'y ferais pas appel, lui conseilla Cleena d'une voix plus dure.

— C'est une menace que vous me lancez? Ne comptez pas la mettre un jour à exécution. Je ne vous en laisserai pas le loisir. Enfin, pourquoi m'appeliez-vous?

— Pour négocier.

— Plaît-il?!

— Je sais où se trouvent le professeur et le premier rouleau qu'il a retrouvé.

— Mais pas où se cache celui que tout le monde cherche.

— Vous ne devriez pas avoir trop de mal à le dénicher, une fois le professeur à votre merci.

— Que voulez-vous en échange?

— Une trêve. Un cessez-le-feu. Entre vous et moi. Je vous remets le professeur plus le premier rouleau et, en échange, vous m'oubliez, moi et ma sœur.

279

Dawson jeta un coup d'œil à sa montre. L'équipe de techniciens chargée de localiser la provenance des coups de fil qui lui parvenaient avait largement eu le temps de repérer sa correspondante.

— Je suis occupé, là, lui expliqua Dawson en souriant de toutes ses dents à sa partenaire. Je peux vous rappeler?

— Moi, je vous rappellerai.

— Parfait. J'attends votre coup de fil d'ici une heure.

Dawson raccrocha tranquillement. Son téléphone sonna aussitôt.

— Vous l'avez localisée? s'enquit-il.

— Oui : elle appelait d'un cybercafé du port. Nous allons dépêcher une équipe sur place.

— Pas tout de suite! Il ne faudrait pas qu'elle repère nos hommes trop vite. Personne ne bouge avant mon signal. Compris?

— Compris!

Dawson reposa son téléphone sur la table de chevet pour s'occuper de la jeune femme qui le chevauchait. Plutôt que de le détourner de sa satisfaction libidinale, le coup de fil lui avait redonné de la vigueur. Il lui tardait de prouver à Cleena MacKenna qu'il était l'homme le plus dangereux dont elle eût jusque-là croisé le chemin.

— Je suis restée en ligne assez longtemps? voulut savoir Cleena, le regard rivé à l'écran de l'ordinateur.

— Oui, lui confirma Sevki par oreillette interposée. Ton correspondant passe par un opérateur basé aux États-Unis. J'ai eu du mal à m'en assurer à cause du cryptage. Le gouvernement brouillait les signaux.

— Oh, je pige : c'est censé m'impressionner.

— Tu ne t'y connais malheureusement pas assez pour que mes prouesses t'épatent autant qu'elles le méritent, soupira Sevki d'un ton vexé.

— Alors?

— Je dirais qu'il fait partie de la CIA.

Une vague de panique submergea Cleena. Elle avait beau s'en douter, cela la fit flipper d'en obtenir la confirmation. Le trafic d'armes dont elle tirait ses revenus l'amenait parfois à se frotter aux services de renseignements. D'ordinaire, elle arrêtait les frais dans ce cas et prenait ses jambes à son cou.

— Ce n'est pas le genre de type avec lequel il fait bon frayer, souligna Sevki.

— Tu m'étonnes.

Sevki étouffa un juron.

— Ça ne te dissuadera pas de te mesurer à lui, bien sûr.

— Il a menacé ma sœur. Peut-être même bien qu'il l'a violentée, aussi. Pas question de laisser passer ça! déclara Cleena, parfaitement maîtresse d'elle-même.

Sevki jura de nouveau, avec plus de véhémence, cette fois.

— Eh bien, l'occasion s'offre à toi de régler tes comptes. Figure-toi qu'il se trouve ici, à Istanbul, ton correspondant mystère. Je viens de m'en assurer grâce aux signaux émis par son portable.

— À Istanbul? releva Cleena en proie à un accès de paranoïa.

— Oui. Si je n'étais pas aussi doué, je ne m'en serais sans doute pas aperçu : il a pris soin de brouiller les pistes. Je parie que tu vas bientôt avoir de la compagnie.

— Tout est en règle?

— Bien sûr.

Cleena se leva dans l'intention d'emprunter l'issue de secours au fond de l'établissement. Sevki lui avait auparavant expliqué comment sortir du café ni vue ni connue.

— Nous venons de quadriller le quartier.

— Parfait. Je voudrais notre proie vivante. Du moins, si possible. Tant pis si vous l'amochez ; ce qui compte, c'est qu'elle puisse répondre à mes questions.

— Nous vous l'amenons.

Sur la banquette arrière d'un 4×4, à deux pâtés de maisons du cybercafé, Dawson, son pistolet dans son giron, surveillait son équipe, prête à entrer en action.

Il n'eut pas plus tôt mis fin à la communication qu'il passa un autre coup de fil :

— Monsieur? Nous sommes prêts.

Le vice-président Webster ne tergiversa pas :

— Assurez-vous qu'il ne nous échappera pas, cette fois. Je tiens absolument à m'entretenir avec le professeur Lourds.

— D'accord. Je vous rappelle dès qu'il y a du nouveau.

— Bonne chance! L'heure est grave. Et je ne dis pas seulement ça pour moi.

Jamais Dawson n'avait entendu le vice-président s'exprimer d'un ton aussi solennel. Malgré lui, l'agent de la CIA s'inquiétait pour

Webster, coincé derrière les lignes ennemies en Arabie saoudite. La tension ne cessait de croître au Moyen-Orient, où les émeutes se répandaient comme un feu de brousse.

— Tout va bien ? s'enquit Dawson.

Si le vice-président le lui avait demandé, il eût renoncé sur-le-champ à sa mission à Istanbul pour voler à son secours.

— Ne vous en faites pas. Je m'en sortirai. Bientôt viendra notre heure de gloire, ajouta-t-il d'une voix empreinte d'une mâle assurance. Comptez-y !

Dawson se demanda à quoi songeait au juste le vice-président. Sa conviction forçait en tout cas l'adhésion, même si, cette fois, il jouait gros. Dawson eût aimé saisir le lien entre les événements en Arabie saoudite et ce qui se tramait à Istanbul. À sa connaissance, aucun autre service de renseignements américain ne s'intéressait au professeur Thomas Lourds.

— J'ai entièrement confiance en vous, affirma Dawson.

— Tant mieux ! Nous allons devoir nous reposer l'un sur l'autre, au cours des jours à venir.

— Comment cela ?

— Attendez de voir, Jimmy. Chaque chose en son temps. Mes plans sont enfin sur le point d'aboutir. Attrapez Lourds et amenez-le-moi, c'est tout ce que je vous demande.

— Entendu.

Le vice-président s'apprêtait à couper la communication quand des déflagrations retentirent au bout de la ligne. D'après les actualités, les attaques se multipliaient sur le territoire de l'Arabie saoudite. L'armée déployée dans les principales villes du pays ne parvenait pas à se rendre maître des terroristes chiites, ou des « rebelles », comme les qualifiaient certaines chaînes locales. Ils prenaient en tout cas pour cible des entreprises occidentales en plus des administrations saoudiennes. Déjà, certains puits de pétrole flambaient. De nombreux investisseurs s'en plaignaient amèrement en menaçant de prendre des mesures de rétorsion.

Un bip sonore dans le casque de Dawson attira son attention.

— L'employé du cybercafé a reconnu la cible, l'informa l'agent qui venait de pénétrer dans l'établissement.

— Vous la voyez ?

— Non, elle n'est installée à aucun ordinateur.

— Elle est quand même venue là ?

— Mais oui : la personne à l'accueil l'a bien identifiée.

— Alors où est-elle passée ? s'impatienta Dawson en proie à une exaspération croissante.

— Aucune idée. Nous la cherchons.

— Eh bien, trouvez-la ! grommela Dawson, qui ôta le cran de sûreté de son arme avant d'ouvrir la portière.

Au même moment, le reste de son équipe investit le cybercafé sur le trottoir d'en face. Le chauffeur de Dawson, un jeune gars très sérieux muni de lunettes noires qui lui donnaient l'allure d'un espion, sortit à son tour de voiture pour se camper auprès de lui. Il pivota en exhibant son pistolet caché sous sa veste. Dawson ignorait ce qui venait d'attirer son attention mais lui aussi se retourna.

Cleena MacKenna fonçait sur eux tel un rapace en plein vol. Elle braqua sur le chauffeur un pistolet à impulsion électrique qui le toucha au cœur. Le chauffeur tressauta un bref instant avant de s'effondrer sur la chaussée.

Dans la foulée, elle s'en prit à Dawson. Une matraque électrique jaillit de sous son blouson. Par automatisme, Dawson pointa sur elle son pistolet. Il n'eut pas le loisir de tirer : Cleena lui asséna un coup de matraque sur le poignet. Une douleur atroce lui envahit le bras. Impossible de remuer sa main paralysée. Son arme glissa entre ses doigts gourds.

De son autre main, Dawson empoigna Cleena. Elle lui décocha un sourire sadique assorti d'un autre coup de matraque. Sans lui laisser le temps de réagir à la douleur, elle lui balança son arme à l'entrecuisse. Il s'écroula, à genoux. Elle le frappa de nouveau. Au cou, cette fois. Dawson manqua de peu perdre connaissance et crut mourir. Une remontée de bile amère lui brûla la gorge et franchit ses lèvres en giclant sur le trottoir. Hélas, il n'eut pas la force de lever le nez du contenu de son estomac répandu sur sa veste.

Sans s'alarmer, comme si elle disposait de tout son temps et qu'il n'y avait pas une douzaine de soldats aguerris à ses trousses, Cleena MacKenna ouvrit la portière avant, côté passager. En étranglant à moitié Dawson à l'aide de sa matraque, elle l'obligea à s'asseoir. Puis elle s'agenouilla près du chauffeur et sortit de sa poche les clés du véhicule. Elle n'eut pas à chercher longtemps : elle savait où il les rangeait. Ce qui prouvait qu'elle les observait lorsqu'ils étaient sortis de voiture.

Elle leur avait tendu un piège.

Dawson croyait jouer au plus fin mais il n'avait réussi qu'à se fourrer dans un guet-apens. Il essaya de remuer les doigts mais ne parvint qu'à redoubler sa douleur. Le voilà réduit à l'impuissance !

Cleena s'assit au volant et démarra en attachant sa ceinture. Le coup d'œil qu'elle jeta à Dawson ne trahissait aucune émotion.

— Si vous levez la main sur moi, ou si vous me racontez des craques, je vous descends. Déjà que vous méritez la mort pour avoir malmené ma sœur…

Dawson s'éclaircit la voix tandis que Cleena s'engageait dans la circulation.

— Mais je ne…

Elle le gifla du revers de la main, sans même le regarder. La lèvre inférieure de l'agent s'ouvrit. Un goût de rouille lui emplit la bouche.

— Ça suffit ! s'exaspéra-t-elle en attrapant sa main inerte, qu'elle lui brandit sous le nez. Vous voyez ces bleus ?

Dawson acquiesça, en se rappelant son passage à Boston.

— Ils prouvent que vous avez frappé quelqu'un, récemment. N'essayez pas de me convaincre que ce n'était pas ma sœur : vous gaspilleriez votre salive. Ne prenez pas mes menaces à la légère. En vous supprimant, je ne m'attirerais pas plus d'ennuis que je n'en ai déjà.

La croyant sur parole, Dawson se renfonça sur son siège en priant à moitié pour perdre connaissance. Elle se débrouillait plutôt bien mais elle venait de commettre une erreur en s'emparant de sa voiture. Or elle ne tarderait pas à s'en apercevoir.

Et, à ce moment-là, Dawson comptait bien se débarrasser d'elle une bonne fois pour toutes.

22

Bureaux d'Oceanview
Eminönü, Istanbul, Turquie
24 mars 2010

Lourds savourait une bière sur la terrasse en contemplant la mer émeraude au-delà du port et, surtout, en essayant d'ordonner ses idées. Physiquement, il se reposait, mais son esprit, lui, tournait comme un derviche en se cognant de temps à autre aux écueils qu'il devait bien prendre en considération. Il venait de déchiffrer le rouleau. Il lui semblait même avoir découvert la cachette de l'autre, celui de la joie.

Une chose le perturbait toutefois : ce à quoi devait servir le parchemin.

Depuis sa découverte de l'Atlantide, Lourds ne s'attendait plus à ce que quoi que ce soit le choque ou le surprenne encore. Or à présent, il devait admettre qu'en cela, il se leurrait ; ce qui le rassérénait tout en le troublant. Quant à ce que sa découverte, et l'immense plaisir qu'elle lui procurait, risquait de lui coûter, il aimait mieux ne pas y penser.

Le destin du monde ! se rappela-t-il. *Jusqu'ici, j'en parlais d'un ton théâtral à souhait sans que ça me fiche les jetons.*

Depuis peu, en revanche, Lourds commençait à vraiment s'inquiéter. Du moins, quand il ne se convainquait pas que ce qu'il venait de traduire n'avait ni queue ni tête.

Une fois éclusée sa bière, il prit son courage à deux mains, ramassa la cannette vide et retourna aux locaux qu'occupaient Joachim et sa bande.

Celui-ci bavardait avec Olympia à la table de la cuisine, devant une tasse de thé. Lourds remarqua tout de suite la tension qui les raidissait, même s'ils s'efforçaient de paraître détendus. Ils se tournèrent vers lui, dans l'expectative.

— Tu as résolu le mystère ! s'écria Olympia, les yeux brillants. Je le vois à ta tête.

— Eh oui, admit Lourds. J'ai décrypté la langue des Anciens.

— Vous savez où se cache le Rouleau de la joie ? demanda Joachim.

— Je crois bien que oui.

Olympia examina Lourds de plus près avant de secouer la tête d'un air perplexe.

— Tu ne viens pas de trouver la solution à l'instant, Thomas. Il y a un petit moment qu'elle t'est venue. Je me trompe ?

Lourds ouvrit le réfrigérateur et se servit une cannette de bière. Il prit appui contre le plan de travail, la décapsula et la porta à ses lèvres.

— J'ai fini ma traduction depuis une heure.

Une vive contrariété assombrit le visage de Joachim.

— Pourquoi ne nous prévenir que maintenant ?

— Je voulais réfléchir à certains points. Seul. Sans a priori.

— Qayin et ses acolytes pourraient…

— Vous craignez vraiment qu'ils s'emparent du Rouleau de la joie avant vous ? Vous les croyez mieux informés ? N'oubliez pas que vous-mêmes ne savez toujours pas où le trouver.

Joachim garda pour lui ce que la remarque de Lourds lui inspirait. Il lui en coûta toutefois tant que ses lèvres blêmirent.

— De toute manière, nous ne pouvons pas aller le chercher maintenant. Nous devrons attendre ce soir.

— Pourquoi ?

— Parce que, la journée, il y a trop de monde là où il se trouve. Même après la tombée de la nuit, nous prendrons de gros risques.

— Où est-il, enfin ? insista Joachim d'un ton comminatoire.

— J'y viendrai bientôt, lui promit Lourds, prêt à bondir.

Il ne croyait pas Joachim susceptible de l'attaquer mais il y avait tant en jeu !

— Pour l'instant, il faut que nous abordions deux ou trois autres points.

Le destin du monde, par exemple.

— Tu sais à quoi est censé servir le Rouleau de la joie ? demanda Lourds à Olympia. À part sauver le monde ?

Olympia admit que non.

— En fait, l'idée qu'un document historique d'une telle ancienneté se soit conservé jusqu'à nous t'a emballée. Un écrit vieux de deux millénaires. L'identité de l'auteur, un disciple du Christ, n'a fait qu'ajouter un peu de piment à la chose.

— On peut le voir comme ça, oui.

Lourds intercepta le regard de Joachim.

— Vous, en revanche, vous savez depuis le début à quoi doit servir le rouleau, non ?

Joachim ne pipa mot.

— J'aimerais bien que quelqu'un m'explique ! fulmina Olympia. Ma vie est en danger et j'aurai bientôt droit à un interrogatoire en règle de la police. Qu'est-ce qu'il va falloir que je dise ? Ça ne me déplairait pas de le savoir.

— Et rappelez-vous l'incident diplomatique auquel j'ai été mêlé, renchérit Lourds en sondant Joachim du regard. Tout ça pour quoi ? Hein ?

— Je vous assure, professeur, répondit Joachim d'une voix calme où perçait toutefois une pointe d'agressivité, que la menace qu'évoque le Rouleau de la joie est bel et bien réelle. D'ailleurs, elle plane sur nous en ce moment même.

— Pour l'amour du ciel ! s'impatienta Lourds.

Des tueurs lui avaient tiré dessus en ne le manquant que de justesse, il pataugeait dans les ennuis jusqu'au cou et venait de passer des jours entiers à suer sur un texte qui défiait l'entendement… en vain ?!

— Au mieux, le Rouleau de la joie relève d'un canular. Au pire, il est le fruit de la superstition la plus grossière et ne sert qu'à combattre des ombres.

— Vous n'êtes qu'un mécréant ! l'accusa Joachim.

— Plaît-il ?

— Vous ne croyez ni en Dieu ni en ses œuvres.

Lourds se rappela sa quête de l'Atlantide, sa découverte de l'Arbre de la connaissance, l'histoire du Déluge et des paroles qui recréeraient le monde. Croyait-il en Dieu ? Oui. Quant à savoir si ce Dieu s'intéressait aux affaires des hommes, c'était un autre problème.

— Le Rouleau de la joie n'a rien à voir avec Dieu.

— Dieu est partout ! le contredit Joachim.

— D'accord, sauf que là, il est surtout question de Lucifer.

— Certes! céda Joachim. De Lucifer ou quel que soit le nom qu'on lui donne. N'empêche qu'à l'origine, avant sa chute, c'est tout de même Dieu qui l'a créé.

— De quoi vous parlez? les interrompit Olympia.

— Le Rouleau de la joie, reprit Lourds en se tournant obligeamment vers elle, en admettant qu'il existe et ne soit pas qu'une farce, est censé délivrer le monde du diable.

— Non, non! le détrompa Joachim. Jean de Patmos savait bien que Lucifer est à l'œuvre dans le monde. Il savait, pour avoir entendu Jésus lui-même le dire, que le diable avait tenté le Christ dans le désert. Depuis que Lucifer a été chassé du paradis et que les anges ont expulsé Adam et Ève du jardin d'Éden, le diable se déchaîne. Depuis des milliers d'années, il rassemble ses forces dans l'espoir de conquérir la planète et de faire pencher la balance en sa faveur, quand viendra pour lui l'heure d'affronter Dieu. Le Rouleau de la joie, selon Jean de Patmos, doit mettre fin à l'emprise que Lucifer aura tôt ou tard acquise sur le monde. Le moment fatidique est arrivé.

— N'importe quoi! marmonna Lourds.

— Vous ne croyez pas au diable?

— Non!

— Alors que vous croyez en Dieu?

— L'existence de Dieu n'implique pas celle du diable. Ce n'est pas parce qu'il existe un Sauveur avec un *s* majuscule que celui-ci possède un ennemi à sa mesure.

— En effet, admit Joachim. Dieu ne pensait pas qu'un ange se rebellerait. Ni que tant d'autres le suivraient dans sa chute, fascinés par la plus noble créature de Dieu : l'homme. Et pourtant! Le Rouleau de la joie doit remédier à une partie du mal qui se donne libre cours dans le monde.

— Autrement dit : il suffirait d'exhumer ce parchemin pour établir la paix sur Terre, rétorqua Lourds, conscient que sa louable volonté de garder pour lui son ironie mordante venait de tourner court.

— Non, non! Le Rouleau de la joie est tout simplement censé provoquer la chute de Lucifer en le privant du pouvoir qu'il s'est assuré sur le monde. Les temps sont durs : des conflits menacent d'éclater partout sur la planète. L'économie va mal. Beaucoup estiment que la fin du monde nous guette au tournant.

— Et, bien sûr, c'est la faute de Lucifer?

— Oh, non. L'homme est responsable de ses propres choix. N'empêche que Lucifer profite de la confusion et de la peur qui en résultent. Telle est la force du grand trompeur.

— À vous entendre, on croirait que Lucifer est un être réel, une personne en chair et en os. Et non un ange déchu.

— Il existe bel et bien !

— En tant que principe surnaturel.

— Non ! Il s'est manifesté à nous, comme Jésus. Il s'est incarné, à notre époque.

— Comme ça, du jour au lendemain ?

— Il est né d'une simple mortelle et a grandi parmi les hommes.

Lourds essaya de ne pas perdre patience. Ce que les convictions de Joachim impliquaient lui donnait le tournis. Il ne parvenait pas à y croire. C'était aussi par trop incroyable.

— Vous savez qui est Lucifer ?

— En qui il s'est incarné, vous voulez dire ? Non, hélas. Le texte que vous venez de traduire ne précise-t-il pas que Lucifer sera démasqué lorsque le Rouleau de la joie aura été retrouvé ?

— Si, mais il n'explique pas comment.

— Réfléchissez, professeur ! Depuis votre arrivée en Turquie, depuis que vous avez résolu de retrouver ce rouleau, alors même que vous ignoriez sa véritable nature, le sort s'acharne contre vous.

— Pfft ! Simple coïncidence ! rétorqua Lourds, d'un ton que lui-même jugea peu convaincant.

— C'est ce que vous pensez vraiment ? l'asticota Joachim, pas dupe. Ma sœur ne m'a parlé de vous que récemment, alors qu'elle vous connaît depuis des années. À l'époque de votre rencontre, je ne lui avais pas encore confié mes secrets mais, dès que je me suis ouvert à elle, Olympia a pensé que vous pourriez m'aider. Du coup, elle vous a demandé de venir ici. Au même moment, tout le monde se met à la recherche du Rouleau de la joie, la CIA y compris. Vous êtes le seul qui ait réussi à traduire un parchemin que même ceux qui en préservent le secret depuis huit cents ans n'ont pas été capables de déchiffrer.

Aussi incroyable que cela paraisse, Lourds ne trouva aucun argument à opposer à Joachim. Le seul démenti plausible à sa théorie eût été son échec à traduire le rouleau, or il n'y avait justement pas échoué. Il savait à présent ce que Joachim et ses prédécesseurs cherchaient à découvrir depuis huit siècles. Malgré tout, il ignorait encore ce qu'il adviendrait de ces histoires de rouleaux. Celui de la joie ne devait pas uniquement servir à vaincre le diable. De toute façon, Lourds ne résisterait pas à la tentation de satisfaire sa curiosité.

En inspirant un grand coup, il pressa contre son front sa cannette de bière glacée ; ce qui eut au moins le mérite d'apaiser son mal de crâne lancinant.

— Vous mesurez les implications de ce que vous sous-entendez ? reprit Lourds au bout d'un moment. Si les autorités se retournent contre nous, notre seule excuse sera de prétendre que c'est le diable qui nous a contraints à l'action.

— Peut-être devrions-nous faire en sorte qu'elles ne se retournent pas contre nous ? suggéra Joachim.

— Vu l'endroit où nous devons nous rendre, ce que nous y ferons et le genre de personnes à nos trousses, ça me paraît peu probable, vous ne croyez pas ? grommela Lourds, exaspéré, en sortant du frigo une énième cannette de bière, qu'il emporta sur le balcon.

Cleena coinça son pistolet entre sa cuisse et le siège avant alors qu'elle écrasait le champignon en pleine circulation.

— À la moindre incartade, prévint-elle celui qu'elle retenait à présent en otage, je vous descends.

Il ne broncha pas, trop occupé à serrer les poings, dans l'espoir de recouvrer l'usage de ses mains. Il enveloppa Cleena d'un regard noir de mépris, où elle perçut tout de même pas mal de trouille.

— Tu vas devoir te débarrasser de la voiture, l'avertit Sevki. Sa trajectoire est enregistrée par satellite. Normal, remarque.

Cleena ne l'avait pas prévu. Cela dit, elle ne comptait de toute façon pas s'éterniser à bord du véhicule.

— C'est quoi, votre nom ? reprit-elle.

— Quand les forces de l'ordre vous retrouveront, vous écoperez d'une condamnation à perpétuité, la prévint-il méchamment. Comptez là-dessus.

Elle lui décocha un rapide coup d'œil.

— Dans ce cas, je n'aurai rien à perdre en vous tirant dessus.

Elle s'empara de son arme et visa la partie la plus charnue de la cuisse gauche de son prisonnier. La détonation retentit tel un coup de tonnerre à l'intérieur de l'habitacle. Dawson hurla de douleur en agrippant sa chair meurtrie à deux mains. Du sang s'épanchait entre ses doigts. Heureusement, son artère ne semblait pas touchée.

— Elle vous servira encore, votre jambe, le tranquillisa Cleena. En revanche, au prochain coup, vous serez bon pour le billard. J'espère que vous connaissez un habile chirurgien : sinon, vous risquez de finir en fauteuil roulant.

Il la maudit copieusement.

— Quelqu'un nous poursuit ? demanda Cleena à Sevki.

— Oui.

L'estomac de la jeune femme se noua. L'odeur du sang chaud de sa victime lui picotait les narines.

— Une bagnole, à une dizaine de pâtés de maisons. Méfie-toi : elle se rapproche.

Compte tenu de la circulation assez dense, Cleena calcula qu'en quelques minutes au plus, ses poursuivants la rattraperaient. Elle s'engagea dans la première rue de traverse qu'elle aperçut. Sa ceinture de sécurité lui scia la chair alors qu'elle pilait net en montant sur le trottoir.

Résolue à abandonner là le véhicule, elle ouvrit la portière à son passager qui, sans trop se forcer, feignit de ne pas pouvoir aller plus loin.

— Avance ! lui ordonna Cleena, ou je m'arrange pour que tu ne puisses plus faire un pas de ta vie.

Dawson se mit en route, en prenant appui sur sa jambe blessée et en laissant une traînée de sang sur l'asphalte.

Seules deux intersections les séparaient encore de leurs poursuivants quand Cleena s'engagea dans une rue à droite en direction d'un parking surveillé. Un jeune employé sortit d'une guérite à sa rencontre.

— Je peux vous aider ?

— Filez-moi les clés de cette bagnole, lui ordonna Cleena en désignant la berline la plus proche.

— Puis-je voir votre ticket ?

Elle lui montra son pistolet. Les yeux ronds comme des soucoupes, l'employé disparut fissa dans sa guérite, dont il ressortit muni desdites clés. Cleena suivit le même chemin, le temps d'arracher le cordon téléphonique au mur.

— Des types me poursuivent. Des Américains. Du genre à ne pas rigoler. Évitez de leur parler : ils risquent de ne pas se montrer très amicaux. Compris ?

Le jeune homme hocha la tête d'un air paniqué.

— De toute façon, je ne me débrouille pas très bien en anglais.

— Oh, ça ne les aurait pas gênés ! se moqua Cleena avant d'indiquer la traînée de sang laissée par sa victime. Rien ne garantit qu'ils me suivront à la trace mais, enfin, ça ne m'étonnerait pas.

Elle ouvrit la portière de la berline et poussa son prisonnier à la place du mort. Dawson se laissa choir en grognant. Cleena prit place au volant et démarra aussitôt le moteur. Elle sortit du parking par la rue qu'ils venaient d'emprunter et passa devant la voiture abandonnée. Dans son rétroviseur, elle vit un véhicule débouler et piler net auprès de celui de la CIA. Un autre encore le rejoignit avant qu'elle-même bifurque au tournant.

— Ils vont vous retrouver, la prévint Dawson, blême, d'une voix faiblarde.

Cleena craignit de le voir tomber dans les pommes.

— Oui mais trop tard pour voler à votre secours.

— Vous ne savez pas à qui vous vous frottez.

— À la CIA. Alors ? Ça vous en bouche un coin ?

Ébahi, son prisonnier tenta de ne pas perdre contenance.

Cleena maniait le volant d'une main assurée, sans dépasser plus que de raison les autres véhicules.

— Filez-moi votre nom ou je vous bousille le genou, déclara-t-elle d'un ton impersonnel.

Dawson se blottit contre la portière en gigotant.

Cleena braqua son pistolet sur son genou.

— Allez-y ! Sautez en marche ! Je ne vous lâcherai pas pour autant.

L'agent de la CIA se ramollit, résigné à son triste sort.

— Croyez-moi, se défendit-il, ce n'est pas une bonne idée de me changer en passoire.

— Hum. Ça se discute. Votre nom ?

Il fit sa tête de mule en s'obstinant à ne rien répondre.

— Trois… deux…

— Dawson ! s'empressa-t-il de lui dire. James Dawson.

— De la CIA ?

— C'est ça.

— Qu'est-ce que vous fabriquez à Istanbul ?

— J'enquête sur une cellule terroriste.

Un mensonge flagrant qu'elle eut le tact de ne pas relever.

— Que vient faire Thomas Lourds dans votre enquête ?

— Nous avons de bonnes raisons de croire qu'il œuvre à la conception d'un langage artificiel permettant aux terroristes de communiquer entre eux.

— Foutaises ! s'exclama Sevki dans l'oreillette. Il nous prend pour des crétins. Tout le monde sait que les cellules terroristes fonctionnent indépendamment les unes des autres et ne communiquent donc pas entre elles. C'est d'ailleurs ce qui les rend aussi dangereuses.

Le bref exposé de Sevki n'apprit rien à Cleena.

— C'est faux ! lança-t-elle à Dawson.

— J'ai fait appel à vous pour obtenir des renseignements sur les agissements de Lourds.

Cleena s'arrêta à un feu rouge.

— Encore une question et vous êtes libre.

Dawson s'apprêtait à ouvrir la bouche quand il se ravisa.

— Pour qui vous travaillez ?

— La CIA. Vous le savez.

— Ça m'étonnerait que la CIA s'intéresse au rouleau que Lourds recherche.

— Le langage artificiel…

— Oh, ça va ! s'impatienta Cleena en pointant le canon de son arme sur le genou de son passager. Qui vous a lancé aux trousses de Lourds ? Vous avez jusqu'à ce que le feu passe au vert pour me répondre.

— Webster, murmura Dawson.

— Webster ?

— Je suis venu ici sur les ordres du vice-président Webster.

Le feu passa au vert. Le conducteur qui suivait Cleena klaxonna.

— Le vice-président des États-Unis ? reprit Sevki d'un ton incrédule.

Cleena partageait son ahurissement. Un second coup de Klaxon retentit dans son dos. Elle fit signe à Dawson de sortir.

— Filez ! Et ne vous approchez plus de ma sœur. Ni de moi, d'ailleurs.

— Ne vous inquiétez pas. La prochaine fois, vous n'aurez pas le temps de me voir arriver. Quand vous remarquerez ma présence, il sera déjà trop tard.

Dawson referma la portière et se pencha vers la vitre ouverte en rassemblant son courage.

— La seule chose que je me demande encore c'est qui, de vous ou de votre sœur, mourra la première.

Un juron franchit les lèvres de Sevki.

Dawson se retourna dans l'intention de s'éloigner.

— Agent Dawson! l'interpella Cleena.

Il pivota. Un sourire plein de morgue flottait sur ses lèvres. Il s'apprêtait à ouvrir la bouche quand elle braqua sur lui le canon de son arme et pressa la détente. Le recul lui comprima le poing. Le projectile se logea sous l'œil gauche de Dawson, pas très loin de son nez. Plusieurs passants, au bruit de la détonation, se mirent à couvert.

— Ouh, là! s'inquiéta Sevki. Ne me dis pas que tu l'as liquidé?

— Si, lui confirma Cleena, pied au plancher, en franchissant l'intersection à toute berzingue alors que Dawson se répandait sur la chaussée. Je ne pouvais décemment pas le laisser vivre. Il aurait mis ses menaces à exécution.

— C'est après Lourds qu'il en a. Tu aurais dû garder un profil bas et attendre que ça se tasse. Il ne pouvait matériellement pas s'en prendre en même temps à toi et au professeur.

Cleena tourna à droite en regardant si quelqu'un la suivait.

— Tu crois que je m'en sortirai vivante si je prends la poudre d'escampette, là?

— Oui. Je peux toujours te filer de faux papiers, à toi et à ta sœur.

— Où est-ce que je m'installerais?

— Eh bien ici, pour commencer.

Des larmes brouillèrent la vue de Cleena, quand elle mesura enfin les retombées de son geste.

— Je ne peux pas imposer à ma sœur de s'expatrier en Turquie. Tu ne te rends pas compte de ce qu'elle a déjà subi. Sa chambre, à la fac, c'est le seul foyer digne de ce nom qu'elle ait connu. Je ne peux pas l'obliger à le quitter. Alors qu'elle s'apprête justement à voler de ses propres ailes.

— Qu'est-ce que tu comptes faire, alors?

— Aller jusqu'au bout. Voir où ça me mènera.

Cleena négocia encore quelques virages à angle droit avant de parquer la voiture en face d'une boutique. Elle laissa les clés sur le tableau de bord et sortit.

— Tu as vu à quel genre de types tu as affaire. C'est du suicide, ce que tu envisages.

Cleena s'éloigna à grandes enjambées.

— Au point où nous en sommes…

— Rien ne te garantit que l'histoire du rouleau repose sur autre chose que du vent, protesta Sevki. Les secrets enfouis depuis belle lurette n'éclatent pas au grand jour subitement, sans raison.

— Parfois si. Tu le sais bien : c'est ce qui te permet de gagner ta croûte.

— Deux mille ans, c'est long pour entretenir un secret.

— Il paraît que les pyramides d'Égypte ont été ensevelies sous le sable du désert plus longtemps encore.

Sevki soupira.

— Libre à toi de lâcher l'affaire, reprit Cleena. Rien ne te retient. J'avais simplement besoin de toi pour m'aider à identifier l'agresseur de ma sœur. Je t'en remercie.

— Tu es aussi folle que moi. Tu le sais, ça, hein ?

Cleena sourit en avançant d'un pas soudain plus léger.

— Je n'en étais pas sûre. Disons que je tablais là-dessus.

— Il ne nous reste plus qu'à espérer que le professeur soit aussi brillant que tout le monde le prétend !

— Quand la Hagia Sophia vit le jour sous le règne de Constantin, commença Lourds en étalant les plans de l'édifice que venait de lui apporter Joachim, plusieurs mosaïques en ornaient les murs. Elles sont demeurées des siècles en place, jusqu'à la conquête de la ville par les musulmans, qui s'approprièrent alors l'église.

Joachim et Olympia s'approchèrent pour mieux voir. Le reste des adeptes les imita, au point qu'il n'y eut bientôt plus de place autour de la table, dans la salle de réunion.

— La plupart de ces mosaïques, expliqua Joachim, ont été dérobées au cours de la quatrième croisade puis conservées dans des collections particulières ou revendues sur le marché de l'art.

Lourds posa sa cannette de bière largement entamée sur un coin du plan pour ne pas qu'il s'enroule sur lui-même. Les gouttelettes de condensation qui ruisselaient le long du cylindre métallique imbibèrent le papier.

— En effet, acquiesça-t-il. D'autres encore ont été endommagées lors des travaux entrepris par les musulmans. Il en reste tout de même quatre sous l'église, dans le dédale de tunnels. Si j'en crois le parchemin que j'ai traduit, les indices qu'elles nous fourniront nous mèneront au Rouleau de la joie.

— Impossible ! s'exclama Joachim.

— Et pourquoi donc ? s'enquit Lourds.

— Parce que nous avons déjà parcouru ces galeries souterraines en long, en large et en travers. Il n'en reste pas une que nous ne connaissions pas déjà.

— Si vous dites vrai, alors je ne sais fichtre pas où se cache ce fameux Rouleau de la joie ! s'exaspéra Lourds en vrillant son regard à celui de Joachim. Alors ? Soit je connais mon affaire, soit je raconte n'importe quoi. Voilà en tout cas ce que j'ai traduit.

— S'il existait, ce passage, nous l'aurions déjà emprunté.

— Sauf si Dieu ne le voulait pas.

— Sacrilège !

— Ah bon ? Ce n'est pas vous qui pensiez que tout arrive à point nommé ? Au fond, c'est de ça qu'il est question, non ? De présages. De la montée en puissance de Lucifer.

— Vous n'êtes qu'un étranger. N'outrepassez pas votre rôle.

— Ce n'est pas moi qui ai demandé à me mêler de cette affaire. Je m'attendais à un séjour paisible ici, poursuivit Lourds en tapotant le plan. Je vais vous dire : le rouleau que j'ai déchiffré explique très précisément comment dénicher le passage secret. S'il n'y en a pas à l'endroit qu'il indique, eh bien, j'en perds mon latin. J'irai sur place, annonça-t-il après un petit temps de silence. Ne serait-ce que pour satisfaire ma curiosité. J'espère aussi mettre un terme à nos mésaventures. Au point où j'en suis, je n'ai pas le choix. Il ne nous reste plus rien à perdre.

— Nous vous suivrons, concéda Joachim, bien qu'il ne s'en réjouît visiblement pas.

— Il nous faudra un minimum de matériel, précisa Lourds en enroulant les plans, avant de les remiser dans leur étui cylindrique.

— Tu devrais te montrer plus indulgent envers mon frère, Thomas, dit Olympia à Lourds, occupé à lacer ses chaussures de randonnée auprès de son lit.

Dehors, les derniers rayons de l'astre du jour déclinant baignaient la pièce d'une lueur dorée.

— Joachim a l'habitude de procéder à sa façon, insista Olympia.

— J'ai remarqué, commenta Lourds, qui trépigna le temps de s'assurer que ses bottines ne le serraient pas trop. Je le trouve un tantinet imbuvable, quand il s'y met.

— Le problème, c'est que toi et lui, vous vous ressemblez beaucoup, commenta Olympia, un sourire aux lèvres.

— Ton frère et moi ? répéta Lourds d'un ton incrédule. Tu parles !

— Vous êtes aussi têtus, orgueilleux et imbus de vous-mêmes l'un que l'autre. Vous rechignez à faire équipe avec qui que ce soit. Im-bu-vables : il n'y a pas d'autre mot.

— Tu cherches à me remonter le moral ?!

Olympia sourit jusqu'aux oreilles.

— Je reconnais par ailleurs que vous ne manquez ni de vivacité d'esprit ni de volonté. Et quand vous avez une idée en tête, vous ne l'avez pas ailleurs.

— Comme diraient mes étudiants : je pourrai repasser, pour le coup de brosse à reluire.

Olympia s'approcha de Lourds, le temps d'arranger son col de chemise.

— À mon sens, il vaudrait mieux combiner vos efforts que de vous rentrer dans le lard. Tu devrais écouter Joachim. Et vice versa. Tu en sais plus que lui sur la cachette du Rouleau de la joie ; ce qui le chiffonne. D'un autre côté, il connaît les secrets de la Fraternité, qu'il ne veut d'ailleurs pas nous communiquer. De toute façon, personne n'en a eu vent, hormis les adeptes. N'hésite pas à m'interrompre, ajouta-t-elle après un bref silence, si tu estimes que j'ai raison.

— S'il n'était pas si sûr de son fait, si… imbuvable, je m'entendrais mieux avec lui.

— Tiens donc ! Il m'a dit à peu près la même chose de toi.

Lourds referma son ordinateur portable, qu'il rangea dans son sac.

— Au moins, nous sommes d'accord sur un point.

Le sourire d'Olympia s'effaça : un profond sérieux se peignit sur ses traits.

— Si tu as vu juste, et je pense bien que c'est le cas, nous courrons un sérieux danger, ce soir.

— Ce ne sera pas la première fois.

— Certes. Depuis quelques jours, tu n'as que le rouleau en tête. Tu n'as pas suivi ce qui se passait dans le monde.

Lourds n'osa pas la contredire.

— Quand Jean de Patmos a écrit ce rouleau, il a formulé une prédiction.

— Il a prédit que le rouleau reparaîtrait à une époque de grands périls ? reprit Lourds d'un air amusé. Forcément ! C'est le moins qu'on puisse attendre de l'auteur d'une prophétie concernant la fin du monde.

— Suis-moi.

Intrigué par la solennité d'Olympia, Lourds hissa son sac à dos sur son épaule et lui emboîta le pas. Elle se campa devant un poste de télévision amené là par les frères, soucieux de se tenir au courant des actualités en Turquie. Dès qu'elle l'alluma, apparurent à l'écran des images de Riyad, en Arabie saoudite. Des soldats se mobilisaient. Des chars déboulaient dans les rues et le désert. Des avions de combat décollaient de bases militaires pour quadriller le pays.

— Que se passe-t-il ? se renseigna Lourds.

— Le roi d'Arabie saoudite a été assassiné.

Lourds se rappela en avoir entendu parler, bien que cela ne l'eût pas frappé.

— Son fils cadet, le prince Khalid, lui a succédé. Contre toute attente, d'ailleurs. Il a déclenché une espèce de génocide politique au sein de son pays ; ce qui lui vaut une certaine popularité, ajouta-t-elle en désignant la télé du menton.

Lourds se rappelait le jeune prince pour l'avoir vu aux actualités à maintes reprises, en dépit des récriminations de son père le roi.

— Lucifer tire les ficelles, estima Joachim.

— Ben, tiens ! Il y a toujours eu des tensions au Moyen-Orient. Et il en sera malheureusement toujours ainsi, c'est à craindre. Je n'y vois rien de plus que ce qu'on nous montre.

— Vous m'avez prié de vous accorder ma confiance. Il serait temps que vous me rendiez la pareille.

Pris à son propre piège, Lourds tritura nerveusement son bouc. Soudain conscient du ridicule de son tic, il résolut de laisser tranquilles ses poils au menton.

— Le destin du monde va se décider au Moyen-Orient, énonça Joachim. Et ce n'est pas nouveau.

Quelques coups retentirent contre la porte des locaux.

Les amis de Joachim allèrent voir ce qui se passait.

— C'est moi ! s'écria Cleena. Je suis seule.

Un membre de la Fraternité lui ouvrit. Contrariée, Olympia plissa le front. Lourds se doutait bien qu'elle espérait ne plus revoir Cleena MacKenna depuis que celle-ci avait tourné les talons, un peu plus tôt.

— C'est du sang, là, sur votre manche ? se renseigna Joachim.

Lourds aussi remarqua les éclaboussures que désignait le frère d'Olympia et qui viraient au marron.

— Oh, rien de bien méchant! les assura Cleena.

— Qu'est-ce que vous avez encore fait? s'inquiéta Olympia.

— Rien. Ou plutôt si : je nous ai permis de gagner du temps. Un peu, du moins, se défendit Cleena en gardant la main à proximité de son pistolet.

Lourds savait qu'elle se méfiait d'eux tous. Il se demanda malgré lui ce qui l'avait décidée à revenir.

— Disons que je suis venue vous filer un coup de main.

— Par pure bonté d'âme?

En guise de réponse, Cleena foudroya Olympia du regard.

— Vous ne savez pas à qui vous vous mesurez.

— À Lucifer! la contredit Joachim sans l'ombre d'une hésitation.

Cleena jura entre ses dents.

— Épargnez-moi vos diableries. Pour une raison qui m'échappe, les États-Unis s'intéressent à votre fichu parchemin.

— Pardon? s'étonna Joachim.

— Les types à l'université…, comprit soudain Lourds. Ceux qui nous ont poursuivis dans les galeries souterraines…

— Elliott Webster a envoyé à Istanbul une équipe d'agents de la CIA. Je parie que c'est de lui aussi que reçoivent leurs ordres les bidasses à nos trousses.

— Elliott Webster? releva Olympia. Le vice-président des États-Unis?

— Vous en connaissez beaucoup, vous, des Elliott Webster à qui la CIA obéit?

— Le voilà justement, votre Webster! leur signala un frère du Rouleau.

— Où est-il? demanda Lourds.

— En Arabie saoudite, lui répondit l'autre en désignant la télé. Il y est allé dans l'intention de maintenir la paix dans la région. En réalité, bien sûr : pour défendre les intérêts des compagnies américaines. Pour l'heure, il est plus ou moins retenu en otage là-bas.

23

Quartier d'affaires central
Ville économique du roi Abdallah, Arabie saoudite
24 mars 2010

— Mon Dieu! Ils ont perdu la tête! s'exclama Vicky DeAngelo auprès de Webster, en voyant une succession d'immeubles sur l'île de la Finance partir en flammes.

La lueur du brasier se reflétait sur les eaux sombres du port.

Webster se fit la réflexion que Dieu n'avait rien à voir avec ce qui se passait pour l'heure en Arabie saoudite; ce qui lui donna d'ailleurs l'envie de pouffer.

— Vous savez, chef, lui dit Tristan Hamilton avec une pointe d'anxiété, à votre place, je ne traînerais pas trop près des fenêtres. Même si personne ne s'avise de tirer sur votre chambre parce qu'il est de notoriété publique que c'est la vôtre, il suffirait qu'une explosion fasse voler les vitres en éclats pour vous transformer en steak haché.

— Tout ira bien, l'assura Webster. Nous n'avons rien à craindre, ici.

— Je ne sais pas ce que vous en pensez, reprit Hamilton, mais moi, j'ai des potes à qui ça ne plaît pas, que des rebelles craquent des allumettes dans les puits de pétrole comme sur les cierges à l'église. Les pyromanes me rendent nerveux. Les États-Unis ne peuvent pas se passer de pétrole. Sans or noir, nous sommes dans la panade.

— C'est bien pour ça que je cherche à exploiter de nouvelles sources d'énergie, s'interposa Stephen Napier.

— Sauf que tu as entourloupé ton monde en les présentant comme plus prometteuses qu'en réalité, rétorqua Hamilton. Bon nombre de ceux qui ont investi dans ta boîte se font du blé grâce au pétrole. Toi-même, tu détiens des actions dans des compagnies implantées ici. Si la vache à lait se tarit, toi aussi tu vas morfler.

Une autre explosion, plus retentissante, celle-là, déchira le ciel en secouant Webster lui-même.

Hamilton lâcha une bordée de jurons.

Le téléphone de Vicky sonna. Elle décrocha et s'éloigna en répondant à son interlocuteur au débit saccadé.

Webster battit en retraite vers le bar, où il se servit un autre verre.

— Sauf votre respect, commença Napier en rejoignant Webster, vous me paraissez drôlement calme.

— Parce que je le suis ! admit le vice-président en se postant face à la baie vitrée. La marine des États-Unis cantonne au port. Il suffirait d'un mot de ma part pour que des soldats viennent à la rescousse.

— C'est bon à savoir.

— N'est-ce pas ?

Webster siffla son verre d'un trait et retourna s'en verser un autre.

— Pourquoi ne pas faire appel à eux ?

— Parce que l'heure n'est pas encore venue. Vous savez, Stephen, qu'il ne faut rien précipiter. Quand parviendrez-vous à fournir de l'énergie qui ne provienne pas du pétrole ?

Napier n'hésita pas longtemps à lui confier :

— Plus tôt qu'on ne le soupçonne. Mais il faudra trouver le moment opportun pour l'annoncer officiellement.

— Si vous attendez trop, le marché s'effondrera et plus personne ne sera en mesure de vous payer ce que votre production vous coûte. D'un autre côté, si vous essayez d'aller plus vite que la musique et que les consommateurs renâclent à renoncer au pétrole, vous devrez baisser les prix pour rester compétitif.

— Tout à fait, acquiesça Napier.

— La plupart des sites industriels du Japon ont été détruits, lors de la Seconde Guerre mondiale. Du coup, les Japonais ont dû repartir de zéro. Ils ont acquis le matériel le plus à la pointe de leur époque ; ce qui leur a permis de produire des marchandises de meilleure qualité que les Américains. Bien sûr, les États-Unis ont augmenté les taxes à l'importation pour aider les constructeurs de voiture américains à écouler leur production. Jusqu'en 1987, du moins : à ce moment-là, le Japon est venu au secours du dollar et des accords ont autorisé les Japonais à exporter leurs véhicules meilleur marché aux États-Unis.

— Pendant les vingt années suivantes, les marques japonaises ont vendu plus de voitures en Amérique que les Américains eux-mêmes, compléta Napier. Il n'y a qu'à voir l'état de l'industrie automobile dans notre pays, aujourd'hui, se lamenta-t-il en se rinçant lui aussi le gosier. Je m'estime prêt à vendre mon énergie aux États-Unis dès aujourd'hui.

— Seulement, il n'y a pas que le marché américain qui vous intéresse.

— En effet.

— Vous espérez écouler votre production dans le monde entier.

— Du moins, partout où ce sera possible.

— Je comprends, conclut Webster en jetant un coup d'œil à la télévision que Vicky regardait avec beaucoup d'intérêt. Et ça me paraît tout à fait légitime.

— Les bénéfices que j'engrangerai permettront d'assurer la transition en douceur : j'embaucherai ceux que la ruine de l'industrie pétrolière laissera sur le carreau. À condition, bien sûr, que je parvienne à vendre de l'énergie partout dans le monde.

— Bien sûr.

— Ce qui se passe ici, en Arabie saoudite, va bouleverser la donne.

Webster opina du bonnet. Non seulement il en était conscient, mais il tablait là-dessus.

Passage des Présages, sous les fondations de la Hagia Sophia, Istanbul, Turquie
24 mars 2010

— Il n'y a rien, ici, professeur Lourds.

Ignorant la remarque vindicative de Joachim, Lourds balaya de sa torche le tunnel. Il passa une main sur la paroi mais n'y rencontra que de la pierre. Il sortit alors son couteau suisse, qu'il frappa çà et là contre le mur.

— Nous perdons notre temps, se plaignit Joachim.

— Vous ne pourriez pas lui lâcher la grappe ? s'interposa Cleena.

L'appui de la jeune femme étonna Lourds, au point qu'il en oublia de cogner la pierre. Joachim aussi en resta comme deux ronds de flan : il se contenta de la toiser sans mot dire.

— Il fait ce qu'il peut, insista Cleena. Vous voudriez qu'il arrive, en quelques jours, à un résultat que vous n'avez pas été fichu d'atteindre en huit siècles. Réfléchissez-y et rabattez-en un peu.

Lourds sourit malgré lui. Cleena le rejoignit et sortit à son tour un couteau de sa poche afin de frapper la pierre.

— Vous espérez que ça sonnera creux quelque part ? lui demanda Cleena.

— Oui. Depuis quand avez-vous la foi ?

— Moi ? Je me considère comme une catholique renégate.

— Je ne parlais pas de la foi en Dieu, la détrompa Lourds en se déplaçant pour continuer ses investigations ; la pierre s'obstinait hélas à rendre un son plein. Mais en moi.

— Ouh, là ! Ne prenez pas la grosse tête. J'ai le choix entre me fier à vous ou à la bande des pisse-froid. Autant miser sur vous ! Sinon, nous allons nous retrouver dans leur planque à vous regarder vous user la vue sur de vieux papelards. Personnellement, j'en ai ras-le-bol des lectures.

— Je ne me suis pas contenté de lire le rouleau, rectifia Lourds, sur la défensive.

— Vous m'avez comprise, rétorqua Cleena en se déplaçant à son tour pour frapper le mur de plus belle.

Olympia ramassa un caillou par terre et suivit leur exemple.

— Tu es sûr que nous cherchons du bon côté ?

— Oui. Enfin, si j'en crois le texte que j'ai déchiffré.

En dépit de la certitude qu'il affichait, l'assurance de Lourds fondait comme neige au soleil. Il venait de mesurer la distance. À trois reprises. D'après les indications traduites par ses soins, l'accès au passage des Présages se situait dans les environs. Il ne comprenait d'ailleurs pas qu'ils aient pu le rater.

— Vous ne vous êtes pas gourré dans les distances ? suggéra Cleena.

— Non.

— Ils n'utilisaient pas d'autres unités de mesure, à l'époque ?

— Oh ! Mais pourquoi n'y avons-nous pas songé ! s'écria Olympia d'un ton pas très finement ironique.

— Faites gaffe ! s'énerva Cleena. Une maison pourrait bien vous tomber sur la tête, si vous persistez à ne pas y mettre du vôtre.

— Ah bon ? Je n'en crois pas mes oreilles ! Nous suivons la piste de l'auteur du livre le plus intrigant de la Bible et vous ne trouvez rien de mieux que de vous référer au *Magicien d'Oz* ?

— Pas au magicien, à la méchante sorcière de l'Est.

— J'avais compris, merci. Seulement…

— Mesdames ! les interrompit Lourds.

Elles tournèrent vers lui leurs visages que le faisceau de leurs lampes éclairait par le bas sur fond de ténèbres.

— Je n'entends rien quand vous vous chamaillez, leur expliqua-t-il en indiquant la paroi.

Les deux femmes retournèrent chacune à leur pan de mur. Joachim et ses camarades aussi sondaient le tunnel.

Lourds essuya la sueur qui ruisselait sur son front et se remit à l'ouvrage. Il n'avait pas pu se tromper dans sa traduction. L'accès au passage devait se trouver là. Quelque part.

Quartier d'affaires central
Ville économique du roi Abdallah, Arabie saoudite
24 mars 2010

— Mon Dieu ! s'extasia Vicky, scotchée à la télévision, son téléphone vissé à l'oreille. Continuez de filmer ! C'est tout bonnement sensationnel !

Webster se campa près d'elle. L'image à l'écran bondissait à en donner la nausée ; le reporter avançait caméra à l'épaule entre les chars saoudiens qui envahissaient la rue. À en juger par l'aspect du décor, il ne se trouvait pas très loin de la rangée d'immeubles que venait de ravager un incendie. Des hommes armés reculèrent à l'approche des blindés en s'abritant derrière une poignée de bâtiments. Mal leur en prit ! Les unités de chars braquèrent sur eux des mitrailleuses de calibre .50 qui pulvérisèrent les murs. Cadavres et gravats ne tardèrent pas à joncher la chaussée inondée par un fleuve de sang. Les blindés broyèrent sous leurs chenilles les morts et les débris d'immeubles en les réduisant en une fine poussière à laquelle adhéraient des lambeaux de chair.

Le cameraman se tenait à quelques pas derrière les rebelles ; pas très rassuré, à en juger par ses tentatives sautillantes et maladroites de se mettre à couvert. Un autre journaliste avançait à ses côtés, un micro à la main, les traits déformés par la crainte.

— Évident que les troupes d'élite du prince Khalid ne…, racontait-il.

— Continue à filmer ! ordonna Vicky d'un ton sans réplique. Ça vaut de l'or, des images pareilles. Compte sur moi pour rendre ton nom célèbre d'un bout à l'autre des États-Unis. Reste calme et…

À l'instant même, un tir de mitrailleuse atteignit à la nuque le vaillant reporter. Du sang, des morceaux d'os et une partie de sa cervelle se répandirent dans son cou en giclant sur l'objectif de la caméra. Un voile de liquide écarlate brouilla l'image.

Vicky s'emporta.

— Écoute-moi ! reprit-elle. J'ai bien vu qu'il venait de mourir. Ne coupe pas pour autant. C'est le genre de reportage qui vaut à un cameraman d'entrer dans la légende.

Et c'est le genre de reportage que tout le monde se repassera sur YouTube pendant des années, songea Webster. Vicky n'allait pas s'en plaindre : le logo de sa chaîne apparaîtrait en incrustation au coin de chaque image.

Les chars roulaient à présent sur les cadavres qui jonchaient la rue, dont celui du défunt journaliste.

La caméra pivota brusquement vers la droite. Sans doute le reporter qui la tenait ne songeait-il plus qu'à se planquer dans le premier commerce venu.

— Ne t'enfuis pas ! lui ordonna Vicky d'un ton glaçant. Continue à filmer les chars. Il nous faut…

Sur l'écran apparurent soudain des flammes montant au ciel puis, brusquement, le sol. L'image ne cessait de bouger en tous sens.

Vicky maugréa en pressant une touche de son téléphone.

— J'espère pour lui qu'il est déjà mort !

Webster sourit en l'entendant ordonner au producteur de l'émission de diffuser les images prises d'un autre quartier où ça chauffait. Le téléphone de Webster sonna tandis qu'une nouvelle rue se matérialisait sur l'écran de la télé. Un coup d'œil à l'appareil lui confirma ce qu'il pressentait : l'appel émanait de la Maison-Blanche. Il prit la communication.

— Allô ? s'écria le président Waggoner. Elliott ? C'est toi, Elliott ?

— Oui, c'est moi.

— Dieu soit loué ! Nous n'arrivions plus à te joindre.

En réalité, Webster avait ordonné à Spider de ne pas laisser aboutir les appels entrants. Celui-ci, installé dans un coin de la pièce, ne décollait pas de son ordinateur. Il évoluait dans son élément en bidouillant Dieu sait quels serveurs informatiques. Grâce à lui, ce que filmaient les journalistes au service de Vicky DeAngelo arrivait par satellite aux foyers américains. En un mot : Spider était l'homme de l'ombre, le magicien qui permettait au spectacle d'être diffusé partout sur la planète.

— Nous n'avons pourtant pas bougé, l'informa Webster.

— Tu crois que tu pourrais t'échapper ?

— Pas sans risque, non.

— Tu en cours déjà suffisamment, des risques. Je viens de voir un reporter mourir à l'antenne.

En se retournant vers le poste, Webster s'aperçut que Vicky avait donné l'ordre de diffuser en boucle la fin prématurée de son employé. L'image allait à tous les coups rester dans les mémoires. Sous les yeux de Webster, le journaliste rendit l'âme une fois encore en direct tandis que l'objectif de la caméra virait au cramoisi. Et ainsi de suite.

— Khalid m'a promis qu'il ne nous arriverait rien.

— Même si l'armée ne touche pas à un cheveu de votre tête, les rebelles risquent de s'en prendre à vous. La CIA a intercepté des communications dans la région entre des terroristes chiites.

Là encore, il fallait en remercier Spider. Même si l'idée venait comme de juste de Webster. Les êtres humains raffolent des catastrophes. Rien ne les dresse aussi sûrement les uns contre les autres. Les actualités ; voilà le nouvel opium du peuple.

Quand on laisse aux hommes l'usage de leur libre arbitre, il faut sans cesse les aiguillonner pour qu'ils s'en servent à bon escient, et c'est là que le bât blessait.

— Si, je m'en doutais ! s'exclama Webster qui n'en pensait évidemment pas un mot.

— Ils croient les États-Unis de mèche avec les sunnites et le roi.

— Il faut reconnaître que c'est l'impression que nous avons longtemps donnée. Les États-Unis ont œuvré main dans la main avec les sunnites jusqu'à ce qu'ils imposent leur présence en Irak en y soutenant les chiites.

— Je le sais bien. Certaines rumeurs ne nous accusent pas moins de vouloir profiter des troubles dans le Golfe pour nous rendre maîtres de la région.

— Nous savons toi et moi que ce n'est qu'un tissu de mensonges. Alors que c'était précisément ce qu'ambitionnait Webster.

— Pas tout à fait.

— Je ne te suis pas ?

— J'ai entendu dire que des compagnies américaines implantées en Arabie comptaient engager des mercenaires pour veiller sur leur équipement.

— On ne peut pas leur en vouloir, remarqua Webster en voyant un cargo exploser dans le port. Ni Khalid ni ses adversaires ne se soucient des dommages collatéraux. Alors que les entreprises américaines risquent de perdre des millions de dollars, du jour au lendemain. Les Saoudiens s'en fichent, bien sûr : leur économie se porte comme un charme. Ils possèdent des richesses à l'abri sous terre, que le monde entier s'arrache. Une fois les foyers de la discorde refroidis, les compagnies occidentales se battront de plus belle pour acquérir le droit d'exploiter du pétrole.

— C'est ce qu'il semblerait pour l'instant, mais attends un peu que nous soyons en mesure de nous passer de leur or noir.

— Ça ! Rien ne dure jamais. Pas même la dépendance au pétrole.

— En attendant, il faut sauver la situation. Dans la mesure du possible.

Un hélicoptère militaire s'approcha d'un peu trop près de l'hôtel. Hamilton et Napier s'écartèrent aussitôt de la baie vitrée. De l'hélico partirent des roquettes, qui réduisirent l'avenue en contrebas à un amas de décombres en flammes. La canonnade fit trembler le bâtiment sur ses fondations. De la fumée s'éleva de la chaussée en masquant le champ de bataille au pied de l'édifice.

— C'est ton hôtel qui a été touché ? s'enquit Waggoner.

Webster se tourna vers la télé : en effet, on y voyait son hôtel. Il se demanda si les reporters à la solde de Vicky y avaient suivi une bande de chiites ou s'ils espéraient simplement y trouver refuge.

L'instant d'après, une salve de coups de feu arrosa l'immeuble. Un incendie consuma les parterres de verdure qui le bordaient. Puis la façade elle-même fut atteinte : une fumée noire voila les vitres qui explosèrent en s'éparpillant en milliers d'éclats tranchants.

— Oui, c'est bien le nôtre.

— Elliott, il est inacceptable que tu coures de tels risques. Il faut que tu quittes le pays au plus vite, toi et ceux qui t'accompagnent.

— Pour aller où ?

— Une flottille de navires américains mouille au port. Les soldats à bord ne demandent qu'à te sortir de là.

— Je ne suis pas convaincu que cela soit nécessaire.

— Le long des frontières, les militaires tirent sur tout ce qui bouge. Sans sommation.

— Je sais, mais, si les États-Unis envoient leurs troupes en Arabie saoudite, les escarmouches aux confins du pays se généraliseront en conflit dans l'ensemble du Moyen-Orient. Les sunnites penseront que nous soutenons les chiites, qui s'imagineront pour leur part que nous estimons les sunnites trop faibles pour rétablir l'ordre. Mike, reprit Webster au bout d'un petit temps de silence, nous sommes coincés entre l'enclume et le marteau. Je ne veux pas prendre de décision prématurée.

— Il y a le feu à ton hôtel : tu n'as déjà que trop tardé à te décider.

— Beaucoup d'Américains travaillent ici. Nos compatriotes, Mike. Des hommes et des femmes que nous avons juré de défendre, au moment d'entrer en fonction. Je ne peux pas les laisser tomber.

Il marqua une pause, sachant pertinemment qu'il touchait la corde sensible — c'est-à-dire patriotique — du président.

— Je ne partirai pas seul. Je ne m'en irai d'ici que si l'ensemble des citoyens américains présents dans le pays me suivent. Je ne veux pas qu'à la fin de mon mandat, on garde de moi le souvenir d'un vice-président ayant fui l'Arabie saoudite la queue entre les pattes pour y laisser crever ses compatriotes.

Waggoner demeura muet comme une carpe.

Webster vit à la télé une espèce de tempête de neige balayer le hall de l'hôtel : donc, le système anti-incendie fonctionnait. Des militaires saoudiens conduisaient des camions de pompiers en direction du bâtiment. Il ne leur fallut qu'un instant pour brandir des lances et arroser le brasier.

— Tu te rends compte de ce que tu exiges ? reprit enfin Waggoner.

— De veiller à la sécurité de nos compatriotes. Comme nous le leur avons promis.

— Il faudrait pour cela installer une tête de pont à proximité de ton hôtel. Contrôler le terrain, si tu préfères. La manœuvre ne plaira pas aux Saoudiens. Je veux dire : à Khalid. Nous lui donnerions l'impression de douter de sa capacité à rétablir l'ordre.

— J'en suis conscient. Cela dit, je ne vois pas comment procéder autrement. Pour l'heure, l'autorité de l'ex-prince est bafouée, c'est le moins qu'on puisse dire.

Webster ne se contenterait de rien de moins que ce qu'il avait en tête.

— Tu ne crains pas de provoquer un incident aux répercussions internationales ?

— Bien sûr que si. C'est pour ça que je ne m'y résoudrai que faute d'autre solution. Et s'il fallait en venir là, j'aimerais autant en profiter pour établir une déclaration de principe. D'accord, nous achetons du pétrole aux Saoudiens mais, en un sens, nous investissons dans ce pays.

Ils la feraient, leur déclaration. Webster y veillerait. Et Spider s'en assurerait.

— Si les Saoudiens se dépatouillent de ce foutoir, s'ils réussissent à juguler la violence, et vite, alors tout ira bien. Je suis sûr que Khalid tiendra sa promesse de veiller sur les Américains. Dans le cas contraire, nous devons nous tenir prêts à nous occuper nous-mêmes de leur sécurité.

— Tu songes à envahir l'Arabie ?

— Non. Troupes d'invasion rime avec troupes d'occupation. Sans parler des pillages. Je veux simplement que nos concitoyens évacuent l'Arabie sains et saufs.

Un noble projet, non ? estima Webster, convaincu que le désir du président d'en mettre plein la vue à ses électeurs le pousserait à mordre à l'hameçon.

Une énième série de détonations malmena les vitres. Vicky frissonna, sans cesser pour autant d'abreuver d'instructions ses nombreux subalternes. Hamilton et Napier déblatéraient eux aussi dans leurs téléphones.

— Tu sais que j'ai raison, Mike ! insista Webster d'un ton persuasif. Je suis conscient que ça fiche les jetons mais nous n'y sommes pour rien. Si Khalid n'avait pas accédé au pouvoir, nous n'en serions pas là. C'est lui qui est à l'origine de ce foutoir qui menace d'engloutir le pays tout entier en mettant en danger les jours de nos compatriotes.

— L'armée lui obéit au doigt et à l'œil. Il ne devrait plus tarder à se rendre maître de la situation.

— On a dit la même chose à propos de l'Irak.

Au-delà des fenêtres de l'hôtel, du côté du centre-ville, des explosifs réduisirent en miettes le squelette d'un immeuble en construction. Des poutrelles en acier s'éparpillèrent aux alentours à la manière d'un mikado géant.

— Resitue le problème dans son contexte! persista Webster. Si nous ne nous interposons pas, les Chinois n'hésiteront pas à le faire, eux. Ils ont autant besoin que nous de pétrole. Si nous ne prenons pas rapidement les mesures qui s'imposent, ils en profiteront pour avancer leurs pions et nous damer les nôtres. Et à partir du moment où ils auront un pied dans la place, bon courage pour les déloger! Eux aussi ont à prendre en compte certaines nécessités.

Un soupir las échappa au président.

— Te voilà dans un nid de vipères, Elliott.

— Ça ne date pas d'hier. La seule nouveauté, c'est qu'elles deviennent de plus en plus venimeuses.

Vicky se tourna vers Webster, l'air surpris.

— Des avions non identifiés survolent les puits de pétrole. Tu es au courant?

Webster lui avoua que non.

— J'ai raté quelque chose? s'enquit le président. Quelqu'un parlait d'avions?

— Tes reporters sont sur place? demanda Webster à Vicky.

— Non. Jusqu'ici, les troupes de Khalid empêchaient les combats de s'étendre à la région des puits de pétrole. Je n'ai donc pas cru nécessaire d'y dépêcher des journalistes. Là, j'ai quand même demandé à une petite équipe d'aller voir ce qui se tramait.

— Peu importe, repartit le président. WNN est sur le coup, bien sûr.

— Un journaliste de WNN se trouve sur les lieux, annonça Webster à Vicky.

— Je sais. Comment crois-tu que j'aie été avertie de ce qui se passait?

Webster s'empara de la télécommande et zappa sur WNN. Les enjeux grossissaient d'heure en heure. Pas question de manquer le dénouement!

*Passage des Présages, sous les fondations
de la Hagia Sophia, Istanbul, Turquie
24 mars 2010*

— Vous refusez d'admettre votre déconfiture, professeur Lourds, asséna Joachim. Ce passage, en admettant qu'il ait un jour eu une quelconque réalité, n'existe plus.

L'écho de sa frustration se répercuta jusqu'à l'extrémité de la galerie. Quelques adeptes continuaient à sonder les parois, à l'instar de Cleena et d'Olympia.

Lourds ne se laissa pas distraire. Il sortit une bouteille d'eau de son sac à dos, le temps de se désaltérer, et réfléchit une fois de plus à sa traduction. Il ne s'était pas trompé dans les indications. Voilà bien le tunnel qu'il fallait commencer par identifier. Il n'en doutait pas. Où donc se cachait le passage secret ?

— Il serait temps d'aller voir ailleurs, affirma Joachim.

— Non, non ! s'agaça Lourds.

— Alors ?!

— Il s'agit d'un passage secret ! crut bon de rappeler Lourds en rangeant sa bouteille d'eau. Il est écrit sur le rouleau que le passage des Présages ne sera mis au jour que le moment venu.

— Le moment n'est pas encore venu, alors ? lança Olympia, la peau luisante de sueur.

— En voilà une explication commode à votre échec, commenta Joachim.

— Ça suffit ! s'emporta Olympia. Sans Thomas, nous ne serions pas aussi avancés.

— Ah, ça ! Nous voilà bien avancés ! railla Joachim, résigné à prêter main-forte au reste des adeptes, à l'assaut des murs.

— Ce n'est pas la foi qui l'étouffe, estima Lourds.

Olympia but à son tour une gorgée d'eau à même le goulot de sa bouteille.

— Je comprends sa frustration. Tu imagines : malgré les secrets qu'il connaît depuis tant d'années, il n'est toujours pas fichu de mettre la main sur ce fameux rouleau !

Lourds songea à la bibliothèque d'Alexandrie et aux vingt et quelques années qu'il venait de passer à recouper des indices, collecter des rumeurs et décortiquer des mythes dans l'espoir de retrouver quelques livres épargnés par un incendie remontant à des siècles et des siècles.

— J'imagine parfaitement. Moi aussi, je trouve ça frustrant.

Olympia examina la galerie de long en large.

— Serait-il possible qu'un autre tunnel ait été construit à proximité de celui-ci? et que celui que nous cherchons coure en parallèle?

— Nous n'en avons pas vu d'autre.

— Ce qui ne signifie pas qu'il n'en existe pas d'autre. Les tunnels ne manquent pas dans les parages. Une vraie taupinière!

— Ça me rappelle Londres. Les galeries creusées dans les sous-sols de New York ne soutiennent pas la comparaison avec celles de la capitale anglaise. Même si elles les dépassent en largeur.

— Parce qu'elles ont été conçues pour des métros. Il n'y a guère que des hommes à pied qui étaient censés circuler ici.

— On pourrait croire qu'il est plus simple de dénicher un passage secret dans un espace confiné, lâcha Lourds qui commençait à en avoir sa claque de scruter les ténèbres.

— Tu n'as pas trouvé d'autres indices?

Lourds secoua la tête.

— D'après le rouleau que j'ai traduit, le passage n'apparaîtra que le moment venu.

— C'est-à-dire? Quand au juste?

Un rictus amer déforma la bouche de Lourds.

— C'est fou ce que ce fichu rouleau a tendance à laisser dans le vague les détails pratiques.

— Qu'est-ce qui est marqué dessus?

— Que « seul un humble pénitent trouvera l'entrée du passage des Présages. Ceux qui croient ne rien avoir à se reprocher n'en découvriront pas l'accès ».

— C'est tout?

— C'est tout. Sans compter les indications pour arriver ici.

Tout à coup, une idée vint à Lourds, qui se demanda pourquoi diable il n'y avait pas songé plus tôt. À grands pas, il revint au point de départ de ses recherches dans la galerie.

— Un humble pénitent…

— Thomas? releva Olympia en lui collant aux basques.

Son exclamation attira l'attention des autres.

Lourds se maudit intérieurement et s'agenouilla pour examiner le sol, en balayant d'une main les saletés accumulées depuis des siècles.

Peu à peu apparut le dallage. Sans un mot, Olympia et Joachim joignirent leurs efforts aux siens. La surface mise à nu s'agrandit alors lentement mais sûrement.

— J'ai trouvé quelque chose ! s'écria soudain Joachim en braquant sa lampe sur un pavé. On dirait des lettres, sauf que je ne les reconnais pas.

Lourds s'accroupit à côté de lui. En effet figuraient là des caractères à la limite du déchiffrable, usés par le passage des ans et de ceux qui avaient déambulé dans le tunnel. Il renversa sur l'inscription un peu d'eau de sa bouteille dans l'intention de la rendre plus lisible, mais les ombres mouvantes que projetaient les torches jouaient des tours à sa vue.

Lourds exhuma son calepin de son sac, dont il plaqua une page vierge contre l'inscription avant d'y frotter une mine de plomb. Pas mécontent du résultat, il brandit la page à bout de bras en priant Joachim de l'éclairer.

— Vous arrivez à lire ce qui est marqué ? s'étonna ce dernier.

— Mais oui ! assura Lourds. Je reconnais la langue du rouleau.

Il traduisit mentalement avant d'énoncer à haute et intelligible voix :

— Cherchez en Dieu les réponses à vos questions.

Joachim éclaira le plafond, que masquaient des toiles d'araignée.

Lourds se releva, ôta sa chemise et, ne gardant sur lui que son maillot de corps, nettoya les filaments au-dessus de sa tête. Sur une pierre apparut alors l'inscription qu'il attendait. À peine lisible mais tout de même ! La voilà bel et bien ! Ou plutôt : le voilà.

Le passage des Présages.

24

Passage des Présages, sous les fondations de la Hagia Sophia, Istanbul, Turquie 24 mars 2010

Joachim et un autre frère du Rouleau firent la courte échelle à Lourds, qui vacilla comme sous l'emprise de l'alcool avant de retrouver son équilibre. D'une main, il prit appui contre le plafond en inspectant l'inscription dans la roche.

— Ça vous ennuierait de vous dépêcher ? se plaignit l'adepte qui supportait la moitié de son poids.

— Pardon ! s'excusa Lourds.

Il eût volontiers calqué les caractères sur un morceau de papier, sauf que le moment semblait mal choisi. Dépité, il se concentra sur la recherche d'un mécanisme à même de débloquer une ouverture dans la paroi. De minces fentes indiquaient la présence dans le plafond d'une trappe à peine assez large pour laisser pénétrer un homme. Joachim et son ami commençaient à n'en plus pouvoir quand Lourds découvrit enfin l'objet de sa quête. Un cliquetis retentit à l'intérieur de la pierre. Lourds s'attendait à ce qu'un pan de mur bascule vers l'extérieur ; il s'était d'ailleurs préparé à une telle éventualité mais non, rien ne bougea. D'une main hésitante, il poussa la partie du plafond délimitée par les interstices. Celle-ci pivota autour d'une charnière avant de retomber sur le plancher de l'étage. L'écho du choc donna une bonne idée à Lourds de la taille de l'espace qui les accueillerait au-dessus de leurs têtes.

— Descendez ! lui ordonna Joachim. Nous devons réfléchir à…

Mû par une irrépressible curiosité, Lourds balança sa torche par l'ouverture avant d'agripper des deux mains les rebords. Il s'accroupit alors et bondit en prenant appui sur Joachim et son camarade, qui en perdirent contenance et tombèrent les quatre fers en l'air. Joachim se rétablit en invectivant le professeur, qui n'eut même pas la présence d'esprit de lui demander pardon. À force de gigoter, Lourds finit par se hisser dans la salle secrète. Haletant sous le coup de l'effort, il ramassa sa lampe de poche d'une main fébrile et inspecta les alentours. Il se trouvait dans une sorte de couloir dont une série de magnifiques mosaïques ornait les murs.

— Revenez, Lourds! beugla Joachim.

Hors de question : comment résister à la fascination qu'exerçaient sur lui les mosaïques? Le professeur y reconnut des scènes de l'Ancien Testament : la création de l'homme; l'exil d'un ange du paradis; l'expulsion d'Adam et Ève du jardin d'Éden par un autre, muni d'une épée.

Le faisceau d'une seconde torche éclaira le passage tandis que Lourds y déambulait. Ce fut à peine si le professeur remarqua Joachim, lui aussi ébahi par ce qui s'offrait à sa vue. Olympia les rejoignit, suivie de près par Cleena et le reste des adeptes, qui se tassèrent là comme des sardines en boîte.

— Oh, Seigneur! s'émerveilla Olympia d'une voix qui parut de stentor à Lourds, en raison des dimensions restreintes du lieu. Magni-fique!

— Et ça ne date pas d'hier, renchérit le professeur en effleurant des tesselles qui représentaient l'arche de Noé sur une mer déchaînée.

— Ces images illustrent la parole divine, commenta Joachim. Elles ne possèdent pas qu'une valeur historique ou artistique.

Lourds ne prit pas la peine d'en débattre, trop ébahi par sa découverte.

— On pourrait consacrer des années à leur étude, affirma Olympia. Au choix des sujets. À la technique des artistes. Et tant d'autres choses...

— Ce n'est pas le but de l'opération, s'interposa Cleena, que les mosaïques n'impressionnaient pas outre mesure.

— Elle a raison, admit Joachim. Où est le Rouleau de la joie?

— Le parchemin que j'ai traduit ne le précisait pas : il stipulait simplement que les réponses se trouvaient ici.

Bien que le couloir ne s'étendît pas sur une grande distance, d'autres mosaïques encore en ornaient les murs.

— On dirait des bougies ! s'exclama Olympia en remarquant des appliques en fer de part et d'autre de l'entrée.

Lourds approcha son briquet de la mèche d'une chandelle fichée dedans en se demandant si elle prendrait feu. Elle semblait plutôt bien conservée mais enfin… La flamme se communiqua peu à peu aux fibres entortillées en les nimbant d'un halo doré qui chassa les ténèbres. Olympia alluma la bougie du côté opposé tandis que Joachim et ses amis s'occupaient des autres. À la fin, les mosaïques scintillaient à la lueur des flammes tandis qu'une odeur de graisse animale en combustion chatouillait les narines de Lourds.

Une bande blanche se détachait sur la roche sombre autour de quatre mosaïques. La première figurait une cuve où flottait dans une eau bleutée une tête de méduse à l'envers.

— La Citerne basilique ! s'exclama Olympia.

Lourds opina du chef. Il n'y avait pas à s'y tromper. Une inscription formée de minuscules tesselles de couleur vive courait au bas de l'image.

— Qu'est-ce qui est marqué ? s'enquit Joachim.

— « Quand sa tête, le monstre dressera, le premier signe de l'Apocalypse paraîtra. Les mystifications du Grand Trompeur, le Rouleau de la joie seul combattra. Votre périple commence là. »

Lourds sortit de son sac à dos son appareil photo numérique. Il prit plusieurs clichés de la mosaïque et gribouilla quelques notes dans son calepin. Il s'intéressa ensuite à l'image suivante : une église surmontée d'un dôme. À l'intérieur reposait un Jésus auréolé.

— Et ça, qu'est-ce que c'est ? voulut savoir Cleena.

— Le Golgotha, lui expliqua Lourds.

— Où Jésus a été crucifié et mis en terre, précisa Joachim. Dans la vieille ville de Jérusalem.

— C'est là aussi qu'a longtemps été conservée la vraie croix, ajouta Olympia. À la demande de la mère de Constantin, Hélène, une église y fut construite, où affluèrent aussitôt les pèlerins. Malheureusement, des troubles éclatèrent dans la région. Les fragments de la vraie croix se perdirent à l'arrivée des envahisseurs musulmans à la fin du Xe siècle. Le calife Al-Hâkim fit raser l'édifice parce qu'il ne supportait plus les pèlerinages pascaux.

— Les inconvénients du tourisme, commenta Lourds. Le fils d'Al-Hâkim, Ali az-Zahir, autorisa Constantin VIII à rebâtir l'église mais il fallut attendre l'arrivée des croisés pour que les travaux se terminent. Depuis, l'édifice a encore été endommagé à maintes reprises.

— Il y a une autre inscription, là, observa Olympia.

— « Deux frères se feront la guerre », traduisit Lourds en prenant des notes au fur et à mesure sur son calepin. « Tous deux auront foi en un prophète du Verbe encore à naître et se battront à propos du retour de mon Fils. »

— Il n'y a pas trente-six prophètes venus à la suite de Jésus. Il ne peut s'agir que de Mahomet, affirma Olympia.

— À condition d'accorder foi au Coran, nuança d'un ton amer Joachim.

— Un témoignage historique de première importance, dans son genre ! soupira Lourds. Moi aussi, je pencherais pour l'hypothèse « Mahomet ». Ce n'est pas tout ! poursuivit-il en désignant du menton la mosaïque. « Quand l'ombre de la vraie croix au temple du Sauveur retournera, la fin des temps approchera. »

— Comment l'ombre de la vraie croix pourrait-elle retourner à l'église du Saint-Sépulcre ? s'étonna Olympia. La vraie croix a été détruite. Perdue à jamais.

— Comment je le saurais ? ronchonna Lourds avant de se camper face à la troisième mosaïque. Je me contente de traduire, moi.

— On dirait encore l'église du Saint-Sépulcre, estima Cleena, sauf qu'il y a là une femme en pleurs.

— Pas n'importe quelle femme, rectifia Joachim. Marie, la mère de Jésus.

À la tête, elle aussi, nimbée d'une auréole.

— L'église de la nouvelle Jérusalem, clarifia Lourds. J'y ai été. Elle renferme une fabuleuse collection de manuscrits en grec et en slavon. Nikita Minine, dit le patriarche Nikon, le septième de l'église orthodoxe russe, fut l'instigateur d'un certain nombre de réformes. Malheureusement, un schisme se produisit par sa faute : il s'était mis à dos le tsar Alexis Ier, son principal soutien et mécène, jusque-là.

— L'église de la nouvelle Jérusalem est depuis redevenue un monastère, affirma Joachim.

— En 1990, oui, acquiesça Lourds. Avant cela, elle est longtemps demeurée inutilisée. La plupart de ses trésors et de ses icônes se sont perdus. Pas la statue de la Vierge Marie, heureusement.

— Que dit l'inscription ? s'enquit Olympia.

— « Un grand ami de l'église tombera non sans éveiller un écho du lieu où repose notre Sauveur. Quand la statue de sa mère, bénie soit-elle, pleurera, la fin du monde approchera. »

— Pas très optimiste ! estima Cleena.

— Nous n'aurions pas été envoyés ici s'il ne restait rien à tenter pour éviter la catastrophe, la contredit Joachim. Nous avons tous un rôle à jouer.

La quatrième mosaïque figurait des orangers autour d'une fontaine. Un édifice se devinait à l'arrière-plan ; de style islamique et non byzantin ou gothique. Lourds le reconnut pour avoir mené là-bas de longues recherches.

— Cette église-là, en supposant que c'en est bien une, ne ressemble pas aux autres, remarqua Cleena.

— Il s'agit de la grande mosquée de Cordoue. La *Mezquita,* précisa Olympia.

— Ce n'est pas dans une mosquée que je m'attendrais à trouver des objets de culte chrétiens.

— L'islam et le christianisme ont régulièrement marché sur les plates-bandes l'un de l'autre. La grande mosquée de Cordoue, en Espagne, est, à l'instar de la Hagia Sophia, une église chrétienne consacrée à un moment de son histoire au culte musulman.

— On dirait pourtant qu'elle a été conçue comme une mosquée, à l'origine.

— Eh bien non : au début, c'était une église wisigothique.

— Wisi… quoi ?

— D'une tribu de Goths ; un peuple germanique qui a combattu les Romains de l'Antiquité. À ne pas confondre avec les illuminés qui aiment jouer aux vampires.

— Ça, je l'avais deviné.

— J'aime autant m'en assurer. Je ne voudrais pas sauter des étapes au risque de vous égarer en chemin.

— Je vous préviendrai, si je me sens perdue.

— Toujours est-il, reprit Olympia en revenant à leurs moutons, que les Wisigoths décidèrent de bâtir une église à Cordoue en l'an 600. Les musulmans survinrent ensuite. L'émir Abd al-Rahman Ier s'empara de l'édifice, qu'il rebaptisa du nom de son épouse. Il ne fallut pas moins de deux cents ans pour mener à bien sa reconstruction.

— Qu'est-il devenu en fin de compte ?

— Le roi Ferdinand III de Castille le reprit en 1236. On le connaît depuis sous le nom de cathédrale de l'Assomption.

— Que dit l'inscription ?

Lourds se pencha pour mieux voir.

— « À l'église », traduisit-il, « au carrefour de l'Orient et de l'Occident, là où tous vénèrent la Sainte Mère, une nappe d'eau se formera. Quand du sang en rouge la teindra, la fin du monde approchera. »

— Et c'est censé nous aider ? ironisa Cleena. On a déjà pondu plus convaincant, pour motiver les troupes.

— Ne blasphémez pas ! la tança vertement Joachim.

— Vous ne mesurez pas ce qu'il y a de remarquable là-dedans, s'interposa Lourds. Jean de Patmos est décédé des centaines d'années avant que la grande mosquée de Cordoue voie le jour. Ça défie l'entendement, qu'il ait prédit son édification en indiquant aux mosaïstes comment la figurer assez précisément pour la rendre identifiable.

Lourds en conçut d'ailleurs une pointe d'inquiétude. Rien dans sa formation éminemment scientifique ne l'avait préparé à une telle éventualité. D'un autre côté, rien non plus ne l'avait préparé à l'Atlantide.

— Ce n'est pas en épiloguant sur le pourquoi de la chose que nous allons progresser, affirma Cleena.

— S'il y a bien quelqu'un qui ne devrait pas perdre patience ici, c'est vous, la remit en place Joachim.

— Où il est, ce fameux Rouleau de la joie ? insista Cleena en l'ignorant superbement.

Lourds s'écarta du mur pour embrasser le passage du regard.

— Si nous ne le voyons pas, nous devrions au moins apercevoir un autre indice.

La conviction vint à Lourds, tandis qu'il observait les mosaïques, qu'un détail lui échappait. Il eût juré que ce détail se trouvait là devant lui, aussi immanquable que le nez au milieu de la figure. Bien qu'il ne fût pas visible à l'œil nu. Ou du moins au premier regard. Le professeur inspira lentement, en laissant à son cerveau le temps d'analyser les informations que lui transmettaient ses sens. La flamme des chandelles vacilla. Des ombres coururent sur les tesselles.

Lourds l'avait sur le bout de la langue. Et puis non ! L'illumination s'obstinait à ne pas lui venir. Tout de même, ces mosaïques… D'un réalisme saisissant! On eût dit des images tridimensionnelles. Comme s'il était possible… mais non! se raisonna Lourds en osant à peine y croire. Il passa la paume sur la mosaïque la plus proche.

— À quoi tu joues, Thomas? s'étonna Olympia.

— Il doit être là! Il n'y a aucune raison qu'il demeure caché. C'est sur l'emplacement du passage que planait le secret. Rien ne justifie que le rouleau nous échappe encore.

Lourds et son ombre allaient et venaient devant les mosaïques quand un jeu de lumière retint son attention. Son ombre ne s'était pas projetée sur la deuxième mosaïque comme il s'y attendait. Lorsqu'il passa la main dessus, il ne rencontra que du vide. Une fois l'illusion dissipée, il admira l'habileté de l'artisan. Dans la tombe du Christ se trouvait un trou, dont Lourds retira un cylindre. Sa propre ingéniosité, et surtout celle de l'homme ayant eu l'idée d'un tel subterfuge, lui arracha un sourire.

Sur l'étui en bois sculpté ne figuraient que quelques mots de la langue que Lourds avait tant peiné à déchiffrer. Ce qu'ils signifiaient? Eh bien : *la joie*, tout simplement.

Galvanisé par sa découverte, Lourds frémit en ouvrant le cylindre.

Quartier d'affaires central
Ville économique du roi Abdallah, Arabie saoudite
24 mars 2010

Webster ne tenait presque plus en place devant l'écran de la télévision où il suivait des yeux un hélico sur le point de se poser parmi les puits de pétrole. L'équipe à bord avait dû poireauter un bon moment sur un navire à l'ancre à proximité pour arriver sur place aussi rapidement.

Dans le poste, des troupes saoudiennes se mesuraient à ce que Webster identifia comme des chiites. Les gars de l'hélico se mirent à tirer dans le tas en laissant tout le monde sur le carreau. Pas un musulman ne fut épargné, quelle que fût son obédience.

— Il n'y a aucun reporter de notre chaîne sur place? s'inquiéta Vicky DeAngelo, sans perdre une miette de l'attaque. Un affrontement, dont je n'ose même pas imaginer les répercussions, a lieu en ce moment même et il faut que ce soit WNN qui m'en informe ! Non mais ! Pour quoi je vous paie ?

Webster alla voir Spider.

— Qui les hélicos transportent-ils ?

— Des fiers-à-bras au service de Carnahan Oil, le renseigna Spider, un sourire malicieux aux lèvres. Les mêmes qui ont réglé la question des syndicats pour le compte de certaines compagnies implantées en Afrique occidentale, il y a quelques années.

Webster comprit tout de suite à quels événements le jeune homme se référait. La Carnahan Oil avait la réputation méritée d'exploiter sans scrupule les pays du tiers-monde. De toute manière, les compagnies pétrolières ne reculaient devant rien en Afrique. Sitôt découvert un gisement de pétrole, les politicards qui contrôlaient le pays — ou le roi, selon les cas — s'arrangeaient pour s'en mettre plein les poches, tout en promettant aux braves citoyens de redistribuer les profits. Quand le bas peuple se rendait compte qu'il ne ramasserait même pas les miettes du festin, une grève éclatait le plus souvent. Les hommes au pouvoir mobilisaient alors l'armée afin de casser le piquet de grève, et de pomper de plus belle le sous-sol du pays. Les problèmes commençaient quand les militaires estimaient ne pas bénéficier d'une compensation suffisante au regard des risques qu'ils couraient. S'ensuivait en général un coup d'État : un dictateur accaparait le pouvoir, en arrosant les troupes à sa solde.

Au moment de la débâcle, la Carnahan Oil avait cru bon d'envoyer ses propres troupes de choc en Afrique occidentale. Las ! La compagnie pétrolière ne réussit pas à sauver le roi. Par l'intermédiaire de ses sbires, elle liquida tout de même le dictateur usurpateur dans la salle même du trône, avant de le remplacer par un homme de paille disposé à accorder leur part du gâteau aux habitants.

Du jour au lendemain, l'exploitation du pétrole en Afrique occidentale changea du tout au tout. Dorénavant, l'or noir ne profiterait plus en premier lieu au pays qui en possédait dans son sous-sol mais aux compagnies qui l'extrayaient.

Tristan Hamilton parut se réjouir de l'arrivée des hélicos.

— Elliott ? lança le président, au téléphone.

— Je suis toujours en ligne, Mike. Comme tu peux le constater, les troubles ici font tache d'huile.

— Il faut que tu t'en ailles, affirma Waggoner. Dès que s'ébruitera la nouvelle des coups tordus de la Carnahan Oil, des représailles éclateront.

— Je ne suis pas le seul à devoir m'en aller, Mike. Il nous faut trouver un moyen de rentrer sains et saufs au pays, tous autant que nous sommes.

— D'accord. Je vais contacter le Pentagone et voir ce qui semble envisageable. Je te rappelle dès que j'en sais plus. D'ici là, arrange-toi pour qu'il ne t'arrive rien. Entendu?

— Ne te bile pas.

Webster accorda un coup d'œil au poste puis à la baie vitrée où il aperçut son propre reflet devant les flammes qui engloutissaient la ville.

— Nous finirons par nous en sortir, Mike. Tu verras.

Le président mit fin à la communication. Le téléphone de Webster regagna sa poche.

La télécommande en main, Vicky ne parut se détendre qu'une fois captée la chaîne qui lui appartenait. Ses journalistes relataient la bataille des puits de pétrole avec un luxe de détails que leur envierait WNN. Un autre incident comme celui de tout à l'heure n'eût pas étonné Webster. À vrai dire, il soupçonnait même Vicky de l'espérer ardemment.

— C'est le président qui t'appelait? lui demanda Vicky, qui ne laissait décidément rien passer.

— En effet.

— Il veut que tu quittes le pays?

— Oui.

— Mais toi, tu refuses?

— Dis-moi, grande prêtresse des médias, sous quel jour dépeindrais-tu un vice-président des États-Unis fuyant un pays où se trouvent en danger des centaines de ses compatriotes?

Vicky esquissa un sourire si glaçant qu'il n'eût pas détonné dans une morgue.

— Franchement? Je le crucifierais.

— Une mort pas très rigolote, admit Webster.

— En résumé : tu comptes rester ici.

— Tu aimerais que je parte sans toi?

— Ben tiens! Je te crucifierais de plus belle.

Un sourire narquois éclaira le visage de Webster.

— Ça me contrarie quand même, reprit Vicky, que tu renâcles tant à te laisser secourir.

— Pourquoi ?

— Parce que si les États-Unis volaient à ton secours, ils me tireraient de ce guêpier, pardi ! Je trouve ça égoïste de ta part, de décider qu'il vaut mieux que nous mourions tous ici.

— Nous n'allons pas mourir ici.

— Qu'est-ce qui te rend aussi sûr ?

— Je le sais, c'est tout.

Pendant que Vicky scrutait ses traits, un pressentiment lui vint.

— Waggoner va céder, hein ? Il va tous nous tirer d'affaire.

— Tu ne répéteras pas ce que je vais te dire ?

— Non.

— Eh bien, oui : il va se mettre en quatre pour nous sortir de là.

— Quand ?

— Bientôt.

Vicky se tourna vers la ville embrasée derrière la baie vitrée.

— Il a intérêt à ne pas trop tarder.

Webster passa un bras autour de sa taille et l'attira contre lui. Vicky DeAngelo avait beau jouer les maîtresses femmes, il lui arrivait d'avoir peur, comme tout le monde. Certes, leur petit groupe ignorait encore le véritable sens du mot « peur », mais ils le découvriraient à leurs dépens s'ils ne se rangeaient pas à l'avis de Webster, le moment venu. Tout à coup, un froid glacial pénétra jusqu'à la moelle le vice-président qui vacilla en manquant de peu perdre l'équilibre. Il se contraignit toutefois à ne plus y penser et n'y pensa en effet bientôt plus.

Vicky lui lança un coup d'œil soucieux.

— Tu es sûr que ça va ?

— Mais oui ! la rassura Webster en souriant. Pourquoi ça n'irait pas ?

— Tu as raison : tu résistes à tout, conclut Vicky en lui tapotant la poitrine.

Webster devina ce qui venait de se passer : ce maudit parchemin gribouillé par Jean de Patmos était sorti de sa cachette. Il s'éloigna de Vicky pour se réfugier dans un coin de la pièce où il ressortit son téléphone pour composer le numéro d'Eckart.

— Vous ne les avez pas retrouvés !

— Pas encore, admit le colonel. Mais ça ne devrait plus tarder.

— Ils ont déniché le rouleau.

— Où ça ?

— Comme si je le savais ! Pourquoi vous ai-je envoyé à sa recherche, à votre avis ?

Webster fit un gros effort pour se détendre et employer un ton plus amène. Si le rouleau venait de reparaître au grand jour, c'est que Lourds avait déchiffré le langage mis au point par la Fraternité.

Ou plutôt l'un des langages.

Le plan avait fonctionné des milliers d'années durant. À la fin, même la fraternité du Rouleau n'y avait pas résisté. Constantinople, le roi, etc., ce n'était encore qu'un début. Il avait contribué à l'éveil d'une paranoïa galopante parmi les frères en les obligeant à mesurer à leurs dépens la vulnérabilité de leur savoir.

Dieu a créé l'homme de telle sorte qu'il ne saurait garder de secrets. Dieu lui-même n'a pas de secrets. C'est ce que l'homme n'a d'ailleurs jamais compris et qui explique la réussite du serpent au jardin d'Éden. Celui-ci incita, en effet, Adam et Ève à se rendre compte par eux-mêmes de ce que Dieu en personne n'eût pas été en mesure de leur expliquer. Le serpent n'était pas dupe, lui. Pourtant même lui n'aurait pas été à même de pénétrer les voies du Seigneur ; qui étaient ce qu'elles étaient, voilà tout.

Il avait suffi de laisser entendre que Dieu ne tenait pas à ce que tout parvînt à la connaissance de l'homme. Un fossé s'était dès lors creusé, que rien n'était venu combler depuis.

— Trouvez-les, ordonna Webster. Et liquidez-les.

— Et le professeur ?

— Débarrassez-moi de lui aussi. Pour ce que ça m'intéresse, de découvrir ce qu'il a découvert ! Supprimez-le et amenez-moi le rouleau.

Webster remisa le téléphone dans sa poche.

Il n'avait pas pris en compte, dans ses plans, la venue à Istanbul de quelqu'un d'aussi doué, ou qui eût autant de chance que le professeur Thomas Lourds. Ses compétences ne lui vaudraient toutefois rien de plus enviable qu'une mort prématurée.

Passage des Présages, sous les fondations
de la Hagia Sophia, Istanbul, Turquie
25 mars 2010

À la lueur dorée des chandelles, Lourds traduisit tout haut le fameux rouleau :

« Qu'il soit établi que commence ici le dernier écrit de Jean, connu sous le nom de Jean de Patmos. Je suis aujourd'hui un vieil homme dont la fin ne saurait tarder. Je n'écris pas sous la menace ni la contrainte et me contente de noter ce que veut le Seigneur.

« Je suis venu sur cette île vivre en paix mes derniers jours mais je n'ai pas trouvé la paix. Seulement la fin du monde. Je l'ai vu : la Bête, le diable, quel que soit le nom qu'on lui donne. J'ai vu ses tentatives de précipiter la ruine du monde avant le retour de Jésus.

« J'étais présent quand Jésus est une première fois revenu et mes yeux ont vu les plaies de ses mains et de ses pieds, bénis soient-ils. Tous parmi nous n'ont pas cru. Ce fut un déchirement pour moi de l'admettre et pourtant ! En dépit de tout ce dont nous avions été témoins de sa part, après l'avoir vu marcher sur l'eau et ressusciter les morts, nous ne pouvions croire à sa résurrection au lendemain d'une mort aussi cruelle que la sienne.

« S'il fut pénible d'assister à son agonie, il le fut plus encore de recevoir ses adieux et de nous dire adieu, les uns aux autres.

« Beaucoup d'entre nous sont à présent morts. Il me semble d'ailleurs que je suis le dernier élu encore en vie, quoique plus pour longtemps.

« Vous avez lu le récit de mes visions ; des sept années de tourments que subiront ceux dont la foi n'est pas sincère. Je n'ai cependant pas révélé tout ce qu'il adviendrait.

« Un jour arrivera où le Grand Trompeur s'assurera un pouvoir sur les hommes. Il se fera passer pour l'un des vôtres et vous ne le reconnaîtrez pas. Il se sera entraîné à être pris pour l'un des vôtres. Il naîtra d'une femme mais il sera le Mal incarné. À l'approche de la fin du monde, vous ne démasquerez pas le Mal aussi sûrement que vous le pensez. Une fois identifié le diable, sachez qu'aucune arme fabriquée de main d'homme n'aura raison de lui.

« Une seule chose pourra le vaincre : le Rouleau de la joie. Ce rouleau est seul en mesure de priver le Grand Trompeur de la puissance qu'il aura acquise au moment où vous lirez ceci.

« Le Rouleau de la joie, à l'instar de ceux qui vous ont conduits ici en vous révélant certains secrets, a été rédigé dans une langue à part. Quatre clés utiles à sa compréhension se dissimulent dans les lieux que montrent les mosaïques. Elles vous livreront suffisamment d'indications pour le déchiffrer.

« À présent, pardonnez-moi car la lassitude me gagne. Je n'aspire plus qu'à rejoindre mon Créateur dans toute sa gloire. Que Dieu vous ait en Sa sainte garde et vous accorde Sa grâce. »

Lourds leva les yeux du parchemin.

— Voilà tout ce que ça dit. Ah ! Et j'oubliais : il y en a un autre, de rouleau, enroulé dans le premier.

Conformément aux prédictions de Jean de Patmos, Lourds ne fut pas en mesure de le comprendre, celui-là.

Joachim examina les tesselles derrière le professeur.

— Il ne nous reste plus qu'à nous rendre aux endroits qu'indiquent les mosaïques.

Lourds aussi se tourna vers elles.

— Avec une ribambelle de poursuivants à nos trousses !

Joachim lui décocha un sourire.

— Le moment est venu pour vous de faire acte de foi, professeur Lourds. Vu tout ce qui se ligue contre nous, vous conviendrez sans peine qu'il ne nous reste aucune chance de nous en sortir en agissant chacun pour soi.

Nous en sortir ? Si seulement c'était encore possible ! songea Lourds.

Citerne basilique, sous les fondations
de la Hagia Sophia, Istanbul, Turquie
25 mars 2010

— Comment allons-nous lui retourner la tête, à la méduse ? demanda Cleena.

La petite équipe se tenait dans une vaste salle aux colonnes de pierre, d'un bout à l'autre de laquelle retentissait le moindre soupçon de bruit.

— À l'aide de ce machin, je parie, lui répondit Lourds en brandissant le premier rouleau de la série.

Depuis qu'il avait posé les yeux dessus, il s'interrogeait sur l'utilité du sceau à l'extrémité. À présent, il eût juré qu'il s'agissait d'une clé. Ne restait plus qu'à localiser la serrure.

— Ici ! s'écria Olympia, qui se doutait à l'évidence elle aussi de l'usage réservé au sceau.

Lourds la rejoignit auprès de la tête de méduse. Olympia braqua sa lampe sur une fente entre deux serpents dressés sur son crâne. Lourds y introduisit le cylindre, qui s'y enfonça plus qu'il ne l'aurait logiquement dû. Il le fit pivoter. Des cliquetis retentirent. La tête de la gorgone se mit à frémir alors que des mécanismes à l'intérieur s'enclenchaient. Quatre serpents jaillirent de manière à former un piédestal, puis la tête bascula pour se retrouver sens dessus dessous.

Lourds n'en revint pas ! L'instant d'après, le front jusque-là lisse de la créature mythologique s'ouvrit en deux sur un anneau d'or d'une dizaine de centimètres de diamètre. Le boucan produit par le mécanisme leur agressait encore les tympans quand Lourds s'en empara. Il sentit les inscriptions gravées sous ses doigts avant de les voir. Leur finesse donnait l'impression qu'elles dataient de quelques jours à peine et non de près de deux millénaires.

— Qu'est-ce que c'est ? s'enquit Joachim en s'approchant du professeur qui tripotait l'anneau en passant le pouce sur les caractères qui couraient à l'intérieur.

— Un genre de pierre de Rosette.

— Tu en es certain ? s'interposa Olympia.

— Oui. À moins que Jean de Patmos n'ait voulu se moquer du monde.

Lourds prit soin de ranger l'anneau dans une poche de son sac à l'abri des chocs. Puis il récupéra le cylindre logé dans le crâne de la gorgone qui, dans un vacarme d'enfer, reprit sa place initiale sous la colonne de pierre.

— À ton avis, Constantin était au courant ? demanda Olympia.

— Oui. Il a laissé son empreinte sur tout ce qui nous est tombé entre les mains, jusqu'à présent.

— Il faut reconnaître qu'il savait garder un secret.

Lourds acquiesça en silence. Puis il jucha son sac à dos sur son épaule et sortit.

— Ce ne sera pas une mince affaire de passer la frontière alors que les autorités nous recherchent, remarqua Joachim.

— Plaît-il ?! releva Lourds d'un air faussement stupéfait. Quelle chance, tout de même, que nous comptions parmi nous une trafiquante d'armes de mèche avec des professionnels de la contrebande !

Cleena ne pipa mot mais Lourds eût parié qu'elle exultait intérieurement.

— Ne fais pas semblant d'avoir tout prévu, Thomas ! protesta Olympia. Je sais parfaitement, moi, pourquoi tu l'as autorisée à nous suivre.

— Parce qu'elle sait manier une arme, tiens !

Ce que répliqua Olympia ne fut vraiment pas digne d'une dame, et ne saurait être décemment imprimé.

25

Arc des Quatre-Vents
Villa Doria Pamphilj, Rome, Italie
3 avril 2010

— Thomas !

Fourbu par les innombrables déplacements des jours précédents et l'anxiété qui le minait depuis son départ d'Istanbul, Lourds mit un certain temps à repérer son ancien mentor et ami. Il se figea en épiant du coin de l'œil les promeneurs aux alentours.

— Personne ne vous menace, professeur, lui affirma Cleena dans son conduit auditif.

Il avait beau porter une oreillette depuis une semaine, il n'y était pas encore accoutumé, ni convaincu qu'elle fût indispensable.

Le maintien du père Gabriel Madeiro, sur un banc à l'ombre d'un bosquet, dénotait une redoutable vigueur, en dépit de sa courte stature. Son torse atteignait une largeur à peu près comparable à la hauteur de sa personne. Ses cheveux et sa barbe blanchis par les ans ressortaient sur sa peau tannée. Il referma le pavé qu'il lisait, en marquant la page de son gros index. Lourds supposa qu'il s'agissait pour ne pas changer d'un roman d'aventures. Le père Gabriel lui avait fait découvrir James Bond et Jason Bourne à l'époque où il enseignait à Lourds les subtilités de la grammaire latine. Sa passion pour les langues, les vieux papiers et les séries B s'était communiquée à son élève.

Dès que le professeur l'eut rejoint, le père Gabriel le serra contre son torse massif si énergiquement qu'il manqua de peu le soulever de terre. À soixante ans passés, le prêtre catholique demeurait au sommet de sa forme.

— Quelle joie de te retrouver ! s'exclama-t-il en libérant Lourds de sa puissante étreinte. Ça me manque, de ne plus te voir traîner dans mes jambes.

— J'ai un peu grandi depuis, protesta Lourds.

— Et tu as mené une brillante carrière, félicitations ! poursuivit le père Gabriel en l'invitant à s'asseoir à côté de lui. L'Atlantide, à ce que j'ai entendu dire ? Rien que ça ? insista-t-il en haussant les sourcils. Tu n'as pas dû t'ennuyer.

— C'est le moins qu'on puisse dire.

— J'ai lu ton livre, d'ailleurs. Super !

— Tant mieux. J'aurais cependant mieux aimé vous raconter mes aventures de vive voix.

— De toute façon, se résigna le père Gabriel en haussant ses larges épaules, mon travail me retenait à ce moment-là à Rio de Janeiro.

— Votre travail et le désir de fuir l'hiver, pour autant que je me souvienne, rectifia Lourds en souriant.

Un instant, il se crut en visite de courtoisie, à la seule différence qu'il conservait sur lui les quatre anneaux dénichés à Cordoue, dans les environs de Moscou, à Jérusalem et Istanbul.

— L'hiver ne m'a pas manqué, admit le père Gabriel, dont les yeux noirs sondèrent ceux du professeur. Enfin ! Je ne m'attendais pas à ce que tu deviennes un hors-la-loi. Je croyais t'avoir inculqué un minimum de principes moraux.

— Un hors-la-loi ? répéta Lourds sans comprendre.

Le père Gabriel hocha la tête.

— J'ai entendu dire que tu avais quitté Istanbul en cachette, emportant avec toi des objets religieux d'une grande valeur.

— Et vous l'avez cru ?

— Pas une seconde.

— Pourtant, admit Lourds en souriant d'une oreille à l'autre, c'est la vérité.

— Ah bon ? se récria le père Gabriel en prenant une mine faussement outrée.

— Je crois me souvenir d'un prêtre catholique…

— Dont nous tairons le nom.

— Qui demande à ce que son nom soit tu, auquel il ne répugnait pas d'enfreindre une ou deux lois de temps à autre.

— De se frotter aux limites de la légalité, tout au plus, rectifia le père Gabriel, un franc sourire aux lèvres.

— Vous n'auriez pas dû m'entraîner dans vos combines. Vous m'avez corrompu.

— Moi ? Pas du tout ! Tu avais seize ans…

— Douze, corrigea Lourds.

— Et ta bonne d'enfants…

— La jeune fille au pair qui veillait sur moi.

— … t'avait déjà corrompu. À moins, réfléchit le père Gabriel en tirant sur sa barbe, que ce ne soit toi qui l'aies corrompue. Je ne me rappelle plus.

— Nous nous sommes corrompus l'un l'autre. En dépit de ses nombreuses années d'expérience, je possédais une connaissance livresque plus approfondie de la chose.

— Par ma faute, j'imagine.

— C'est vous qui laissiez traîner un peu partout des romans d'espionnage salaces.

— *Mea culpa*, concéda le père Gabriel en souriant de plus belle.

Lourds garda le silence un moment.

— Vous m'avez manqué.

— Je m'en doute, reprit d'un ton solennel le vieil homme. Toi aussi, tu m'as manqué. Les années raccourcissent…

— Et s'enchaînent de plus en plus rapidement. Il me semble que je commence enfin à comprendre ce que vous vouliez dire par là.

— Bien ! Je n'ai pas gaspillé mes efforts, alors. Tant mieux ! Tu as des ennuis ? poursuivit le père Gabriel en examinant Lourds plus attentivement.

— Disons que je suis à deux doigts de sombrer dans la gueule béante de l'enfer.

Le père Gabriel se frotta les mains.

— Il y a bien longtemps que je n'ai pas eu l'occasion d'en dire autant. Raconte-moi !

À l'ombre, environné du murmure du vent, conscient que Cleena MacKenna le surveillait, armée de son pistolet, et que son ami gardait l'œil sur eux grâce à un satellite espion, Lourds s'exécuta. Il parla au père Gabriel de son voyage éclair en Russie où une statue de la

Vierge Marie versait des larmes miraculeuses et où il avait exhumé un deuxième anneau d'or des fondations de l'église bâtie sur les instructions du patriarche Nikon. Il évoqua sa visite au Saint-Sépulcre de Jérusalem, où un troisième anneau l'attendait dans un mur, près de l'échelle que nul n'avait déplacée depuis plus d'un siècle et qui indiquait l'ombre de la croix au moment de la crucifixion. Enfin, il mentionna la grande mosquée de Cordoue, dont l'eau des bassins avait viré au cramoisi quelques jours à peine avant son arrivée.

Une fois terminé son récit, Lourds guetta la réaction du père Gabriel.

— Autrement dit : le vice-président des États-Unis n'est autre que Lucifer ?

Le ridicule d'une telle affirmation, aussi crûment présentée, déplut souverainement à Lourds.

— Je ne suis pas le seul à le penser ! se justifia-t-il, sur la défensive.

— Dis-moi, professeur, à ton avis, qu'en penseraient tes collègues de Harvard ?

— J'en frémis rien que de l'imaginer. Sans doute qu'ils me confisqueraient ma place de parking.

— Ils te prendraient pour un malfaiteur, un escamoteur de haute volée, plus que pour un fou furieux. Tu en es conscient, non ? Subtiliser des objets de valeur, ça vous pose un homme.

— Parce que j'ai l'air d'un fou furieux ?

— Non. Tu as plutôt l'air à bout. Recru de fatigue.

— Je le suis ! Ces trois dernières semaines ont passé comme dans un rêve. Ou plutôt un cauchemar.

— Et tu as démasqué Lucifer.

— Sans le vouloir, notez-le bien. Sans doute n'est-ce pas bien difficile de le débusquer.

— Lui te cherchait.

Un coup de vent glacial s'engouffra par le col de la chemise de Lourds.

— Ce n'est pas rassurant, quand on y pense.

Le père Gabriel tritura sa barbe.

— Le vice-président des États-Unis... rien que ça !

— Eh oui.

— J'imagine qu'il t'a fallu un certain temps avant de l'admettre.

— Je ne prétendrai pas le contraire.

— Ça ne m'étonne pas, poursuivit le père Gabriel, un sourire amusé aux lèvres, que Lucifer ait décidé de se mêler de politique. Il aurait pu choisir pire.

— Pire ?

— Devenir télévangéliste, par exemple. Personnellement; j'aurais plutôt misé là-dessus.

En dépit de la situation pour le moins préoccupante, Lourds éclata de rire.

Le père Gabriel aussi. Puis il demanda à son ancien élève :

— En quoi puis-je t'aider, Thomas ?

— Il me faut un endroit où travailler. En sécurité.

— Bien sûr.

— Et de quoi nous loger, moi et mes amis.

— Je parie qu'il y a une femme dans la bande ?

— Deux, à vrai dire.

— Dont la jeune rousse près de l'arbre, là-bas, qui fait semblait de se balader le nez au vent ?

Cleena jura copieusement, ce qui arracha un sourire au professeur. Elle adressa au prêtre un geste que la morale réprouve.

— Elle a reçu une bonne éducation, à ce que je constate, s'amusa le père Gabriel. J'en déduis que tu es en communication permanente avec elle.

— Oui.

— Deux femmes ! De quoi y laisser sa santé, estima le père Gabriel.

— Hé ! Vous n'aviez pas dit que vous le considériez comme un père, ce type ? s'interposa Cleena.

— Si.

— Eh bien, je ne m'étonne plus de vos penchants pour la gaudriole.

— Je voulais dire « père » dans le sens « prêtre catholique ».

Cleena se pétrifia, l'air sincèrement choqué.

— Vous m'avez laissée faire un doigt d'honneur à un prêtre ?

— Hé ! Vous ne m'avez pas demandé mon avis. Ni averti de vos intentions.

— Imbécile !

— Doucement ! Ce n'est pas moi qui ai brandi mon majeur sous le nez d'un digne représentant de l'Église.

Le père Gabriel adressa un petit signe amical à Cleena. Gênée, la rousse le salua à son tour.

— Elle n'a pas l'air d'une philologue.

— Heureusement, elle n'a pas non plus l'air d'une trafiquante d'armes, estima Lourds.

— Je vous déteste, lui murmura Cleena.

— Je crains qu'elle ne se soit pas confessée depuis un sacré bout de temps.

Cleena agonit Lourds d'injures au creux de son oreille.

— En plus d'un endroit où dormir et travailler à l'abri du danger, reprit le père Gabriel, y a-t-il autre chose encore dont tu aies besoin ?

— De livres. Dont certains que le Vatican conserve sous clé. Il faut que je déchiffre ce langage, or ça ne s'annonce pas aisé !

— Accordé ! affirma le père Gabriel en se levant. Tu es venu en voiture ?

— Nous avons pris un taxi.

— C'est ce que j'appelle s'en remettre à la divine providence ! s'exclama le prêtre en s'éloignant. Viens, Thomas. Je t'emmène. Je vais passer quelques coups de fil et, le temps d'arriver à destination, tout sera en ordre.

Il jeta un coup d'œil à Cleena, qui leur emboîtait le pas.

— La petite malotrue qui t'accompagne peut venir avec nous à condition qu'elle sache se tenir.

Cleena attendit que le père Gabriel détourne la tête pour brandir son majeur sous le nez de Lourds.

— Dieu voit tout ! commenta le prêtre.

Épuisé, excédé, Lourds pénétra dans la vaste cuisine où le père Gabriel touillait des marmites sur le feu. Lourds savait, pour y avoir jeté un coup d'œil un peu plus tôt, que des pâtes et des légumes y mijotaient. Le prêtre avait en outre trouvé le temps d'enfourner du pain dont l'appétissante odeur se répandait d'un bout à l'autre de l'immense appartement qu'il leur avait déniché.

Celui-ci comprenait six chambres, trois salles de bains, une cuisine, une salle à manger et un séjour. Lourds avait du mal à imaginer quel genre de famille pouvait bien vivre là. Ou ce qu'étaient devenus les précédents occupants. Quand il posa la question au père Gabriel, celui-ci se contenta de balayer ses scrupules du revers de la main.

— Certains ont beaucoup à se faire pardonner. De temps à autre, je donne à de pauvres pécheurs une occasion de rendre service.

Si le prêtre n'avait pas eu de mal à les loger, Lourds, pour sa part, butait sur l'énigme du langage dans lequel était rédigé le Rouleau de la joie. Il s'empara d'un petit pain sorti du four et le fit passer d'une main à l'autre, le temps qu'il refroidisse. Il le rompit alors et le tartina de fromage.

Le père Gabriel essuya la sueur qui lui mouillait le front sur sa manche de chemise.

— Tu avances bien ?

— Pas trop. D'autant que j'ai du mal à en juger. Je m'acharne sur ce rouleau depuis si longtemps que je ne sais plus où j'en suis.

— À la bonne heure ! Tu es l'élève le plus brillant que j'aie jamais eu. Si tes efforts n'aboutissent pas, je le prendrai comme un échec personnel.

— Vous pourriez m'aider.

Le père Gabriel s'arma d'une cuiller en bois avant de se pencher sur ses marmites.

— Oh, non, ça m'étonnerait. Voilà belle lurette que les compétences de l'élève ont dépassé celles du maître. En prétendant te donner un coup de main, je ne réussirais qu'à me couvrir de ridicule.

Lourds mordit à belles dents le petit pain, qu'il trouva délicieux.

— Un regard neuf m'aiderait cependant beaucoup.

— Ne te décourage pas. Tu finiras par en venir à bout.

— Le temps nous est compté.

Lourds se tourna vers le téléviseur situé dans un coin de la cuisine. Les troubles s'aggravaient en Arabie saoudite. Les frontières du pays étaient à feu et à sang. Des combattants chiites les franchissaient clandestinement afin d'attiser la rébellion. Ils n'étaient pas les seuls : des milices au service de compagnies occidentales s'infiltraient elles aussi en Arabie dans l'intention de protéger les puits de pétrole. Les images diffusées par les principales chaînes ne montraient que des morts et des catastrophes, des salves de mitrailleuses et des explosions, des hélicoptères et des avions tombés du ciel, touchés par des tirs ennemis, des chars incendiés dans les rues et des soldats qui s'empoignaient et se tailladaient, les uns les autres.

— Même si tu ne m'avais pas averti que c'était Lucifer qui tirait les ficelles, j'y aurais vu son œuvre, commenta le père Gabriel.

— Où est le vice-président?

— Toujours dans la Ville économique du roi Abdallah. Les troupes américaines semblent sur le point d'intervenir, comme il le réclame.

— Ah bon?

— Mais oui! Il souhaite un débarquement en Arabie. Ni plus ni moins.

— Ouh, là! Ça ne risque pas de dégénérer en conflit mondial? lança Lourds, ironique.

— Tu crois? En tout cas, Webster sait ce qu'il fait. Il s'est déjà assuré l'appui de plusieurs compagnies américaines et européennes.

— Qui ont peur d'y laisser des plumes.

— Vu le dynamisme de l'économie occidentale, je comprends leur désir de garder l'œil sur leurs investissements, quitte à déborder du cadre de la légalité.

— La légalité? Tu parles! Les Saoudiens ne toléreront pas la moindre ingérence dans leurs affaires. Le Moyen-Orient tout entier va prendre les armes et ne les reposera plus avant des générations.

— À condition que la fin du monde ne survienne pas entre-temps.

— Personne ne la voit donc venir?

— Bien sûr que si! Sauf que les détenteurs du pouvoir, les hommes politiques, les capitaines d'industrie et les chefs spirituels de l'humanité, sont tous d'accord avec Webster. Ils pensent comme lui que, si personne ne s'interpose, le monde entier y perdra.

— N'importe quoi!

— Ah bon?

Lourds ne répondit rien.

Le père Gabriel l'observa.

— Nous vivons une époque troublée, Thomas. L'argent n'a plus la même valeur qu'autrefois. Le chômage est endémique. Quant à la sécurité, n'en parlons pas! Le conflit qui éclate aujourd'hui couvait depuis longtemps, ajouta-t-il en se tournant vers le téléviseur. Et il va nous retomber sur le coin de la figure.

Lourds se réveilla, la tête sur le bureau où il trimait sans relâche depuis trois jours et trois nuits. De justesse, il retint une pile vacillante de bouquins de chuter et de se répandre sur le plancher.

Toi, tu as besoin de sommeil, s'admonesta-t-il. Sauf que, sitôt sous la couette, son envie de dormir disparaîtrait comme par enchantement.

Il était sur le point de résoudre l'énigme des anneaux, il l'aurait juré ! Il s'était si longtemps penché sur les inscriptions gravées qu'il les visualisait à présent sans peine. Dans son esprit, les anneaux ne cessaient de tourner les uns au-dessus des autres. Il avait beau les intervertir : rien à en tirer ! Le Rouleau de la joie s'obstinait à lui résister.

De quoi tourner en bourrique !

Il se pencha sur le sac de courses contenant ses affaires de toilette et quelques habits de rechange. Joachim et les adeptes du rouleau n'avaient pas fait vœu de pauvreté. Quant à Cleena, elle aussi avait de l'argent de côté, même s'il lui répugnait plus qu'à Joachim et ses amis de s'en séparer. Lourds se rendit à la salle de bains sur la pointe des pieds, sachant qu'au beau milieu de la nuit, tout le monde dormait en principe. Il déboutonnait déjà sa chemise quand il remarqua que quelqu'un occupait la baignoire.

— On peut savoir ce que vous fabriquez ?

Lourds se pétrifia en reconnaissant la voix de Cleena.

— Pardon ! se hâta-t-il de s'excuser. Je ne vous avais pas vue.

Bien que conscient qu'il eût été mieux inspiré de s'en abstenir, il jeta un coup d'œil au miroir dans l'espoir de surprendre le reflet de l'appétissante rousse. La buée déçut ses attentes. Le professeur maudit le sort qui s'acharnait sur sa libido.

— Ne prenez pas la peine de me raccompagner, plaisanta-t-il. Je connais le chemin.

L'eau du bain de Cleena clapota pendant qu'il ramassait ses affaires.

— Rien ne vous oblige à partir, commenta celle-ci.

Un bras déjà sorti d'une manche de chemise, Lourds se retourna pour la détailler.

Elle se prélassait dans la baignoire, la poitrine à peine voilée par la mousse du savon. Ses cheveux attachés en queue-de-cheval lui dégageaient le visage. Ses rondes épaules parsemées de taches de son semblaient moelleuses à souhait, en dépit des puissants muscles qui jouaient sous sa peau lisse et fraîche.

— Ah non ? releva-t-il d'une voix troublée.

— Je vous assure : la baignoire est assez grande pour nous accueillir tous les deux.

— Si vous le dites.

— Alors? Qu'est-ce que vous attendez? On fait le timide, professeur?

Lourds se déshabilla prestement. La température du bain était si élevée qu'il n'y plongea qu'en retenant son souffle. De toute façon, il avait l'esprit ailleurs : les remous causés par son entrée lui dévoilèrent un instant le bout des seins couleur fraise de Cleena.

— Qu'est-ce que vous fabriquez, debout à cette heure-ci?

— Je n'arrive pas à dormir.

— Vous roupilliez pourtant quand je suis passée dans votre bureau, tout à l'heure.

— Eh bien, plus maintenant.

— Moi non plus, je n'ai pas sommeil.

Grisé par le parfum du savon, Lourds se crut un instant transporté au paradis. Cleena déplaça ses jambes de manière à laisser plus de place à leurs éventuels ébats.

— Je vous frotte le dos à condition que vous me frottiez le mien, lui proposa Lourds.

Sans un mot, Cleena accrocha ses mains au cou de Lourds, qui lui rendit la pareille.

— La première fois que je vous ai vu, je me suis jurée de ne pas vous tomber dans les bras, déclara-t-elle en plongeant son regard dans le sien.

— La première fois que je vous ai vue, moi, j'ai eu bon espoir que vous tomberiez dans les miens, admit Lourds.

Elle leva les yeux au ciel.

— Bravo pour le compliment! Vous reluquez tout ce qui porte jupon.

— Disons que je n'ai pas les yeux dans ma poche, admit Lourds en lui caressant la nuque, ce qui donna la chair de poule à la jeune femme.

— Quoi qu'il en soit, ça ne nous engage à rien, tenta de se convaincre Cleena.

— Si ce n'est à terminer ce que nous avons entrepris, là…

Elle saisit le visage du professeur entre ses mains.

— J'ai hâte d'y être!

Lourds pétrit sa chair souple et consentante à pleines mains. Les baisers brûlants dont l'inonda Cleena lui échauffèrent le sang en lui donnant le vertige, à moins que ce ne fût l'eau bouillante ajoutée au manque de sommeil. Quand la rousse tendit la main vers le bas-ventre du professeur, il se tenait prêt, au garde-à-vous. Elle se plaça à califourchon sur ses hanches et, en agrippant le rebord de la baignoire, entama un mouvement de va-et-vient qui les libéra l'un comme l'autre de la crainte et de la tension qui les minaient depuis trop longtemps.

Lourds prit conscience d'une paire d'yeux en train de le fixer. Un corps nu se tenait lové contre le sien. Le parfum qui lui chatouilla les narines le renseigna sur l'identité de celle qui le détaillait alors que, si sa mémoire ne lui jouait pas de tours, la chair fraîche sous ses draps appartenait à une autre personne.

Le moment me paraît mal choisi pour te réveiller. Retourne donc te…

— Je sais que tu ne dors plus, affirma Olympia. J'ai passé suffisamment de nuits auprès de toi pour remarquer quand tu es éveillé ou pas.

Lourds entrouvrit les paupières en clignant des yeux.

— Puisque tu le dis, se résigna-t-il, sans même lui demander pardon pour la présence de Cleena sous ses draps.

Olympia prit place au bureau en croisant les bras d'un air pas commode.

— Je n'ai jamais eu la naïveté de te croire fidèle, Thomas, mais j'espérais que tu aurais la décence d'attendre que nos chemins se séparent pour batifoler ailleurs.

— Ce n'était pas prémédité, se défendit Lourds en se redressant, la couverture en travers de ses cuisses.

— Tiens donc ! Modeste, avec ça…

Prudent, plutôt, songea Lourds, qui n'avait jusqu'ici pas fricoté avec d'autres femmes tant qu'il logeait sous le même toit qu'Olympia. Il ne savait pas à quoi s'attendre de sa part mais, à en juger par sa réaction : à rien de bon.

— En fait…, commença Lourds en cherchant le terme approprié.

Dire qu'il parlait tant de langues et que, dans une circonstance pareille, il n'était pas fichu de trouver les mots qu'il fallait !

— Bon sang ! marmonna Cleena en se redressant, sans pudeur. Vous comptez papoter longtemps, tous les deux ?

339

— Ça ne vous regarde pas, lui asséna Olympia. J'ai un compte à régler avec Thomas.

— N'empêche que c'est de moi que vous allez parler, affirma Cleena en attachant ses cheveux à l'aide d'un élastique à son poignet avant de sortir du lit. Vous savez quoi ? Ce qu'il me faut, c'est du repos ; pas des chamailleries. Réglez vos comptes tant que ça vous chante, moi, je vais pioncer.

Au risque de s'enfoncer encore un peu plus, Lourds en profita pour reluquer Cleena dont la musculature jouait sous la peau au moindre mouvement de son corps à la souplesse féline.

Elle ramassa le tee-shirt de Lourds par terre, l'enfila, sauta dans sa propre culotte et sortit en emportant un oreiller plus une couverture.

— Elle n'est pas du matin, commenta Lourds.

Olympia arqua les sourcils.

— Je venais te proposer un petit déjeuner…

— Ce ne sera pas de refus ! se réjouit Lourds, désireux de faire amende honorable.

— Tu te le prépareras toi-même.

— Oh. Bon. C'est dans mes cordes.

— Tu avances bien, dans ton travail ?

— Je n'arrive pas à en juger, admit Lourds en s'adossant à la tête de lit. Chaque fois que je me crois sur le point d'élucider l'énigme, je me plante.

— Écoute, nous parlerons de nos relations une autre fois, bien que cette histoire me contrarie.

Comme si ça ne se voyait pas assez !

— Enfin ! comportons-nous en adultes. C'est de notre âge.

Ah ! Tout de même…, songea Lourds, que seule la crainte de voir Olympia revenir sur ses bonnes dispositions dissuada de lui dire à quel point elle avait raison.

— Le principal, c'est que tu traduises le Rouleau de la joie. À propos, tu suis les événements en Arabie saoudite ?

— Plus ou moins. Le père Gabriel me tient au parfum.

— Ça sent le roussi, là-bas. Les troupes américaines se massent dans le Golfe. Elles n'attendent que le feu vert du vice-président pour intervenir.

— S'il se résout à envoyer des soldats en Arabie, le Moyen-Orient se retrouvera à feu et à sang.

— Tu m'étonnes ! Les troubles pourraient bien faire tache d'huile et atteindre Istanbul. Je tiens à ce que ma famille demeure saine et sauve, Thomas.

— Je comprends. Dis-toi bien que je fais ce que je peux.

— Je n'en doute pas. Je ne comptais pas t'adresser de reproches. Jusqu'à ce que je te surprenne dans les bras de l'autre, là…

Au même instant sonna le téléphone de Lourds, qui se félicita de l'interruption. Il reconnut la voix de son interlocuteur, pour l'avoir entendue à plusieurs reprises. À la télé, principalement. Une voix d'or à faire pâlir d'envie n'importe quel tribun.

— Professeur Lourds ?

— Lui-même.

— Vous savez qui je suis ?

— Oh, oui.

— Ce que vous ne savez pas, c'est que j'ai réduit à ma merci la sœur cadette de Cleena. Pas en Arabie saoudite, non. Aux États-Unis. Soit vous venez me rendre une petite visite, soit c'en est fini d'elle.

— Bon…, répondit Lourds sans se mouiller. D'accord. Où voulez-vous que je vous retrouve ?

Une peur atroce tenaillait Lourds en train de poireauter à la porte d'embarquement. En dépit de l'heure tardive, l'aéroport grouillait encore de voyageurs. Le renforcement des mesures de sécurité en raison des événements au Moyen-Orient perturbait le trafic aérien.

Olympia se tenait près de lui. Rien qu'à la raideur de son maintien, il mesurait la tension qui la rongeait.

— Rien ne t'oblige à y aller, lâcha-t-elle.

Lourds lui décocha un coup d'œil en continuant à observer la foule dans le terminal. Ses mésaventures des dernières semaines l'avaient plongé dans une paranoïa galopante.

— Je le sais ! admit Lourds d'une voix étouffée, à peine audible parmi le brouhaha ambiant.

— Rien ne prouve que la sœur de Cleena soit à la merci de Webster.

— Sauf que Cleena n'a pas réussi à la contacter là où elle était censée se trouver, à New York.

— Comment les sbires de Webster ont-ils pu s'emparer d'elle en si peu de temps ?

— Je te rappelle que c'est le vice-président des États-Unis.

Et un ange déchu. Encore que cela, Lourds ne le clamât pas haut et fort. Olympia planta son regard droit dans celui du professeur.

— Je ne m'attendais pas à ce que tu subisses tant d'épreuves quand je t'ai prié de venir à Istanbul.

Pressentant qu'elle s'en voulait un peu, Lourds se força à sourire malgré son appréhension.

— Je m'en doute bien.

— Dans mon esprit, il ne devait pas t'arriver malheur, insista Olympia, les larmes aux yeux.

— À mon avis, et vu les circonstances, aucun de nous ne peut plus espérer se sentir en sécurité. Rappelle-toi contre qui nous luttons !

— Je ne me le rappelle que trop.

— Jean de Patmos l'avait prévu, affirma Lourds en l'empoignant par les épaules. Il nous a laissé la seule arme à même de vaincre notre ennemi.

— Je me sentirais quand même plus rassurée si tu avais traduit le Rouleau de la joie.

— Moi aussi.

— Ne le prends pas comme un reproche.

Lourds déposa un chaste baiser sur le front d'Olympia en se grisant du parfum de sa chevelure.

— Tu ne me vexes pas.

— Ça n'empêche que je t'en veux, par rapport à Cleena.

— Je le conçois sans peine, admit Lourds en la serrant très fort dans ses bras.

— Parfois, tu te comportes comme un gamin dans un magasin de bonbons, poursuivit Olympia en levant la tête vers le professeur. Tu ne penses qu'à ton plaisir ! En un sens, c'est aussi ça qui te permet de te passionner pour ton travail et d'y exceller.

— Si tu le dis. À moins qu'il ne s'agisse tout bêtement d'un de mes gros défauts ?

— Prends soin de toi, surtout. Je ne voudrais pas qu'il t'arrive quoi que ce soit.

— Moi non plus.

Lourds eut toutes les peines du monde à s'arracher à son étreinte. Il se concentra sur ce qui l'attendait. Son instinct lui hurlait de prendre ses jambes à son cou. Le professeur n'avait pas l'étoffe d'un héros.

D'un autre côté, le secret qui entourait le Rouleau de la joie le titillait. Les symboles tourbillonnaient dans son esprit : il avait établi entre eux des quantités de liens, dont aucun, malheureusement, ne revêtait de sens. Si la peur l'incitait à filer à l'anglaise, la curiosité, elle, plus encore que le désir de sauver la sœur de Cleena, le poussait à s'approcher encore de la flamme, au risque de se brûler.

Au-delà de la baie vitrée, une nuit sans lune enveloppait les pistes où les appareils dessinaient des traînées lumineuses. Un troupeau de passagers fraîchement débarqués débaula par une porte du terminal. Lourds aperçut le reflet d'un grand balèze qui fonçait droit sur lui, alors qu'il serrait encore Olympia contre son cœur. Le professeur le reconnut aussitôt comme un de leurs poursuivants à Istanbul. Son costume civil ne changeait rien à sa démarche de militaire. Lourds eût mis sa main au feu qu'il ne portait pas d'arme sur lui dans un aéroport. Il n'en restait pas moins dangereux.

— Professeur Lourds ! lança l'homme d'une voix parfaitement maîtrisée, juste assez haut pour que l'intéressé l'entende.

Lourds écarta Olympia, les jambes flageolantes, en prenant toutefois soin de ne pas manifester son trouble.

— C'est moi !

— Ça, je le sais. Un avion vous attend, annonça le militaire en désignant du menton la sortie du terminal.

Lourds baissa les yeux sur le billet électronique dans sa main.

— Je suppose que je n'en aurai pas besoin.

— Eh non.

Lourds inspira à fond.

— Vous avez le rouleau ? s'enquit froidement l'autre.

— Oui.

Son regard d'acier intercepta celui du professeur.

— Je ne vous demanderai pas de me le remettre ici. Celui qui m'emploie vous le réclamera lui-même.

Lourds voulut s'exprimer mais aucun son ne sortit de sa bouche.

— Sinon, je vous tuerai, crut bon de préciser le balèze. Enfin, en admettant que c'est bien ce que désire mon employeur. Il ne vaut mieux pas le contrarier.

Muet comme une carpe, Lourds se contenta de hocher la tête.

— Bien ! Je me félicite que tout soit clair. Dites au revoir à votre amie et allons-y.

Olympia serra Lourds contre elle.

— Sois prudent, Thomas ! lui murmura-t-elle au creux de l'oreille.

Lourds lui rendit son étreinte avant de ramasser son sac et de suivre son accompagnateur. L'air froid et humide de la nuit l'enveloppa dès la sortie du terminal. Il ne réussit à maîtriser sa peur qu'en se concentrant sur le cinquième langage ; celui qui lui donnerait la clé de l'énigme du Rouleau de la joie.

26

Résidence des Oies de pierre
District de Zeytinburnu, Istanbul, Turquie
7 avril 2010

À son bureau, Sevki ne perdait pas de vue ses écrans d'ordinateur. L'un d'eux lui retransmettait les actualités en Arabie saoudite. Des journalistes et des présentateurs américains et britanniques s'étendaient sur le débarquement de troupes et de matériel. Le vice-président Webster multipliait les déclarations aux médias : il ne ratait pas une occasion de se laisser filmer.

— Tu es là ?

La voix de Cleena arracha Sevki à ses réflexions.

— Oui ! lui répondit-il tandis que ses doigts virevoltaient sur le clavier dans l'intention de percer les défenses cybernétiques saoudiennes. Et toi ? Tu es où ?

— Nous approchons des côtes.

Sevki établit sa position à l'aide du signal émis par un transpondeur : Cleena ne tarderait plus à débarquer sur la côte septentrionale de l'Arabie saoudite, à proximité de la Ville économique du roi Abdallah.

— Ça y est : je t'ai repérée.

— Espérons que tu sois le seul.

La situation de son amie prenait aux tripes Sevki. Il savait pertinemment que Cleena risquait de laisser la vie en Arabie saoudite, même s'il ne saisissait pas clairement tout ce qui se tramait là-bas. Quoi qu'il en soit, elle comptait sur lui pour déjouer la surveillance des Saoudiens et des Américains quand elle accosterait en Arabie à bord d'un bateau de location.

— Personne ne te piste, lui assura Sevki en inspectant les alentours par l'intermédiaire de son moniteur. Ça canarde surtout au sud, pour l'instant, l'informa-t-il en se dégourdissant les doigts. Tu n'as rien à craindre. Bien que je me demande comment tu comptes t'introduire en ville.

— Ce sera un jeu d'enfant, une fois que j'aurai débarqué au port.

Sevki observa les champs de bataille que montraient les chaînes d'informations.

— Il semble qu'une véritable guerre fasse rage, là-bas.

— Je te le confirme, lui répondit Cleena, dont l'apparente sérénité dérouta Sevki.

Puis il se rappela l'enlèvement de sa sœur. Les coupables allaient le payer. Au centuple.

La voix de Cleena le ramena au présent.

— Tu sais où est Lourds?

Sevki enfonça une ou deux touches. Un plan de la Ville économique du roi Abdallah apparut sur un écran. Un point bleu s'y déplaçait en clignotant.

— À une heure de route de la ville, estima Sevki en train de calculer l'itinéraire du professeur par satellite. Tant qu'Eckart reste auprès de lui, nous le suivrons à la trace. En revanche, s'ils se séparent, je ne réponds plus de rien.

— Ne crains rien : Eckart compte parmi les types les plus redoutables à la solde de Webster.

Webster. Sevki peinait encore à admettre la responsabilité du vice-président des États-Unis dans les troubles au Moyen-Orient. Ayant grandi en Turquie, où de nombreux soldats américains avaient longtemps cantonné, il était accoutumé à la politique des États-Unis et à la vision du monde de leurs dirigeants. Non qu'il fût d'accord avec leurs analyses, mais il croyait jusque-là que le gouvernement dans son ensemble tirait les ficelles.

Et non un seul et unique individu.

— Je te parie qu'il considère Eckart comme son homme de confiance.

— Je ne demande qu'à te croire.

D'autant que, si je me trompe, il n'y a pas de plan B, cette fois. Sevki s'en voulut de douter de l'issue de leur entreprise. Il devait garder foi en Cleena. Leurs déboires ne résultaient-ils pas en dernière analyse d'une vaste question de foi ? Il estima préférable de ne pas y réfléchir plus longtemps et se concentra sur sa tâche, limitée aux manipulations informatiques.

— Espérons surtout que la puce qui nous permet de suivre Eckart par satellite n'a pas été refilée à quelqu'un d'autre pour nous aiguiller sur une fausse piste.

— Pour l'instant, la puce parcourt le trajet que doit en théorie effectuer Eckart.

— Bon ! Il te reste une cinquantaine de minutes avant l'arrivée du professeur Lourds.

— Pas de temps à perdre, si je comprends bien ?

Sans répondre, Sevki suivit des yeux le point lumineux clignotant à mesure qu'il se déplaçait en travers de l'écran.

Quartier d'affaires central
Ville économique du roi Abdallah, Arabie saoudite
7 avril 2010

Webster suivait la retransmission de la violence qui se déchaînait d'un bout à l'autre de la ville. Les frontières de l'Arabie saoudite étaient devenues un vaste terrain d'affrontements où le sang coulait à flots.

— Ouh, là ! Votre guerre commence fort, on dirait, monsieur le vice-président ! s'exclama Vicky en se postant près de Webster.

Des flammes dansaient au fond de ses prunelles. Coiffée d'un casque téléphonique, dont une branche courait le long de sa mâchoire, elle prenait des notes sur un assistant électronique de poche.

— Pas assez fort à mon goût, la contredit Webster en train d'arpenter la pièce en proie à une fébrilité croissante.

Depuis le temps qu'il attendait ce moment !

— Du moins pas encore, rectifia-t-il. Même si ça ne saurait tarder. Dans combien de temps suis-je censé passer à l'antenne ?

— Une heure vingt, une heure et demie.

— Tu es sûre que mon intervention aura le retentissement qu'elle mérite ?

Vicky lui sourit en lui tapotant la joue.

— C'est toi, le héros du jour. Coincé en territoire ennemi alors que la planète entière s'apprête à basculer dans le chaos. Tout le monde veut te parler. Le plus difficile reste à décider qui aura droit à ses quinze secondes de gloire en même temps que toi.

— Quinze secondes, pas plus, insista Webster, qui ne voulait pas en démordre.

C'était lui, l'ordonnateur du spectacle. Sa prestation se déroulerait comme il l'entendait.

— Bien entendu. C'est toi qui, en tant que vice-président, détiens la solution à tous les problèmes concevables. Mon équipe contacte en ce moment même les présentateurs vedettes qui te renverront la balle.

— Il n'y aura pas trop de politicards, j'espère ?

— Aucun ! Tu ne t'adresseras qu'à des personnalités connues partout dans le monde. Des acteurs. Quelques télévangélistes.

— Des célébrités accoutumées au feu des projecteurs.

— Tout à fait ! confirma Vicky en souriant. Et qui considèrent le Moyen-Orient comme la région la plus dangereuse du globe. Tu es certain qu'une fois lancé ton appel à l'aide, l'armée nous sortira d'ici ? Si Khalid n'avait pas encore songé à nous retenir en otages, l'idée ne manquera plus de lui venir.

— J'y compte bien ! s'exclama Webster en regardant un char saoudien broyer une brochette d'êtres humains. C'est pour ça que je veux confier à une équipe télé le soin de filmer notre évasion. Et c'est pour ça aussi qu'Eckart s'occupera de nous, le moment venu.

— Où est-il, à propos ?

Webster consulta sa montre.

— Il est censé atterrir d'un instant à l'autre. De toute façon, il doit m'appeler dès son arrivée.

— Le professeur Lourds l'accompagne ?

— Oui.

Webster ne tenait plus en place. Une fois le Rouleau de la joie en sa possession, il serait impossible de faire machine arrière. Il contrôlerait alors tout. Absolument tout.

— Tu ne m'as pas dit quel rôle tu lui réservais, à ce professeur ?

Un imperceptible sourire déforma les traits de Webster.

— Oh, celui d'un figurant, au mieux. Même si une fin tragique le guette.

— Il ne va pas rejoindre les États-Unis avec nous ?

— Non, je crains que la vie du professeur Lourds ne s'achève avant.

Webster y veillerait d'ailleurs personnellement.

Dès qu'il aurait récupéré ce maudit rouleau.

Assis à même le plancher de l'hélicoptère Chinook à destination de la Ville économique du roi Abdallah, Lourds cherchait désespérément à ordonner ses pensées. Une demi-douzaine d'hommes armés, tous plus patibulaires les uns que les autres, le surveillait. Lourds n'était de taille à lutter contre aucun d'eux ; même pas le plus chétif — façon de parler, bien sûr. Leur présence en nombre à ses côtés lui semblait en elle-même insultante, humiliante. D'autant qu'ils lui avaient attaché les poignets à l'aide de menottes jetables en plastique comme on en voit au cinéma. Au moins, ils ne lui avaient pas lié les mains dans le dos, ce qui lui laissait la possibilité de se gratter le nez. Tant mieux : il en avait justement très envie.

Des missiles antiaériens explosèrent sur fond de ciel nocturne. Lourds se recroquevilla comme si, en laissant traîner ses pieds dans l'habitacle, il avait permis aux artilleurs de mieux viser.

— Nous ne risquons pas d'être touchés par un missile ? s'enquit Lourds, pas rassuré.

— Possible ! admit Eckart. J'ai quand même confiance dans le blindage de l'appareil : à moins de mettre en plein dans le mille, ils ne parviendront même pas à nous égratigner.

Lourds eût aimé partager la foi du colonel. Celui-ci connaissait son matériel mieux que le professeur, qui se contenta de grincer des dents en priant pour sa survie.

Quelques minutes plus tard, le Chinook bascula sur le côté en entamant sa descente. D'autres missiles antiaériens déchirèrent les ténèbres aux alentours. Quelques-uns ricochèrent d'ailleurs contre la carlingue.

— La précision des tirs ennemis augmente, nota l'un des hommes d'Eckart.

Le visage du colonel se fendit d'un large sourire.

— Pour ce qu'ils y gagneront ! Attendez un peu que les troupes d'élite américaines débarquent. Pour ma part, je ne miserais pas un kopeck sur la survie des Saoudiens.

Les malabars à la solde du colonel éclatèrent d'un rire guttural qui mit à mal les nerfs de Lourds. Il se demanda, et pas pour la première fois, s'il n'avait pas eu tort d'accéder aux exigences de Webster.

Ne vous bilez pas, l'avait rassuré Cleena alors qu'il se préparait à retrouver Webster. *Je serai de la partie.* Lourds ne lui avait pas demandé de préciser sa pensée. Il aimait autant ne rien savoir, de crainte de démolir par ses critiques le moindre plan qu'elle et Joachim lui dévoileraient. Le frère d'Olympia et les adeptes du rouleau comptaient en effet escorter la rousse.

Le Chinook se posa d'un coup brusque. Pendant ce temps, les missiles continuaient d'assurer le spectacle son et lumière au-dessus du port. Lourds gigota en essayant de se relever.

— Vite ! s'impatienta Eckart. Ils n'auront aucun mal à nous viser, ici.

Il tendit la main à Lourds, qui la saisit et remercia par automatisme le colonel, en oubliant que celui-ci le retenait prisonnier.

— Je vous en prie ! renchérit non sans humour Eckart, qui attrapa Lourds par l'épaule, avant de le pousser hors de l'hélico. Conduisez-le à l'abri ! cria-t-il à ses sbires.

L'un d'eux empoigna les menottes de Lourds pour le traîner à l'autre extrémité du toit du bâtiment où ils venaient de se poser, à une telle vitesse que le professeur manqua de peu s'étaler.

— Gare à vous ! cria quelqu'un.

L'homme qui entraînait Lourds à sa suite fit volte-face et plaqua sa grosse paluche sur le dessus du crâne du professeur, dont la tête entra subitement en contact avec le toit de l'immeuble. Le souffle lui manqua.

Il s'en remettait tant bien que mal quand il vit le Chinook prendre son envol, telle une grosse oie pataude. Apparut alors un hélicoptère de combat saoudien, qui ouvrit le feu sur le Chinook en le réduisant à un tourbillon de débris métalliques. Des bouts de ferraille tranchants s'éparpillèrent autour du professeur, sans le blesser, heureusement. De la bile amère lui brûla la gorge.

— J'ai été touché ! hurla quelqu'un.

— Debout !

Le soldat qui escortait Lourds se redressa en tirant sur les menottes en plastique du professeur, qui lui entamèrent la chair. Un mince filet de sang ruissela de ses poignets tandis qu'il emboîtait tant bien que mal le pas à son gardien.

Eckart et son équipe braquèrent leurs armes sur l'hélico ennemi. Des projectiles percutèrent son nez en Plexiglas. Le pilote voulut se mettre à couvert; trop tard! Sans personne pour en manier les commandes, l'hélico alla s'écraser contre un bâtiment, non loin de là. On eût dit un gros insecte contre un pare-brise. Sauf que les insectes ne prennent pas feu.

Le soldat qui ouvrait le chemin à Lourds poussa enfin une porte d'accès à l'intérieur du bâtiment.

Cleena examina aux jumelles la carcasse du Chinook en mille morceaux. Au moment de l'explosion, le toit entier de l'immeuble lui avait paru prendre feu. Une demi-douzaine d'hommes armés d'extincteurs jaillit de l'intérieur du bâtiment dans l'intention de maîtriser les foyers d'incendies qu'allumaient un peu partout les débris de l'hélicoptère.

— Et Lourds? s'enquit Joachim au côté de Cleena, d'une voix dont la fermeté ne masquait qu'imparfaitement l'anxiété.

— Il n'a rien, affirma Cleena en voyant le professeur s'engouffrer dans l'immeuble à la suite des hommes d'Eckart. Sevki, tu sais où ils ont emmené Lourds?

— Oui. À l'hôtel du vice-président des États-Unis.

— Il est encore là? s'étonna Cleena qui, pas plus que Joachim, n'avait pu suivre les informations pendant le trajet jusqu'à la Ville économique du roi Abdallah, où la petite équipe était heureusement parvenue entière malgré quelques blessures récoltées lors d'escarmouches.

— Oui. Il doit prendre la parole en direct, à la télé, d'un instant à l'autre. Les présentateurs commencent d'ailleurs à trépigner.

— Il laisse monter la tension, en bon Monsieur Loyal qui connaît son métier, commenta Joachim d'un ton de mépris agacé.

— En tout cas, il ne s'attend pas à nous voir débouler ici, affirma Cleena, qui eût tout de même été plus rassurée si Lourds avait réussi à traduire le rouleau.

Sans ce fichu parchemin, il ne leur restait aucune chance de vaincre leur ennemi.

Lourds tenta de reprendre haleine alors que les soldats le conduisaient dans un luxueux couloir, à une allure qui ne lui permit hélas pas d'en apprécier la décoration comme elle le méritait. Ils passèrent en trombe devant l'ascenseur, pour la plus grande déception du professeur, vu la quantité de marches qui les séparaient encore du rez-de-chaussée. De fait, il venait de dévaler une demi-douzaine d'étages et s'apprêtait à rendre son quatre heures quand un soldat le poussa par l'encadrement d'une porte. De là, un dédale de couloirs les conduisit à une enfilade de pièces.

Des gardes en costume noir en surveillaient l'entrée. Dès qu'ils reconnurent Eckart et ses hommes, ils leur livrèrent passage.

À l'intérieur les attendait le vice-président des États-Unis : Elliott Webster en personne, entouré de personnalités que Lourds reconnut pour les avoir vues sur des chaînes d'informations.

— Bienvenue, professeur Lourds, le salua Webster en lui adressant un sourire pas très franc. Quel plaisir de vous rencontrer !

Une peur glaciale étreignit le cœur de Lourds, qui se demanda s'il s'agissait d'une réaction normale face à un vice-président des États-Unis ou si sa terreur venait de ce que lui au moins savait à qui il avait réellement affaire. Quoi qu'il en soit, il se figea sans prévenir.

Résultat : le soldat qui le suivait lui rentra dedans et Lourds s'aplatit comme une carpette aux pieds de Webster. Geignant à cause de la douleur, il s'agenouilla devant son ennemi.

— J'espère que vous avez fait un bon voyage ? lui demanda Webster d'un ton cavalier ; au fond, il s'en fichait éperdument.

— Pas pire que ceux de la semaine passée, admit Lourds, lui-même étonné d'en parler à la légère.

— J'imagine. Encore que : tant de trésors à dénicher ! Cela a dû être palpitant.

— Si j'avais été moins pressé par le temps ou par l'urgence de la situation, j'aurais certainement gardé de bons souvenirs de mes virées à l'étranger.

— Vous n'avez pas perdu votre sens de l'humour, se réjouit Webster, un sourire narquois aux lèvres.

Lourds aima mieux ne rien répondre.

— Ça fait d'ailleurs partie de ce que j'admire chez vous. J'ai beaucoup aimé aussi vos livres. En particulier *Sex and the City antique*, bien que j'aie trouvé le narrateur un peu trop prude à mon goût.

— Ravi de savoir que je vous ai permis de meubler agréablement vos loisirs.

— Vous savez, depuis votre enlèvement, je me suis demandé si je n'allais pas vous nommer chroniqueur officiel de mon règne.

— Pardon ?

— Mais oui ! Sitôt entamée mon irrésistible ascension, je deviendrai célèbre dans le monde entier. Les gens voudront tout savoir sur moi, or vous comptez déjà des hordes de fidèles lecteurs. Oh, certes ! ajouta Webster en haussant les épaules, je suis déjà connu comme le loup blanc, mais ce qui se passe ici en ce moment même, et ce qui ne tardera pas à se passer dans le reste du monde, accroîtra encore ma renommée. Grâce à vous ! ajouta-t-il en plantant son regard droit dans celui de Lourds.

— Vous savez, moi, si je peux rendre service…, lâcha Lourds en se demandant pourquoi personne autour de lui ne réagissait à la déclaration d'intention de Webster.

— Ils n'entendent pas ce que je vous dis, lui expliqua le vice-président. Il s'agit là d'un de mes nombreux talents. Quand j'ouvre la bouche, je m'arrange pour que mes interlocuteurs comprennent ce que j'ai envie qu'ils comprennent.

— Ça a dû beaucoup vous servir à l'école.

— Si vous saviez !

Webster se perdit dans la contemplation de sa main.

— Quand j'ai voulu revenir sur Terre, la nécessité de m'incarner à nouveau m'a fait hésiter. La chair et ses turpitudes… je ne vous fais pas un dessin. Bien que toutes ne me déplaisent pas. Quoi qu'il en soit, j'ai fini par m'y habituer. Une peau de serpent, c'est plus élégant, je vous l'accorde. D'un autre côté, mon apparence humaine me permet de goûter à plus de plaisirs.

Lourds se retint de justesse de tomber à la renverse. Il remarqua dans la pièce une femme et trois hommes, dont un occupé à tapoter sur le clavier d'un ordinateur portable.

— Ma petite équipe, les présenta Webster. Sans leurs réseaux d'influence, je ne serais pas arrivé là où j'en suis.

— Ça sert d'avoir des amis, reconnut Lourds. Surtout quand on ambitionne de dominer le monde.

— Un sacré boulot.

— Vous m'étonnez !

— Mais vous non plus n'en seriez pas là sans les vôtres, d'amis. Ni vous ni le Rouleau de la joie. En un sens, nous avons atteint nos objectifs, vous et moi.

— Dommage qu'ils ne soient pas compatibles.

— C'est à Dieu qu'il faut vous en plaindre. Ce n'est pas moi qui ai établi les règles du jeu. À sa place, je n'aurais pas créé une arme susceptible de se retourner contre moi.

— Je pense pour ma part qu'Il n'aurait pas dû écouter son bon cœur et laisser la vie sauve à son pire ennemi.

— Oh, remarqua Webster, un sourire mauvais aux lèvres, il n'avait plus le choix, une fois créées la lumière et les ténèbres. L'une ne va pas sans les autres. Pourtant, il a voulu vous cacher, à vous les humains, l'existence du bien et du mal.

L'estomac de Lourds lui remonta dans la gorge. Bien qu'il sût à qui il avait affaire, au fond de lui, il se refusait encore à y croire.

— Eh oui! reprit Webster en se campant si près de Lourds que leurs nez se touchèrent presque. Vous me voyez, vous m'entendez, vous savez qui je suis mais votre première réaction consiste à nier l'évidence. Les hommes se préoccupent d'un Dieu intangible en lequel ils ont du mal à croire et ils font comme si moi, je n'existais pas. Tout en me reprochant ce qui va de travers dans leur vie, ajouta-t-il en souriant.

— À mon avis, c'est à Dieu que beaucoup de gens reprochent leurs soucis.

Sans prévenir, Webster gifla Lourds, si violemment que le professeur ne comprit ce qui lui arrivait que lorsque sa tête se décolla de son cou et qu'une vive douleur irradia sa joue droite. Il remua la mâchoire en se demandant si elle n'était pas cassée.

Personne dans la pièce ne réagit.

— Je ne tolère pas l'insolence, affirma Webster d'une voix de basse qui n'annonçait rien de bon. Ne soyez pas désagréable ou j'abrège vos jours.

Lourds espéra que Cleena et Joachim avaient réussi à pénétrer dans l'immeuble. Ils s'étaient rabattus sur un plan d'action de la dernière chance, faute de trouver un moyen moins périlleux pour Lourds d'entrer en contact avec Webster. Tout eût été plus simple s'il avait traduit le Rouleau de la joie. Les secrets du parchemin s'obstinaient à lui résister. Il eût pourtant juré qu'il tenait presque la solution! Les caractères dansaient devant ses yeux. Il ne lui manquait que la clé permettant de les ordonner.

— L'humanité a besoin de moi, reprit Webster. Le Dieu que vous révérez a laissé un vide dans vos vies. Il ne s'occupe pas de vous au quotidien. Alors que moi, si.

— Vous allez nous tyranniser, oui.

— Vous guider.

— Faire de nous vos esclaves, autrement dit.

Un profond soupir franchit les lèvres de Webster.

— Avez-vous la moindre idée du nombre d'hommes qui se sentent perdus, dans le monde? Qui ne comprennent pas ce qu'ils fabriquent sur terre, à quoi ils sont censés consacrer leur vie?

Lourds ne pipa mot.

— Des milliards! s'exclama Webster en brandissant son poing sous le nez de Lourds. Ils veulent un dieu qui s'occupe d'eux. Qui donne un sens à leur vie et leur indique un objectif à atteindre. Qui leur fournisse des réponses sur-le-champ. Voilà pourquoi l'humanité tout entière se tournera vers moi.

— Pas tout entière, non. Pas moi, en tout cas, affirma Lourds avant de se rendre compte de ce qu'il disait.

— Ceux qui refuseront mourront. Je les écraserai en laissant leurs cadavres pourrir dans les rues.

— Vous ne manquez pas d'habileté. Pour autant, tout le monde ne vous suivra pas. Certains verront clair dans votre jeu.

— Des morts en sursis! Ceux-là ont cessé de vivre, ce qui s'appelle vivre, et ne le savent pas encore.

— C'est tout le problème du libre arbitre, suggéra Lourds d'une voix suave. Si peu de chose en apparence et pourtant…

— Ah! La liberté de l'humanité et son asservissement, indissociables l'un de l'autre, telles les deux faces d'une même médaille. Puisque vous me le demandez, sachez que j'ai mieux à offrir.

— Peu importe. À la fin, vous perdrez.

— Bah! Seulement si vous croyez au pouvoir des mots.

— Jean de Patmos y croyait, lui.

— Jean de Patmos n'était qu'un vieillard sénile. Même l'Église catholique, apostolique et romaine n'ose pas prétendre le contraire.

— Il a en tout cas prédit votre avènement.

— Évidemment. Il n'y a jamais que depuis la création du premier homme que j'erre sur Terre.

— Vous ne vous êtes pas encore rendu maître du monde. Je conçois sans peine votre frustration.

— Asservir, soumettre, détruire… C'est du pareil au même, admit Webster en haussant les épaules. J'ai déjà laissé mon empreinte sur la planète. On parle de moi, on me craint depuis la nuit des temps. Je m'en contenterai.

Voir de ses propres yeux le Mal incarné donna la chair de poule à Lourds, qui n'avait eu affaire à rien de comparable jusque-là. Il en frémit de terreur.

Webster consulta sa montre.

— L'heure tourne, lâcha-t-il en indiquant la pièce à côté. Une équipe télé attend d'enregistrer mon appel à l'aide ; un discours qui va mettre le feu aux poudres, croyez-moi. Peu après, aura lieu l'évacuation de l'Arabie saoudite dans le cadre de l'opération « Tirons les Américains des griffes du grand méchant Khalid ».

— Le feu aux poudres ? Vos discours habituels ne donnent pourtant pas l'impression que vous l'avez inventée, la poudre.

Webster pouffa.

— Ce serait amusant de vous garder à mes côtés, professeur Lourds. Seulement, vous êtes trop dangereux. Puisque la fraternité du Rouleau ne s'est pas servie du dernier écrit de Jean de Patmos, soigneusement caché...

— Vous le saviez ?

— Bien sûr que oui ! Qui, à votre avis, tire les ficelles depuis le début ?

Lourds y réfléchit. Force lui fut d'admettre que l'explication de Webster tenait la route, même si, dans une certaine mesure, il se refusait encore à y croire.

— Depuis le début, je persécute les adeptes, se vanta Webster. Je sonde leurs faiblesses dans l'intention de les exploiter. Au fil des ans, le nombre de frères en mesure de déchiffrer le rouleau s'est réduit comme peau de chagrin. À vrai dire, reprit-il après un temps de silence, je pensais que ce parchemin s'était perdu à tout jamais pendant la quatrième croisade, quand j'ai réussi à convaincre les chrétiens de s'entre-tuer.

— C'était donc vous ?

— Bien sûr ! s'écria Webster en esquissant une révérence. Les combats fratricides sont mon point fort. Réunissez deux personnes, n'importe où dans le monde, et je serai là. Je suis la paranoïa qui mine le libre arbitre, le doute qui engendre méfiance et soupçons. Bon ! reprit-il après un bref intermède. Si nous passions au rouleau ?

Eckart s'avança et remit à Webster un étui cylindrique en bois, que le vice-président dévissa pour en récupérer le contenu. Il examina un instant le parchemin puis le jeta par terre en jurant et planta ses yeux dans ceux de Lourds.

— Je vous avais pourtant dit de ne pas vous moquer de moi. Où est le Rouleau de la joie, professeur Lourds ?

Armée de son inséparable pistolet, cette fois muni d'un silencieux, Cleena remonta au pas de course le passage souterrain, plus long qu'elle ne l'escomptait, menant à l'immeuble où se trouvait Lourds.

— Tu es sûr que c'est par là ?

— Oui, affirma sans hésitation Sevki. Crois-moi : j'en ai bavé pour me procurer les plans du bâtiment. Si tu savais ce que tu me dois…

— On en reparlera quand j'aurai sauvé le monde.

— Hum, ouais. C'est ça.

Sevki ne semblait pas convaincu de la gravité de la situation. Cleena ne se sentait pas le cœur de le lui reprocher. Malgré tout ce qu'elle-même avait subi, il lui répugnait encore d'admettre la nature éminemment maléfique de son adversaire. *C'est bien ce qui fait sa force*, se rappela-t-elle. Joachim et ses camarades l'avaient prévenue.

Elle aboutit bientôt à une série d'ascenseurs.

— Par ici ! s'écria Joachim en apercevant une porte à sa droite, qu'il s'apprêtait à ouvrir quand…

— Non ! l'arrêta Sevki. Vous déclencheriez l'alarme.

Joachim retira aussitôt sa main.

— Tu ne peux pas la désactiver ? s'enquit Cleena en s'approchant pour mieux voir.

— Non : en piratant le système, je risque justement de la mettre en route.

Cleena remisa son arme et sortit sa boîte à outils de la poche intérieure de sa veste. Elle portait un gilet en Kevlar, à l'instar des frères du Rouleau. Les muscles raidis par l'appréhension, elle examina la serrure.

— Je peux aider ? proposa Joachim.

— Je me débrouille, affirma Cleena, le front ruisselant de sueur. Sevki ? Tu as accès au système de vidéosurveillance de l'immeuble ?

— Ça se pourrait, répondit-il d'une voix distante. Peut-être même que j'arriverai à m'y connecter en moins de temps qu'il ne t'en faudra pour crocheter la serrure. Encore que le niveau de sécurité ait été renforcé.

Un silence s'établit, puis il annonça d'un ton pétri d'autosatisfaction :

— Je ne suis quand même pas mauvais !

— Déjà ? s'étonna Cleena qui venait de régler son sort au premier verrou et s'attaquait au second.

— Jusqu'ici, je ne t'ai jamais fait faux bond.

— Si nous attendions, pour nous donner de grandes claques dans le dos, que l'affaire se tasse une bonne fois pour toutes et que la piste qui mène à nous se refroidisse ?

En espérant que nous ne serons pas refroidis avant.

Enfin, le dernier verrou sauta. Retenant son souffle, Cleena actionna la poignée de la porte, qui s'ouvrit. La rousse gravit l'escalier, prête à faire feu au besoin.

Un vent de panique balaya Lourds, lorsqu'il mesura le danger auquel il s'exposait. Il ne croyait pas Webster capable de distinguer les rouleaux. Eh bien si, manifestement.

— Je ne tolérerai pas qu'on se moque de moi ! rugit Webster. Elle va mourir ! promit-il en sortant son téléphone de sa poche.

— Bon, bon ! céda Lourds qui, toujours menotté, ôta son chapeau.

À l'intérieur, sous la doublure, se cachait un sac plastique contenant le Rouleau de la joie. Lourds trouvait d'ailleurs inouï qu'un document à même de sauver le monde ne dépassât pas en largeur son périmètre crânien.

Webster tendit la main vers le rouleau mais — et Lourds ne comprit pas pourquoi — il changea d'avis au dernier moment et pria Eckart de s'en emparer à sa place.

Le colonel s'exécuta.

— Vous voulez y jeter un coup d'œil ? demanda-t-il à Webster.

— Non, affirma celui-ci en essuyant ses paumes sur son pantalon. C'est le bon rouleau, je n'en doute pas un instant. Contentez-vous de le garder sur vous.

Eckart le rangea dans la poche intérieure de sa veste.

— Professeur Lourds, reprit Webster, bienvenue à la fin du monde, tel que vous l'avez connu ! Au cours des minutes à venir, le destin de l'humanité va changer du tout au tout. Qu'il me suive ! lança-t-il à l'adresse d'Eckart, avant de pénétrer dans une pièce adjacente.

La nuque serrée par la poigne du colonel comme dans un étau, Lourds emboîta le pas à Webster et découvrit un décor d'apocalypse.

Du sang maculait les murs criblés d'impacts de balles. Une demi-douzaine de cadavres jonchaient le sol.

— Ça vous paraît convaincant ? s'enquit Webster en désignant la mise en scène d'un geste théâtral, et en gratifiant d'un coup de pied l'un des macchabées. Les cadavres non identifiés, ce n'est pas ce qui manque, dans les rues.

N'en croyant pas ses yeux, Lourds se tourna vers les rares êtres encore vivants présents sur les lieux. Aucun ne semblait surpris ; consterné, encore moins. Lourds se demanda s'il fallait en louer le pouvoir de Lucifer ou si les autres avaient tant misé sur la réussite des machinations de Webster qu'ils ne se souciaient plus des moyens mis en œuvre pour l'assurer.

Le vice-président se badigeonna les joues de sang frais et sourit comme un gamin le jour de Halloween.

— Bluffant, non ? On va me croire blessé.

Lourds ne broncha pas.

— Allons, professeur ! Vu votre métier et la quantité de conférences que vous donnez, vous avez dû vous aussi développer le sens de la mise en scène.

— Pas de ce genre-là, non. La vôtre ne m'inspire qu'un profond dégoût.

Webster gloussa en se trempant une main dans le sang.

— Le diable se niche dans les détails. Vous ne l'aviez jamais entendu dire ?

Lourds garda le silence.

— Il me reste maintenant à prononcer un petit discours, qui entraî-nera le débarquement massif de troupes américaines, en plus grand nombre que ne le tolérera Khalid ou les dirigeants des États voisins. Allons-y ! conclut Webster en s'adressant à une journaliste.

Une équipe de télé l'entoura aussitôt. Des spots s'allumèrent.

Sans broncher, Lourds se résolut à profiter du spectacle en espérant que Cleena et Joachim ne tarderaient plus.

— Ça y est ! annonça Sevki.

Depuis le palier, Cleena inspectait les couloirs de l'hôtel où des hommes armés montaient la garde.

— Parfait ! Dis-moi où est passé Lourds, ordonna-t-elle à son complice en agrippant son pistolet à deux mains.

— Pousse la deuxième porte sur la droite. Hé ! On annonce à la télé un flash spécial : le vice-président Webster va prononcer une allocution en direct.

Mauvais signe, ça ! se dit Cleena qui ouvrit la porte et abattit le premier garde qu'elle aperçut d'une balle en pleine tête avant qu'il ait le temps de braquer son arme sur elle. Joachim et ses camarades la suivirent.

— Mes chers compatriotes, commença Webster dans le micro. Je m'adresse à vous en un moment difficile. Comme vous le savez, je suis venu en Arabie saoudite dans l'intention d'y maintenir la paix. Hélas ! La situation ici s'est dégradée. Mes efforts n'ont pas produit les résultats voulus.

Lourds grinça des dents en retenant à grand-peine une repartie cinglante dont il savait pertinemment qu'elle ne serait pas la bienvenue.

— Me voilà maintenant exposé à un danger bien pire que celui dont j'espérais vous sauver. J'ai tenté, à plusieurs reprises, de négocier un cessez-le-feu mais je ne suis arrivé qu'à une impasse.

D'un geste de la main, il indiqua les cadavres à ses pieds.

— Comme vous le voyez, certains des hommes chargés de veiller à ma sécurité ont donné leur vie pour me porter secours.

Lourds s'étonna de voir plusieurs techniciens et cameramans pleurer à chaudes larmes. Ils ne connaissaient pourtant pas personnellement les morts !

— Au point où nous en sommes, reprit Webster, je suis persuadé qu'il ne me reste plus d'autre solution que de réclamer au président...

La porte s'ouvrit à la volée sur Cleena, Joachim et les adeptes du Rouleau, qui firent aussitôt feu. Lourds se jeta par terre en remarquant qu'Eckart suivait son exemple. Trois projectiles frappèrent Webster en pleine poitrine. Décontenancé, il baissa les yeux sur sa chemise trempée de sang.

Le chaos se généralisa à mesure que fusaient les balles et que les frères du Rouleau jetaient des grenades « flashbang » parmi l'équipe télé, détruisant une partie du matériel. Les techniciens se protégèrent comme ils purent.

— Attrapez Lourds ! hurla Webster, dérouté par la fumée et les vives lumières des grenades. Je le veux ! Là, tout de suite !

Eckart empoigna Lourds pour l'obliger à se relever. Webster courut à une porte. Eckart, sur ses talons, traîna le professeur dans son sillage.

D'autres détonations retentirent.

Au désespoir, ne voulant surtout pas voir le rouleau se perdre à jamais, Lourds se laissa tomber en entraînant Eckart dans sa chute par un habile croche-pied. Le colonel s'étala de tout son long sur le professeur, qui, sous le coup d'une montée d'adrénaline, lui décocha un coup de pied en plein visage. Eckart voulut se défendre mais la semelle de Lourds l'expédia dans les vapes en lui cognant la tempe. Un peu sonné par tant d'émotion, Lourds fouilla le colonel et découvrit un couteau dans sa veste. Ce ne fut pas simple pour le professeur de trancher lui-même ses liens mais, enfin, il y parvint.

Remarquant ce qui se passait, Webster marcha sur Lourds.

— Non ! s'écria-t-il d'un ton qui frisait l'hystérie.

Lourds sortit le Rouleau de la joie de son emballage en se résignant à prier. Alors qu'il examinait les caractères sur le parchemin, son esprit opéra les permutations nécessaires à la solution de l'énigme. Les anneaux ne devaient pas se superposer mais tourner autour de deux axes perpendiculaires… formant une croix ! À présent que la révélation lui était venue, la traduction, certes d'une difficulté à peine concevable, lui parut du moins faisable. À mesure qu'il s'y attelait, les symboles virèrent au bleu acier tandis que le rouleau lui-même devenait glacé.

— « Je te nomme Lucifer », traduisit Lourds. « Je te nomme profanateur et destructeur. »

Poussant un cri de rage, Webster jaillit de la brume écarlate des grenades pour s'en prendre à Lourds. Instinctivement, celui-ci recula. Avant que le vice-président réussisse à l'atteindre, un champ de force se matérialisa en l'empêchant d'aller plus loin. Écumant, fulminant, Webster s'engagea dans une lutte contre un invisible mur.

— Arrêtez ! rugit-il. Stop !

Lourds ne tint pas compte de ses protestations.

— « Je te nomme fourbe et usurpateur, je te nomme trompeur, seigneur du mensonge et tentateur. »

— Vous n'aimeriez pas savoir où se trouve la bibliothèque d'Alexandrie ? l'implora Webster, les yeux aussi jaunes que ceux d'un renard enragé.

Lourds hésita.

— Je peux exaucer n'importe lequel de vos désirs, lui promit Webster. Pensez aux années que vous avez passées à la chercher, cette bibliothèque. Je ferai en sorte que vous en retrouviez les volumes disparus. Tout ce que vous avez toujours voulu ! Il suffit de demander.

Un instant, Lourds imagina ce qu'il éprouverait en parcourant les rayonnages de la mythique bibliothèque antique. Il en avait eu un avant-goût en découvrant l'Atlantide perdue, où il avait d'ailleurs exhumé quelques parchemins attendant toujours leur traduction.

— Je peux vous aiguiller sur la voie de la Grande Bibliothèque, insista Webster d'un ton de dément.

Jamais Lourds n'avait eu à résister à une aussi alléchante tentation. Il se sentit faiblir mais, en fin de compte, il se montra héroïque et résista. Il ne voulait pas se laisser guider jusqu'à la bibliothèque d'Alexandrie : il espérait la découvrir par sa propre habileté. Ce qui l'intéressait, au fond, c'était la quête en elle-même plus que son aboutissement.

— « Je te dénonce », poursuivit Lourds, « afin que d'autres reconnaissent ta tromperie. Que chacun de ceux qui se sont liés d'amitié avec toi comprennent que tu n'es pas leur ami. Qu'ils sachent que ton affection pour eux n'était que manipulation. Au nom de Dieu tout-puissant, je t'ordonne de disparaître de sous ton masque. »

Lourds ne savait pas à quoi s'attendre. Une fois terminée sa traduction, Webster se campait encore face à lui, mais l'air abattu, vaincu, défait. Ses traits n'exprimaient plus ni crainte ni rage. Ni rien, d'ailleurs. La fumée des grenades s'enroula autour de lui en le masquant à la vue de Lourds. Le cœur battant la chamade, le professeur attendit que Webster esquisse un geste dans sa direction mais, quand la brume écarlate se dissipa, Webster en avait fait autant.

— Ne restez pas planté là ! s'emporta Cleena en le rejoignant. Vous allez récolter une balle perdue.

En serrant le parchemin au creux de son poing, Lourds se mit à couvert derrière un meuble. Les tirs avaient faibli, à présent.

— Où est Webster ? s'enquit Cleena en rechargeant son arme.

— Si je le savais !

— Il a mis les bouts ?

— Je lui ai lu le rouleau et...

— Vous avez réussi à le traduire, pour finir ?

— Oui.

— Et alors ? Webster ?

— Il s'est volatilisé.

Cleena abattit un homme armé qui marchait sur eux avant de sortir comme elle était entrée.

Sur la pointe des pieds, de crainte que les rares rescapés de la fusillade ne le visent, Lourds la suivit. Joachim et les frères du Rouleau — tous indemnes, par miracle, et convaincus de devoir la vie sauve à une intervention divine — les rattrapèrent. Sous le choc, ils s'interrogeaient encore sur ce qui venait de se passer. En fin de compte, personne d'autre que Lourds n'avait vu disparaître Webster.

En quelques minutes, la petite équipe parvint au rez-de-chaussée et sortit de l'immeuble.

Nul ne s'avisa de se lancer à leurs trousses et les soldats américains cantonnés en Arabie saoudite ne reçurent pas l'ordre d'intervenir.

Épilogue

Lourds se tenait confortablement assis face au père Gabriel, dans l'une des immenses bibliothèques qui occupent les sous-sols du Vatican. Sans les événements des semaines précédentes, le professeur eût pu se croire de retour au bon vieux temps de ses études en Italie.

Le maître et son ancien élève regardaient la chaîne d'informations WNN.

— On continue de rechercher le vice-président des États-Unis, Elliott Webster, annonça le présentateur. Nul ne sait quand ni dans quelles circonstances précisément le vice-président a disparu de l'hôtel où il était retenu prisonnier en Arabie saoudite.

— Vous pensez qu'on le retrouvera un jour ? lança Lourds.

— Pas dans ce monde-ci, en tout cas.

— Comment croyez-vous que tout ça va se terminer ?

— Je n'en sais fichtre rien. Tu comptes écrire un livre là-dessus ?

— Un livre sans une fin digne de ce nom ? releva Lourds en souriant. Ça m'étonnerait.

— Tu ne crois pas que ça doperait les ventes de laisser entendre que Lucifer a élu domicile, au moins pour un temps, à la Maison-Blanche ?

— Si, mais il faudrait une conclusion à mon bouquin.

— Quel genre de conclusion ?

— L'identification de la dépouille de Webster, par exemple.

— Tu te rends compte que tu l'appelles encore Webster ?

— Oui, ça me coûte moins de prononcer ce nom-là que l'autre. Se résoudre à utiliser le vrai…

— Lui donnerait plus de réalité, plus de pouvoir?

— En un sens, oui.

— N'importe quoi! Ne sois pas superstitieux.

Lourds gloussa.

— Vous osez me dire ça malgré tout ce que nous avons vu?

— Mais oui! Lucifer n'a de pouvoir en ce bas monde qu'autant que nous voulons bien lui en accorder. Ni plus ni moins. Nous ne sommes pas libres d'assurer sa victoire. Ni sa défaite.

— Je dirai, pour ma défense, qu'il avait l'air assez défait, la dernière fois que je l'ai vu.

— Et pourtant! Son destin, Dieu en a décidé depuis belle lurette. Satan ne dispose pas de son libre arbitre. De même que Dieu s'attendait à la chute de Lucifer, il tablait en dernier ressort sur sa défaite.

— Ouh, là! Une telle discussion nous entraînerait beaucoup trop loin, or j'ai à faire, moi.

Un large sourire éclaira les traits du père Gabriel.

— Une jolie femme t'attend?

— Oui.

— Laquelle?

— Les deux, à vrai dire.

Les sourcils du père Gabriel bondirent.

— Pas en même temps, bien sûr, se hâta de préciser Lourds.

— Dieu merci! Il te reste encore un minimum de sens moral.

— Bien qu'à la réflexion, je n'écarte aucune piste…

— Arrête! protesta le père Gabriel en se bouchant les oreilles. Je suis un vieil homme, et je te considère comme un fils, auquel il arrive certes d'errer sur les chemins de la perdition, mais un fils quand même. Je ne supporterai pas une désillusion de plus.

Lourds sortit de son sac à dos le Rouleau de la joie, dans son étui en bois.

— J'en ai parlé à Joachim : nous sommes tous deux d'avis que vous êtes le mieux placé pour le conserver en lieu sûr.

— Au cas où Lucifer reviendrait.

— Tout à fait.

Le père Gabriel accepta le parchemin.

— Je ferai de mon mieux.

— Je n'en doutais pas, affirma Lourds en ramassant son chapeau. Si vous voulez bien m'excuser, un pique-nique m'attend. Et peut-être aussi une promenade en barque assortie d'une balade dans un parc.

— J'aurais pensé que tu souhaiterais te reposer.

— Votre métier ne vous a donc pas appris qu'il n'y a pas de répit pour les pervertis ? reprit Lourds en se levant et en enfonçant son chapeau sur son crâne.

— Tu n'es pas perverti, le contredit le père Gabriel, en se levant à son tour pour donner l'accolade à son ancien élève. Tu ne supportes pas de rester à ne rien faire, c'est différent. Vas-y ! Je suis sûr qu'un tas d'aventures t'attendent encore.

— J'estime pourtant en avoir déjà vécu plus que ma part.

— La bibliothèque d'Alexandrie…

— Je sais, admit Lourds en souriant. Un jour, qui sait ?

Il ramassa son sac à dos, le hissa sur son épaule et s'en fut.

Remerciements

Je tiens à exprimer ici ma reconnaissance à mon agent : l'incomparable Robert Gottlieb de Trident Media ; à ma famille et à mes étudiants, la lumière de ma vie, au personnel, aussi, des éditions Tor, et plus particulièrement à Tom Doherty, Bob Gleason, Linda Quinton et Ashley Cardiff. Je ne louerai jamais assez votre professionnalisme ni votre enthousiasme.

Photocomposition Datagrafix

Achevé d'imprimer en janvier 2012
par CPI Firmin-Didot
pour le compte des éditions Calmann-Lévy
31, rue de Fleurus 75006 Paris

N° d'éditeur : 5184668/01
N° d'imprimeur : 108434
Dépôt légal : janvier 2012
Imprimé en France.